75 YEARS
आपसे
हैं हम

AF540032

आंधारी

[उपन्यास]

आंधारी में नमिता गोखले ने हालिया महामारी के दु:स्वप्नों की कथा को साहस तथा असाधारण कौशल के साथ बयान किया है। एक बेहद प्रतिभाशाली लेखक का साहसी और दिलचस्प उपन्यास। **—चिगोज़ी ओबिओमा**

नमिता गोखले का कहानी कहने में कोई सानी नहीं है। जब भी मैं उनकी किताब उठाता हूँ, मुझे हमेशा यही अहसास होता है कि मैं उनको पढ़ नहीं, सुन रहा हूँ। अपने नैरेटिव में समय के सिरों को बाँधने का दुर्लभ हुनर उनके अन्दर है। यही हुनर उनकी कहानियों को क्लासिक बना देता है। इस उपन्यास में उन्होंने दो साल की महामारी और उसके दौरान मध्यवर्ग के अनुभवों और उनके कार्यकलापों को दर्ज किया है। आपको सलाम है, नमिता! **—गुलज़ार**

यह पूरी तरह से एक भारतीय उपन्यास है, जिसमें कहानी के कई स्तर हैं जिसका ताना-बाना एक संयुक्त परिवार के इर्द-गिर्द बुना गया है। कथा के केन्द्र में एक अन्धी माँ हैं जिन्होंने सबको एक साथ जोड़ रखा है, जिसकी अपनी दुनिया शब्दों और गंधों की दुनिया है, अस्पष्ट आकारों और पैनी सोच की दुनिया। उपन्यास की पृष्ठभूमि में बढ़ती-फैलती महामारी है जो सब कुछ उलट-पलट कर रख देती है। एक तरफ़ यह एक दिलचस्प पारिवारिक कहानी है तो दूसरी ओर बीमारी के बीभत्स दिनों की दास्तान, जब जीवित लोगों के सपनों में मृत्यु की छायाएँ नाच रही थीं। यह उनके सब्र का इम्तिहान भी था और उनके घरेलू और सामाजिक रिश्तों की परीक्षा का दौर भी। अपनी तमाम वेध्यताओं, ऊँच-नीच, अपनी असफलताओं और क्षति से पार निकलने के क्रम में यह हमारे राष्ट्र का ही एक रूपक लगने लगता है, जिसे एक समर्पित और अनुभवी लेखिका ने बहुत संवेदनशील ढंग से लिखा है। इसमें मानवीय सम्बन्धों को लेकर दुर्लभ अन्तर्दृष्टि है, तमाम जटिलताएँ हैं और संकट से उबरने के लिए जिजीविषा भी है। **—के. सच्चिदानन्दन**

नमिता गोखले का नवीनतम उपन्यास *आंधारी* महामारी के काल में प्रेम, क्षतिबोध, पश्चात्ताप और वैराग्य की सार्वभौम कथा है, जिसमें *पारो* जैसे बेहद ईमानदार उपन्यास की प्रसिद्ध लेखिका ने एक संयुक्त परिवार की नश्वरता से आकस्मिक मुठभेड़ को दर्ज किया है। कथा के केन्द्र में मातंगी माँ हैं जो वीतरागी हैं, जीवन के हर मौसम को देख चुकी हैं, नेत्रहीन हैं लेकिन उस भरे-पूरे परिवार की मुखिया—माँ हैं, जो एक छत के नीचे ही रहता है। वह अपनी विश्वस्त लेकिन अरसे से पीड़ित सहायिका लाली के साथ लेडी धृतराष्ट्र हैं। लाली संजय की तरह उन्हें घर में जारी महाभारत का आँखों देखा हाल बताती रहती है। मातंगी माँ को इस बात की गहरी समझ है कि मृत्यु वास्तव में क्या है, यहाँ तक कि उनका प्यारा पोता भी उनको मृत्यु का अपना संस्करण बताता है जो अमर चित्र कथा के यम और द एवेंजर्स के थानोस का मिश्रित रूप है। उपन्यास एक त्रासदी भरे साल में आकार लेता है और एक युग के ख़त्म होने का संकेत देता है। जीवन और मृत्यु को लेकर बहुत प्रभावशाली चिन्तन के साथ ही *आंधारी* नमिता गोखले का अब तक का सबसे विषादपूर्ण और साथ ही जीवन के प्रति सकारात्मकता से भरपूर उपन्यास है। **—मृणाल पाण्डे**

आंधारी

नमिता गोखले

अनुवाद
प्रभात रंजन

राजकमल प्रकाशन

मूल कृति 'The Blind Matriarch' का अनुवाद

ISBN : 978-93-93768-89-6

मूल्य : ₹695

पहला संस्करण : 2022

प्रकाशक : राजकमल प्रकाशन प्रा.लि.
1-बी, नेताजी सुभाष मार्ग, दरियागंज
नई दिल्ली-110 002
शाखाएँ : अशोक राजपथ, साइंस कॉलेज के सामने, पटना-800 006
पहली मंजिल, दरबारी बिल्डिंग, महात्मा गांधी मार्ग, प्रयागराज-211 001
36 ए, शेक्सपियर सरणी, कोलकाता-700 017
वेबसाइट : www.rajkamalprakashan.com
ई-मेल : info@rajkamalprakashan.com

मुद्रक : यश प्रिंटोग्राफिक्स
ग्रेटर नोएडा-201 310 (उत्तर प्रदेश)

AANDHARI
Novel by Namita Gokhale
Translated by Prabhat Ranjan

क्योंकि हम विश्वास के सहारे चलते हैं,
आँखों के नहीं...

आज, कल। अँधेरा, रोशनी। तब और अब। सब कुछ धुँधला-धुँधला था, उनके दिल में, उनकी कल्पना में।

खिड़की से नीम का पुराना पेड़ दिखाई दे रहा था, जिसकी शाख पर बार्बेट चिड़िया गा रही थी। टू-हे-टू-हे। टू-हे-टू-हे। क्या यह पिछले ही साल की बात है जब उनको चिड़िया मिली थी, सड़क के किनारे सेमल के पेड़ के नीचे घायल पड़ी हुई? असहाय, अजीब सी, अभी उसने उड़ना भी नहीं सीखा था। उसका सिर बड़ा था, लम्बी सी चोंच, हरे पंख जिसके ऊपर भूरे रंग के चकत्ते थे।

लाली ने उस चिड़िया की देखभाल की, उसकी मदद की ताकि उसके पंखों के घाव भर जाएँ, और फिर, एक दिन वह उड़ गई।

उनको सूर्या की मद्धिम लेकिन गहरी आवाज़ सुनाई दे रही थी, वह आहिस्ता-आहिस्ता कोई कविता पढ़ रहा था। वह गया नहीं था, अब भी वहीं था।

'अतीत और वर्तमान सूख गए हैं—मैंने उनको भरा, ख़ाली किया और भविष्य को भरने की दिशा में बढ़ गया।'

एक

उनका छोटा पोता कमरे में आया, पर्दे को थामे शर्माता हुआ। उनको महसूस हो गया कि वह आया है। उन्होंने उसको बुलाने के लिए आवाज़ दी और पास आने पर उसके चेहरे को प्यार से सहलाने लगीं। मक्खन-सी मुलायम त्वचा, बालों में हल्का तेल लगा हुआ था और नाक बह रही थी। उन्होंने सब कुछ महसूस किया, साँसों में भरकर अन्दर तक महसूस किया।

'मातंगी माँ,' वह बोला। 'मातंगी माँ!'

हाथों से छूकर वह अपनी कल्पना से उसके चेहरे के बारे में सोचने लगती थीं। छोटी नाक। बड़े कान। शायद वह अपने पिता जैसा लगता हो। उनकी आँखों की रोशनी तो तभी से कमज़ोर होने लगी थी जब उनके छोटे बेटे का जन्म हुआ था।

सतीश का जन्म उसी दिन हुआ जिस दिन संजय गांधी की मृत्यु हुई थी। 23 जून, 1980। गर्मी की एक गर्म दोपहर थी। जब उनको दर्द शुरू हुआ, उससे पहले वह इस ख़बर को सुन चुकी थीं—33 साल की उम्र भी कोई मरने की उम्र होती है!

प्रसव लम्बा और तकलीफ़देह था। आख़िरकार जब उनको बच्चे के रोने की आवाज़ सुनाई दी तो उस भयानक दर्द के बीच वह राहत की साँस लेते हुए मुस्कुराईं। उनके होंठ सूखकर फट गए थे और वह अपने आँसुओं के खारे स्वाद को भी महसूस कर रही थीं।

वह उसका चेहरा ठीक से नहीं देख पाई थीं। सब धुँधला दिखाई दे रहा था, जबकि उन्होंने अपने आँसू भी पोंछ लिये थे। उसको देखने के लिए उनको बहुत ज़ोर लगाना पड़ा, इस बात को सदा-सदा के लिए याद रखने के लिए कि उसकी काली-काली आँखें किस तरह उनकी आँखों से पहली बार मिली थीं, ताकि गुलाब की पंखुड़ी जैसा उसका मुँह उनकी स्मृतियों में बस जाए। उनका बेटा सतीश।

उसका नाम वह संजय रखना चाहती थीं लेकिन हवाई दुर्घटना ने सब बदल दिया। उन लोगों ने तय किया कि उसका नाम सतीश रखा जाए, जो उनके मामाजी का नाम था, उनकी माँ के छोटे भाई का।

सतीश का बेटा राहुल उनके सामने खड़ा था, उनके कानों में फुसफुसाकर कह रहा था। 'मातंगी माँ!' उसने फुसफुसाकर कहा, 'मातंगी माँ! मुझे चॉकलेट चाहिए, मातंगी माँ।'

उस लड़के की उम्र आठ साल थी। उसकी माँ यानी उनकी बहू रितिका ने उनको मना कर रखा था कि वह उसको खाने के लिए मीठी चीज़ें न दें। उस परिवार में डायबिटीज का इतिहास था। उनके बेटे सतीश को डायबिटीज के लक्षण थे, और उनके मामाजी मरने से पहले नौ महीने तक डायबिटीज के कारण बेहोशी की अवस्था में रहे थे।

'माताजी चॉकलेट मत दीजिएगा,' उनकी बहू रितिका ने एक दिन पहले ही कहा था। 'अभी आठ साल का ही हुआ है और अभी से इसके दो दाँतों में छेद हो गया है।'

रितिका ने सतीश से भी शिकायत की थी। उस शाम बहुत धीरज के साथ वह उनके पीछे बैठा हुआ था, अधिक कुछ बोल नहीं रहा था। जब उसने खँखार कर अपना गला साफ़ किया तो उनको लगा कि वह कुछ कहने की तैयारी कर रहा है। कुछ देर बाद जब उसका सेल फ़ोन बजा तो वह उसके साथ बाहर निकल गया।

'रितिका बहुत परेशान है मातंगी माँ,' वह बोला। 'राहुल बहुत अधिक चीनी खा रहा है। रितिका को उसके तकिए के नीचे कैडबरी का एक चॉकलेट मिला। वह आधा पिघला हुआ था। उसने नहीं बताया कि उसको मिला कहाँ से था।'

वह खाँसा। उसके फ़ोन की घंटी फिर से बजी। उसने फ़ोन बन्द कर दिया।

'मैं जानता हूँ, रितिका भी जानती है कि आप राहुल को कितना प्यार करती हैं। लेकिन आप उसका जो नुक़सान कर रही हैं उसको देखकर हम तो आँखें नहीं मूँद सकते।'

वह रुक गया। उसने ग़लत बात कह दी थी। घर में किसी ने उनके अन्धेपन को लेकर बात नहीं की थी। इस बात की कभी चर्चा भी नहीं हुई थी।

'बच्चों के लिए चॉकलेट अच्छा नहीं होता,' उसने बातचीत को आगे बढ़ाते हुए कहा। 'प्लीज़ मेरे लिए, रितिका के लिए, इस बात को मान जाइए। उस बच्चे के लिए मान जाइए। उसे चॉकलेट खिलाना छोड़ दीजिए।'

और अब वही राहुल, ठंडे मक्खन जैसे गालों वाला बच्चा उनसे चॉकलेट के लिए मिन्नतें कर रहा था। वह कल्पना करने की कोशिश कर रही थीं कि उसके होंठ किस तरह फड़क रहे होंगे, किस तरह उससे नज़रें मिलने पर वह अपनी भौंहें चढ़ाता होगा।

वह उसको किसी बात के लिए न नहीं कह सकती थीं। किसी भी बात के लिए नहीं। कभी नहीं।

उन्होंने अपनी कामवाली को इशारों में कुछ कहा, एक ऐसे संकेत से जो सालों के दौरान आपसी बातचीत के लिए उन्होंने विकसित किया था। उन्होंने अपनी काठ की कुर्सी के हत्थे को तीन बार थपथपाया। लाली बच्चे को वहाँ से ड्रेसिंग रूम की अलमारी के पास ले गई और उसको कुछ टॉफ़ियाँ दे दीं। टॉफ़ी चॉकलेट से छोटी होती है इसलिए उनको छुपा पाना आसान होता है, लेकिन कई बार उनके फेंके हुए रैपर राज़ खोल देते हैं।

लाली उनके पास उनकी भाभी सीता के माध्यम से आई थी, जो नेपालगंज में रहती थी। जब वह आई थी तब मातंगी की आँखों में कुछ रोशनी बाक़ी थी। लाली दुनिया में उनके सबसे क़रीब थी, और मातंगी को यह अच्छी तरह याद था कि वह कैसी दिखती थी, या यों कहें कि तब वह कैसी लगती थी।

राहुल अपनी टॉफ़ी चुभला रहा था। मातंगी उसके चेहरे को सहला रही थीं, कैरामेल की मीठी गंध को महसूस कर रही थीं, उसके मुँह के आसपास जो लिसलिसा हो गया था उसे पोंछ रही थीं।

'मुझे कोई कहानी सुनाइए न मातंगी माँ।'

उन्होंने कोई जवाब नहीं दिया। वह उसके मुँह से एक बार फिर यही सुनना चाहती थीं, और वह फिर से बोला, बच्चों की ज़िद-भरी गाने जैसी आवाज़ में, वह आवाज़ जो कहानी को जगा देती थी, और कहानी कहने की ज़रूरत पर ज़ोर देती थी।

'कहानी सुनाइए न मातंगी माँ।'

उन्होंने वही पुरानी कहानी सुनानी शुरू की जो वह बार-बार सुना चुकी थीं, न जाने कितने सालों से, कई पीढ़ियों के बच्चों और उनके बच्चों को।

'चार बाल भगवान थे, अविनाशी, जो हिमालय में रहते थे, एक दिन उन्होंने इंसानी संगीत की धुन सुनी, बाँसुरी की आवाज़...'

'बाँसुरी क्या होती है मातंगी माँ?'

'भगवान कृष्ण जो बजाते हैं—बाँस की पाइप। मुझे विश्वास नहीं हो रहा कि तुम इतने बुद्धू हो, राहुल बाबा!'

लाली ने सुनहरी फ्रेम में जड़ी भगवान कृष्ण की तस्वीर की ओर इशारा किया जो दीवार पर टँगी हुई थी, जिसमें उनकी भंगिमा ऐसी थी मानो वे कल्पना में बाँसुरी बजा रहे हों। उनकी उँगलियाँ मुँह पर टिकी थीं और उनके प्रभावशाली चेहरे पर आश्चर्य का भाव था। उसने अपने गले से बाँसुरी जैसी आवाज़ निकाली। राहुल उसको बड़े ध्यान से देख रहा था। मातंगी को समझ में आ रहा था कि लाली क्या कर रही है; वह अनुमान लगा लेती थीं।

'ऐसी आवाज़ें निकालना बन्द करो!' मातंगी ने हुक्म दिया, और उन्होंने राहुल को एक बार फिर अपनी तरफ़ खींच लिया। उन्होंने उसके सिर के बालों से आती तेल की गंध और उसके मुँह से आ रही टॉफ़ी की महक को अपने नथुनों में भर लिया।

रितिका कमरे में आई, उससे लहसुन की गंध आ रही थी। मोजायक के फ़र्श पर उसके हाई हील की खट-खट सुनाई दे रही थी। 'तुम्हारे होम वर्क करने का टाइम हो गया है राहुल,' उसने भावहीन आवाज़ में कहा। 'तुमको हर समय अपनी दादी को परेशान नहीं करना चाहिए।'

हमेशा की तरह मातंगी सोचने लगीं कि रितिका की आँखों का रंग क्या होगा। क्या वे भूरी थीं? काली? उन्होंने उसको कभी क़रीब से नहीं थामा था, न उसका चेहरा थपथपाया था, न उसके नैन-नक़्श का अन्दाज़ा लगाया था। वह उसको बमुश्किल जानती थीं, सिवाय एक आवाज़ के और उसके हील की खट-खट के, जो राहुल को वहाँ से ले जाने के लिए आती थी।

लहसुन की गंध के ऊपर गुलाब की गंध हावी थी। टेल्कम पाउडर, उन्होंने अन्दाज़ा लगाया।

'क्या पका रही हो रितिका?' मातंगी ने धीरे से पूछा।

'चिकेन,' रितिका ने जब जवाब दिया तो उसकी आवाज़ में कुछ तुर्शी थी। 'एक फ्रेंच रेसिपी है। राहुल और उसके पापा के लिए पका रही हूँ। अपनी रसोई में।'

उस चार मंज़िला घर का नक़्शा ब्रिटिश मूल के भारतीय वास्तुकार लॉरेन्स विल्फ्रेड 'लॉरी' बेकर के शिष्य ने बनाया था, और उसने उनकी ख़ास शैली की हूबहू नक़ल की थी। लाल ईंट की जाली छाया देती थी और रोशनदान का काम भी करती थी, अलग-अलग मंज़िलों को बारीक़ नक़्क़ाशी वाली सीढ़ी से जोड़ा गया था, जो एक तरह से वास्तु-योजना की रीढ़ की तरह थी। हर मंज़िल एक

दूसरे से पूरी तरह स्वतंत्र थो, लेकिन एक दूसरे से गहरे रूप में जुड़ी हुई भी थी, और उनको 'जाली' वाली दीवारों से जोड़ा गया था, जिनसे छन-छन कर हल्की रोशनी अन्दर आती थी।

मातंगी की बेटी शान्ता नीचे की मंज़िल पर रहती थी, जिसके सामने एक छोटा-सा बग़ीचा था। वह पूरे परिवार की छोटी माँ जैसी थी, और जब भी मौक़ा मिलता था अपने भाई-बहनों के लिए खाना पकाती थी। मातंगी और लाली का खाना शान्ता की रसोई से टिफ़िन कैरियर में जाता था। मातंगी पक्की शाकाहारी थीं, शान्ता की काम वाली तीन तरह की दाल, ख़ुशबूदार चावल, तथा मौसमी सब्ज़ियाँ बनाया करती थी—पत्तागोभी, फूल गोभी, टिंडा, लौकी, पालक के साथ मुन्नी अपनी मशहूर बिरयानी भी पकाती थी। जो नीचे की मंज़िल पर सूर्यवीर के लिए आरक्षित होती थी।

मुन्नी ख़ाली लंच बॉक्स लेने आई। उसके हाथ में बेसन के लड्डुओं की एक प्लेट थी। राहुल को ले जाया गया, कुछ शिकायती तरीक़े से। उनके जाने के बाद लाली ने दरवाज़ा बन्द कर लिया, और फिर मुँह से ऐसे आवाज़ निकाली जैसे उसको यह सब अच्छा नहीं लगा हो। वह रितिका को पसन्द नहीं करती थी और लगातार उसके बारे में तरह-तरह की बातें करती रहती थी।

मातंगी अपने आप में डूब गईं। 'मुझे अकेली छोड़ दो लाली,' वह बोलीं। 'मैं इस समय गप्प मारने के मूड में नहीं हूँ।'

वह उदास थीं और उनको नींद की ज़रूरत थी। राहुल जिस समय आया था उस समय वह दोपहर की झपकी लेती थीं। वैसे वह दिन की रोशनी तथा रात के अँधेरे के हिसाब से समय का हिसाब-किताब नहीं रख पाती थीं, लेकिन उनका शरीर बीतते घंटों की निश्चित लय को नहीं भुला पाया था।

उनकी बहू रितिका जब हनीमून पर स्विट्ज़रलैंड गई थी तो उनके लिए एक बोलने वाली घड़ी लेकर आई थी। वह घड़ी दस साल से खिड़की के पीछे एक आले पर टँगी हुई थी, और हर आधे घंटे और घंटे में बोल-बोल कर समय बताती रहती थी। कुक्कू, कुक्कू, कुक्कू, कुक्कू। चार बज गए।

'मैं सोना चाहती हूँ,' उन्होंने लाली से कहा। उन्होंने अपने तकिए के नीचे से कढ़ाई वाला रूमाल निकाल लिया।

मातंगी की माँ ने उनको कढ़ाई का किट दिया था, साथ में एक किताब भी जिसमें कढ़ाई के अलग-अलग नमूने दिए गए थे—सबसे बुनियादी क्रॉस स्टिच,

सुन्दर फ्रेंच नॉट, यहाँ तक कि सुई से की जाने वाली कढ़ाई के कई नमूने भी। जब वह छोटी थीं तो बारह कैम्ब्रिक रूमालों की कढ़ाई में घंटों लगाए थे, जो उनकी शादी के सामान का हिस्सा थे। वह इस बात के सपने देखती थीं कि उनका पति उनकी कलाकारी को देखकर कितना ख़ुश होगा और कितनी तारीफ़ करेगा, उन फूलों और चिड़ियों को देखकर जो उन्होंने सुई-धागे से बनाए थे। शायद वह अपने पति के लिए एक ख़ास रूमाल काढ़ेगी, जिसके ऊपर उसका नाम कढ़ा होगा।

चमत्कारिक रूप से तीन रूमाल बच गए—पिछले सालों के दुःख और यातना के दौरान वे उनके साथी बने रहे, उनको दिलासा देते हुए, उनके आँसुओं को पोंछते हुए। शान्ता ने रूमाल भी ख़रीदे, सिलाई स्कूल से, जिसकी वह आर्थिक मदद करती थी, और जहाँ लड़कियों को सिलाई-कढ़ाई का प्रशिक्षण दिया जाता था। मातंगी ने रूमाल को तह करके अलग रख दिया।

'मुझे पाँच बजे जगा देना,' वह कह रही थीं। 'अदरक वाली चाय नहीं, मुझे मसाला चाय चाहिए।'

दोपहर की नींद में उन्होंने कभी सपने नहीं देखे थे, लेकिन आज अतीत के कुछ उलझे हुए सपने दिखाई दिए। वह अस्पताल में बिस्तर पर पड़ी थीं, पैर फैलाए, कोई गीत गा रही थीं। दीवार पर एक घड़ी टँगी हुई थी, जिसकी गोल आकृति चाँद या सूरज जैसी लग रही थी। आकाश से कहीं एक हवाई जहाज़ दुर्घटनाग्रस्त होकर ज़मीन पर गिरा। घड़ी चिड़िया बन गई और कमरे में चक्कर काटने लगी। कुक्कू, कुक्कू, कुक्कू, कुक्कू, खुली खिड़की से बाहर जाते हुए उसने जैसे घोषणा की। उसके बाद सपना टूट गया, ग़ायब हो गया, और वह अपनी राजस्थानी रजाई के नीचे पसीने-पसीने हो रही थीं, तभी लाली उनके लिए चाय और बिस्किट लेकर आ गई।

लाली ने मातंगी को उनका डेंचर लाकर दिया, जब मातंगी झपकी ले रही थीं तो वह स्टील के गिलास में रख दिया गया था। चाय ने उनको तरोताज़ा कर दिया, इलायची और दालचीनी का स्वाद उनके शरीर में लहरें उठा रहा था। उन्होंने चाय में बिस्कुट डुबाने की कोशिश की, बिस्कुट उनकी बाँह पर मुलायम लोंदे की तरह गिर गया।

'पोपली और अन्धी,' उन्होंने ज़ोर से कहा, चेहरे पर विडंबना-भरी मुस्कान लिये।

'आपने कुछ कहा माताजी?' लाली ने उनकी बाँह से चाय में डूबे बिस्किट के टुकड़े हटाते हुए कहा।

'कुछ नहीं,' उन्होंने बुदबुदाते हुए कहा, 'कुछ भी तो नहीं। मुझे थोड़ी चाय और चाहिए, बस।'

मातंगी को अचानक समझ आया था कि अगर वह अपने मुँह के ऊपरी तालू को दबाती हैं तो वह अपनी तीक्ष्ण इन्द्रियों को बेहतर तरीक़े से केन्द्रित कर पाती हैं, उनको परस्पर जोड़ सकती हैं। उनके लिए यह रोज़ाना की रस्म बन चुकी थी, इसी तरह वह अपने आपको दिशा दिखाती थीं, धुँधले अँधेरे में अपना रास्ता बनाती थीं। उन्होंने अपनी जीभ तालू पर फिराई, वे उसके आकार-प्रकार का जायज़ा ले रही थीं। कई बार उससे धुँधलका साफ़ हो जाता था और अपने आपको सन्तुलित करने में मदद मिल जाती थी; उनको ऐसा महसूस होता था जैसे उनके शरीर पर हर जगह आँखें हों, उनकी उँगलियों के पोरों पर, पैरों की उँगलियों में, सतर्क सफ़ेद बालों में, जो उनकी पतली बाँहों पर खड़े हो जाते थे, और यहाँ तक कि उनके टखनों में भी।

लाली बाहर निकली, बरामदे और गलियारे को पार करती हुई चौथी मंज़िल की छोटी सी रसोई में चाय बनाने के लिए चली गई। मातंगी को आवाज़ सुनाई दी, बाहर कोई कराह रहा था। मद्धिम-सी आवाज़ जो इंसान और जानवर के बीच की लग रही थी। कोई बच्चा? कोई कुत्ता? वह बिल्ली तो नहीं थी।

लाली चाय लेकर अन्दर आई, लेकिन दूसरी बार चाय उतनी अच्छी नहीं लगी। चाय बहुत गर्म थी, और उससे उनका मुँह जल गया। उसमें अदरक डली थी, बहुत ज़्यादा अदरक।

'ये आवाज़ कैसी है?' उन्होंने तत्काल पूछा। 'बाहर से, बरामदे से जो आवाज़ आ रही है।'

'मेरा भतीजा है,' लाली ने जवाब दिया। उसकी आवाज़ में अपना बचाव करने का भाव था, ख़ुशामद करने की कोशिश जैसी। 'मेरी बहन का बेटा। आज जीजाजी उसको यहाँ छोड़कर गए हैं। पिछले साल मेरी बहन मर गई—आपको पता ही है। इसका बाप बढ़ई के काम की ठेकेदारी में काठमांडू गया है। मुझे समझ नहीं आया कि इसके साथ और क्या करूँ। मैंने उसको कहा कि वह चुपचाप बरान्दे में बैठा रहे। लेकिन बच्चे तो बच्चे ही होते हैं। कभी हँसने लगेंगे, कभी रोने लगेंगे। कभी खेलने लगेंगे।'

मातंगी ने आसपास ऐसे नज़र घुमाई जैसे कुछ देखना चाह रही हों। उनको बच्चे की आवाज़ तो सुनाई दे रही थी, लेकिन वह उसको देख नहीं सकती थीं। उन्होंने

दो उसको,' उन्होंने कहा, अचानक उनको थकान महसूस होने लगी। 'लेकिन बस एक दिन के लिए। या दो।'

उनको फिर से नींद आ रही थी। लाली ने बहुत आहिस्ता से उनके ऊपर फूलों वाला राजस्थानी कम्बल डाल दिया, और जब उसको उनके खर्राटों की आवाज़ सुनाई देने लगी तो वह कमरे से बाहर निकल गई।

~

बरामदे में, बच्चा भी सोया हुआ था, मोगरा और रात की रानी के फूलों के गमले के पास फ़र्श पर हाथ-पैर मोड़े-मोड़े सो गया था। ढलती दोपहर की चितकबरी धूप उसके ऊपर पड़ रही थी। एक छोटी सी चींटी उसकी बाँह पर चढ़ आई थी।

लाली बालकनी से नीचे का नज़ारा लेने लगी। गेट के पास तीन ड्राइवर खड़े गप्पें मार रहे थे। उनके सामने एक ऑटोरिक्शा रुका, और रास्ता पूछने लगा। नन्हा राहुल अकेले गेट से बाहर निकल गया।

मातंगी एक बार फिर नींद में चली गईं, जहाँ वह अनचीन्हे रंगों से घिरी हुई थीं। किसी भूले हुए सूर्यास्त का नारंगी रंग ऐसा लग रहा था मानो उनकी आँखों की पुतलियों में बसा हुआ हो। उनको अपने बड़े बेटे सूर्यवीर की आवाज़ सुनाई दे रही थी, वह दिनकर की कविता का पाठ कर रहा था, जो उसने स्कूल में सीखी थी। कविता 'रश्मिरथी' से थी।

वर्षों तक वन में घूम घूम
बाधा-विघ्नों को चूम चूम
सौभाग्य न सब दिन सोता है
देखो, आगे क्या होता है?

सूर्यवीर की रुखड़ी आवाज़ उस कविता का बार-बार पाठ कर रही थी, जैसे रेकार्ड क़ा काँटा फँस गया हो। जब वह जगी तो उनको सब याद था।

कहाँ की छिपी हुई स्मृति उभर आई, वह सोचने लगी। निर्वासित पांडव वन में भटक रहे हैं, और अपने दुर्भाग्य को स्वीकार कर चुके हैं, उसके बाद जैसे संकल्प का भाव या कम से कम एक उम्मीद का भाव, कि सौभाग्य हमेशा सोया नहीं रहता है।

देखो, आगे क्या होता है? ऐसे कहा गया मानो किसी उपन्यास की शुरुआत हो रही हो, या किसी टीवी सीरियल की। आइए, देखते हैं कि आगे क्या होता है?

उनको टीवी सीरियल मज़ेदार लगते थे। मातंगी को अक्सर धारावाहिकों को सुनते हुए देखा जा सकता था, उनके झुर्रीदार हाथ धीरे-धीरे रूमाल पर बारीक़ कढ़ाई करते रहते थे। धारावाहिक 'क्योंकि सास भी कभी बहू थी' हमेशा से उनका पसन्दीदा था और आगे भी रहने वाला था। वह धारावाहिक को देख तो नहीं पाई थीं लेकिन बस आवाज़ भर से एक-एक किरदार को पहचान लेती थीं। वह अपने आपको बा के रूप में देखना पसन्द करती थीं, भरे-पूरे परिवार की प्यारी कुलमाता। जो वह थीं भी।

उसके बाद उस लड़की तुलसी ने सब कुछ बिगाड़ दिया। वह अपने पीछे के दिनों में जाकर स्मृति ईरानी बन जाती थीं। अब वह एक बड़ी महत्त्वपूर्ण नेता हो गई थी, मिनिस्टर-शिनिस्टर बन गई थी। आजकल के सीरियल में वह मज़ा कहाँ, अब वे मातंगी को उस तरह मज़ेदार नहीं लगते।

अभी कुछ दिन पहले उन्होंने टेलीविज़न पर तुलसी की आवाज़ सुनी। उसकी आवाज़ उन्होंने तत्काल पहचान ली। 'यह तुलसी है!' उन्होंने लाली को रोमांचित होने के भाव से बताया। 'यह मेरी तुलसी है!'

'नहीं, माताजी, यह तुलसी नहीं है। आप सीरियल के किरदार की बात कर रही हैं। यह स्मृति ईरानी है। सांसद। मंत्री। पिछले चुनाव में तो इसने अमेठी में राहुल गांधी को हरा दिया।'

तुलसी राहुल गांधी के बारे में बोल रही थी, जिसको वह व्यंग्यात्मक लहजे में शहंशाह कह रही थी। लेकिन स्मृति ईरानी में मातंगी की कोई रुचि नहीं थी—उनकी दिलचस्पी तो बस तुलसी में थी। उन्होंने लाली को टेलीविज़न बन्द करने के लिए कहा।

सौभाग्य न सब दिन सोता है
देखो, आगे क्या होता है?

सही बात है, यह ज़रूर है कि आगे जो होने वाला है वह उसको देख तो नहीं सकती हैं, लेकिन उसके बारे में कल्पना कर सकती हैं। मातंगी की ज़िन्दगी में दुर्भाग्य साथ-साथ चलता रहा। वह दस साल की थीं जब उनके पिता की मृत्यु हो गई थी। उनके पापा डीसीपी मातंग सिंह काश्यप नए-नए आज़ाद हुए भारत में

पुलिस सेवा अधिकारी थे, उनकी नियुक्ति असम में थी। जब भूकम्प आया था तो वे डिब्रूगढ़ में थे।

15 अगस्त का दिन था। भारत की आज़ादी का दिन। वह अपने माता-पिता के साथ ध्वजारोहण के आयोजन में भाग लेने गई हुई थीं; उसने तिरंगा फहराते हुए देखा था, यह भी देखा था कि उससे गुलाब की पंखुड़ियाँ नीचे गिर रही थीं। उसकी माँ की आँखों में आँसू आ गए थे। आज़ाद भारत तीन साल का हो गया था। मातंगी यह सब देखकर बहुत उत्साहित हो गई थीं, झंडा फहराने के बाद जब मिठाई, स्वादिष्ट पीठा और चटपटा अंडा परोसा गया तो उसने छककर खाया।

बाद में, भूकम्प से पहले बहुत अधिक खाने के कारण उसके पेट में दर्द हो रहा था। दीवार घड़ी समय बता रही थी 7:40। उसने अभी भी अपने सबसे अच्छे कपड़े पहन रखे थे, नारंगी रंग की फ्रिल वाली फ्रॉक और धारीदार मोज़े। उसकी माँ ने उसको मोज़े उतारने से मना किया था। सूरज डूब चुका और पर्दे खिंच गए थे। अब उनकी उम्र अस्सी साल हो गई थी लेकिन वह आज तक यह नहीं भूली थीं कि ज़मीन हिलने लगी थी। बिजली का बल्ब ऐसे हिलने लगा मानो मन्दिर का घंटा हो, और फ़र्श से लगे लकड़ी के तख़्त ऐसे उछल रहे थे मानो पियानो की सुइयाँ हों।

'अपनी जगह से मत हिलना मातंगी!' उसने सुना, उसकी माँ चिल्लाकर कह रही थी। 'अपनी जगह से मत हिलना! मैं तुमको लेने आ रही हूँ।'

चारों तरफ़ चीख़-पुकार मची हुई थी—पेड़ों की आवाज़ें आ रही थीं, लकड़ी के लट्ठों की आवाज़ें आ रही थीं, धरती रो रही थी। दीवार से एक गिरगिट उसके कन्धे पर आ गिरा। उसकी माँ उसको लेकर बाहर भागी, और जब पेड़ गिरा तो वे बरामदे में थे। वह उस अँधेरे को कभी नहीं भूल सकती जो उनके ऊपर छा गया था। धरती के फटने की तेज़ आवाज़ें आ रही थीं, जिसमें सब कुछ बह रहा था और तारों के टूटने की धीमी आवाज़ें आ रही थीं। उसकी माँ ने उसको अँधेरे में अकेले छोड़ दिया था। उसको गायों के रँभाने की आवाज़ें सुनाई दे रही थीं। उसके बाद की यादें धुँधला गई थीं, उसके पिता के मरने की, उसके बाद आने वाले बदलावों की। 15 अगस्त, 1950। स्वतंत्रता दिवस।

नारंगी की गंध। नारंगी की तेज़, भीनी गंध। मातंगी ने उसे अपनी साँसों में भर लिया और उनका ध्यान भटकने लगा। सन्तरे कौन खा रहा था?

'लाली!' वह ज़ोर से चिल्लाई। 'लाली!' कोई जवाब नहीं आया।

मातंगी को सन्तरे छीलना अच्छा लगता था। छिलके की पपड़ी उनकी उँगलियों में रह जाती थीं, और उसकी सुगंध से वह मुस्कुरा उठती थीं।

लाली कहाँ थी?

~

लाली बाहर बरामदे में बच्चे के साथ थी। वह बच्चे के साथ क्या कर रही थी?

लाली ने बच्चे को बेसन का लड्डू खिलाया था और एक सन्तरा साझा किया था। बच्चा खोया-खोया लग रहा था मानो इस सबमें उसकी कोई दिलचस्पी नहीं हो। 'मेरे साथ कमरे में आ जाओ,' वह बोली। 'आओ टीवी देखते हैं।'

अन्दर बूढ़ी औरत अभी भी सन्तरों के बारे में पूछ रही थी।

'मैंने एक सन्तरा खाया माताजी?' उसने बड़े सब्र के साथ जवाब दिया। 'मुझे कुछ अच्छा महसूस नहीं हो रहा था, और मैं जानती थी कि आपको बुरा नहीं लगेगा। मातंगी भुनभुनाई। 'सन्तरे वैसे भी खट्टे थे!' लाली ने आगे बात जोड़ते हुए कहा।

'टेलीविज़न चला दो,' मातंगी ने हुक्म दिया। 'मैं समाचार सुनना चाहती हूँ। यह जानना ज़रूरी है कि दुनिया में क्या चल रहा है।'

'आप कौन सा चैनल देखना चाहती हैं माताजी?' लाली ने पूछा, उसकी आवाज़ से बेसब्री झलक रही थी। 'अंग्रेज़ी या हिन्दी? दूरदर्शन, एनडीटीवी या ज़ी?'

मातंगी ने कोई जवाब नहीं दिया। लाली चैनल बदले जा रही थी, रिमोट से खेल रही थी, बच्चे को इशारे से चुप रहने का इशारा कर रही थी।

'दूरदर्शन,' मातंगी ने घोषणा की। 'मैं दूरदर्शन सुनना चाहती हूँ।'

लड़का पालथी मारे बैठा था और सामने टीवी के पर्दे को देखे जा रहा था।

समाचार। दंगा। उपचुनाव। चीन का वायरस।

'बन्द कर दो लाली,' मातंगी ने कुछ उदासी के साथ कहा। 'मैं समाचार नहीं सुनना चाहती।'

लाली ने आज्ञा का पालन किया। उसने आवाज़ बन्द कर दी, और तब तक चैनल बदलती रही जब तक कि जापानी कार्टून नेटवर्क नहीं लग गया। उसने बच्चे को हाथ और आँखों से इशारा किया कि उसको यह देखना चाहिए। उसके बाद उसने भौंहें चढ़ाईं और अपनी उँगलियों को होंठों पर रखकर चुप रहने का इशारा

करते हुए कहा कि अगर वह बोला या उसने किसी तरह की आवाज़ की तो वह उसको मारेगी।

बच्चा सतर्कता से देख रहा था, पर्दे पर जो दिखाई दे रहा था उसको समझने की कोशिश कर रहा था। धीरे-धीरे उसको कहानी कुछ समझ आ रही थी और वह उसके साथ जुड़ता जा रहा था। वह ख़ुशी और पूर्वानुमान के साथ देखने लगा, सामने सतरंगी नज़ारा दिखाई दे रहा था जिसमें अजीब-अजीब तरह के जीव एक दूसरे का पीछा कर रहे थे।

वह ख़ुशी के मारे हाँफी लेने से अपने आपको रोक नहीं पाया। मातंगी को उसकी आवाज़ सुनाई दी, और वह मुस्कुरा उठीं, जैसे कि उनको किसी तरह की हैरानी नहीं हुई है।

दो

नीचे वाले माले पर कैंडल लाइट डिनर हो रहा था।

रितिका ने बत्तियाँ बुझा दी थीं, बाहर स्ट्रीटलाइट की नियोन रोशनी खिड़की से छनकर आ रही थी। रसोई की हैलोजन लाइट और गलियारे की लेड लाइट उन्होंने नहीं बुझाई थी।

सतीश को वाइन ख़ास पसन्द नहीं थी इसलिए वे बियर पी रहे थे। सामान्य गिलासों में, न कि बियर वाले बड़े प्यालों में, वैसे लकड़ी और बेवत ग्लास की उनकी अलमारी में छह प्याले थे। किंगफ़िशर लाइट, क्योंकि सतीश को वह महँगी बियर कैन में पसन्द नहीं थी।

चिकेन वैसा नहीं बन पाया था जैसा उसने सोचा था, वह रबर जैसा था, जिसे चबाना पड़े। बहुत साफ़-साफ़ कहें तो सुपाच्य नहीं था। लेकिन गर्लिक ब्रेड के साथ उनको खाना अच्छा लग रहा था। सतीश को लहसुन पसन्द था। और प्याज़। और पुदीना।

'अगली बार तंदूरी चिकेन बनाना,' उसने बड़े एहतियात के साथ कहा।

'अच्छी बात है, अगली बार बदलाव के लिए आप बनाने की कोशिश कर सकते हैं मिस्टर सतीश!' उसने ऐसी आवाज़ में जवाब दिया जिसमें चुहल और कलह दोनों का मिला-जुला भाव था। 'हम दोनों नौकरी करते हैं, दोनों को खाना पसन्द आता है, इसलिए तुमको भी खाना पकाने का हुनर आना चाहिए!'

मोमबत्ती की लौ झिलमिलाने लगी। उसके होंठों पर लिपस्टिक फैल गई।

सतीश ने उसके गालों पर बड़े प्यार से चूम लिया। 'मैं तुम्हारे लिए तंदूरी चिकेन बना दूँगा,' उसने वादा किया। 'अगले सप्ताह।'

ट्रैवल एजेंसी में वह जो नौकरी करती थी वह अधिक परेशानी वाली नहीं थी फिर भी उसको दफ़्तर जाने के लिए काफ़ी सफ़र करना पड़ता था। वह फुर्ती से काम करती थी, ध्यान लगाकर काम करती थी और उसको काम करने में मज़ा

आता था। रितिका काम पर अक्सर साड़ी पहनकर जाती थी; सर्दियों के दिनों में सिल्क की साड़ी, गर्मी के दिनों में कड़क सूती साड़ी पहनकर जाती थी, मानसून के दिनों में नायलोन की साड़ी पहनती थी। कई बार बरसात के दिनों में वह अपने बनाए क़ायदे ख़ुद तोड़ देती थी और ट्राउज़र के ऊपर फ़ॉर्मल क़मीज़ पहनती थी, या जींस के ऊपर कुर्ता। महत्त्वपूर्ण बात यह थी कि वह हमेशा इन चीज़ों के मामले में मौक़े का ध्यान रखती थी।

आज घर में 'फ़्रेंच संध्या' मनाने के लिहाज से उसने पारदर्शी कपड़े पहन रखे थे—ठीक-ठीक गाउन तो नहीं लेकिन बहुत कुछ उसके जैसा ही कुछ। उसने फेसबुक पर रोमांस को ज़िन्दा बनाए रखने के बारे में एक पोस्ट पढ़ा था और तय किया था कि इसे एक बार आज़मा कर देखेगी।

उसकी अरेंज मैरेज थी, हालाँकि वे पहले दो-एक बार मिले थे और फिर उन्होंने शादी करने का मन बना लिया था। सतीश दिल से बहुत रोमांटिक था—अभी भी है। उसने रितिका का हाथ पकड़ लिया, उसकी हथेलियों की रेखाएँ देखने लगा, लेकिन मोमबत्ती की उस मद्धिम रोशनी में वे शायद दिखाई नहीं दे रही थीं। रितिका जवाब में उसकी बाँह सहलाने लगी, उसकी बाँह के पिछले मुलायम हिस्से को महसूस करते हुए, उसकी कलाई के आसपास के घने बालों को महसूस करते हुए।

'अँधेरे में तुमको क्या दिखाई देता है?' उसने छेड़ते हुए पूछा। उसके दिमाग़ में कुछ कौंधा, ऊपर कमरे में उसकी सास की छवि, जो हमेशा अँधेरे में खोई रहती थीं। उसने बात बदलने की कोशिश की, लेकिन सतीश पहले ही बात का सिरा पकड़ चुका था।

'मैं तुम्हारी हथेली की एक-एक रेखा को जानता हूँ,' सतीश ने जवाब दिया। 'मैं तुम्हारे चेहरे की एक-एक त्योरी और झुर्री और हँसी की हरेक रेखा को पहचान सकता हूँ। यहाँ तक कि अँधेरे में भी।'

उसके मिज़ाज में कुछ था जो बदल गया था। वह अभी भी अपनी नेत्रहीन सास के बारे में सोच रही थी। उसके रोंगटे खड़े हो गए।

'तुम्हारी माँ...' रितिका ने कहा, 'तुम्हारी माँ अँधेरे में भी देख सकती हैं। कई बार तो मुझे लगता है कि वह असल में अन्धी नहीं हैं। शायद उनको सब कुछ दिखाई देता है और हम लोग इस बात को समझ नहीं पाते।' उसको इस बात की समझ है कि अपने आपको कैसे काबू में रखना है, कहाँ अपने आपको रोक लेना है। 'माताजी सही में बहुत हिम्मती हैं,' उसने लापरवाही के अन्दाज़ में आगे जोड़ा,

'मैं सच में उनकी बड़ी तारीफ़ करती हूँ कि अपने शरीर की इस कमी के बावजूद उन्होंने अपने आपको सँभाले रखा है।'

रितिका जब रसोई की ओर जाने लगी तो उसकी मुस्कान फीकी पड़ गई। उसकी कामवाली इरिना पास की झुग्गी में ही रहती थी और आम तौर पर बर्तन साफ़ करने के लिए रुक जाती थी, लेकिन आज वह नहीं आई थी। 'कफ़ और फ़ीवर,' उसने व्हाट्सऐप मैसेज किया था। मैसेज उसने अंग्रेज़ी में भेजा था और स्पेलिंग ग़लत थी। रितिका ने सही करके पढ़ा। इरिना बारहवीं पास थी और उसकी हिन्दी अच्छी थी; लेकिन उसका सपना था कि उसकी अंग्रेज़ी भी फर्राटेदार हो जाए।

कफ़ और बुख़ार को लेकर सावधान रहना चाहिए, वुहान में इसी के कारण कोरोना वायरस फैला है। उसको बर्तन ख़ुद ही साफ़ करने होंगे। कल ही तो उसने 'मैनिक्योर' किया था और आज यह—चिढ़-सी हो रही थी उसको! लेकिन कम से कम कॉन्टिनेंटल खाने के बाद बर्तनों में तेल, हल्दी-मसालों के निशान तो नहीं होंगे न, यह सोचकर उसने अपने आपको दिलासा दिया, कम-से-कम यह तो राहत की बात थी।

राहुल कमरे में था, शायद सो गया था। सतीश टहलने गया हुआ था। रितिका बाहर अपनी छोटी सी बालकनी में आकर बेंत की कुर्सी पर बैठ गई और एक सिगरेट सुलगा ली। होली आने वाली थी लेकिन हवा में ठंडक बरक़रार थी। बढ़ता हुआ चाँद नीम के पेड़ की शाखाओं के साथ लुकाछिपी खेल रहा था। मातंगी माँ के बरामदे से रात की रानी के फूलों की भीनी गंध आ रही थी। उस शाम सब कुछ मादक और सम्मोहक था। वह पसरकर बैठ गई और अपनी पारदर्शी ड्रेस की झालरों को देखकर मन ही मन उन पर रीझी। उबासी लेते हुए उसने अपने नाख़ूनों को देखा। एक ख़्वाहिश थी जो उसको खाए जा रही थी—वह ख़्वाहिश क्या थी?

उसके हाथ से लहसुन की गंध आ रही थी। बियर पीने के कारण उसकी गैस निकल रही थी। उसको अपना पेट फूला हुआ महसूस हो रहा था। रितिका सिगरेट का धुआँ छोड़ते हुए पेरिस के बारे में सोचने लगी। वे हनीमून पर फ्रांस और स्विट्ज़रलैंड गए थे। सतीश ने वहाँ सबके सामने उसके होंठ चूम लिये थे। वे ऐफ़िल टावर पर चढ़े थे, लूव्रे गए, मैटरहॉर्न पर्वत की चढ़ाई की।

ऊपर की मंज़िल से एक अजीब-सी आवाज़ आई, माताजी के बरामदे से। बेला और रात की रानी की मोहक गंध के साथ वह आवाज़ आ रही थी जो कुछ-कुछ रुलाई, कुछ शोकगीत और प्रेमगीत के बीच की मिली-जुली आवाज़ जैसी लग रही थी।

अब वह शब्दों को पकड़ पा रही थी, हालाँकि धुन समझ नहीं आ रही थी। उसकी सास थीं, जो उस चाँद के लिए गा रही थीं जिसको वह देख नहीं सकती थीं। किसी कुत्ते की तरह या पागल की तरह।

रितिका ने अपनी सिगरेट बुझा दी, फिर उसको समझ आया कि उसको सिगरेट बुझानी नहीं चाहिए थी। यह बुढ़िया चमगादड़ की तरह अन्धी थी। उसको जलती सिगरेट की चिंगारी दिखाई नहीं देती, भले सिगरेट के धुएँ की भनक लग जाए। उफ़। उसको अपनी सिगरेट बुझानी नहीं चाहिए थी। उफ़।

उसने एक और सिगरेट जलाई। ऐसी कोई शपथ उसने नहीं ली थी कि वह सिगरेट नहीं पिएगी, या शादी के समय उसने ली थी? संयुक्त परिवार में सब के साथ एडजस्ट करना पड़ता है। हर किसी को।

वह बहुत ध्यान लगाकर उन शब्दों को सुनने की कोशिश करने लगी। *जाने कहाँ गए वो दिन।* उसकी सास यही गीत गा रही थीं। उनकी आवाज़ दिलकश लग रही थी, रितिका ने सोचा, हालाँकि स्वर बहुत मद्धिम था।

गाने की आवाज़ थम गई। उसने गहरी साँस लेने की आवाज़ सुनी, फिर ख़ामोशी।

क्या मातंगी माँ तक सिगरेट की गंध पहुँच गई थी? शायद नहीं। वहाँ कई तरह की गंध थी। नीचे की रसोई के इग्ज़ॉस्ट फ़ैन से ताज़े पके चावल के मसालों की ख़ुशबू बाहर आ रही थी। एक वैन पास से गुज़री और डीज़ल की गंध फैल गई। यह शहर अनेक तरह की गंधों, दुर्गंधों से भरा था।

उसने नथुनों में रात की रानी की ख़ुशबू भरी और मुस्कुरा उठी। बदली के पीछे से चाँद निकलकर आया और उसके ऊपर मुस्कुराने लगा।

~

लाली की मदद से माताजी कमरे में आ गईं। उनको चलने के लिए आमतौर पर वाकर या छड़ी की ज़रूरत नहीं पड़ती थी, लेकिन आज उन्होंने लाली का हाथ थामने से इनकार कर दिया था, और अल्यूमिनियम के वाकर के सहारे चलती हुई बालकनी में आई थीं। टक! टक! टक! टक! वह सावधानी से चलती हुईं अपने कमरे में आ गईं।

शान्ता दीदी से डिनर लेकर आने का समय हो गया था। लाली सीढ़ियाँ उतरते हुए अपने रोज़ाना के काम पर नीचे जा रही थी, घर की सीढ़ियों से नीचे उतरते

हुए वह मुस्कुरा भी रही थी। उसने रितिका को बालकनी में सिगरेट पीते देख लिया था और उसको अपने दिमाग़ में गुप्त बातों वाले खाते में दर्ज कर लिया था, वह उसके गोपनीय बैंक अकाउंट की तरह था।

दूसरे माले के फ़्लैट में अभी भी ताला लगा हुआ था। सूर्यवीर साहब और समीर भैया शिमला गए हुए थे। नीचे के माले पर शान्ता दीदी के पास वे चाबी छोड़कर गए थे। उनका कुत्ता डॉलर भी शान्ता दी के पास ही था। जब लाली डिनर का टिफ़िन लाने के लिए नीचे पहुँची तो शान्ता दी के घर का दरवाज़ा खुला हुआ था, कुत्ते ने बड़ी बेचैनी के साथ उसे देखा।

रसोई की मेज़ पर स्टील और प्लास्टिक का बड़ा टिफ़िन कैरियर इन्तज़ार कर रहा था। 'इतना समय क्यों लग गया?' शान्ता ने डपटते हुए कहा। 'माँ को भूख लगी होगी।'

'माताजी आज बड़े रोमांटिक मूड में थीं,' उसने जवाब दिया। 'चाँद के लिए एक फ़िल्मी गीत गा रही थीं, इसी कारण मुझे देर हो गई। हमारे नीचे वाली बालकनी में रितिका मेमसाहब सिगरेट पी रही थीं, उनको सिगरेट बुझानी पड़ गई।' वह हँसते-हँसते दोहरी हुई जा रही थी, लेकिन उसकी आँखें शान्ता पर लगी हुई थीं, वह देखना चाह रही थी कि शान्ता दी इस पर क्या कहती हैं।

अपने नाम के अनुरूप शान्ता एक शान्त इंसान थीं, इधर-उधर की बातों में ज़्यादा दिलचस्पी नहीं लेती थीं। उसने अपनी आँखें चढ़ाते हुए उसको सवालिया निगाहों से देखा, और रसोई की मेज़ की तरफ़ इशारा कर दिया।

लाली जब ऊपर की मंज़िल पर पहुँची तो मातंगी कुर्सी पर बैठी बच्चे के चेहरे को सहला रही थीं।

'इसके खाने का ठीक से ध्यान रखो,' उन्होंने कहा। 'यह दुबला और भूखा लग रहा है।'

उस रात दोनों साथ-साथ सोए, लाली और वह बच्चा, बरामदे के एक कोने में पर्दा लगा हुआ था, जो उनके लिए बेडरूम का काम करता था।

~

शान्ता अपनी बिल्ली के साथ टेलिविज़न देख रही थी, वह एक बड़ी जिंजर कैट थी, जिसके चेहरे पर हैरानी का भाव रहता था और उसकी पूँछ कुछ अधिक ही

घनी थी। वह न्यूज़ चैनल देखने से बच रही थी, जले हुए घरों और नफ़रत की ज़हर बुझी छवियों को दूर करने की कोशिश कर रही थी। वहाँ या तो यह था या चीनी वायरस—मीडिया में इसके अलावा जैसे कुछ था ही नहीं।

अपने संगठन के सहयोगियों के साथ शान्ता ने दो भयानक दिन उत्तर-पूर्वी दिल्ली में बिताए थे। उसका सामना ऐसी औरतों से हुआ था जो सब कुछ गँवा चुकी थीं लेकिन अभी भी पूरी हिम्मत के साथ ज़िन्दगी जिए जा रही थीं। उनको देखकर उसको निजी रूप से ऐसी ख़राश पहुँची जैसी पहले कभी महसूस नहीं हुई थी। जाति, समुदाय और धर्म—ऐसा लग रहा था, ज़िन्दगी के उस मलबे में बस यही बाक़ी रह गया था। उसको यक़ीन नहीं हो रहा था कि वह जिस भारत को जानती थी वह इतना बदल गया है। या शायद वह हमेशा से ऐसा ही था।

शुक्र की बात थी कि ट्रम्प की यात्रा पूरी हो गई थी, हालाँकि मलीना—ताजमहल जैसे नाम अभी भी सुनाई दे जा रहे थे। वह इस बात से हैरान थी कि उसकी बिल्ली का नाम ट्रम्प रखा गया था और दोनों साथ-साथ समाचार देख रहे थे। ट्रम्प मादा थी, और उसके बच्चे होने ही वाले थे। ख़ैर, दुनिया इसी तरह चलती रहेगी, उसने कुछ दार्शनिक अन्दाज़ में अपने आप से कहा, बिल्लियाँ और राष्ट्रपति, गुंडे और तोड़फोड़, उदारवादी और फासीवादी, फ़ैशनपरस्त और नारीवादी। सभी इसमें एक साथ थे, और उन सबको इसी तरह चलते रहना होगा।

एक कुत्ता जिसका नाम था डॉलर और एक बिल्ली जिसका नाम था ट्रम्प। यह चुहल का अन्दाज़ बहुत दिलचस्प था। इसको कुछ पता नहीं था कि उसके भाई सूर्यवीर और उसके गोद लिये बेटे को कब और कहाँ यह दुबला-पतला, बेचैन आवारा कुत्ता मिल गया था जिसका नाम उन्होंने डॉलर रखने का फ़ैसला कर लिया। इसकी भी कोई पेचीदा पहेली होगी, इसके पीछे कोई कहानी होगी। कारण यह था कि सूर्या में ऐसा कुछ भी नहीं था जो सीधा-सरल हो।

जब वह वामपंथी से दक्षिणपंथी हुआ तो उसको कोई हैरानी नहीं हुई। शान्ता अपने दयालु, सहिष्णु बड़े भाई के वैचारिक संघर्ष को तभी से देखती आ रही थी जब वह किशोर था। सूर्यवीर शाकाहारी था, अमनपसन्द, अराजक, मार्क्सवादी, लेनिनवादी और ट्राट्स्कीवादी, वह एक से दूसरे विचार की शरण में जाता रहा ताकि उसको पूरी तरह से तार्किक उत्तर मिल सके।

वह अब शाकाहारी नहीं था, और शान्ता को लगता था कि अब वह भावनात्मक और विश्वास के मामले में वैसा हो गया था जैसी एक उम्र के बाद उच्च जाति के

ब्राह्मण से अपेक्षा की जाती है। उसकी ज़िन्दगी के अलग-अलग दौर में जो दोस्त थे वे अभी भी उसके ऊपर भरोसा बनाए हुए थे और एहतियात के साथ उसकी वैचारिक पलटी को नज़रअन्दाज़ करते रहते थे।

सूर्यवीर अपनी व्यावहारिक बहन शान्ता को बहुत पसन्द करता था और अपनी ज़िन्दगी में अक्सर आने वाली उलझनों को सुलझाने के लिए उसी के ऊपर भरोसा करता था। शान्ता भी उसको बेपनाह प्यार करती थी, और जानती थी कि वह हमेशा उसके ऊपर भरोसा कर सकती है, कहने का मतलब यह कि वह अपने दूसरे भाई सतीश से अधिक उसके ऊपर भरोसा करती थी।

शान्ता ट्रम्प के साथ खेलते हुए समाचार सुन रही थी कि दरवाज़े की घंटी बजी। बाहर तीन पुलिस वाले खड़े थे, दो पुरुष और एक महिला अफ़सर। उन्होंने पूछा कि क्या वे अन्दर आ सकते हैं। शान्ता ने उनको अपने डायनिंग टेबल पर बिठाया और उनके सामने धैर्यपूर्वक बैठ गई। एनजीओ में सालों काम करने के कारण उसको यह समझ आ गया था कि पुलिस से किस तरह निपटना होता है।

शान्ता ने अपनी बाई मुन्नी से पानी लाने के लिए कहा और फिर उन पुलिस वालों से पूछा कि क्या वे चाय पिएँगे। हट्टी-कट्टी महिला पुलिस ने कहा कि वह कॉफ़ी पीना चाहेगी। जब मुन्नी फ्रेंच प्रेस बर्तन में कॉफ़ी लेकर आई तो ऐसा लग रहा था कि उस महिला को कुछ परेशानी महसूस हो रही थी, लेकिन उसने बड़े सन्तुलित तरीक़े से सब सँभाल लिया।

'मेरा नाम बबली मोहन है' उसने बड़े मधुर स्वर में कहा, 'और ये मेरे सहकर्मी हैं श्री कृपा राम और कुन्दन सिंह जी।' पुलिस वालों ने हामी भरने के अन्दाज़ में अपने शरीर को हिलाया और एक-दूसरे की आँखों में आँखें डालकर देखने लगे।

'आपके पड़ोसियों के बारे में पुलिस में शिकायत की गई है,' उसने कहा। सी 102, आपके पड़ोस में। आप उस मैडम को जानती हैं? आप आख़िरी बार उनसे कब मिली थीं?'

सी 102। अगस्त्य सेन एक अवकाशप्राप्त राजनयिक थे। वे पोलैंड में भारत के राजदूत रह चुके थे। उनकी पत्नी अन्ना पूर्वी यूरोप की रहने वाली थीं, शायद हंगरी की। उसने उनको आख़िरी बार दो महीने से भी अधिक समय पहले देखा था। क्रिसमस के दिन वे टहल रहे थे। उसको इसलिए याद था क्योंकि उसने उन लोगों को क्रिसमस की शुभकामनाएँ दी थीं। बाद में उसी शाम अन्ना ने उसके घर केक भिजवाया था।

'कोई और सूचना?' बबली मोहन ने बड़ी सफ़ाई से पूछा। 'असल में बात यह है कि वे ग़ायब हो गए हैं। उनके घर में काम करने वाले सहायक ने पुलिस को फ़ोन करके सन्देह जताया था। किसी तरह की चोरी या किसी गड़बड़ी का कोई सबूत नहीं मिला है। अभी तक।'

शान्ता पुलिस वालों से निपटना अच्छी तरह जानती थी, पुलिस वाले केस को बन्द करना चाह रहे थे। शान्ता ने और कोई सूचना नहीं दी। 'मुझे बस इतना ही पता है,' शान्ता ने कहा और बबली को अपना कार्ड दिया।

'मुझे बताते रहिएगा। ज़ाहिर है अपने पड़ोसियों की मुझे फ़िक्र रहती है। मैं जितना उनको जानती थी वे अच्छे लोग लगते थे।'

'शान्ता शर्मा।' बबली मोहन ने उसके कार्ड पर ऐसे पढ़ा जैसे कोई आरोप लगा रही हो। 'विमन फ़ॉर पीस।' मतलब आप एनजीओ वाली हो? शाहीन बाग? जेएनयू टाइप? अर्बन नक्सल? आतंकवाद। देशद्रोह। इन दिनों सावधान रहने की ज़रूरत है मैम। मैं जानती हूँ कि आप अच्छी महिला हैं, और आपके इरादे सही हैं, लेकिन...'

उसने अपने नोटपैड से काग़ज़ का एक टुकड़ा फाड़कर उसके ऊपर अपना नाम लिखा और फ़ोन नम्बर भी। 'आपको जब भी मेरी किसी मदद की ज़रूरत महसूस हो तो मैं खड़ी मिलूँगी। और प्लीज़ आपको अपने पड़ोसियों मिस्टर सेन और मिसेज़ सेन के बारे में कुछ भी पता चले तो बताइए ज़रूर।'

दोनों पुरुष पुलिसवालों ने एक शब्द भी नहीं कहा। वे साथ-साथ बाहर निकले और बाहर निकलने के पहले उन्होंने विनम्रतापूर्वक हाथ जोड़े।

इस मुठभेड़ से शान्ता थक गई थी। वह अपनी माँ के पास जाना चाह रही थी, लेकिन अचानक उसको बहुत थकान महसूस होने लगी। मुन्नी पास ही मँडरा रही थी, उसके चेहरे पर उत्सुकता का भाव था। लेकिन शान्ता का उससे बात करने का कोई इरादा नहीं था।

'मुन्नी मेरे लिए थोड़ी सी कैमोमाइल चाय लेकर आओ,' उसने आदेश दिया। 'मैं इस समय तुमसे कोई बात नहीं करना चाहती। अफ़वाह, चुग़ली या कोई सूचना कल तक का इन्तज़ार कर सकती हैं।'

उसने टेलिविज़न चला दिया, वह किसी ऐसे चैनल की तलाश में लग गई जो कोरोना वायरस को लेकर पगलाया हुआ नहीं हो। एक चैनल पर दिखा कि मध्य प्रदेश के सामने चुनौती खड़ी हो गई है। विधायकों को बन्धक बनाकर रखा गया था। 'राजनीति का नाटक हमेशा मनोरंजक होता है,' उसने अपने आप से

कहा, 'और शिक्षा देने वाला भी।' लेकिन पाँच मिनट समाचार देखने के बाद उसने टेलिविज़न बन्द कर दिया।

~

मातंगी सोने की तैयारी कर रही थी। सोना कभी भी आसान नहीं होता था। दिन बीतने के बाद थकान महसूस नहीं होती थीं, बल्कि शाम ढलने के बाद वह अधिक जाग्रत, अधिक जीवंत महसूस करने लगती थीं। शान्ता ने उनके लिए जो खाना भिजवाया था उसके स्वाद का उन्होंने ख़ूब आनन्द उठाया था। दाल, आलू, मटर पुलाव दीवार के पास लगी एक छोटी सी मेज़ पर परोसा गया। वह अपनी बेटी के ऊपर आने का इन्तज़ार करती रहीं। वह हमेशा आती थी। उसने लाली से कहा कि वह बच्चे को ठीक से खिला दे। और फिर जब बोलने वाली घड़ी ने गाकर समय बताया तो वह गईं और निराश होकर अपने बिस्तर पर लेट गईं।

दस बजे सब बन्द होने का समय होता था। लाली बरामदे में लौट आई और फ़ोन पर अपने परिवार वालों से बात करने लगी। वह जगी हुईं सड़क पर आती आवाज़ों को सुन रही थीं, कुत्तों के भौंकने की आवाज़, बीच-बीच में पार्क से कहीं उल्लू के बोलने की आवाज़ भी सुनाई दे जाती थी।

रात के फूलों की सुगंध उसके कमरे में आ रही थी। चमेली, मोगरा, रात की रानी। ख़ुशबू को महसूस करते हुए वह अँधेरे में मुस्कुरा उठीं। लम्बी रातों में जो सपने उनको जगाए रहते थे, उनके सामने खुलने लगे।

वह नींद में जाने ही वाली थीं कि उनका सेल फ़ोन वाइब्रेट करने लगा। उनकी बेटी शान्ता का फ़ोन था। उनको कभी कोई और फ़ोन नहीं करता था। मातंगी ने अपने पुराने ब्लैकबेरी फ़ोन को अपने कान से लगा लिया। उनको अपनी बेटी की आवाज़ अच्छी लगती थी। उसके नाम की तरह ही उसकी आवाज़ शान्त थी, और म्यूज़िकल भी।

'आप ठीक हैं न मम्मी?' शान्ता ने पूछा। 'सॉरी, आज मैं आ नहीं पाई, बहुत सारी चीज़ें हो गई थीं। सुबह आपका नाश्ता लेकर मैं ही आऊँगी। नारियल की चटनी के साथ इडली बना रही हूँ। गुडनाइट, डार्लिंग माताजी। अपनी दुआओं में याद रखिएगा।'

उनकी दुआएँ! क्या उनके बच्चों को ऐसा लगता था कि माताजी बहुत धार्मिक महिला हैं? वैसे वह न तो नास्तिक थीं या ऐसी भी नहीं जो ईश्वर में विश्वास नहीं

करती हों; लेकिन ईश्वर से उनका रिश्ता बहुत विवादास्पद था। ईश्वर ने उनके साथ न्याय नहीं किया था, और वह अपने ग़ुस्से और निराशा के चलते उनको माफ़ नहीं कर पाती थीं।

केवल देवी उनके ग़ुस्से के कोप से बची हुई थीं; केवल मातंगी, जिनके ऊपर उनका नाम रखा हुआ था। उन्होंने मातंगी की पूजा बन्द कर दी थी, उनसे आशीर्वाद माँगना उन्होंने बन्द कर दिया था, लेकिन कई बार उनके सपने में देवी प्रकट होती थीं। वैसी रातों में वह उनको महसूस कर पाती थीं, हाथ में तलवार लिये उच्छिष्ट-मातंगिनी, मुगदर लिये, अंकुश और कमन्द लिये। उनके आसपास एक तोता चक्कर लगाता रहता था, ख़ुशी से भरा हुआ और सतर्क आँखों वाला।

मातंगी अपने सपनों की स्मृतियों में लौट गईं, रात के फूलों की भीनी शान्ति में। वह चाँद के जादू में खो गईं, अलग-अलग समय की स्मृतियाँ आ रही थीं—बिस्तर पर सोए बच्चों की स्मृतियाँ, अपने पति के दुबले पैरों को दबाने की स्मृति, रोटी बनाने के लिए आटा गूँधने की स्मृति। उसके वर्जित होंठों की, उसके मुलायम हाथों की। उस अकेलेपन में सब जुट गए थे, जिनको थामा जा सकता था, छुआ जा सकता था।

आख़िरकार जब उनको नींद आई, वह अपने रूमाल को पकड़े हुए थीं, रूमाल की किनारी पर जो गुलाब और उसकी पंखुड़ियों की कढ़ाई थी उसको सहलाते हुए, अपनी स्मृतियों और अकेलेपन को उसके सहारे काट रही थीं। जब उनकी नींद खुली तो लाली किसी से फ़ोन पर फुसफुसाकर बात कर रही थी और बीच-बीच में ठिठिया भी रही थी। बोलने वाली घड़ी जैसे उलाहने दे रही थी। एक और दिन। एक और सुबह, दोपहर, शाम को निबाहना था।

उन्होंने अपनी आँखों से अपने बाल सरकाए और मुस्कुरा उठीं। 'गुडमॉर्निंग लाली,' उन्होंने प्रफुल्लित अन्दाज़ में कहा।

'गुड मॉर्निंग माताजी!' लाली ने जवाब दिया। 'गुड मॉर्निंग।'

और फिर बच्चे ने गर्म, ऊष्मा-भरी आवाज़ में कहा, 'गुड मॉर्निंग मम्मीजी।'

उसके नन्हे पैरों की सरसराहट, उनको अपनी बाँहों में लपेटे। 'गुड मॉर्निंग मम्मीजी।'

तीन

होली का दिन है। दस मार्च। रंगों के त्योहार का मतलब होता है गर्मी का आगमन, लेकिन इस साल नहीं। इस बार ठंड है, हवा चल रही है और बादल छाए हुए हैं। पिछली रात जो होलिका दहन हुआ था उसकी आग हवा में ठंडी पड़ गई थी। कोरोना वायरस के कारण लोग घरों में बन्द थे, और प्रधानमंत्री ने लोगों से आग्रह किया था कि वे हुल्लड़बाज़ी के इस त्योहार को पूरे संयम के साथ मनाएँ।

सी-100 की निचली मंज़िल पर शान्ता ख़ूब सारा खाना पका रही थी। ऑर्गैनिक आटे और सूजी को इलायची के स्वाद वाले घोल में मिलाकर तैयार की गई गुझिया की दो कड़ाही सेंक चुकी थी। मुन्नी, जो कई अलग-अलग तरह की भूमिकाएँ निभाती थी, और एक शानदार रसोइया भी थी, गुझिया को तलना चाहती थी, लेकिन शान्ता उसको सेंककर बनाना चाहती थी। यह पकाने की नई विधि थी, और एक बार जब गुझिया के ऊपर चाँदी का वर्क लगा दिया गया तो शान्ता ने उनको चार अलग-अलग टोकरियों में रख दिया, जिसके ऊपर लार्कस्पर फूलों की टहनियाँ सजाई गईं, जो उसके छोटे से बग़ीचे में उस वसन्त में पहली बार खिले थे।

इस साल कोई रंग नहीं, सूखे पाउडर वाले रंग भी नहीं। अब चीनी रंगों के ऊपर कोई भरोसा नहीं करता था, और उसके बहुत से दोस्तों की तरह वायरस के भय ने उसको भी चौकन्ना कर दिया था।

जब दोनों औरतें त्योहार की तैयारी में लग गईं तो कुत्ता डॉलर और बिल्ली ट्रम्प अलग-थलग पड़ गई थीं। मुन्नी ने पहली मंज़िल की घंटी बजाई और दरवाज़े के आई होल से अन्दर झाँककर देखने की कोशिश करने लगी। शान्ता ने अपने भाई को फ़ोन करने की कोशिश की थी लेकिन उसका फ़ोन आउट ऑफ़ रेंज बता रहा था।

एक और मंज़िल ऊपर दरवाज़े की सजावट इस बात की घोषणा कर रही थी कि वह रितिका और सतीश का घर था। दरवाज़ा सतीश ने खोला, और वह चिन्तित दिखाई दे रहा था। 'उसको जुकाम हो गया है,' उसने कहा, 'और बुख़ार

भी है। और काम वाली इस पूरे हफ़्ते बीमार थी। उफ़!' फिर उसने अपने आपको सँभाला और अपने स्वाभाविक रूप में आ गया। 'हैप्पी होली, मेरी प्यारी बहन! और आपको भी मुन्नी दीदी।'

शान्ता ने डाइनिंग टेबल पर गुझिया की एक टोकरी रख दी। पहले उसने अपने हाथों को कुछ नाटकीय ढंग से जोड़ते हुए नमस्ते कहा, और फिर उसको अपने माथे तक उठाकर आदाब कहा।

'दूरी बनाकर रहो प्यारे भाई,' उसने बड़े प्यार से कहा। 'और तुम लोगों को बहुत सारी हैप्पी होली। मुझे अब ऊपर मम्मी के पास जल्दी जाना है, कल शाम मैं उनके पास जा नहीं पाई थी, पुलिस आ गई थी।'

सतीश के सहज चेहरे पर उत्सुकता का कोई चिह्न दिखाई नहीं दिया। 'पुलिस?' उसने धीरे से पूछा। 'क्या हुआ बहन?'

'इसके बारे में बाद में बात करते हैं,' शान्ता ने ऊपर सीढ़ियाँ चढ़ते हुए जवाब दिया। 'बाद में बताऊँगी।'

मातंगी अपने बिस्तर पर बैठी थीं, उनके हाथ सामने की तरफ़ इस तरह फैले थे मानो वह अपनी नेल पॉलिश को देख रही हों। शान्ता जब छोटी थी तभी से उनका अन्धापन शान्ता की ज़िन्दगी का अभिन्न हिस्सा था। आँखों की बीमारी के कारण मातंगी का अन्धा हो जाना उनके बच्चों के लिए वास्तविक तथ्य था। मातंगी ने ख़ुद जिस तरह बिना किसी घबराहट के इस माहौल का सामना किया उसके कारण उनका अन्धापन और सामान्य लगता था।

चूँकि आँखों की रोशनी धीरे-धीरे जा रही थी इसलिए मातंगी ने अपने आपको धुँधली दृष्टि के अनुकूल ढाल लिया था। वह अपने काम आराम से कर लेती थीं, आराम से चल-फिर लेती थीं, कभी कोई शिकायत नहीं करती थीं, कभी यह पता नहीं चलने देती थीं कि उनको कितना कम या बिलकुल दिखाई नहीं देता था। उनकी इस बात की तरफ़ ध्यान भी नहीं गया कि कब और कैसे उनकी बाक़ी इन्द्रियों ने सब सँभाल लिया था, और उनकी सुनने की क्षमता, सूँघने की क्षमता, स्वाद, अधिक तेज़ और सूक्ष्म हो गए थे। उनकी उँगलियों के पोर, उनके तलवे, यहाँ तक कि अपनी बाँहों के बालों से, सभी अंगों से उनको महसूस होने लगा था।

'नेल पॉलिश की ख़ूबसूरती को निहार रही हैं क्या?' शान्ता ने पूछा। वे दोनों एक साथ होते थे तो ख़ूब हँसी-मज़ाक़ करते थे, और उसकी माँ का मज़ाक़ इतना छुपा हुआ होता था कि बेटी सन्न रह जाती थी।

'क्या किया जाए? तूने मेहँदी लगाने नहीं दी!' मातंगी ने जवाब दिया, उनके चेहरे पर प्यार-भरी मुस्कान फैली हुई थी। उनकी बेटी ने जब यह फ़ैसला किया कि वह अकेली रहेगी, उनको इस बात से किसी तरह की निराशा महसूस नहीं हुई थी। बल्कि वह उस आज़ादी को समर्थन देती थीं जो शान्ता के एकल जीवन के साथ आती थी। फिर भी इस बात से उनको हैरानी होती थी और इससे उनको उलझन भी हो जाती थी कि उनके तीन बच्चों में से एक ने ही शादी की उनको यह सोचना अच्छा लगता कि सूर्या और शान्ता बजाय अपने-अपने रास्ते पर निकलने के शादी के बन्धन में बँधे होते।

मुन्नी ने सिंकी हुई गुझिया निकालीं और एक प्लेट में रख दीं। उन्होंने खाने के लिए लाली और उस बच्चे को दिया, जो बहुत जोश में लग रहा था। शान्ता ने थोड़ा सा रंग माँ के माथे से लगा दिया जिसके ऊपर लकीरें पड़ी हुई थी, और आदर के साथ झुककर उनके पाँव छू लिए। उनके सुन्दर पैर, जो अभी जवान लगते थे जबकि उनका सारा शरीर बुढ़ा गया था।

'तुम्हारा नाम क्या है बेटा?' उसने बच्चे से पूछा।

'रियाज़,' उसने जवाब दिया। 'लेकिन लाली आंटी ने मुझे कहा था कि मैं अपना नाम पप्पू बताऊँ।'

एक पल को ख़ामोशी छाई रही, क्योंकि वहाँ सब उस बात को अपने-अपने ढंग से समझने का प्रयास कर रहे थे। लाली का चेहरा रहस्यमय लग रहा था। शान्ता ने हालात को हमेशा की तरह अपने काबू में लिया।

'फिर तो मेरे ख़याल से पप्पू ही सही है,' उसने चहकते हुए लेकिन पूरी तरह ज़ोर देकर कहा। 'लाली हमेशा सही कहती है! आपसे मिलकर बहुत अच्छा लगा पप्पू, और आपको होली की बहुत मुबारकबाद।'

मातंगी होली की एक ठुमरी गुनगुना रही थीं। आज उनकी आवाज़ घरघरा रही थी, लेकिन सुर सही था।

'उड़त अबीर गुलाल,' वह पूरी उमंग में गा रही थीं, मानो वह हरे, लाल और गुलाबी रंग को आकाश में उड़ते हुए देख रही हों। 'मैंने सालों पहले गिरिजा देवी को गाते हुए सुना था जब...'

मातंगी अतीत का ज़िक्र कभी नहीं करती थीं सिवाय 'जब' के।

'यह राग मिश्र गारा है' उन्होंने बहुत सन्तुलित भाव से कहा। 'आओ होली का कोई गीत बजाते हैं क्योंकि कोई और तो किसी और तरह से मना नहीं रहा है।'

लेकिन लाली गप्प सुनाने के मूड में लग रही थी। 'मैंने सुना शान्ता दीदी कि कल आपके यहाँ पुलिस आई थी,' उसने ऐसे पूछा जैसे वह चौंकी हुई हो, उसके चेहरे पर चौंकने तथा उत्सुकता का भाव बना हुआ था। 'बुज़ुर्ग मिस्टर सेन और उनकी विदेशी बीवी ग़ायब हो गईं? उनके यहाँ सफ़ाई करने वाले को ऐसा लग रहा था कि वे कोरोना-शोरोना के कारण भाग गए। हो सकता है उनका क़त्ल कर दिया गया हो? या उन्होंने आत्महत्या कर ली हो?'

सामने के दरवाज़े से ठहाके की आवाज़ आने लगी, और सूर्यवीर समीर के साथ दरवाज़े से अन्दर घुस आया। 'होली मुबारक मातंगी माँ!' कहते हुए उन्होंने उनके ऊपर गुलाब के फूलों की वर्षा कर दी।

मातंगी के चेहरे पर ख़ुशी का भाव था। उनका पहला बच्चा तीनों बच्चों में उनको सबसे प्यारा था। 'तुम कहाँ ग़ायब हो गए थे सूर्या?' उन्होंने उससे बहुत प्यार से पूछा। 'तुम मुझसे मिले बिना शिमला चले गए!'

सूर्यवीर का जवाब कुछ उलझन-भरा था, जिसमें एक आकस्मिक फ़ील्ड ट्रिप था, एक पुराना दोस्त और बर्फ़बारी थी। वह मूल मुद्दे से भटक रहा था जो आकर्षक था और ग़ुस्से में डालने वाला भी, सब कुछ हालात पर निर्भर करता था।

मातंगी अपने आसपास छितराए हुए गुलाब के फूलों की पंखुड़ियों को सहला रही थीं। वह उनको ऐसे सहला रही थीं मानो वह गुलाब की एक-एक पंखुड़ी को महसूस कर रही हों, वह उनसे बातें कर रही थीं। उन्होंने गहरी साँस ली और उनके चेहरे पर दिव्य मुस्कान फैल गई।

बच्चा और गुझिया खाना चाह रहा था। 'और ये बच्चा कौन है?' सूर्या ने चहकते हुए पूछा।

'मेरा भतीजा पप्पू है,' लाली ने झट से जवाब दिया। 'बस कुछ दिन के लिए मेरे पास है सूर्या सर।'

पूरी बातचीत के दौरान समीर ख़ामोश था, वह अपने फ़ोन में लगा हुआ था। 'मुझे भागना पड़ेगा...' वह फुसफुसाया और सीढ़ियों से नीचे की तरफ़ भागा। उसके पीछे-पीछे सूर्यवीर भी भागा।

शान्ता और उसकी माँ ख़ामोशी से साथ-साथ बैठी थीं, अस्वाभाविक रूप से उस ख़ामोश होली को मना रही थीं, जिसमें त्योहार जैसा कुछ भी नहीं था।

दोनों, अलग-अलग एक और होली को याद कर रहे थे, लगभग तीस साल पहले की होली को। तब वे काका नगर में रहती थीं, एक पुराने से सरकारी घर

में। एक छोटे से कमरे में तीन बच्चे रहते थे, एक और कमरा उस कमरे से जुड़ा हुआ था जिसमें उन बच्चों के मम्मी-पापा रहते थे।

उन बच्चों के पिता रक्षा मंत्रालय में काम करते थे, ऑडिट एंड अकाउंट विभाग में। उनकी मूँछें टूथब्रश जैसी थीं, जिसमें वे हिटलर या चार्ली चैप्लिन या 'शोले' फ़िल्म के असरानी की तरह लगते थे; यह देखने वाले के ऊपर निर्भर करता था कि वह उनको किस तरह देखता था।

उस साल होली में उनको ख़ूब सारे तोहफ़े मिले थे—एक कार्टून जैम, लड्डू, गुझिया और चाँदी की एक प्लेट भी जिसमें रंग भरे हुए थे। बाहर पार्क में होली की पार्टी थी; शान्ता को रंगों की वह छटा अभी तक याद थी, पीला, लाल, हरा, और उसके चारों तरफ़ खिलखिलाते हुए चेहरे।

बाद में, वह धीरज के साथ बाथरूम जाने का इन्तज़ार करने लगी, 'ताकि वह अपने मुँह से और बाँहों से पक्का रंग धो सके।' सतीश पहले ही नहा चुका था, हालाँकि उसकी नाक के पास बैंगनी रंग अब भी लगा हुआ था जो छूट ही नहीं रहा था। सूर्या बाथरूम में बहुत समय लगा रहा था, और वह चिन्तित थी कि जब तक वह निकलेगा तो बाथरूम में पानी ही नहीं बचेगा।

उसके पापा ने अभी तक स्नान नहीं किया था। न ही उसकी माँ ने। वे अपने बाथरूम में बहस कर रहे थे। उसने इससे पहले कभी अपनी माँ को तेज़ आवाज़ में बोलते नहीं सुना था, उसके पिता से तो कभी नहीं, लेकिन वह आम तौर पर जिस आवाज़ में बात करती थीं उससे तेज़ आवाज़ में बात कर रही थीं, और अधिक सख़्ती के साथ बोल रही थीं। उनकी आवाज़ से शान्ता को लगा कि वह रो भी रही थीं।

शान्ता सावधानी से पर्दे के पीछे से झाँकने लगी। उसके पापा माँ को थप्पड़ मार रहे थे। उसको उन थप्पड़ों की आवाज़ सुनाई दे रही थी। एक, दो, तीन। उनके रंगों से सराबोर चेहरे पर थप्पड़ों की गूँज सुनाई दे रही थी। उसके बाद उसके पिता ने उनकी माँ के बाल खींचे, उसकी चोटी को, जिसके कारण उनकी गर्दन पीछे की तरफ़ मुड़ गई और उनकी आँखें गोल-गोल घूम गईं। एक और ज़ोरदार थप्पड़ मारने के बाद वह नहाने के लिए बाथरूम के भीतर चले गए।

उसकी माँ ने शान्ता को नहीं देखा। उनको वैसे भी कुछ दिखाई नहीं दे रहा था और उनकी बेटी पर्दे की तहों के पीछे छिपी हुई थी। वह बिस्तर पर अपना सिर पकड़कर बैठ गईं। वह रो नहीं रही थीं।

वह शाम किसी और शाम की तरह ही थी। उसकी माँ ने छोले-चावल बनाए थे। त्योहार के उत्साह में सभी भूखे महसूस कर रहे थे। डिनर के बाद वे मिठाइयों, लड्डुओं तथा गुझिया पर टूट पड़े, जो उनके पिता के लिए होली के तोहफ़े के रूप में आए थे।

सूर्यवीर का पेट ख़राब हो गया था। वह पूरी रात टॉयलेट जाता रहा। वह उसके साथ वाली पलंग पर लेटी थी, जबकि सतीश दीवार के साथ लगे दीवान पर सोया था, उस खिड़की के नीचे जो हमेशा बन्द रहती थी।

शान्ता पूरी रात माँ के बारे में फ़िक्र करती रही थी। उसने यह संकल्प लिया कि अगली सुबह वह अपने पापा से पूछेगी। लेकिन वह दफ़्तर के लिए जल्दी निकल गए, और उसकी माँ सामान्य और शान्त दिखाई दे रही थीं। उसको क्या कहना या करना चाहिए?

वह उस दृश्य को कभी भूल नहीं पाई, और अक्सर होली के दौरान वह उसको याद आ ही जाता था।

~

मुन्नी और लाली अभी भी बाहर बालकनी में बातचीत में मगन थीं। वह लड़का उसको आँखें फाड़े देखे जा रहा था। बाहर ख़ामोशी थी, न जोशीली आवाज़ें आ रही थीं, न अजनबियों के ऊपर रबर के बैलून फेंके जा रहे थे। यह होली और वह होली। शान्ता ने दिन के खाने के लिए छोले-चावल पकाए थे। 'जब गप्पबाज़ी ख़त्म हो जाए तो माताजी के लिए खाना ले आना!' शान्ता ने मुन्नी से कहा, 'या लाली से कहना कि वह नीचे जाकर खाना ले आए।'

'मुझे भूख नहीं लगी है,' मातंगी ने कहा। 'मेरे ख़याल से मैं या तो सन्तरा खाऊँगी या केला।'

'मैंने आपके लिए छोले-चावल पकाए हैं मम्मी,' शान्ता ने ज़ोर देते हुए कहा।

'मैं रात में खा लूँगी,' मातंगी ने उदासी के साथ कहा। वह अपने बिस्तर पर लेटी थीं, उनका चेहरा दीवार की तरफ़ था।

उनको भी वह होली याद आ रही थी। उन्होंने अपने पति को उस औरत के साथ देखा था, दोनों को साथ-साथ घर में जाते हुए देखा था। मातंगी की उम्र चालीस के पार थी। उनकी आँखों की रोशनी धुँधली पड़ने लगी थी, उनके घुँघराले बाल माथे पर सफ़ेद हो गए थे। वह अपना चेहरा लक्स साबुन से धोती थीं, दिन के समय

लैक्टो कलमाइन लगातीं, रात में पांड्स की कोल्ड क्रीम। कटिक्यूरा पाउडर। बालों में केयो कार्पिन हेयर आयल। कई बार आँखों में काजल भी लगाती थीं। दो लक्मे के लिपस्टिक। वह कभी सुन्दर नहीं थीं, लेकिन एक कर्तव्यनिष्ठ पत्नी थीं, एक अच्छी माँ। वह पैसे बर्बाद नहीं करती थीं।

उस होली उसने उनको थप्पड़ मारा था। पहली बार नहीं। न आख़िरी बार। उन्होंने उस रात अपने कपड़े पैक कर लिए; तीन साड़ी, अंडरवियर और एक तौलिया, उस पुरानी अटैची में जो वह अपने ऑफ़िस टूर पर लेकर जाती थीं। उन्होंने कढ़ाई वाले अपने रूमाल पैक कर लिए, जो काफ़ी पुराने सपने के अवशेष थे। वह उनको पीछे छोड़कर नहीं जाएगी। वह चली जाएगी, भाग जाएगी, वहाँ से निकल जाएगी। वह रात रेलवे स्टेशन के लेडीज़ वेटिंग रूम में बिताएगी, और सुबह के समय जो भी ट्रेन मिलेगी उसमें सवार हो जाएगी। कहीं भी। इटावा। विशाखापत्तनम। वैसी जगह जहाँ वह किसी को भी नहीं जानती हो, जहाँ कोई उनको नहीं जानता हो।

लेकिन वह गई नहीं। जाहिर है वह जा नहीं सकती थीं। उन्होंने उस घर में क़ैदी की तरह रहना स्वीकार कर लिया था, जनम-भर। वह एक भारतीय स्त्री थीं। एक हिन्दू औरत। उनके बच्चे थे। उनके पास जाने के लिए कोई जगह नहीं थी।

उनकी आँखों की रोशनी और मद्धिम पड़ने लगी। उन्होंने नहीं देखने का चुनाव किया था। शायद उन्होंने अन्धे होने का प्रण कर लिया था।

उनके पति प्रबोध कुमार सिन्हा, भारतीय ऑडिट एंड अकाउंट्स सर्विस के अधिकारी। उनको पकौड़े, छोले-पूड़ी पसन्द थे। और दूसरे लोगों की पत्नियाँ।

वह घर। वह जीवन। यह सब इतनी पुरानी बात थी कि उनको बमुश्किल याद आती थी। वह इस ख़ामोश अँधेरे में अपने बच्चों के साथ पूरी तरह सुरक्षित थीं।

'मुझे एक गुझिया देना लाली,' वह बोली। 'और एक सन्तरा भी।'

~

बाद में, दोपहर में, राहुल भटकता हुआ उनके पास पहुँचा।

'मेरी माँ बीमार हैं,' उसने दुःखी भाव से कहा, 'और मेरे पापा के सिर में भी दर्द हो रहा है। मुझे...के संक्रमण के कारण होली नहीं खेलने दिया गया,' वह याद करने की कोशिश करते हुए बोल रहा था, 'कोरोना वायरस के कारण। मेरी माँ ने मुझसे कहा है कि सभी से दूरी बनाकर रखूँ और बस हाथ जोड़कर नमस्ते करूँ।'

'फिर तो तुमको अपनी माँ की बात माननी चाहिए,' उन्होंने जवाब दिया।

'आप कितने साल की हैं मातंगी माँ?' उसने पूछा। 'पता है मैंने कल रात आपको सपने में देखा, आप अपना सौवाँ जन्मदिन मना रही थीं।'

मातंगी उसको तलाशती हुई आगे झुकीं और उसको गले से लगा लिया। 'मैं सदा-सदा रहूँगी मेरे प्यारे बच्चे, बस तुम्हारे साथ के लिए।'

राहुल ने अपने आपको उनकी बाँहों से छुड़ाते हुए कहा, 'लेकिन मेरा दोस्त मुझे बता रहा था कि यहाँ जो भी पैदा हुआ है वह मर जाता है। बैटरी की तरह। रोबोट भी मर जाते हैं। और पेड़-पौधे, फूल-पत्ते। और चिकन तथा मछली जो हम खाते हैं।'

'मैं समझ गई,' मातंगी ने जवाब दिया, 'लेकिन मैं लम्बे समय तक मरने वाली नहीं हूँ। मैं सौ साल तक जियूँगी, वादा करती हूँ कि जियूँगी।' वह लाली की तरफ़ मुड़ीं। 'इसको उसमें से लाकर गुझिया दो जो शान्ता लेकर आई थी। और शायद मेरी अलमारी में एक आख़िरी चॉकलेट बचा हुआ है।'

राहुल बच्चे की तरफ़ मुड़ गया। 'हेलो! यह कौन है?' उसने पूछा। 'तुम्हारा नाम क्या है? मेरा नाम राहुल है।'

'रियाज़,' बच्चे ने जवाब दिया।

'पप्पू,' लाली ने कहा।

'क्या यह आपका बेटा है, लाली?'

'नहीं राहुल बाबा, यह मेरा भतीजा है, पप्पू।'

वह एक टुकड़ा कैडबरी चॉकलेट लेकर आई। राहुल ने चॉकलेट के दो टुकड़े किए और एक टुकड़ा लड़के की तरफ़ बढ़ा दिया। 'हैप्पी होली रियाज़ और पप्पू!' वह बोला। 'तुमसे मिलकर बहुत अच्छा लगा!' अपनी दादी की तरफ़ मुड़ने के पहले उसने अपने मुँह में चॉकलेट भर लिया। 'हमें कोई कहानी सुनाओ मातंगी माँ! वही वाली जो आपने उस रात सुनानी शुरू की थी जब मेरी माँ आ गई थी।'

मातंगी सीधी होकर बैठ गईं और अपने बाल ठीक करने लगीं। 'कई शताब्दी पहले की बात है, जब यह दुनिया नई-नई थी, चार युवा ईश्वर थे जो आपस में भाई थे। वे अमर थे, और वे इस बात को जानते थे कि वे कभी मरेंगे नहीं।'

'मैं सोचता था कि सभी को मरना होता है...'

'वे अमर थे, वे जानते थे कि वे कभी नहीं मरेंगे, कि वे हिमालय में बने स्वर्ण महल में सदा-सदा ज़िन्दा रहेंगे। एक दिन उनको बाँसुरी की आवाज़ सुनाई दी, और किसी इंसान के गाने की आवाज़।'

'बाँसुरी क्या होती है तुम जानते हो?' राहुल ने पप्पू से पूछा। 'वह बाँस की छड़ जैसी होती है जो भगवान कृष्ण लेकर चलते हैं।' वह हाथ से बाँसुरी बजाने का अभिनय करने लगा, जिस तरह कुछ दिन पहले लाली ने उसको बताया था, और सुनहरे फ्रेम में जड़ी तस्वीर की तरफ़ इशारा किया जो दीवार पर टँगी हुई थी। पप्पू ध्यान से देख और सुन रहा था।

लाली का फ़ोन फिर से बजने लगा। रितिका राहुल को नीचे भेज देने के लिए कह रही थी। उसके बौर्नविटा पीने का समय हो गया था।

राहुल तेज़ी से भागा। उसने अपनी माँ को यह नहीं बताया था कि वह दादी के पास जा रहा है।

बौर्नविटा का गिलास डाइनिंग टेबल पर पड़ा हुआ था। उसको दूध से नफ़रत थी, दूध देखकर वह बीमार महसूस करने लगता था, लेकिन उसकी माँ को यह बात समझ में आती ही नहीं थी। जब टीवी पर ऐड ब्रेक में बच्चे दूध पीने के लिए भागते दिखाई देते तो वह उसकी बाँह में चिकोटी काट देती थी। कई बार वे उनकी आँखों के सामने लम्बे और मज़बूत हो जाते थे, वहीं उसके सामने स्क्रीन पर, तब भी वह भौंहें चढ़ाकर उसे शिकायत के अन्दाज़ में देखने लगती थी।

वह उस शान्त फ़्लैट में इधर से उधर घूमने लगा। उसके माँ-पापा एक-दूसरे से लड़ रहे थे, वे तेज़ आवाज़ में नहीं बोल रहे थे लेकिन तब भी वह जानता था कि वे लड़ाई कर रहे थे। उसकी माँ अपनी उँगलियों में अपने बालों की एक लट को घुमा रही थी, और वह ऐसा तब करती थी जब बहुत अधिक ग़ुस्से में होती थी।

राहुल छिपते हुए पीछे की तरफ़ जाने लगा। उसने डाइनिंग टेबल से दूध उठाया और जाकर रसोई के सिंक में बहा दिया। थोड़ा दूध बचाकर अपने होंठों के आसपास लगा लिया। उसके बाद वह बेडरूम में चला गया।

'मैंने सारा दूध पी लिया,' वह बोला। 'अब क्या हम टीवी देख सकते हैं, प्लीज़?'

चार

कर्फ़्यू की बात हो रही थी। कर्फ़्यू का खेल, 'जनता कर्फ़्यू' जो प्रधानमंत्री ने लगाया था।

किसी को बाहर नहीं निकलना था, सुबह 7 बजे से रात के 9 बजे तक। पाँच बजे देशवासियों को जमा होकर ताली-थाली पीटते हुए स्वास्थ्यकर्मियों का उत्साह बढ़ाना था।

मातंगी ध्यान से प्रधानमंत्री का भाषण सुन रही थीं। वह उनके पहले के भाषणों की तरह जोशीला नहीं था। उनकी आवाज़ में बहलाने वाला भाव था, इससे उनको अतीत के किसी की, किसी चीज़ की याद आ रही थी। काका नगर के मिठाई वाले की, जो उनसे गुलाब जामुन ख़रीदने का आग्रह करता रहता था?

वह कैसा दिखता होगा, वह सोचने लगीं, जिस आदमी को कुछ लोग बहुत प्यार करते हैं और कुछ लोग बहुत नफ़रत। उन्होंने उसकी आवाज़ से, उसके शब्दों से, बोलने के बीच वह जिस तरह से विराम लेता था उससे उसकी एक छवि बनाने की कोशिश की, लेकिन कुछ बन नहीं पाया।

'मोदी जी दिखते कैसे हैं?' उसने लाली से पूछा। 'ज़रा उनके बारे में मुझे समझाओ।'

लाली हँसने लगी। 'वह बूढ़े आदमी की तरह दिखते हैं, बुड्ढे आदमी की तरह, चश्मा लगाए, सफ़ेद बाल, सफ़ेद दाढ़ी,' उसने जवाब दिया, 'लेकिन उनकी त्वचा करीना कपूर की तरह मुलायम और गोरी है।'

'मैंने कौन-सा करीना कपूर का चेहरा देखा हुआ है बेवक़ूफ़ औरत,' मातंगी ने तेज़ आवाज़ में कहा। 'जाओ सूर्यवीर को बुलाकर लाओ। वह मुझे सब समझा देगा।'

लेकिन सूर्यवीर घर में नहीं था। वह समीर के साथ बाहर गया हुआ था, लाली ने आकर बताया, कर्फ़्यू लगने वाला था इसलिए वे सामान ख़रीदने गए हैं ताकि जमा करके रख सकें।

'तुमने खाने-पीने का पर्याप्त सामान तो रख लिया है न लाली?' उन्होंने पूछा, अचानक घरेलू महिला वाली उनकी संवेदना सतर्क हो गई।

लाली ने उबासी लेते हुए कहा, 'माताजी हमारा सारा खाना तो शान्ता दीदी के घर से आता है। और मुन्नी ने मुझे बताया था कि उनके पास महीने भर के लिए खाने-पीने का सामान भरा पड़ा है। शान्ता दीदी ने उसको बताया था कि सामान को जमा करके रखने में उनका विश्वास नहीं है। उनका कहना था कि इसके कारण काला बाज़ार में सामान की क़ीमत बढ़ जाएगी और ग़रीब लोगों को कभी भी पर्याप्त सामान नहीं मिल पाएगा।'

मातंगी ने अपना सिर हिलाया। 'हम लोगों को दूसरों के बारे में सोचने के पहले अपने बारे में सोचना चाहिए। हम लोगों को पूरे परिवार के लिए तैयारी करनी चाहिए। जाओ, किराने की दुकान से जितना सामान ला सकती हो ले आओ। चावल, आटा, तेल, मक्खन। और हाँ, मैगी के बीस पैकेट। या जितना तुम ला सकती हो।'

'मेरे पास पैसे नहीं हैं माताजी, और किराने की दुकान वाला मुझे उधार नहीं देगा।'

मातंगी दरी के नीचे अपनी दूसरी अलमारी की चाबी खोजने में लग गईं, उस अलमारी की जिसको वह हमेशा बन्द रखती थीं।

'मेरी अलमारी खोलो,' वह बोलीं। 'उसमें सिल्क के एक बटुए में पाँच हज़ार रुपए मिलेंगे। मैंने ये रुपए डिमोनेटाइजेशन के बाद रखे थे, जब हज़ार रुपए के नोटों को लेकर इतनी हाय-तौबा मची हुई थी। रुपए निकालकर जल्दी से जाओ। और हाँ, इसमें से अपनी नेल पॉलिश या पान पराग या फ़ोन रिचार्ज करने के ऊपर पैसे खर्च मत करना। मैं बाद में दुकान वाले को फ़ोन करके पूछूँगी कि तुमने क्या ख़र्च किया।'

लाली को जो कहा गया उसने वही किया। मातंगी की आवाज़ पीछे से आ रही थी। 'मैं अन्धी भले हूँ, लेकिन याद रखना, मैं सब देख सकती हूँ। मेरे सिर के पीछे आँख है। मैं सीसीटीवी कैमरा हूँ।'

लाली को हँसी आ रही थी लेकिन वह हँसी नहीं। कई बार उसको उस बुढ़िया से डर लगता था। उसको धोखा देने की हिम्मत वह कभी नहीं करती थी।

~

सूर्यवीर और समीर ने भी सामान जमा कर लिया था। उनका घर बेपरवाही से चलता था, जिसमें परस्पर विरोधी जीवन-शैलियाँ एक-दूसरे से टकराते हुए एक-दूसरे के साथ चलती रहती थीं। वे साथ-साथ सुपर मार्केट गए, जहाँ समीर ने अंडों और अनाज के रैक पर धावा बोल दिया, ट्यूना, बेक्ड बीन, सार्डाइन के ख़ूब सारे कैन भर लिये। सूर्यवीर ने मूँग दाल, भूरे चावल, चाय, कॉफ़ी, चीनी तथा दूध पाउडर के कई पैकेट ख़रीदे और उन्हें बाहर लेकर जाने का इन्तज़ार करने लगा।

सूर्या अपनी माँ से मिलने आया। जब से शिमला से लौटा था तब से वह उनसे नहीं मिला था।

'आगे बहुत मुश्किल समय आने वाला है मातंगी माँ,' उसने उनसे कहा। 'ग़रीबों को परेशानी होने वाली है, जो उन्हें हमेशा ही होती है। अमीरों को भी बहुत परेशानी उठानी पड़ेगी, जैसी उन्होंने पहले कभी नहीं देखी होगी। बुज़ुर्गों को अपनी देखभाल ख़ुद करनी होगी। ज़ाहिर है, आपको नहीं! आपके बच्चे, पोते हम सब हैं आपके लिए तो।'

'मेरे लिए कोई कविता पढ़ दो सूर्या,' उन्होंने कहा। 'निराला या दिनकर की।'

उनके इस आग्रह से सूर्या हैरान रह गया। उन्होंने कई साल से उससे कविता पढ़कर सुनाने के लिए नहीं कहा था, जबकि कविताओं को लेकर उनका साझा प्यार भी उनके रिश्ते का एक ठोस आधार था।

वह देख तो नहीं सकती थीं, लेकिन सूर्या की मुस्कुराहट को महसूस कर सकती थीं। वह उसके होंठों की तिरछी मुस्कान को कभी नहीं भूल सकती थीं। इसके लिए उनको आँखों की ज़रूरत नहीं थी, वह उनके दिल में नक़्श हो गई थी, तावीज़ की तरह।

'आज मैं आपको अंग्रेज़ी की एक कविता पढ़कर सुनाऊँगा,' उसने बड़े प्यार से कहा। 'मैं अपने फ़ोन में देखता हूँ कोई कविता।'

उसने अपना गला साफ़ किया। 'सॉन्ग ऑफ़ माइसेल्फ—वाल्ट व्हिटमैन।'

वह ध्यान से सुनने लगीं।

मैं अपने में मगन हूँ और अपने आप में गाता हूँ,
जो मैं मानता हूँ तुमको भी वही मानना चाहिए,
क्योंकि मैं जिस मिट्टी का हूँ तुम भी उसी मिट्टी के हो।

उसने अपनी माँ की तरफ़ ध्यान से देखा और एक क्षण के लिए चुप रहा। फिर आगे पढ़ा।

मैं भटक रहा हूँ और अपनी आत्मा के पास हूँ, अपने अन्तरतम में,
मैं मगन भाव से लेटा गर्मी की घास की नोक को निहार रहा हूँ।
मेरी ज़ुबान, मेरे ख़ून का एक-एक क़तरा, इस मिट्टी से बने,
यहीं की हवा ने उनको रूप-आकार दिया।
मेरे माता-पिता यहीं पैदा हुए, और उनके माता-पिता भी, उनके माता-पिता भी,
मैं, अब सैंतीस साल का हूँ और मेरी सेहत अच्छी है,
और मुझे उम्मीद है कि मरते समय तक ऐसा ही रहूँगा।

'आपको समझ में आई, मातंगी माँ? मेरा एक-एक क़तरा आपका है, क्योंकि मुझे आपने ही बनाया है, भौतिक रूप से, मानसिक रूप से, बौद्धिक रूप से, भावनात्मक रूप से।'

उन्होंने सिर हिलाया; बेशक वह समझ गई थीं।

'कुछ लाइनें मैं छोड़ रहा हूँ,' वह बोला। 'यह काफ़ी लम्बी कविता है।'

अतीत और वर्तमान सूख गए हैं—मैंने उनको भरा, ख़ाली किया,
और भविष्य को भरने की दिशा में आगे बढ़ गया।

उसने अपनी आँखों से आँसू पोंछे।

ओ ऊपर सुनने वाले! आपको मुझसे क्या छिपाना रहता है?
मेरे चेहरे को देखो जबकि मैं शाम की उतरती चादर को सूँघ रहा हूँ,
(ईमानदारी से बात करना, कोई और नहीं सुन रहा है तुमको, और
मैं बस एक मिनट और रुकूँगा)

क्या मैं विरोधाभासी बातें करता हूँ,
अच्छी बात है फिर मैं अपने आप से विरोधाभासी बातें करता हूँ,
(मैं विशाल हूँ, मेरे अन्दर अनेक हैं!)

पढ़ने के बाद सूर्यवीर कुछ क्षण ख़ामोश रहा। वह उसके उस चेहरे के बारे में कल्पना में डूब गई जो उनको याद था, जो अपने उतार-चढ़ाव से चिन्तनशील लगता था।

'धन्यवाद मातंगी माँ,' वह बोला। 'मुझे यह कविता अपने आपको समझने के लिए भी पढ़ने की ज़रूरत थी।'

उसके जाने के बाद उन्होंने काफ़ी देर इस बारे में सोचा, और समझ लेने के बाद गर्दन हिलाई।

मेरे भीतर अनेक हैं।

~

बाहर आम के पेड़ पर एक बार्बेट लगातार पुकार लगाए जा रहा था। 'बोसोंतो बौरी' इस चिड़िया को बंगाल में इस नाम से पुकारा जाता है। वसन्त का अग्रदूत।

नीचे शान्ता अपने सोफ़े पर लेटी ऊँघ रही थी कि दरवाज़े की घंटी बजी। उसने दरवाज़े के छेद से झाँककर देखा। बाहर मिसेज़ अन्ना सेन थीं। दरवाज़े के देखने वाले शीशे से उनका चौड़ा चेहरा साफ़ दिखाई दे रहा था।

शान्ता ने दरवाज़ा खोला और अन्ना अन्दर आ गईं। उनके शरीर से पसीने की बू आ रही थी, और उन्होंने बालों में काफ़ी समय से कंघी नहीं की थी। वह पूरी तरह अस्त-व्यस्त लग रही थीं।

'हम किसी तरह अपने घर पहुँचे।' शान्ता बोली, 'और फिर मैंने उनको एक बार दुबारा खो दिया।'

'मुझे कितनी ख़ुशी हो रही है अन्ना कि आप सुरक्षित हैं!' शान्ता ख़ुशी से बोली। उसको अपनी सनकी पड़ोसी को देखकर ख़ुशी हुई, लेकिन उसे यह समझ आ गया था कि वह समय सवाल पूछने का नहीं था।

मुन्नी एक गिलास पानी लेकर आई, और फिर एक पॉट में ख़ुशबूदार दार्जिलिंग चाय। शान्ता ने अन्ना के लिए चाय ढाली और उसमें एक चम्मच शक्कर मिलाई, फिर ख़ुद पीकर देखी, 'उम्मीद करती हूँ कि आपको डायबिटीज़ नहीं है मिसेज़ सेन?' उसने बड़ी सावधानी से पूछा।

'नहीं, मुझे डायबिटीज़ नहीं है, लेकिन मेरे पति मिस्टर सेन को है। फिर भी वे मिठाई खाते रहते हैं, बहुत मिठाई खाते हैं। वे घर में मिठाई को पैसों की तरह अलग-अलग कोनों में छुपाकर रखते हैं।'

शान्ता उनको बोलने दे रही थी। अब सब बातों का मतलब समझ आ रहा था, उसने मन ही मन कहा।

'मुझे ऐसा लग रहा है कि आप दोनों कहीं साथ-साथ गए थे? आप और मिस्टर सेन? आशा करती हूँ कि सब कुछ ठीक है?'

बाहर उसको घंटियों की आवाज़ सुनाई दी, बर्तन-भाँड़ों को पीटने की आवाज़ और शंख की आवाज़। पाँच बज गए थे। भारत अपना प्रतिरोध ज़ाहिर कर रहा था, कोरोना वायरस से अपनी लड़ाई लड़ रहा था।

अन्ना धीरे-धीरे चाय के घूँट भर रही थी। उसने बिस्किट लेने के लिए हाथ बढ़ाया, जिसको उसने जल्दी से खा लिया, फिर एक और बिस्किट लेने के लिए हाथ बढ़ा दिया।

शान्ता को काग़ज़ का वह टुकड़ा मिल गया जिसके ऊपर बबली मोहन का नम्बर लिखा हुआ था। शान्ता ने उसको एक मिस्ड कॉल किया और फिर एक मैसेज भेजा। 'सी-102 वाली मिसेज़ अन्ना सेन इस समय मेरे पास बैठी हैं। शान्ता शर्मा सी-100।'

'मिस्टर सेन कहाँ हैं?' उसने अन्ना से बातचीत के क्रम में यूँ ही पूछ लिया। 'आप दोनों घर लौट आए?'

'हमारा घर बन्द है,' अन्ना ने जवाब दिया। 'चाबियाँ हमारे बदमाश नौकरों के पास हैं। सारी चाबियाँ।'

अब लग रहा था कि उन्होंने अपने ऊपर काबू कर लिया था। अब वह अधिक तारतम्य के साथ बोल रही थीं, और दिल तोड़ने वाली पूरी कहानी उभर आई।

वे घर के सामने पार्क में साथ-साथ टहलने गए थे। वह हमेशा की तरह तेज़ी से चल रही थीं, और उनके पति हमेशा की तरह पीछे थे। जब उसने पीछे मुड़कर अपने पति को देखा तो वह एक बेंच पर बैठे थे, दर्द के मारे झुके हुए थे और अपनी छाती को दबाए हुए थे।

अन्ना ने वहाँ पहुँचकर उनको सँभालने की कोशिश की। उन्होंने उठने में मिस्टर सेन की मदद की और दोनों लड़खड़ाते हुए अपने घर की दिशा में वापस

आने लगे। उनकी तकलीफ़ को देखते हुए एक ऑटोरिक्शा वाला आकर रुका और उसने उनको अस्पताल ले जाने की पेशकश की।

'मैंने उसके ऊपर भरोसा कर लिया,' अन्ना बोलीं। वह रोने लगीं, कहानी सुनाते हुए वह अपने हाथ नचा रही थीं। 'मैंने उसको बहुत दुआएँ भी दीं कि वह इतना दयालु और अच्छा आदमी है।'

यहीं से वह दुःस्वप्न शुरू हुआ। उनको उस ऑटो वाले ने टूटी-फूटी अंग्रेज़ी में कहा कि वह उनको पास के एक निजी क्लिनिक में ले जाएगा, जो एक जर्मन डॉक्टर का है।

इससे पहले कि वे कुछ समझ पाते, वे एक झुग्गी बस्ती के अन्दर थे। वे जिस जगह पर रुके वह गोदाम जैसी लग रही थी। आसपास कुछ भी नहीं था।

एक और आदमी आया। वे लोग मिस्टर सेन को उठाकर अन्दर ले गए, और उनको भी अन्दर खींच लिया। उसके बाद वे बाहर निकले और उन्होंने बाहर से दरवाज़ा बन्द कर दिया। अन्ना को हँसने और फ़ोन पर बातचीत की आवाज़ सुनाई दे रही थी।

अन्ना का फ़ोन उसी के पास था। मिस्टर सेन कभी फ़ोन लेकर चलते ही नहीं थे। उन्होंने पुलिस को फ़ोन मिलाने की कोशिश की लेकिन फ़ोन में सिग्नल नहीं आ रहा था।

दोनों आदमी कुछ खाना लेकर लौटे। उनको वह खाने में डर लग रहा था, उनको लग रहा था कि खाने में ज़रूर ज़हर मिला होगा, लेकिन मिस्टर सेन भूखे थे और उन्होंने खाना खा लिया। तेल वाले छोले-भटूरे। उन्होंने उनको रोकने की कोशिश की लेकिन उन्होंने उसकी सुनी ही कब थी?

उन लोगों ने अन्ना का फ़ोन ले लिया और ताश खेलने लगे। वे पी भी रहे थे, अधिक नहीं, देसी शराब के एक पौवे से बीच-बीच में घूँट भर रहे थे। मिसेज़ सेन को लगा कि वे किसी का इन्तज़ार कर रहे हैं। लेकिन कोई और नहीं आया, उस दिन नहीं।

यह सब असहनीय था, वह बोलीं। कोने में एक बाथरूम था, जो बहुत गंदा नहीं था। लाइफ़बॉय साबुन था। एक बाल्टी और तौलिया। सोने के लिए गद्दा बिछा हुआ था, और एक टूटा हुआ सोफ़ा।

ऑटोरिक्शा वाला छोटा सा बटुआ ले गया जिसमें घर की चाबी थी और 500 रुपए का नोट। उनको तो यह समझ भी नहीं आ रहा था कि उनका अपहरण क्यों किया गया था, उनको इस तरह से बन्द क्यों कर दिया गया था!

फिर एक सूटकेस आया, जिसमें अलग-अलग कपड़े थे। उनको यह कैसे मिला? सूटकेस में किसने पैक किया? मिस्टर सेन की क़मीज़ें और पतलून,

और अंडरवियर। उनकी स्कर्ट, ब्लाउज़। उनके लिए अंडरवियर नहीं था! ये सब किसने भेजे थे?

अन्ना अब ग़ुस्से में आ गई थीं, मेज़ पर मुक्का मार रही थीं। मुन्नी एक और पॉट में चाय लेकर आ गई।

तीसरे दिन एक और आदमी आया। वह लम्बा-तगड़ा था और उसकी कड़क मूँछें थीं। उसने उनके पति से स्टैम्प पेपर पर दस्तख़त करने के लिए कहा। उसके ऊपर लिखा था कि वे उस आदमी को अपना घर बेचने के लिए पावर ऑफ़ एटोर्नी दे रहे हैं। सी-102 को बेचने के लिए। मिस्टर सेन ने दस्तख़त कर दिए, और उनसे कहा कि अच्छा यही रहेगा कि वे भी दस्तख़त कर दें।

'वह मूँछों वाला आदमी—उसने कहा कि वह ईमानदार आदमी था और वह जो भी कर रहा था हमारी भलाई के लिए ही कर रहा था। हम बहुत बूढ़े हो गए थे और अपने आप रह पाना हमारे लिए मुश्किल था। हो सकता है कि नौकर हमारा क़त्ल कर दें। मकान बेचने के बाद वह हमें जो पैसे देगा उससे हम किसी वृद्धाश्रम में रहने के लिए जा सकते हैं। मिस्टर सेन के दस्तख़त करने के बाद उन लोगों ने हम लोगों को वहाँ एक सप्ताह और रखा। मैं एक-एक दिन गिन रही थी। उनको जब वह मिल गया जो वे चाहते थे तो वे हमारे साथ अच्छा बर्ताव करने लगे। चिकेन करी, चावल और कुछ कबाब भी। हमारे खेलने के लिए वे लूडो, साँप-सीढ़ी ले आए थे। वे जितने अच्छे होते जा रहे थे उतना ही मेरा डर बढ़ता जा रहा था। ऐसा ही तो हर बार होता है, नहीं? हैन्सल और ग्रेटल! हम लोगों को वैसा ही महसूस हो रहा था—हैन्सल और ग्रेटल! लेकिन वे ऐसे बातचीत करते थे और हँसते थे मानो सब कुछ सामान्य हो। उन लोगों ने हमें अपने बच्चों के बारे में बताया। एक का बेटा अमेरिका में था। एक की बेटी कॉलेज में पढ़ती थी। "अगर आप लोगों के बच्चे होते तो आपको अपना घर नहीं बेचना पड़ता," उन लोगों ने हम लोगों से कहा, मानो सब कुछ बहुत सामान्य सी बात हो।'

वह झेंप गई।

'लेकिन सबसे बुरी बात यह थी, सबसे बुरी बात थी यह कि मेरे पास एक ही अंडरवियर था। इसलिए मैं अपनी पैंटी धो लेती थी और जब तक वह सूखती तब तक मैं बिना अंडरवियर के रहती। मैं डरी रहती थी कि कहीं कोई देख न ले। उसके बाद उन लोगों ने हमें छोड़ा। हम डर गए। उन लोगों ने उबर टैक्सी में हमें पार्क के पास छोड़ दिया। उन्होंने कहा कि हम घर जा सकते हैं लेकिन अगर हम

लोगों ने किसी को बताया तो वे हमें मार डालेंगे। फिर हम घर पहुँचे। लेकिन चाबी नहीं थी। चाबी थी ही नहीं! न नौकर था, न स्टाफ़, न रामू, न मोहन। मेरे पास एक चाबी अलग से है, जिसको मैंने छुपाकर रखा था! लेकिन जब मैं चाबी देखने के लिए गई, तो मैंने उनको खो दिया। मिस्टर सेन ग़ायब हो गए। इसलिए मैं तुम्हारे पास आई। अब मुझे क्या करना चाहिए?'

बर्तन-भाँड़े पीटना, शंख बजाना, घंटियों की आवाज़ सब शान्त हो गई थी। शान्ता ने हालात को समझने की कोशिश की।

'आप यहीं रुकिए,' उसने अन्ना से कहा। 'यहीं, इसी सोफ़े पर, इसी कमरे में। मुन्नी के साथ, यह आपका हाथ थामे रहेगी। समझीं?'

मुन्नी ने अपना सिर हिलाया। अन्ना ने कढ़ाई वाला एक कुशन उठाया और अपना सिर उसमें छुपा लिया।

~

20 मार्च, 2020 के कैलेंडर में वसन्त बीत गया था। शामें लम्बी होने लगी थीं। शान्ता जनता कर्फ़्यू को नज़रअन्दाज़ करते हुए पार्क में मिस्टर सेन की तलाश में निकल गई।

पार्क में नीम के पीले पत्ते बिखरे हुए थे। टहलने वाले सुनसान रास्ते पर जब वह चल रही थी तो पत्ते उसके पैरों के नीचे कुचल रहे थे। कल शाम हुई बेमौसम की बरसात में नीम की हरी निबौरियाँ भी नीचे गिरी हुई थीं। बीच-बीच में उसका पैर किसी निबौरी पर पड़ जाता, और उसके नाक में उस कड़वे फल की तेज़ हरी गंध भर जाती।

और वे वहाँ बैठे थे, बच्चों वाले कोने में, एक छोटे से झूले पर थे, शून्य में निहारते हुए।

शान्ता उनके पास गई। उनको देखकर, ऐसा नहीं लगा कि मिस्टर सेन को किसी तरह की हैरानी हुई हो।

'आइए, घर चलते हैं मिस्टर सेन,' शान्ता ने कहा। 'मिसेज़ सेन आपका इन्तज़ार कर रही हैं। और बाहर कर्फ़्यू लगा हुआ है।'

~

बबली मोहन ने अभी तक कोई जवाब नहीं दिया था। अन्ना अपने पति को देखकर कुछ समझ नहीं पा रही थीं, उनको राहत भी महसूस हो रही थी और गुस्सा भी आ रहा था।

'आइए, आपकी चाबी खोजते हैं अन्ना,' शान्ता ने कहा। 'मुन्नी मिस्टर सेन के साथ इन्तज़ार कर लेगी। मैं अपने भाई को भी नीचे बुला लेती हूँ। वह मिस्टर सेन के साथ बातचीत करेगा और अन्ना के साथ मैं सी-102 में जाकर सब कुछ देखती हूँ।'

सूर्या आ गया, उसने शॉर्ट्स पहन रखी थी। समीर भी नीचे आ गया, अस्त-व्यस्त बाल, दाढ़ी भी बढ़ी हुई थी। 'मैं दाढ़ी बढ़ा रहा हूँ,' उसने कहा। 'किसी भी चीज़ को बढ़ाने के लिए यह अच्छा समय है।'

बाहर अँधेरा हो गया था। घर के बाहर के छोटे से बग़ीचे में नीम के सड़े पत्तों की चादर बिछी हुई थी। सामने के पोर्च से एक काली बिल्ली उनको घूर रही थी। 'मैंने एक सप्ताह से इस छोटी बिल्ली को खाना नहीं खिलाया है!' अन्ना ने शर्मिन्दा होते हुए कहा। उसके बाद वह झुककर पत्थरों के बीच कुछ खोजने लगीं।

'यहाँ नहीं! वहाँ नहीं!' वह फुसफुसाते हुए बोलीं। 'तुम सच में भुलक्कड़ हो अन्ना सेन!'

उनके घर के सामने के दरवाज़े के पास जो नक़्क़ाशीदार लेटर बॉक्स था वह उसके आसपास ढूँढ़ रही थीं, उसके अन्दर, उसके आसपास, उसके नीचे। उसी के नीचे चाबी मिल गई, भूरे रंग के काग़ज़ में लिपटी, जिसको सेलो टेप से चिपकाया गया था।

वे घर के अन्दर घुसे। शान्ता ने बत्ती जलाई और सभी कमरों का मुआयना किया। सब कुछ साफ़, सुथरा, सामान्य लग रहा था।

अन्ना डाइनिंग टेबल की काठ की कुर्सी पर चढ़कर अपने ऊँचे बुकशेल्फ़ से कोई किताब उतारने लगीं। वह एक-एक करके कितावें उतारने लगीं, और उन किताबों को उन्होंने टेलिविज़न के सामने शीशे की मेज़ पर ऐसे रख दिया जैसे पुरस्कारों को प्रदर्शित किया गया हो।

'शुक्र की बात है कि इनके ऊपर धूल अभी भी जमी हुई है!' वह बोलीं। कहते हुए वह जल्दी-जल्दी दुआ माँगे जा रही थीं। 'शान्ता प्लीज़ दरवाज़ा बन्द कर दोगी?'

गिब्सन की किताब 'द हिस्ट्री ऑफ़ द डिक्लाइन एंड फ़ॉल ऑफ़ द रोमन एंपायर' के छह बड़े-बड़े खंडों को एक-एक करके उन्होंने खोला। किताबों के

बीच में बड़ी सावधानी से गड्ढा बनाया गया था। हर गड्ढे के अन्दर एक बन्द लिफ़ाफ़ा रखा हुआ था।

अन्ना जब लिफ़ाफ़ों को खोल रही थीं तो शान्ता हैरान भाव से उनको देखे जा रही थीं, जिनको बहुत अच्छी तरह से पहले सेफ़्टी पिन, फिर स्टेपलर और उसके बाद सेलो टेप से बन्द किया गया था। किताब के हर खंड में अलग-अलग राशि वाले नोट थे, किताब के खंड 1 और 2 में बैंगनी रंग के 2 हज़ार के नोट थे, खंड 3 और 4 में 500 रुपए के नोट थे, जबकि खंड 5 में डॉलर लग रहे थे। खंड छह में कुछ काग़ज़ात थे, एक चिट्ठी, एक तस्वीर और एक पेन ड्राइव।

'मिस्टर सेन बैंकों पर भरोसा नहीं करते,' अन्ना ने समझाया। 'हमारे पास एक लॉकर है जिसमें हम लोगों ने बस अँगूठियाँ और जड़ाऊ गहने रखे हुए हैं। तुम ले लो ये सब,' उन्होंने कहा। 'अगर तुम इन पैसों को रख लोगी तो मुझे सुरक्षित महसूस होगा। क्या पता वे इस बारे में भी पता लगा लें।'

शान्ता का मुँह हैरानी के मारे खुल गया। उसने इसके लिए तो यह सब नहीं ही किया था। 'पैसे मैं नहीं रख सकती अन्ना,' उसने कहा। 'हम कोई रास्ता निकाल लेंगे। आओ वापस मेरे फ़्लैट पर चलते हैं।'

अन्ना सेन ने एक बड़ा सा हैंडबैग निकाला और पैसों को सिल्क के एक स्कार्फ़ में बाँधकर उसमें रख लिया। सिवाय चिट्ठियों और काग़ज़ पर लिखे नोट्स के, जिनको उन्होंने खंड छह में सावधानीपूर्वक वापस रख दिया। कुर्सी पर चढ़कर उन्होंने उन किताबों को वापस उसी स्थान पर जमा दिया।

दोनों सी-100 में वापस लौट आईं। सूर्या और मिस्टर सेन बातचीत में डूबे हुए थे।

'मि. अगस्त्य सेन के पास सुनाने के लिए एक से एक कहानियाँ हैं!' शान्ता के भाई ने कहा। 'इनको एक किताब लिखनी चाहिए। इनकी स्मृतियों से शानदार किताब निकलकर आएगी।'

शान्ता ने अपना फ़ोन चेक किया। बबली मोहन का मिस्ड कॉल था। 'हम लोगों को इस भयानक घटना के बारे में पुलिस में रिपोर्ट करनी चाहिए,' उसने चिन्तित होते हुए कहा। 'आपको एफ़आईआर करनी चाहिए। अन्ना ने मुझे बताया कि जिन लोगों ने आपका अपहरण किया था उन लोगों ने आपसे आपकी सम्पत्ति से जुड़े क़ानूनी काग़ज़ात पर जबरन दस्तख़त करवा लिये!'

'क्या तुमको अन्ना ने इस बारे में बताया?' मिस्टर सेन ने जब उससे पूछा तो बिना कमानी वाले चश्मे के पीछे से उनकी आँखों में विस्मय साफ़ दिखाई दे रहा

था। 'वे ठग—मुझे पता है, किस तरह निपटना चाहिए उनसे। मैं देख रहा था कि अन्ना डरी हुई है, जो उस तरह के हालात में बहुत सामान्य बात थी। लेकिन मैं हालात का मुआयना सावधानी से कर रहा था। मैं एक प्रशिक्षित डिप्लोमेट हूँ, इस बात को याद रखना। पहले भी मैं इस तरह के बन्धक जैसे हालात में फँस चुका हूँ। यह बात तब की है जब मैं उरुग्वे में तैनाती पर था, और मुझे यह कहते हुए गर्व महसूस हो रहा है कि मैंने बातचीत से रास्ता निकाल लिया था। लेकिन वह कहानी और है!

'उन लोगों ने जिन काग़ज़ों पर दस्तख़त करने के लिए कहा था तो मैं बता दूँ कि मैं बाएँ हाथ से काम करता हूँ, लेकिन वहाँ दस्तख़त करते समय मैंने दाएँ हाथ का प्रयोग किया और बाएँ की तरफ़ झुकी लिखावट का प्रयोग किया। वह लिखावट स्थानीय अदालत में भी ठहर नहीं पाएगी। वो संस्कृत में कहते हैं न, 'तथा किं?'

वे अवाक् उनकी बातें सुन रहे थे।

'अगर मैंने एफ़आईआर दर्ज करने के बारे में सोचा भी तो कल मैं अपने वकील से बातचीत के बाद यह तय करूँगा कि मुझे एफ़आईआर में क्या लिखवाना चाहिए। वैसे भी इस तमाम गड़बड़झाले के बीच क़ानूनन लॉकडाउन भी लग गया है। अपने वकील से बात करने के बाद अगर मुझे ज़रूरत महसूस हुई तो इस बारे में मैं तुमसे बात करूँगा सूर्यवीर।'

सूर्यवीर अपनी हँसी नहीं रोक पाया। 'शान्ता, चलो एक-एक रम के साथ मिस्टर सेन और इनकी कूटनीतिक बुद्धि का जश्न मनाते हैं!'

'क्या मुझे सिंगल माल्ट मिल सकता है अगर घर में मौजूद हो तो?' अगस्त्य सेन ने पूछ लिया। 'इतना सब कुछ हो जाने के बाद इससे मुझे राहत महसूस होगी।'

वाइन की एक बोतल, थोड़ी-सी ओल्ड मंक, और ग्लेनलिवेट की एक बोतल। बर्फ़ की खड़खड़ाहट। वह शाम अच्छी बीती।

पाँच

लॉकडाउन के दिन। सूर्यवीर और समीर के लिए समय जैसे शाश्वत हो गया था। वे अपने घर के सामने की सड़क के पत्तों को बुहार रहे थे। झाड़ू की आवाज़ बहुत साफ़-साफ़ सुनाई दे रही थी क्योंकि न ट्रैफ़िक का शोर था न सड़क पर आने वाली बाक़ी तरह-तरह की आवाज़ें जिनमें वह आवाज़ दबकर रह जाए।

'सूर्या...' समीर ने कहा। 'जानते हो, मैं इस जगह के बारे में सप्ताह-भर से सोच रहा हूँ। ऐसा लगता है जैसे मैं और कुछ सोच ही नहीं पा रहा। मुझे अपने पिता के बारे में जानना है। वह कौन थे। मैं आपके पास कैसे आया!'

सूर्या के चेहरे की रंगत बदल गई। वह सावधान हो गया, सोचने की मुद्रा में आ गया। 'तुम्हारे पापा,' वह बोला। 'तुम्हारे पापा मेरे कामरेड थे, मेरे साथी।'

वह चुपचाप क़दम बढ़ाते हुए पार्क की तरफ़ बढ़ने लगा। समीर पीछे-पीछे चलने लगा। वे एक बेंच पर बैठ गए। सूर्या ने हाथ आगे बढ़ाकर समीर का हाथ अपने हाथ में ले लिया। आकाश बहुत ही नीला लग रहा था और हवा पहले से कहीं ज़्यादा शुद्ध लग रही थी।

'मैं इतने सालों से इस बात का इन्तज़ार कर रहा था कि तुम मुझसे यह सवाल पूछो। मुझे समझ नहीं आ रहा है कि तुमने कभी जानना क्यों नहीं चाहा।'

'मेरे ख़याल से मुझे लगता था कि यह पूछना ऐसे था जैसे सृष्टि के मिथ की व्याख्या, कि एक सुनहरी चिड़िया ने आपके आँगन में अंडा गिराया, और आप उसके ऊपर नीला कम्बल ओढ़कर बैठ गए और अंडे को सेकर मुझे निकाला! लेकिन सच बताऊँ तो मुझे कभी यह पूछने की ज़रूरत महसूस नहीं हुई। आप मेरे पापा और माँ, दोनों हैं। यही मेरा घर है। मातंगी माँ मेरी दादी हैं। सब कुछ पूरा महसूस होता है। मुझे इससे अधिक कुछ जानने की ज़रूरत ही नहीं थी।'

समीर ने अपने आसपास देखा। हवा पिटूनिया के फूलों से खेल रही थी, गेंदे के फूलों को हिला रही थी। सब कुछ ऐसे अस्वाभाविक रूप से शान्त था जैसे कोई ख़्वाब हो।

'लेकिन पिछले दस दिनों में आपके साथ इस घर में रहते हुए मैं बहुत दुःखी महसूस कर रहा हूँ। आप बदल गए हो सूर्या, उदास लगते हो, पहले की तरह मुस्कुराते नहीं हो। मुझे आपके बारे में कितना कम पता है, सही में—आप कौन हैं, कौन थे, आपने मुझे क्यों पाला?'

सूर्यवीर के होंठों पर तिरछी मुस्कान फैल गई। उसकी आँखें जैसे कहीं दूर देख रही थीं।

'मैं तुम्हारे पापा को बहुत प्यार करता था, और तुम्हारी माँ को भी। वह नालंदा का था, बिहार शरीफ ज़िले का। आदित्य शरण झा। वह मेरे ऐसे भाई जैसा था जो मेरा कोई नहीं था। मेरा मतलब है कि सतीश तो था, लेकिन ऐडी और मेरे बीच का रिश्ता ख़ून से भी बढ़कर था। और तुम्हारी माँ—वह बहुत साहसी थी, और उसके जैसी सुन्दर औरत कोई थी नहीं। समीरा सुसान। वह मंगलोर की ईसाई थी, कैथोलिक। हम लोगों ने उसी के नाम पर तुम्हारा नाम समीर रखा।

'तब तक मैं पार्टी छोड़ चुका था, लेकिन उन लोगों ने तुमको मुझे सौंप दिया था, अगर उनके साथ कुछ हो गया तो, यह सोचकर। अब तुम्हारी उम्र 18 साल है। यह 2001 की बात है। वे उस समय बस्तर में एक साथ थे। तुम्हारा जन्म दो अक्टूबर के दिन महारानी अस्पताल, जगदलपुर में हुआ था। महात्मा गांधी के जन्मदिन के रोज़। तब तक मैं गांधीवादी हो गया था। मुझे लगा कि हमारे समाज के विरोधाभासों में गांधीवाद ही सबसे कारगर है।'

समीर बेंच पर आँखें बन्द करके बैठा हुआ था, मानो संगीत सुन रहा हो। यह जताने के लिए कि वह सुन रहा है, बीच-बीच में, अपना सिर ज़रूर हिला देता था।

'मैं चाहता था कि वे तुम्हारा नाम महात्मा गांधी के नाम पर मोहन दास रखें, लेकिन ऐडी का कहना था कि नहीं, तुम्हारा नाम अपनी माँ के नाम पर समीर रखा जाए।'

'मैं सुन रहा हूँ आपको...' समीर ने धीरे से कहा। 'आदित्य शरण झा और समीरा सुसान...' उसने अपनी ज़ुबान से उन नामों का उच्चारण ऐसे किया जैसे कोई प्रार्थना दोहरा रहा हो। 'तो आदित्य शरण झा और समीरा सुसान—मेरे माता-पिता कम्युनिस्ट थे?'

'उस समय हम सभी लोग कम्युनिस्ट थे,' सूर्या ने जवाब दिया, 'अपने दिल से और दिमाग़ से। लेकिन हमारे हालात, हमारे अनुभव, हमारे संस्कार, इन्हें

अलग-अलग रास्तों पर ले गए। वे तुमको मेरे पास लेकर आए, तब तुम छोटे थे, वे तुम्हें नीले रंग के एक कम्बल में लपेटकर लाए थे। उन्होंने मुझसे कहा कि मैं तुम्हारा ध्यान रखूँ क्योंकि वे संघर्ष को जारी रखना चाहते थे। फिर...वे मर गए।'

समीर बेंच पर सूर्या के बग़ल से खिसककर एक कोने में चला गया। 'अब मुझे और कुछ नहीं जानना, कम से कम अभी नहीं,' वह बोला, 'पहले मैं इतना पचा लूँ।'

नीम के पेड़ पर कौवे लड़ रहे थे। एक गिलहरी ने पहले उनको कुछ ध्यान से देखा, फिर भाग गई। सूर्या ने आसपास ख़ाली पार्क में देखा, ख़ाली झूलों को देखा। एक दुबली-पतली भीगी बिल्ली उसके पैर से सटते हुए आगे बढ़ गई और बड़े दयनीय भाव से म्याऊँ-म्याऊँ बोलते हुए निकल गई।

'पार्क के पेड़ों को देखो ज़रा,' सूर्या ने समीर से कहा। 'बरगद के इस पेड़ को देखो, उसकी ज़मीन के ऊपर फैली हुई जड़ों को, जो वापस धरती में लौट रही हैं। अशोक के पेड़ को देखो, लम्बा और कितना अलग-थलग। नीम का पेड़, जिसके पत्ते झर रहे हैं और नए पत्ते भी उग रहे हैं। आम का पेड़। कदम्ब के उस पेड़ को देखो। सभी जड़ों से परस्पर जुड़े हुए हैं। वे अपने भरण-पोषण को साझा करते हैं। वे मिट्टी के नीचे एक-दूसरे से बातचीत करते हैं, वे गाते हैं, रोते हैं, और जब बारिश आती है तो साथ-साथ ख़ुशी मनाते हैं।'

समीर के चेहरे पर मुस्कान फैल गई। 'आप हमेशा दार्शनिकों जैसी बात करते हो, पॉप! मैं ऊपर जाकर इस बिल्ली के लिए दूध लेकर आता हूँ, लग रहा है, इसको बहुत भूख लगी है।'

उसके बाद झाड़ू लेकर वे फिर पत्तों को साफ़ करने में लग गए।

~

उस दोपहर सूर्यवीर ऊपर अपनी माँ से मिलने के लिए गया। वह उनको बताना चाहता था कि समीर के साथ उसकी क्या बातचीत हुई थी, किस तरह उन लोगों ने इस बारे में खुलकर वात की कि उसके असली माता-पिता कौन थे।

सतीश मातंगी माँ के पास बैठा हुआ था। दोनों भाइयों ने कुछ अनमने भाव से एक-दूसरे को विश किया। रहने को वे एक ही छत के नीचे रहते थे लेकिन दोनों के बीच एक दूरी-सी बनी ही रहती थी।

'राहुल कैसा है?' सूर्यवीर ने कहा। 'और रितिका? उनको मेरा प्यार देना।'

'वे लोग ठीक हैं,' सतीश ने तटस्थ भाव से जवाब दिया। उसने समीर के बारे में नहीं पूछा।

लाली एक ट्रे में टी पॉट और तीन कप लेकर आ गई। बच्चा पप्पू आसपास दौड़ रहा था। लाली ने उससे जाने के लिए कहा। बाहर बरामदे से उसकी आवाज़ आ रही थी, वह एक काल्पनिक कार चला रहा था। 'व्रूम व्रूम!' वह बोले जा रहा था, 'व्रूम व्रूम!'

'प्लीज़ मुझे चाय मत देना,' सतीश ने फीकी मुस्कुराहट के साथ कहा। 'अब चलता हूँ मातंगी माँ, अब आपका प्यारा पहलौठा बेटा आपके पास आ गया है।'

सूर्या ने सवालिया ढंग से भौंहें चढ़ाईं। यह क्या था!

मातंगी को समझ आ गया कि सूर्या क्या कहना चाह रहा था। 'सतीश कई बातों को लेकर बहुत चिन्तित था,' उन्होंने कुछ समझाने के भाव से कहा। 'तुम्हारे आने के पहले वह मुझसे अपनी परेशानियों के बारे में बातें कर रहा था, बस और कोई बात नहीं है।'

'परेशान कौन नहीं है?' सूर्या ने झट से जवाब दिया। 'मुझे पता है कि वह रो-गाकर आपसे क़र्ज़ा माँगने आया होगा। अब आप ये मत कहना कि ऐसी कोई बात नहीं, इस बात का विरोध मत करना, मैं अपने छोटे भाई को अच्छे से जानता हूँ, शायद आप अपने बेटे को जितना जानती हैं उससे भी ज़्यादा बेहतर ढंग से।'

मातंगी ने इस बात की न तो पुष्टि की न ही खंडन किया। उन्होंने किया यह कि बड़ी चालाकी से बात का विषय ही बदल दिया।

'तुम्हारे लिए कुछ है सूर्या,' उन्होंने कहा। कहते हुए उनके चेहरे पर मुस्कान आ गई थी। 'मेरे साथ रसोई में चलो। तुमको दिखाती हूँ!'

वह उसको लेकर एक बड़े रेफ्रिजरेटर के पास गईं, जिसमें आम तौर पर लाली का जल्दी-जल्दी में पकाया भोजन भरा रहता था। उन्होंने फ्रिज का हैंडल टटोला, उसका दरवाज़ा खोला, और उसके भरे हुए खानों की तरफ़ इशारा किया। वह पके हुए अल्फ़ांसो आम की ख़ुशबू को पहचान गया। अन्दर दर्जन-भर, शायद दो दर्जन आम रखे हुए थे।

मातंगी एक-एक करके आमों को निकालतीं, उनको सहलातीं, उनको अपने गालों से लगा लेतीं, फिर वापस रख देतीं। 'मुझे अपने बच्चों की फ़िक्र हो रही थी,' वह बोलीं, 'सब अपने-अपने फ़्लैट में बन्द हैं, बार-बार एक ही चीज़ खाए जा रहे

हैं। इसलिए मैंने लाली को इसी मिशन पर भेज दिया—मौसम के पहले अल्फ़ांसो आम, साथ में कुछ केसरी और हमाम आम भी।'

'हम लोग क्वारंटीन में हैं मातंगी माँ,' सूर्या ने उलाहने के अन्दाज़ में कहा। 'आपको लाली को बाहर बिलकुल नहीं जाने देना चाहिए! अगर आपने उसको बाहर घूमने की इजाज़त दे दी तो पता नहीं वह कहाँ-कहाँ जाएगी! हम लोगों को संक्रमण का देखना होगा, देखना होगा कि वह किन लोगों के सम्पर्क में आई। यह छोटा-सा वायरस बहुत चालाक है।'

मातंगी ने अपने हाथ में फल ऐसे पकड़ रखा था, मानो वह फूलों का गुलदस्ता हो। जब सूर्या ने अपनी माँ को इतना ख़ुश देखा तो उसका दिल भर आया, और उसने अपनी बातचीत का लहज़ा बदल दिया।

'मेरी मातंगी माँ! दुनिया की सबसे चतुर और सबसे प्यारी माँ!' उसने फुसफुसाते हुए कहा। 'जय माताजी! आप अपने आप में अन्नपूर्णा हैं!'

वह अभी भी आमों के साथ खेल रही थीं, उनको साँसों में भर रही थीं। मातंगी माँ ने चार आम एक साथ उठा लिये। 'लाली, एक बैग या झोला लेकर आओ, सूर्या अपने साथ ले जाएगा। समीर से कहना कि मैंने उसके लिए ख़ास तौर पर भिजवाए हैं—इस मौसम के पहले आम!'

सूर्या ने अपनी माँ को समीर के साथ अपनी बातचीत के बारे में बताया। 'मैंने उसको उसके माँ-पापा के बारे में बता दिया,' वह बोला। 'यही समय था उसको बताने का।'

'उसने भी इसी समय पूछा,' मातंगी ने कुछ सोचते हुए जवाब दिया। 'हम लोगों ने उन लोगों के भरोसे के कारण उसको इस बारे में बताया नहीं था।'

सूर्या के जाने के बाद उनको बहुत थकान महसूस होने लगी। वह अपने बिस्तर पर लेटने चली गईं। उनकी सख़्त दिनचर्या में दोपहर की नींद बहुत ज़रूरी हिस्सा थी; नहीं तो उनका दिन बिखरा-बिखरा सा हो जाता।

जब वह सोने जा रही थीं तो फलों की ख़ुशबू उनके साथ बरक़रार थी। अपने सपनों में वह गर्मी के किसी और मौसम में लौट गईं, जो आम के फलों की ख़ुशबू से भरी हुई थी। वे काका नगर के फ़्लैट में रहते थे। गर्मी के शुरुआती दिन थे, शायद मई के दिन। सूखी गर्मी आग की लौ की तरह उनके आसपास घूम रही थी। वह आम की गुठली चूस रही थीं। उसने अपने पति और बच्चों को सबसे अच्छे टुकड़े दिए थे, और अपने लिए बचे हुए टुकड़े रख लिए थे।

‘चलो बैडमिंटन खेलते हैं!’ उनके पति ने अचानक उनसे कहा। ‘मुझे याद आ रहा है कि तुमने एक बार कहा था कि तुम बैडमिंटन अच्छा खेलती थीं?’

वह समझ नहीं पा रही थीं कि उनके पति के दिमाग़ में क्या चल रहा है, इसलिए उन्होंने यही तय किया कि वह इस बात की अधिक गहराई में न जाएँ, उस बात को ऊपर-ऊपर ही लें। अपने सपने में उन्होंने अपनी साड़ी का पल्लू अपनी कमर के इर्द-गिर्द लपेट लिया था। उनके पास स्पोर्ट्स शूज नहीं थे, इसलिए उन्होंने अपने छोटी हील वाले सैंडल को एक तरफ़ फेंका और ख़ाली पैर ही मैदान में उतर गईं। सपने में उनके होंठों पर अभी भी आम का रस लगा हुआ था, नारंगी रंग के लिपस्टिक की तरह। पेड़ों पर तोते थे, जो उनको देख रहे थे, उनकी सराहना कर रहे थे। उन्होंने टॉस जीता और अपने रैकेट पर बड़ी बेपरवाह सहजता के साथ शटलकॉक रख लिया। फिर वह खेल में सहज भाव से डूब गईं, उनके हाथ-पैर आसानी से खेल में लगे हुए थे, ऐसा लग रहा था कि उस खेल की जो लय उनको याद थी वह उनके शरीर में प्रवेश कर गई थी।

वह खेल के उल्लास में इस क़दर डूबी थीं, जीत की ख़ुशी में, कि उनका ध्यान इस तरफ़ गया ही नहीं कि उनके पति का मिज़ाज बदल चुका है।

‘तुम बेईमानी कर रही हो!,’ वह कुछ चिड़चिड़े अन्दाज़ में चिल्लाया। ‘तुमको तो, लगता है, कि इस खेल के नियम भी पता नहीं हैं!’

उन्होंने अपने होंठों पर लगे आम के बाक़ी बचे अंशों को चाटा। उनके कन्धे नीचे की तरफ़ झुक गए। उनके हाव-भाव से लग रहा था मानो वह याचना कर रही हों। ‘मुझे माफ़ कर दो,’ उन्होंने बड़ी एहतियात से कहा। ‘न जाने कब से मैंने खेला ही नहीं है। इसी वजह से मैं खेल के नियमों को भूल गई हूँ!’

उनके पति प्रबोध ने अपना रैकेट नीचे सूखी घास पर फेंक दिया, और मैदान से बाहर चले गए। इसके नतीजे बाद में सामने आने वाले थे।

~

लाली उनके लिए चाय लेकर आई। मातंगी पीना नहीं चाह रही थीं। वह अपनी उसी स्मृति में लौट जाना चाहती थीं, उसी सपने में, मैच को दुबारा शुरू करने के लिए। इस बार वह चाहती थीं कि नतीजा कुछ और हो, वह सेट जीतना चाहती थीं, उसको हराना चाहती थीं, यह दिखाना चाहती थीं कि वह उसको हरा सकती थीं।

वह अपने पति की यादों को भुलाने की कोशिश कर रही थीं, दोपहर के समय उसकी इस घुसपैठ को। वह अपने वर्तमान में लौटना चाहती थीं, लेकिन लौट नहीं सकती थीं। आम की ख़ुशबू, गर्मी की महक उनको खींचकर पीछे लिये जा रही थी।

उनके घुटने दर्द कर रहे थे। दर्द बड़े अनिश्चित तरीक़े से उनकी मांसपेशियों में टहल रहा था, उनके पूरे शरीर में, जो बार-बार उनके घुटनों में उतर आ रहा था। उन्होंने चाय को परे सरका दिया। 'आज मैं चाय नहीं पीना चाहती लाली,' उन्होंने कहा। 'मेरे लिए आम काट देना, और गुठली बच्चे को चूसने के लिए दे देना।'

~

नीचे रितिका डाइनिंग टेबल पर बैठी थी, उस कोने में जिसको उसने अपने काम करने की जगह बना लिया था। राहुल अपने बेडरूम में ऑनलाइन क्लास करता था, जहाँ इंटरनेट का सिग्नल सबसे अच्छा आता था। उसका पति अपनी स्टडी से काम कर रहा था, मैक के बड़े स्क्रीन पर।

रितिका की ज़िन्दगी बिखरती जा रही थी। लॉकडाउन के कारण जितनी तरह की कमियाँ थीं सब उभरकर सतह पर आ गई थीं। वह कम्पास इंटरनेशनल नामक जिस कम्पनी के लिए काम करती थी, वह दिवालिया होने के कगार पर थी।

वह अपने दफ़्तर में कॉन्फ्रेंस कॉल से जुड़ी हुई थी कि दरवाज़े की घंटी बजी। राहुल और सतीश अपने-अपने कमरों में थे, दरवाज़ा बन्द था। मीटिंग में मौजूद अन्य लोगों से उसने एक्सक्यूज मी कहा और दरवाज़ा खोलने के लिए भागी। लाली थी, अजीब बेढब तरीक़े से मास्क लगाए, हाथ में आम का टोकरा लिये खड़ी थी।

'मैं फ़ोन पर हूँ लाली! बात कर रही हूँ!' रितिका ने बेसब्र होते हुए कहा। लाली फिर भी आ ही गई, और उसने आम का टोकरा डाइनिंग टेबल पर रख दिया, वह भी ठीक कैमरे के फ्रेम में।

'माताजी ने आपके, सतीश सर के और राहुल बाबा के लिए भिजवाया है,' वह चेहरे से मास्क हटाकर बोल रही थी। वह और बातचीत करने के मूड में थी लेकिन रितिका ने उसको बाहर भगाया और दरवाज़ा बन्द कर लिया।

मीटिंग इस बात पर चर्चा के लिए हो रही थी कि कोविड संकट को देखते हुए किस तरह की रणनीतियाँ अपनाई जाएँ और क्या विकल्प आज़माए जाएँ। पर्यटन

उद्योग का तो आधार ही खिसक गया था। रिचर्ड ब्रैंसन आपात वित्तीय मदद की माँग कर रहा था। दक्षिण अफ़्रीका का हवाई यातायात उद्योग ध्वस्त हो गया था। हवाई जहाज़ ज़मीन पर खड़े थे, क्रूज़ जहाज़ क्वारंटीन में थे। होटल अस्पताल में बदल गए थे। क़र्ज़ देने वाले क़र्ज़ नहीं दे रहे थे। कोई कर ही क्या सकत था?

स्क्रीन पर चेहरे धुँधले दिखाई दे रहे थे लेकिन सबके चेहरे पर चिन्ता साफ़ झलक रही थी। उसका बॉस, कम्पनी का संस्थापक और सीईओ अकेला आदमी था जो शान्त दिखाई दे रहा था।

'दोस्तो और साथियो,' उसने बड़ी गम्भीरता से कहा, 'दोस्तो और सहकर्मियो, आप सभी लोगों को हालात से सहानुभूति रखने की ज़रूरत है, आप सभी लोगों को कम्पास इंटरनेशनल के प्रबन्धन के साथ सहयोग करने की ज़रूरत है नहीं तो हम डूबता जहाज़ होते जा रहे हैं। जेट एयरवेज की बन्दी के बाद से हम लोगों को पहले ही काफ़ी नुक़सान हो चुका है, जिसके कारण हमारे हालात और भी बदतर हो गए हैं। आप सब लोगों से मेरा यही कहना है कि आपको त्याग करने के लिए तैयार रहना चाहिए।'

रितिका को गिरीश के लिए अफ़सोस हो रहा था। दोनों स्कूल में साथ-साथ पढ़ते थे। जब नौकरी के आवेदन पर गिरीश ने उसका नाम और उसकी तस्वीर देखी तो उसने निजी तौर पर उससे सम्पर्क किया था। कम्पास इंटरनेशनल से उसको जो पैकेज मिला था वह उसकी उम्मीद से काफ़ी अधिक था, और उसको लगता था कि इसका कारण स्कूल की दोस्ती भी हो सकती है।

'हर चुनौती एक अवसर भी होती है,' गिरीश स्याल कहे जा रहा था, उसके चेहरे पर मुस्कुराहट बरक़रार थी। 'आपके सोचने के लिए यह विचार देता हूँ और विदा लेता हूँ : हर संकट नया कुछ करने की दिशा में भी ले जाता है आज की बातचीत के ऊपर विचार करते हुए हम सबको किसी नए समाधान के बारे में सोचना है, एकदम अलग हटकर कोई ऐसी रणनीति जिसके सहारे हम इस संकट से उबर जाएँ,' कहकर वह सभी लोगों को देखते हुए गर्मजोशी से मुस्कुराने लगा। 'रितिका, रेणु, अर्नब, गोविन्द, आसिफ़ तुम सब लोगों ने जिस तरह की निष्ठा और जिस तरह का समर्पण दिखाया उसको सलाम है। चलो पंख फैलाते हैं, सब साथ मिलकर उड़ना सीखते हैं!'

कॉल ख़त्म होने के बाद रितिका कमरे में बेचैनी से टहलने लगी। इसके बावजूद कि गिरीश बहुत उम्मीद जगा रहा था, मीटिंग का माहौल ऐसा था जैसे क़यामत

का दिन आ गया हो। इसका मतलब था कि बहुत सारे सपनों का अन्त आ गया था, जिसमें उसके सपने भी शामिल थे।

सतीश अपनी स्टडी से निकला। वह अन्यमनस्क लग रहा था।

'तुम्हारे लिए चाय बना दूँ जान?' उसने पूछा। 'तुम परेशान लग रही हो।'

वह उसकी तरफ़ चिन्तित भाव से देखे जा रहा था। उसकी आँखों के इर्द-गिर्द काले घेरे बन आए थे। उसके ललछौंहे भूरे बालों में सफ़ेदी अधिक दिखाई देने लगी थी, जिसके कारण वह अमेरिकी जानवर रैकून जैसी दिखाई दे रही थी। उसने नाइट सूट पाजामा के ऊपर एक अच्छी सफ़ेद क़मीज़ डाल रखी थी, और अपने तने हुए चेहरे पर गहरे रंग की लिपस्टिक लगा रखी थी।

रितिका ने अपने पति के गले लगते हुए उसको अपने पास खींच लिया। 'कुछ समझ नहीं आ रहा है कि क्या करना चाहिए!' वह बोली। 'हमारे आसपास सब कुछ ढहता जा रहा है। जब बाहर हमारी दुनिया बिखर रही हो तो हम कब तक इस फ़्लैट में छिपे रह सकते हैं?'

उसने रितिका को सोफ़े पर अपनी बग़ल में बिठाया। 'नहीं, जान, नहीं! दुनिया एक बार फिर सँभल जाएगी, हमारी दुनिया भी। अपनी क़िस्मत पर भरोसा रखो, नहीं?'

'पहले उसका जायज़ा लेते हैं कि क्या है जो ग़लत हो रहा है,' रितिका ने जवाब दिया। 'मुझे लगता है शायद—शायद नहीं बल्कि पक्का ही मेरी नौकरी जाने वाली है। पर्यटन का धंधा बैठने वाला है। यह इतिहास हो जाने वाला है। अब मुझे कोई और काम भी नहीं देगा।'

'मैं हूँ न,' सतीश ने कहा। उसकी आवाज़ में हल्की-सी घबराहट थी। 'लोगों को अकाउंटेंट, वकील, डॉक्टर, और डेंटिस्ट की ज़रूरत हमेशा रहती है।'

रितिका ने एक बार फिर सतीश को भींच लिया। 'सॉफ़्टवेयर अकाउंटिंग की नौकरी खा जाने वाला है। आर्टीफ़िशियल इंटेलिजेंस सब कुछ ख़त्म कर देगा। डॉक्टर और डेंटिस्ट को भी जीते-जागते मरीज़ चाहिए!' वह किसी तरह से मुस्कुरा रही थी। 'मैं भावुक हो रही हूँ। मुझे पता है कि तुम्हारी बात सही होगी, तुम पूरी तरह से सही होगे। हम लोग क़िस्मत वाले हैं कि तुम इतना कमाते हो कि घर चल जाएगा। इतनी प्रतिष्ठित कम्पनी में सीनियर पार्टनर होना कोई मज़ाक़ की बात नहीं होती।'

अब दुःखी होने की बारी सतीश की थी। 'सब कुछ वही नहीं होता है रितिका जो दिखाई देता है,' उसने धीरे से कहा। 'मेरा यह निवेश बेवकूफ़ी था, और मिस्टर

गुप्ता बहुत परेशान कर रहे हैं। मुझे लगता है कि उनके दिमाग़ में कुछ न कुछ चल रहा है। वह इस संकट का फ़ायदा उठाकर कुछ न कुछ परेशानी ज़रूर खड़ी करेंगे। कुछ पुराने मामलों को ठंडे बस्ते में डालेंगे।'

राहुल ने कमरे से झाँका और तनाव को महसूस करके फिर कमरे में वापस चला गया।

रितिका की आवाज़ में गर्मी आ गई। 'और फिर मेरा बेटा है। हमारा बेटा। माताजी का इकलौता पोता। शर्मा उपनाम की वंश परम्परा को आगे बढ़ाने वाला इकलौता वारिस। लेकिन सूर्या—सूर्या सब कुछ समीर को दे देगा। और शान्ता—तुम्हारी बहन शान्ता, शायद सब कुछ अपनी बिल्लियों के लिए छोड़ जाएगी!'

सतीश उसको दु:खी भाव से देखे जा रहा था। वह जानता था कि उसकी पत्नी जब इस तरह के मूड में अती है तो क्या होता है।

'और एक तुम्हारी माँ हैं। हम सब जानते हैं कि बैंक में उन्होंने कितने सारे फ़िक्स्ड डिपॉज़िट करवा रखे हैं! हम सबको पता है कि कितने हैं। लेकिन क्या वह कभी उसमें से कुछ देंगी? थोड़ा-सा भी?'

'शान्त हो जाओ रितिका,' वह असहाय भाव से बोल रहा था। 'तुम जानती हो कि उन्होंने हम लोगों को क़र्ज़ दिया है—जो हमने कभी नहीं लौटाया।'

'अच्छा, वह तुम्हारी माँ हैं, कोई बैंकर नहीं, या महाजन...' रितिका ने उसकी बात काटते हुए जवाब दिया।

'जानते हो, कई बार मुझे लगता है कि वह हम सभी लोगों से ज़्यादा दिन ज़िन्दा रहेंगी,' रितिका जो मन में आ रहा था बोले जा रही थी।

सतीश उसको घूर रहा था। उसका हाथ हवा में उठा, हथेली खुली, मानो वह उसको थप्पड़ मार देगा। वह ख़ुद अपने हाथ को हैरान होकर देखने लगा, कुछ चिन्ता के साथ, फिर उसने धीरे से अपना हाथ नीचे गिरा दिया। वह रितिका की तरफ़ ऐसे देखने लगा मानो उससे मिन्नतें कर रहा हो।

'काश वह कभी न मरें,' वह बोला। 'काश मातंगी माँ सौ या एक सौ बीस साल तक जिएँ या उनको भगवान जितनी भी आयु दे।'

रितिका मुड़ी और रसोई में चली गई, जहाँ वह बर्तनों से शोर मचाने लगी। वह जानती थी कि उसने सीमा रेखा पार कर दी थी। वह जानती थी कि सतीश उसको माफ़ भी कर देगा। सब इस वायरस के कारण हो रहा था। यह अभिशप्त दौर था।

राहुल मारियो खेल रहा था। वह सोचता था कि विडियो गेम खेलने के लिहाज से उसकी उम्र ज़्यादा हो गई है, लेकिन जानी-पहचानी आकृतियों का मुक़ाबला करना, उसके भय और उसकी चुनौतियाँ उसको अच्छी लगती थीं।

मारियो हमेशा की तरह नीले लबादे और लाल क़मीज़ में था। राहुल उस धुन को बहुत ख़ुशी से सुन रहा था, और मशरूम किंगडम में अपना रास्ता बनाता हुआ चल रहा था।

सुपर मारियो मेकर 2 का नया संस्करण भी आ गया था। वह अपनी माँ से ख़रीदने के लिए कहेगा। या पापा से।

क्या कोरोना वायरस का भी कोई गेम आ गया होगा, वह सोच रहा था। वह नेट पर सर्च करेगा। इससे उसके अन्दर वे कौशल आ जाएँगे जो भविष्य की महामारियों से निपटने में काम आएँगे।

छह

मातंगी को आम की ख़ुशबू महसूस हो रही थी। उसका स्वाद उनके भीतर घुल गया था, अपनी सुगंध के साथ, और उनसे जुड़ी यादों के साथ। जब से उनकी नज़र की रोशनी जाने लगी थी, हर चीज़, इन्द्रियों से अनुभव की जा सकने वाली हर चीज़ उनके अन्दर स्मृति के रूप में बच गई थी। यह सब ऐसा था मानो उनका दिमाग़ किसी चीज़ की छवि को बनाने के लिए उससे जुड़ी चीज़ों की मदद लेता था।

आम से वह तोते के बारे में सोचने लगीं। उन्होंने सोचा कि वह हरे पंखों की फरफराहट को महसूस कर रही हैं। शायद गोल आँखों वाला तोता, हरे पंखों वाला, उनको ध्यान से देख रहा था!

'लाली, लाली!' उन्होंने आवाज़ लगाई, लेकिन लाली ने कोई जवाब नहीं दिया। 'लाली!' उन्होंने एक बार फिर से कोशिश की।

बच्चा आ गया। पप्पू। रियाज़। 'आपको कुछ चाहिए क्या माताजी?' उसने पूछा।

'मेरे सिर के आसपास कोई तोता तो चक्कर नहीं लगा रहा? अपने पंख फड़फड़ाता हुआ?' वह उसको महसूस कर पा रही थीं, अपने आसपास ध्यान से देखते हुए उस बच्चे को।

'नहीं माताजी, कोई तोता नहीं है। कुछ नहीं। कोई मक्खी या मच्छर भी नहीं।'

'तुम एक अच्छे लड़के हो,' उन्होंने उदास होते हुए कहा। 'जो कर रहे थे जाओ कर लो।'

मातंगी फिर अपने अन्दर के कल्पनालोक में उतर गईं। वह अपने दिल की धक-धक को सुन रही थीं, उसकी अनियमित धुन को। वह ख़ून की उन नदियों की कल्पना करने लगीं जो उसके थके हुए शरीर से होकर बह रही थीं। वह गहरी- गहरी साँसें लेने लगीं, अन्दर-बाहर, एक नाक से अन्दर एक से बाहर, जिस तरह बाबा रामदेव टीवी पर बताते थे।

वह इसी जगह पर रहती थीं, अपने बहुत अन्दर। उनका परिवार, उनके बच्चे, बच्चों के बच्चे, वह रोशनी, या दृश्य की एक और दुनिया थी, जहाँ बाहर के दृश्यों का खेल चलता रहता था। ज़ाहिर है, वह भी 'देख' सकती थीं, शायद गहरे और उन सबसे कहीं बेहतर तरीक़े से, लेकिन अलग तरह से।

बोलने वाली घड़ी। कुक्कू, कुक्कू, कुक्कू, कुक्कू। उन्होंने अपनी जीभ अपने मुँह के ऊपरी तालू से लगाई, अपने आपको वापस वर्तमान में लाने के लिए। वह आमों, तोतों तथा खाने-पीने की उन चीज़ों के बारे में सोचने लगीं जो वह उन सालों के दौरान पकाया करती थीं। उस सारे आटे के बारे में जो उन्होंने सानकर तैयार किया, उन तमाम रोटियों के बारे में जो उन्होंने बेलीं। 50 साल × 365 दिन × 20 चपाती रोज़। वह संख्या जोड़ने लगी। 3,65,000 चपातियाँ हुईं। यह बहुत बड़ी मात्रा थी, बहुत बड़ी संख्या।

उनको अचानक कुछ हुआ, अचानक कोई मक़सद सूझा, कुछ सुझाई दिया। उनके घुटनों में अभी भी दर्द था, लेकिन उन्होंने अपने अन्दर की गुप्त ताक़त का आह्वान किया और उठकर बैठ गईं। अल्यूमिनियम का वाकर उनके बिस्तर के पास रखा हुआ था, और वह उसको खटखटाती हुईं रसोई की तरफ़ बढ़ चलीं।

लाली जब लौटकर आई तो उसने पाया कि फ्रिज खुला हुआ था और मातंगी उसके अन्दर झुकी हुई थीं, आमों की ख़ुशबू को महसूस कर रही थीं। यह देखकर वह बुरी तरह से हँसने लगी।

'माताजी, आप यहाँ आईं कैसे?' उसने पूछा, और फिर से हँस पड़ी। 'मेरे ख़याल से आप कहनेवाली हैं कि आप यहाँ हम लोगों के लिए डिनर पकाने आई हैं?'

मातंगी अभी भी फलों को महसूस कर रही थीं, उनके साथ खेल रही थीं। फिर उन्होंने आमों को वापस अजीब से क्रम में सजाकर रख दिया। वह लाली की तरफ़ नहीं मुड़ीं, लेकिन जब उन्होंने जवाब दिया तो उनकी आवाज़ शान्त और पूरी तरह से दृढ़ लग रही थी। 'सही कहा लाली, मैं वही करने वाली हूँ। लेकिन डिनर नहीं, मैं अपने परिवार के लिए लड्डू बनाने वाली हूँ। लॉकडाउन के दौरान मैं कम से कम इतना तो कर ही सकती हूँ।'

लाली का मुँह हैरत के मारे खुला रह गया। यह किस तरह का मज़ाक़ था!

'जैसा कहती हूँ, करती जाओ मिस लाली,' मातंगी ने आगे कहा। उनकी आवाज़ में कुछ मज़ाक़िया पुट था। 'मैंने तुमको जो राशन लाने के लिए भेजा था उसमें से घी, बेसन और चीनी निकालकर लाओ। और हाँ, मेरी अलमारी से थोड़ी सी इलायची भी।'

लाली कुछ चौकन्नी हो गई। 'जैसा मैं कह रही हूँ वैसा ही करो,' मातंगी ने ज़ोर देते हुए कहा। 'मैं तुमको लड्डू बनाना सिखाऊँगी। जब तुम्हारी शादी होगी तो तुम अपने पति के लिए बनाना, और उसके बाद अपने बच्चों, और फिर बच्चों के बच्चों के लिए।'

वह खाने-पीने के सामान के उस गट्ठर से सामान निकालने लगी जो माताजी ने लॉकडाउन के लिए अलग से रखवाया था। जैसा माताजी ने उसको बताया उसी हिसाब से उसने घी, बेसन, चीनी निकाली। कड़ाही में पहले दो बड़े चम्मच घी के, और फिर बेसन।

मातंगी आगे बढ़ी। 'मैं ख़ुद से चलाऊँगी,' उन्होंने कहा। 'स्वादिष्ट लड्डू का रहस्य इसी में होता है कि उसको कितनी अच्छी तरह से चलाते हुए भूना गया है। तुम देखो, मैं कैसे करती हूँ।'

वह गैस के सामने खड़ी होकर चलाने लगीं। लाली अब पूरी सकते में थी। माताजी अन्धी थीं। सब जानते थे कि माताजी को दिखाई नहीं देता। लेकिन ऐसा लगता था कि उनके अन्दर कोई रहस्यमय दृष्टि थी। वह कड़ाही में बेसन को धीरे-धीरे चला रही थीं, अपने काम में पूरी तरह डूबी हुईं।

भुने बेसन की ख़ुशबू रसोई में भर गई और फिर बाहर बरामदे में भी पहुँच गई।

तभी अचानक मानो धरती के पेट से हल्की सी गड़गड़ाहट उठी। रसोई का स्टूल अपने आप हिलने लगा। स्टील का एक गिलास आले से नीचे गिर गया। चाय का एक प्याला लुढ़ककर नीचे फ़र्श पर आ गिरा। जिस कड़ाही में वह घी और बेसन को भून रही थीं वह झुक गया। मातंगी को अपनी कलाई पर जलन महसूस हुई। उन्होंने दर्द के मारे मुँह बनाया लेकिन अपनी चीख़ को दबा लिया। लाली ने उनको सँभाल लिया, और कड़ाही को भी। उसने गैस का बर्नर बन्द कर दिया।

रसोई के स्टूल का हिलना बन्द हो गया। कड़ाही अब गैस पर शान्त थी। चाय के कप की उछलकूद बन्द हो गई और वह एक कोने में थिर हो गया।

लाली घबराई हुई थी। वह मातंगी को उनके कमरे तक वापस ले गई। 'मैं शान्ता दीदी को फ़ोन करती हूँ और कहती हूँ कि बर्नोल लेकर आएँ!' उसने कहा।

'उसकी कोई ज़रूरत नहीं है लाली,' मातंगी ने सख़्ती से जवाब दिया। 'यहाँ की हर बात शान्ता को क्यों मालूम रहनी चाहिए? वाशबेसिन से थोड़ा टूथपेस्ट ले आओ जाकर। उससे जलन ठीक हो जाएगी।'

लाली ने वही किया। उन्होंने कलाई और बाँह पर टूथपेस्ट लगा लिया, उन लाल चकत्तों पर जो वहाँ उभर रहे थे।

'अब रसोई में वापस जाओ,' मातंगी ने कहा, 'और लड्डू का काम जारी रखो। बेसन को धीरे-धीरे भूनना, फिर बाक़ी चीनी उसमें डाल देना। बीच में भूनना रुक गया था इससे लोथड़ा बन जाएगा, लेकिन क्या किया जा सकता है! उसमें थोड़ा घी मिला देना,' उसने कहा, 'फिर उसको स्टील की थाली में फैलाकर सूखने देना।'

लाली रसोई के लिए निकल गई। मातंगी अपने बिस्तर पर शान्त होकर बैठ गईं, अपने आँसुओं को रोकने की कोशिश करते हुए।

उनको उस दूसरे भूकम्प की याद आ गई। वह तब डिब्रूगढ़ में थीं, अपने माता-पिता के पास। लकड़ी की शहतीर। अँधेरा। उसके पिता। मातंग सिंह काश्यप। स्वर्गीय मातंग सिंह काश्यप।

वह रोने लगीं, फिर उन्होंने अपने आपको सँभाला। यह सब कितने पहले की बात थी। यह अभी की बात थी।

शान्ता भागती हुई माँ को देखने के लिए आई। 'भूकम्प आया था,' उसने फुसफुसाते हुए कहा। 'भूकम्प आया था! आप ठीक हैं न? लाली कहाँ गई?'

मातंगी की कलाई पर जले का जो निशान था उसको उन्होंने अपने पल्लू से ढक लिया। 'मैं ठीक हूँ,' वह बोली। 'भूकम्प मैं पहले भी देख चुकी हूँ।'

'रिक्टर स्केल पर 3.5 तीव्रता वाला भूकम्प था,' शान्ता ने आगे कहा, 'लेकिन भूकम्प का केन्द्र यहीं पूर्वी दिल्ली में था। धरती हम लोगों से नाराज़ है, और उसके पास इसके कारण भी हैं!'

'यहाँ तो कुछ ख़ास महसूस नहीं हुआ,' मातंगी ने कहा। 'ईमानदारी से कहूँ तो मुझे महसूस भी नहीं हुआ।'

'ये ख़ुशबू कैसी आ रही है?' शान्ता ने पूछा, बोलते हुए वह सूँघने की कोशिश भी कर रही थी। 'मुझे लग रहा है, कुछ पक रहा है।'

मातंगी मुस्कुराने लगीं। 'मैं लाली को बेसन के लड्डू बनाना सिखा रही हूँ। जब तुम छोटी थी तो तुमको मेरे लड्डू बहुत अच्छे लगते थे। जब बन जाएँगे तो बाद में तुम्हारे लिए, सूर्या और सतीश के लिए भिजवा दूँगी। शान्ता बेटी, आज मैं थक गई हूँ,' उन्होंने आगे कहा। 'मैं आराम करना चाहती हूँ। तुम थोड़ी देर बाद आ जाना? या मुन्नी को भेज देना, आकर लड्डू ले जाएगी।'

बाद में, जब लड्डू स्वादिष्ट गोलाकार में ढल गए और सूखने के लिए रख दिए गए तो मातंगी ने लाली से कहा कि वह अलमारी से लम्बी बाँह वाला उनका काफ्तान निकाल दे, जो उन्होंने कभी पहना ही नहीं था। 'मौसम बदल रहा है,'

उन्होंने समझाते हुए कहा, 'और अपनी तरफ़ से सावधानी हमेशा सबसे अच्छी होती है, मच्छरों का मौसम आ रहा है। इसके अलावा, बच्चों को इस बारे में पता नहीं चलना चाहिए कि मेरा हाथ जल गया है, बेवजह परेशान हो जाएँगे।'

लाली को लड्डू लेकर नीचे भेज दिया गया। उसको उन्होंने समझा दिया था कि हर मंज़िल पर रुकते हुए सतीश, सूर्यवीर और शान्ता को एक-एक पैकेट दे दे। मातंगी बालकनी में टहल रही थीं, नीचे ख़ामोश पड़ी सड़क को अपनी दृष्टिहीन आँखों से निहारते हुए।

वह दिनकर की पंक्तियाँ दोहराए जा रही थीं जो उनको बहुत अच्छी तरह से याद थीं।

सौभाग्य न सब दिन सोता है
देखो, आगे क्या होता है

अब क्या होगा, वह सोचने लगीं, जब इस बीमारी और तबाही का बवंडर ख़त्म हो जाएगा? क्या वह इसको देखने के लिए जीवित रहेंगी, अपने बच्चों और पोतों को इस तूफ़ान से सुरक्षित निकाल पाएँगी? इसका कहीं कोई जवाब नहीं था।

~

जब शान्ता खाना पकाने में लगी हुई थी तभी पुलिस अफ़सर बबली मोहन दरवाज़े पर आई। उसने प्लास्टिक का वाइज़र लगाया हुआ था, अन्दर घुसते हुए उसने उसको हटाकर उसकी जगह मास्क लगा लिया।

'हेलो डियर,' वह चहकते हुए बोली। 'क्या मैं आपसे कह सकती हूँ कि मुझे एक कप चाय पिला दीजिए? मुझे बग़ल में सेन परिवार के घर जाना है, तो मैंने सोचा कि क्यों न आपसे भी मिलती चलूँ।'

शान्ता ने अपना फूलों वाला ऐप्रन उतारा और उस पुलिस वाली को हैंड सैनिटाइज़र दिया। 'मैं अपने एनजीओ के लिए खाना पका रही हूँ,' उसने कहा। 'हम जिन आश्रय स्थलों को मदद करते हैं उनमें रोज़ाना दो सौ लोगों का खाना पहुँचाते हैं। हमारी टीम से रोज़ कोई न कोई आता है और मेरा हिस्सा ले जाता है। ज़ाहिर है इसके लिए उनके पास लॉकडाउन का पास है।' बबली ने हामी भरने के अन्दाज़ में सिर हिलाया। 'यह अच्छी बात है कि आपकी जैसी स्त्रियाँ

समाज को आगे बढ़ाने का काम कर रही हैं।' उसने सहमति जताने के अन्दाज़ में कहा। 'मैं आपके पास इसलिए आई हूँ क्योंकि सेन परिवार की बातों को सुनकर मुझे बहुत चिन्ता हो रही है। पता नहीं वे लोग अपना ध्यान कितना रख पाते हैं। जब मैं उनसे बात कर रही थी तो वे ऐसे बात कर रहे थे जैसे उनको कुछ समझ नहीं आ रहा हो।'

शान्ता ने सोच-समझकर जवाब दिया, 'मैं कभी-कभी उन लोगों के लिए खाना भेज दिया करती हूँ। मेरी सहायिका मुन्नी उनको खाना पहुँचाने जाती है, वह बता रही थी कि वे ठीक हैं।'

'हाल में एक दिलचस्प बात हुई,' बबली मोहन बातचीत के अन्दाज़ में बोली। 'आपने अख़बारों में तो ज़रूर पढ़ा होगा कि अपराध की दर में नाटकीय तरीक़े से कमी आई है,' उसका चेहरा ऐसे दमकने लगा मानो यह सब उसी की वजह से हुआ हो। 'अपराध की दर में कमी इसलिए आ गई है क्योंकि लॉकडाउन लगा हुआ है। लेकिन कुछ बड़े ख़तरनाक ठग और गुंडे हैं।' उसको यह बोलने में मज़ा आया और इस बात का प्रभाव डालने के लिए उसने दोहराया। 'कुछ ख़तरनाक ठग और गुंडे जो महामारी के डर और घबराहट का फ़ायदा उठाएँगे और लोगों को ठगने की कोशिश करेंगे, दिनदहाड़े उनको लूटने की कोशिश करेंगे।'

शान्ता सोच रही थी कि वह क्या बताना चाह रही है और उसने यहाँ रुककर बात करने के बारे में क्यों सोचा!

'पूरी दिल्ली में एक गिरोह काम कर रहा है,' बबली अजीब तरह से बोल रही थी। 'वे अपने आपको मास्क और मुच्छड़ गिरोह कहते हैं। एमएमजी। मास्क एंड मस्टेच गैंग।' उसने फिर सिर हिलाया। 'हाँ, एमएमजी। इसका सरदार एक ऑटो रिक्शा चलाने वाला है, और इसके पीछे दिमाग़ एक फ़ोटोकॉपी वाले का है जिसकी दुकान कड़कड़डूमा कोर्ट के बाहर है और जो नक़ली दस्तावेज़ बनाने में माहिर है। महामारी के दौरान वे नई तरह की युक्ति के साथ सामने आए हैं। वे लोगों के घर में संकट के समय पहना जाने वाला सूट पहनकर आते हैं और कहते हैं कि उन्हें आपको क्वारंटीन करने के लिए भेजा गया है। जब उनके शिकार इस बात का विरोध जताते हैं कि उनमें बीमारी का कोई लक्षण नहीं है और यात्रा पर जाने का भी उनका कोई इतिहास नहीं है तो वे घर को सैनिटाइज़ करने पर ज़ोर देने लगते हैं। उनके पास सैनिटाइज़र में क्लोरोफ़ार्म भरा होता है, जो स्प्रे से निकलने लगता है, उसके बाद उनके हाथ जो भी क़ीमती चीज़ें लगती हैं लेकर निकल जाते हैं। वे

सील्ड डेलिवरी वैन में निकल जाते हैं जिनके ऊपर नक़ली पास लगा होता है, जो ज़रूरी सामानों की डेलिवरी के लिए होती है।'

शान्ता उसकी गोल-गोल घुमावदार कहानियों से परेशान हो रही थी। 'मुझे रसोई में वापस जाना है बबली जी,' उसने बड़ी विनम्रता से कहा। 'हम आश्रय स्थलों के लिए खाना पका रहे थे। खाना अभी बना नहीं है।'

रसोई से सब्ज़ियों और चावल की जो गंध आ रही थी बबली ने उसको अपने नथुनों के अन्दर लिया। 'जब से कोविड का दौर शुरू हुआ है तब से मुझे कुछ पकाने का मौक़ा ही नहीं मिला है। जो काम वाली खाना पकाने के लिए आती थी अब उसको आने की अनुमति नहीं है। मेरा भाई डॉक्टर है, इंटर्न। वह भी मेरी तरह अलग-अलग समय पर काम पर जाता है। मेरी बूढ़ी माँ मेरे साथ रहती हैं। वह पूरी तरह से शाकाहारी हैं। उनके लिए मैं हर तीन दिन में दाल और आलू पकाती हूँ। मेरा भाई और मैं तले हुए अंडे और आमलेट खाकर रहते हैं, और ब्रेड, जो भी मिल जाए।'

'मैं आपके लिए एक टिफ़िन कैरियर में कुछ खाना रख देती हूँ,' शान्ता ने कहा। यह उसके लिए स्वाभाविक था, लोगों के लिए खाना पकाना, उनको खिलाना।

बबली मोहन की आँखें चमक उठीं। 'यह सच में मेरे लिए भोज हो जाएगा,' उसने कहा। 'लेकिन रसोई में वापस जाने के पहले मैं बता दूँ कि मैं तुमसे मिलने आई क्यों थी। मैं दूसरी तरह की बातें करके तुम्हारा समय ही ख़राब कर रही हूँ।'

बबली मोहन के हाव-भाव बदलने लगे। वह एक बार फिर से वैसी पेशेवर लग रही थी जिसको अपने काम से मतलब हो, वह अपने काम के बारे में बात कर रही थी। 'हम लोगों ने एमएमजी के ऊपर छापा मारा था तो हम लोगों को वहाँ एक फ़ोन मिला। एक ख़ाली गोदाम में जिसको वे अपना 'मुख्यालय' बताते हैं। एक टूटा-फूटा पुराना फ़ोन था। वह मिसेज़ अन्ना सेन का फ़ोन था। आज मैं उनके पास यह फ़ोन लेकर गई थी, लेकिन उन्होंने साफ़ इनकार कर दिया और कहा कि उनको नहीं पता कि उनका फ़ोन कैसे खोया था, यह फ़ोन वहाँ कैसे पहुँच गया' उसने मुस्कुराते हुए बताया। 'लेकिन पुलिस जानती है कि बातों को बाहर कैसे निकलवाया जाता है—उस तथाकथित एमएमजी को डंडा लगाने की ज़रूरत है,' उसने जब कहा तो उसकी आँखों में मज़ाक़िया चमक आ गई थी। 'हम लोगों ने मिसेज़ सेन का बयान दर्ज किया लेकिन उसमें बहुत सारा झोल है।

अपनी ही बातों को उन्होंने कई बार काट दिया। और उनका पति बस मुस्कुराए जा रहा था। उसने कुछ भी नहीं कहा। पता नहीं वे किस तरह के ज़िम्मेदार सरकारी अफ़सर थे—वो भी राजदूत। अगर उन्होंने आपको पूरी कहानी बताई हो तो आप मुझे बता सकती हैं। और उनका ध्यान रखिएगा, वे बूढ़े हैं और अकेले। मैं जानती हूँ कि आप ध्यान रखेंगी!'

मुन्नी हाथ में टिफ़िन कैरियर लेकर प्रकट हुई। बबली मोहन ने दोनों को पुलिस वाला कड़क सेल्यूट मारा। 'आशा करती हूँ कि आप मुझे बताएँगी कि सेन दम्पति के साथ क्या हुआ था,' उसने कहा। 'वैसे भी मेरे सहकर्मी आपके सम्पर्क में रहेंगे। अब विदा लेती हूँ!'

~

शान्ता की बिल्ली वैसे तो आमतौर पर घर में ही रहती थी, लेकिन उस दिन सुबह से ग़ायब थी। शान्ता ट्रम्प की तलाश में सड़क पर निकली, पार्क में। बाहर सब कुछ ख़ामोश था। रेज़िडेंट वेलफ़ेयर एसोसिएशन ने पार्क के एक गेट को बन्द करवा दिया था और एक गार्ड दूसरे गेट पर तैनात था, सी-100 से कुछ दूरी पर।

पार्क का माहौल बहुत प्राकृतिक हो गया था। पार्क में पत्तों का पहाड़ बन गया था। कॉलोनी का कुत्ता क्विनी पत्तों के एक पहाड़ पर बैठा हुआ था, जैसे अपने ख़ाली पड़े राज्य का सर्वे कर रहा हो।

'ट्रम्प!' शान्ता ने चारों तरफ़ देखते हुए आवाज़ लगाई। 'ट्रम्प! ट्रम्प! मिस ट्रम्प! कहाँ हो, मिस ट्रम्प?'

अंजीर के पेड़ के नीचे से एक चमगादड़ उड़ा। एक उल्लू ने आवाज़ लगाई। शान्ता ने पार्क के पैदल मार्ग का एक और चक्कर लगाया, फिर पम्प रूम के पास घने पेड़ों और झाड़ियों में देखने के लिए घुस गई।

हवा बिलकुल नहीं थी, लेकिन बच्चों के खेलने के लिए बने झूलों में एक झूला हिल रहा था मानो उसके ऊपर कोई भूत बैठा हो।

'ट्रम्प!' उसने फिर से आवाज़ लगाई। 'मिस ट्रम्प, मम्मी आपको याद कर रही है!'

झाड़ियों में कोई हरकत दिखाई दी, और उसने उस तरफ़ टॉर्च मारा। झाड़ी में प्लास्टिक बैग को जोड़कर रहने का ठिकाना बनाया गया था। एक आदमी का

चेहरा दिखाई दिया, वह उसको घूर रहा था। उसके पीछे से एक बच्चा निकलकर आया, और एक औरत। वे शान्ता को बड़ी सतर्कता और हैरानी के साथ देख रहे थे, मानो कोई जंगली जानवर सामने आ गया हो।

'तुम यहाँ क्या कर रहे हो भाई?' शान्ता ने उस आदमी से पूछा।

'मैडम जी हम लोग यहाँ रात बिताने के लिए छिपे हुए हैं,' उस आदमी ने जवाब दिया। 'हम लोग सुबह-सुबह अपने गाँव के लिए निकल जाएँगे। यह शहर हमारे रहने के लिए सही जगह नहीं है।'

'तुम्हारा गाँव कहाँ है?'

'गाँव भदौली, ज़िला बहराइच,' उसने झट से जवाब दिया। उसकी आवाज़ में गर्व का भाव था।

'तुम लोगों ने कुछ खाया?'

'सुबह हम लोगों ने कुछ नाश्ता किया था,' वह बोली। 'मैं तो ठीक हूँ लेकिन यह बच्चा भूखा है।'

'यहीं रुको, झाड़ियों के पीछे,' शान्ता ने कहा। 'मैं नहीं चाहती कि सुरक्षा गार्ड की नज़र तुम्हारे ऊपर पड़े। मैं खाने के लिए कुछ लेकर आती हूँ। तुम लोगों के भदौली के सफ़र के लिए भोजन।'

शान्ता सी-100 के अपने घर गई और उसने मुन्नी से कहा कि वह 20 चपाती निकाल दे और उन पर घी लगा दे। 'फ़ॉयल में लपेट दो,' उसने निर्देश दिया। 'थोड़ा नमक और प्याज़ भी दे दो।'

जब वह वापस लौटी तो वे झाड़ियों के पीछे इन्तज़ार कर रहे थे। वह कुछ मास्क और सैनिटाइज़र भी लेकर आई थी, और एक लिफ़ाफ़े में 100-100 के पाँच नोट।

'ईश्वर तुम्हारी रक्षा करे बहन!' वह बोली, और फिर से अपनी बिल्ली की तलाश में निकल पड़ी।

क्या सेन दम्पति के यहाँ जाने के लिहाज से बहुत देर हो चुकी थी? बेहतर यही है कि सुबह जाया जाए। एसीपी बबली मोहन से उसने वादा किया था कि वह उनका ध्यान रखेगी, उसी तरह जिस तरह उसने अगस्त्य सेन से यह वादा किया था कि वह उनके राज़ को अपने तक ही रखेगी।

मिसेज़ सेन जो पैसे रख गई थीं वह सूर्यवीर के फ़्लैट में सुरक्षित रखे हुए थे। वह भी लॉकडाउन के बाद लौटाने थे। लॉकडाउन 15 दिनों के लिए और बढ़ा दिया गया था, और तब तक उनको इसी तरह रहना था।

उसने लॉकडाउन के पहले की ज़िन्दगी को याद करने की कोशिश की। पिछले सप्ताह उसके ऊपर चिन्ता का कम्बल फैल गया था, कुहरे की तरह। यह महामारी किस तरह दूर होगी, भारत की आत्मा को और घवाहिल किए बग़ैर? किस तरह?

उसने झाड़ियों में छिपे युगल के बारे में सोचा, उनके सम्मान के बारे में, उनकी ख़ामोश ताक़त के बारे में।

'ईश्वर तुम्हारी रक्षा करे बहन!' उसने कहा था। वह सोच रही थी कि यह अल्फ़ाज़ उसने कहाँ से सीखे थे। वह तो ईश्वर में यक़ीन भी नहीं करती। अभी भी नहीं करती।

फिर भी उसके अन्दर कुछ बदल रहा था। उसने पाया कि बचपन की आस्था के जो अवशेष थे वह उनसे चिपकी जा रही थी। काका नगर के सरकारी फ़्लैट में देवी-देवताओं के चित्र लटके हुए थे, जो फ्रेम की गई तस्वीरों और कैलेंडर कला के रूप में बनाए गए थे। वह उसी रूप में उनके बारे में सोचती थी, शान्त, सुन्दर, बेफ़िक्र। क्रोधी देवियाँ, उनके उग्र अवतारों को माँ ने अपनी दीवारों पर कभी नहीं लगाया। उनकी बंगाली दोस्त सुतपा के घर में देवी काली की तस्वीर लगी हुई थी, जिसके मुँह से ख़ून सनी जीभ लपलपा रही थी, गले में मुंडमाला लटक रही थी।

मातंगी माँ सभी हिन्दू त्योहार मनाती थीं—होली, दीवाली, नवरात्रि—और सभी कर्मकांडों को कर्तव्य की तरह निभाती थीं, लेकिन बिना ज़्यादा जोश के। लेकिन कहा जाए तो शान्ता के लिए ईश्वर हमेशा से थे, उसकी मंडली का हिस्सा, उसकी तरफ़, साथ। वह उनको सम्मान देती थी, दूर-दूर से लगाव भी रखती थी, और उसको यह सन्देह भी होता रहता था कि वे असल में होते भी हैं या नहीं।

लॉकडाउन के बाद नवरात्रि के नौ पवित्र दिनों के दौरान, उसका एक धार्मिक पड़ोसी शाम सात बजे रोज़ाना अपने म्यूज़िक सिस्टम पर हनुमान चालीसा बजाने लगता था। उसको वह कविता अच्छी तरह से याद थी और उसके दिल के बन्द पड़े कोनों तक पहुँच रही थी। गोधूलि में, ख़ामोशी में, उस पाठ की अनुगूँज में कुछ था जो उसको राहत पहुँचाता था। हनुमान के बारे में सोचकर, जो हमेशा मज़बूत, हमेशा कृपालु और व्यावहारिक होते थे, उसकी थकी हुई नसों को आराम पहुँचता था।

कुछ अधिक धर्मनिरपेक्ष पड़ोसियों ने विरोध जताया और रोज़ाना का यह प्रसारण रुक गया। शान्ता ने पाया कि वह मन ही मन हनुमान चालीसा दोहरा रही है, और उसको इस बात से बहुत हैरानी हुई कि वह हनुमान चालीसा की चालीस चौपाइयों में से एक भी नहीं भूली थी। जब वह छोटी थी तो बचपन के भूतों को भगाने के

लिए उसका पाठ किया करती थी। जब आधी रात को उसको भूत-प्रेतों का डर सताता था, माता-पिता के कमरे से निकलने वाले डर को दूर भगाने के लिए। वह उसके दिल में, उसकी साँसों में क़ायम रहा, और ऐसे अकल्पनीय काल में उसको शान्ति देने, साहस देने का काम करने लगा।

शान्ता ने पाया कि वह बबली मोहन के बारे में सोच रही है, और फिर उसे अपने पड़ोसी सेन दम्पति की चिन्ता होने लगी। उसने तय किया कि वह जल्दी से जाकर एक बार उन लोगों को देख आए, जैसा कि उसने एसीपी बबली मोहन से वादा भी किया था, और उसको ट्रम्प की तलाश भी करनी थी।

जब उसने सेन दम्पति के दरवाज़े की घंटी दो बार बजाई तो अन्ना सेन ने दरवाज़ा खोला। क्या वह पी रही थी? वह थोड़ा सा लड़खड़ा रही थी, और उनकी आवाज़ लटपटा रही थी।

'इतनी देर से आई हो!' वह बोली। 'हम लोग सोने जा ही रहे थे। पता है न कि हम बूढ़े हैं! बात करने के लिए कल का दिन बेहतर रहेगा।'

'सॉरी अन्ना,' उसने जवाब दिया। 'मैं तो बस यह पता करने आई थी कि आपको अपना फ़ोन वापस मिला या नहीं। वह पुलिस वाली मेरे फ़्लैट पर आई थी। उसने मुझे मास्क और मुच्छड़ गिरोह के बारे में बहुत कुछ बताया!'

तभी उसको म्याऊँ की आवाज़ सुनाई दी। वह मदद की गुहार थी। वह ट्रम्प थी। शान्ता उसकी सुरीली म्याऊँ को कहीं भी पहचान सकती थी। दुनिया में कहीं भी।

'आपके पास बिल्ली है अन्ना?' शान्ता ने पूछा। 'मुझे नहीं पता था कि आपके पास पालतू बिल्ली भी है।' अन्ना सेन के चेहरे की रंगत बदलने लगी, चेहरे का भाव अजीब-सा हो गया। 'मेरे पास कोई बिल्ली नहीं है,' उन्होंने कहा और वह दरवाज़ा बन्द ही करने वाली थीं कि शान्ता ने दरवाज़े में अपना पैर फँसा दिया, और उस बूढ़ी महिला को परे खिसकाती हुई अन्दर घुस गई।

और वहाँ ट्रम्प थी, बेचैन और परेशान। वह डाइनिंग टेबल पर बैठी हुई थी, घर में जहाँ उसको कभी नहीं बैठने दिया जाता था। मिस्टर सेन कहीं दिखाई नहीं दे रहे थे।

शान्ता ने अपनी बिल्ली को उठाया और उसको प्यार से सहलाने लगी। 'आओ घर चलते हैं मिस ट्रम्प,' उसने बड़े प्यार से कहा, 'इस पागल बिल्ली-चोर से दूर।'

वह अन्ना को बिना कुछ कहे ही निकल गई, जो भावहीन ढंग से उसे जाते हुए देख रही थी। जीवन के बारे में सभी कुछ पेचीदा होता जा रहा था, और उस पहेली का यह चक्कर में डालने वाला एक पहलू भर था।

सात

समीर को जब से सूर्या ने उसके असली माता-पिता के बारे में बताया था तब से वह उन्हीं के बारे में सोच रहा था। वह अपने पालने वाले पिता और दादी, और अपनी बुआ शान्ता के साथ बड़ा हुआ था। उसने कभी इस बारे में सोचा नहीं था, न ही उसको दूसरे लोगों के परिवारों से इसमें कुछ अलग लगा था। उसने कभी यह नहीं पूछा कि सूर्या ने शादी क्यों नहीं की, या उसकी माँ कौन थी, हालाँकि उसके दिमाग़ में कई बार यह ख़याल आते थे।

अब जाकर जब कॉलेज में वह अपने पहले साल की पढ़ाई कर रहा था उसको यह सवाल मथने लगा था कि उसके असली माता-पिता कौन थे। आनुवंशिकी पर एक पेपर पढ़ना था जिसमें तीन पीढ़ियों की सूची बनानी थी। उसने अपनी दादी और अपने पापा का नाम लिखा था। वे अलग-अलग समूहों में काम कर रहे थे, जिनको उनके ट्यूटर 'सेट' कहते थे। उसके सेट में एक बहुत सुन्दर लड़की थी जिसने उससे पूछा कि क्या उसको गोद लिया गया है।

'मेरे ख़याल से,' उसने जवाब दिया।

'मुझे माफ़ कर देना,' उस लड़की ने जवाब दिया, वह इस बात से सहमी हुई लग रही थी कि उसने ऐसा अजीब सवाल पूछ दिया था।

समूह में कुछ लोग ऐसे थे जिनके माता-पिता में तलाक़ हो चुका था, लेकिन उनकी उस तरह से जाँच-परख नहीं की गई थी जिस तरह से उस पूर्वज-परम्परा की परियोजना के दौरान उसकी की गई थी। लॉकडाउन के दौरान समीर के पास अपने असली माता-पिता के बारे में सोचने के लिए काफ़ी समय था। जब से उसके पापा ने उसके असली पिता आदित्य शरण झा और उसकी माँ समीरा सुसान के बारे में बताया था, तब से उसने यह तय किया था कि उनके बारे में और अधिक पता लगाएगा, और उनके परिवार के बारे में। यह उसकी गुप्त खोज होने वाली थी, अपने जड़ों की तलाश का अभियान।

समीर अपने शोध की बुनियादी शुरुआत के लिए ऊपर मातंगी माँ के पास गया। वह उनकी बग़ल में बैठ गया और गुलाब की ख़ुशबू वाले टेलकम पाउडर तथा बालों में लगे मोगरे के तेल की ख़ुशबू लेने लगा, जिसको वह उनसे जोड़कर देखता था। उसने मातंगी माँ का हाथ अपने हाथ में ले लिया, उनकी बीच वाली उँगली में जो मूँगे की अँगूठी थी उससे खेलने लगा।

'मेरे असली माँ-बाप कौन थे मातंगी माँ, उनके बारे में कुछ बताइए न,' उसने आवाज़ को कुछ गम्भीर बनाते हुए कहा। 'सूर्या ने पुराने दिनों की बात छेड़ दी है तो अब मैं अपने माँ-पापा के बारे में सब कुछ जानना चाहता हूँ।'

'तुम्हारा पिता इस बात का इन्तज़ार कर रहा था समीर कि इस बारे में तुम पूछो,' उन्होंने जवाब दिया। 'उसी तरह मैं भी इन्तज़ार कर रही थी। मैं क्या बताऊँ? कहाँ से शुरू करूँ?'

वह उसके चेहरे को टटोलने लगीं, उसकी नई उगी मूँछ-दाढ़ी को महसूस करने लगीं। उसके चेहरे पर हल्की मुलायम दाढ़ी उग आई थी।

'वह मुझसे मिलने के लिए आई थी, यहाँ,' मातंगी ने आगे बताया। 'तुम्हारी माँ समीरा मुझसे मिलने के लिए आई थी, जब वे दोनों तुमको सूर्या के पास छोड़ने आए थे। तब तक मेरी आँखों की रोशनी जा चुकी थी, मैं उसको देख नहीं सकती थी, लेकिन मैं उसके होने को महसूस कर सकती थी कि वह एक असाधारण महिला थी, बहादुर और सुन्दर। मैंने उससे कहा कि वह मेरे पास आकर बैठे, उसी तरह जैसे तुम मेरी बग़ल में बैठे हो। मैंने उसका चेहरा अपने हाथों में लिया था, और उसको पढ़ा था, उसके चेहरे की बनावट को एक-एक करके। उसकी नाक सीधी और सुतवाँ थी, उसने नाक में एक छोटी सी नथ पहन रखी थी। उसकी त्वचा बहुत मुलायम थी, और आवाज़ जैसे कोई परी बोल रही हो।'

समीर अवाक् भाव से सुने जा रहा था। वह उसी जगह पर बैठी थी जिस जगह पर वह बैठा हुआ था। जीती-जागती।

'परियों सी आवाज़,' वह बोले जा रही थीं, 'और मुझे यह यक़ीन है कि वह स्वर्ग से तुमको रोज़-रोज़ आशीर्वाद देती होगी।'

समीर भावुक हो गया। वह समीरा के बारे में सोचने लगा, जिसकी नाक सुतवाँ थी जिसमें उसने छोटी सी नथ पहन रखी थी, और वह उस जगह पर मातंगी माँ के साथ किस तरह बैठी रही होगी और किस तरह से उन्होंने उसको मातंगी माँ

को सौंप दिया होगा। उसकी आँखें चमकने लगीं, और आँखों से आँसू ढुलककर मातंगी माँ के हाथ पर गिरे। वह उसका चेहरा सहलाने लगीं।

'उनके बाल किस तरह के थे?' समीर ने पूछा। 'लम्बे या छोटे? सीधे या घुँघराले? भूरे या काले?'

मातंगी ने अपनी उँगलियों को फैलाया मानो वह उन उँगलियों में फँसी कोई याद निकाल रही हों। जवाब देने के पहले उन्होंने उस सवाल पर कुछ देर विचार किया।

'उसके बाल घने, घुँघराले थे, जो उसके कन्धों तक गिरे हुए थे। रंग तो मैं नहीं बता सकती, क्योंकि मैंने अपनी आँखों से तो देखा नहीं था।'

यह सुनकर समीर और रोने लगा। वह अपने आँसुओं से लड़ता हुआ ख़ामोश बैठा रहा। उसने मातंगी से अपने पिता के बारे में नहीं पूछा, आदित्य शरण झा के बारे में। वह अभी उनके बारे में सुनने के लिए तैयार नहीं था, अभी तो नहीं ही।

उसकी दादी एक बार फिर से उसके हाथ सहलाने लगीं। 'मेरे पास तुम्हारे लिए कुछ है समीर। यह कुछ ऐसी चीज़ है जो मैंने तुम्हारे लिए सँभालकर रखी थी, इतने सालों से मैं इन्तज़ार कर रही थी कि तुम मुझसे अपनी माँ के बारे में पूछोगे। समीरा के बारे में।'

वह गद्दे के नीचे चाबी टटोलने लगीं। मयूर के आकार का बड़ा-सा चाँदी का छल्ला था। उन्होंने चाबियों को छूकर सही चाबी पहचान ली।

'मेरी स्टील वाली अलमारी के पास जाओ, उस अलमारी के पास जिसको मैं हमेशा बन्द रखती हूँ,' उन्होंने समीर को बताया। 'इस चाबी से उसको धीरे-से खोलना। कई बार अलमारी का ताला फँस जाता है। नीचे से दूसरे आले में तुमको पीले कपड़ों का एक गट्ठर मिलेगा, मज़बूत पीले धागे से बँधा हुआ। उसको मेरे पास लेकर आओ।'

समीर ने वही किया जो उसको कहा गया। पैकेट वहीं था जहाँ मातंगी माँ ने बताया था। अलमारी को इतने व्यवस्थित रूप में देखकर वह अचरज में पड़ गया। बड़े गट्ठर ऊपर के आले में रखे थे, छोटे गट्ठर नीचे के आले में। एक खाने में तह किए हुए शॉल रखे हुए थे, प्लास्टिक के अलग-अलग थैलों में लपेटकर उनको एक कोने में रखा गया था। स्टील की अलमारी से लौंग और इलायची की गंध आ रही थी, और एक और जानी-पहचानी गंध थी जिसको वह पहचान नहीं पा रहा था।

समीर लौटकर मातंगी माँ के पास आया, वह अभी भी मूर्ति जैसी बैठी थीं। उन्होंने उसको लाल कपड़ों वाला वह गट्ठर दिया। उसने पीले धागे से बँधे गट्ठरों को खोला। अन्दर गत्ते का एक बक्सा था।

'यह तुम्हारे लिए है,' वह बोलीं। 'तुम्हारी माँ ने तुम्हारे लिए छोड़ा था। तुमको तब देने के लिए जब तुम इसके लिए तैयार हो जाओ।' समीर ने काँपते हाथों से बक्से को खोला। उसकी आँखें आँसुओं के कारण धुँधली पड़ने लगीं।

उसके अन्दर एक फ़ोटोग्राफ़ था। एक रंगीन तस्वीर जो किनारों से हल्की फीकी पड़ गई थी। वह तस्वीर एक सुन्दर जवान स्त्री की थी। उसकी आँखें तिरछी थीं, और छोटी सी नाक, जिसमें सोने की नथ थी। पीछे की तरफ़ पहाड़ थे, नीले, बादल भी छाए हुए थे।

यह तस्वीर किसने खींची होगी? उसके पापा ने? या शायद उनके पापा ने? क्या वह पिकनिक पर गई थी, किसी चहकते दिन में? उस दिन के बाद उनके साथ क्या हुआ? उन्होंने अपने इकलौते बच्चे को क्यों छोड़ दिया?

बक्से में कुछ और भी था, हाथ के बने पीले रंग के काग़ज़ में लिपटा हुआ। उसने उसको बड़ी सावधानी से खोला, बड़े प्यार से, और उसको उसके अन्दर सोने की एक चेन मिली, जिसमें सोने का क्रॉस बना हुआ था, जिसमें चमकीला पत्थर जड़ा हुआ था जो हीरे जैसा लग रहा था।

उसकी दादी उसके अस्तित्व के रेशे-रेशे को महसूस कर रही थीं। वह उसको सब कुछ देखते हुए महसूस कर रही थीं, उसकी तेज़-तेज़ साँसों को, आँसू रोकने की उसकी कोशिशों को। उसकी हैरानी को।

वह मुस्कुराने लगीं। उन्होंने उससे यह नहीं पूछा कि बक्से में क्या था। उन्होंने समीर के गाल थपथपाए, और फिर माथा, ऐसे जैसे आशीर्वाद दे रही हों।

सहज भाव से, उसने नीचे झुककर उनके पैर छू लिये। 'अब मुझे चलना चाहिए मातंगी माँ,' वह बोला। 'चाबियाँ लीजिए। इतने सालों तक मेरे लिए इसको सँभाले रखने का शुक्रिया।'

~

समीर ने अपना कमरा बन्द कर लिया और पर्दे गिरा लिये। फिर अपनी माँ की तस्वीर निकाली, समीरा सुसान की, और उसके सामने मोमबत्ती जला दी। वह मोमबत्ती

ख़ुशबूदार थी। वनीला की राहत देने वाली ख़ुशबू कमरे में फैल गई, जिससे उसको शान्ति और राहत महसूस हो रही थी।

'यह मैं हूँ मम्मी,' उसने धीरे से कहा। 'आपका बेटा समीर।' उसने हीरे के क्रॉस वाली सोने की चेन हाथ में उठाई, उसके वज़न को महसूस किया, उस मोटी चेन की बुनावट को। उसके बाद उसने चेन को मोमबत्ती की बग़ल में रख दिया, तस्वीर के सामने। 'आपका बेटा' उसने दोहराया। 'मुझे लगता है कि आप मुझसे भी बेहतर तरीक़े से समझ पाओगी। मैं आपको बताना चाहता हूँ मम्मी, कि मैं आपकी पसन्द की क़द्र करता हूँ। आपने मुझे सुरक्षित हाथों में छोड़ा था, आपने मुझे इसलिए छोड़ा क्योंकि आपको अपने रास्ते पर जाना था, जिस रास्ते पर आप मुझे लेकर नहीं जा सकती थीं। और आदित्य से—मेरे पिता आदित्य से कहना कि मैं बाद में उनके पास आऊँगा, जब मेरा समय होगा। मुझे पक्के तौर पर लगता है कि हमेशा की तरह तुम दोनों साथ-साथ चल रहे होंगे, हमेशा की तरह। सबसे पहले मैं आपके साथ होना चाहता हूँ। आपके साथ अकेले, जिस तरह मैं तब आपके साथ था जब आप मुझे पेट में लेकर चल रही थीं।'

समीर कल्पना कर रहा था कि उसकी माँ उसको थामे हुए है, उसको चूम रही है। उसने कल्पना की कि उसकी माँ उसके लिए केक बना रही है, और ओवन से वनीला की ख़ुशबू आ रही है। उसने माँ की तस्वीर के सामने से सोने की चेन उठाई और उसको पहन लिया। सोना, ठंडा तो भी गर्म, उसके ऊपर अपरिचित जैसा लग रहा था।

उसके बाद उसको नींद आ गई। जब उसकी आँख खुली तो शाम काफ़ी गहरा गई थी। सूर्या दरवाज़ा खटखटा रहा था।

पर्दे अभी भी गिरे हुए थे। वनीला मोमबत्ती पिघल रही थी, और वनीला की ख़ुशबू की जगह बुझती हुई मोमबत्ती का कड़वा धुआँ भर गया था। सूर्या कमरे में आया, और समीर ने अपने बिस्तर के बग़ल की बत्ती जलाई। उसने बुकशेल्फ़ से टिकाकर रखी हुई तस्वीर को देखा, और देखकर सिर झुकाया, जैसे किसी पुराने दोस्त दुआ-सलाम कर रहे हों। कहा कुछ नहीं।

~

समीर लैपटॉप पर ऑनलाइन क्लास के असाइनमेंट बना रहा था। उसका कुत्ता डॉलर समीर के मिज़ाज को भाँप गया था, और उसके पैरों के पास बैठा हुआ था। उसके पिछले पैर बदरंग हो चुके वेल्वेट के सोफ़े के नीचे थे।

पहली मंज़िल के उनके फ़्लैट का दरवाज़ा कभी बन्द नहीं होता था। एक छोटे से चेहरे ने अन्दर झाँका। उसका चचेरा भाई राहुल था। 'अन्दर आ जाऊँ समीर दादा?' उसने उत्सुक भाव से पूछा।

'आ जाओ राहुल और यहाँ मेरे और डॉलर के पास बैठो,' समीर ने जवाब दिया। राहुल ने कुछ चौकन्ने भाव से कुत्ते की तरफ़ प्यार-भरी नज़र से देखा। उसके बाद वह उस सोफ़े के सामने एक कुर्सी पर आकर बैठ गया जिसके ऊपर समीर पसरा हुआ था।

'मुझे आपकी मदद चाहिए दादा,' उसने बड़ी विनम्रता से कहा। 'मुझे पता है कि आप इस समय बहुत बिजी होंगे, लेकिन मुझे लगा कि आपसे पूछ ही लेना चाहिए। बात मेरे होमवर्क की है। मुझे ऑनलाइन क्लास में एक असाइनमेंट मिला है। उसके बारे में बात है।'

'बताओ बताओ,' समीर ने जवाब दिया। वह अपने भाई राहुल को बहुत चाहता था, यह अलग बात थी कि वह उससे बहुत मिल नहीं पाता था। 'क्या होमवर्क है? उन्होंने क्या प्रोजेक्ट दिया है?'

'मुझे फ़ैमिली ट्री बनाना है,' राहुल ने बताया, उसके चेहरे पर कोई भाव नहीं था, उसकी आँखें कुछ दूरी पर ऐसे टिकी हुई थीं मानो वह क्लासरूम के अन्दर किसी सवाल का जवाब दे रहा हो। उसके बाद वह मुस्कुराने लगा। 'हम लोग क़िस्मत वाले हैं समीर दादा, नहीं, कि हमारा इतना बड़ा परिवार एक ही बिल्डिंग में रहता है? मेरे वाले माले पर बस हम तीन हैं, लेकिन फिर आप हो, सूर्या चाचा, और डॉलर, शान्ता बुआजी और मुन्नी, ट्रम्प, और ज़ाहिर है, सबसे बढ़कर मातंगी माँ, और लाली, और अब पप्पू।'

बोलते हुए वह अपनी उँगलियों पर गिनती कर रहा था, पहले अपने दाएँ हाथ की, फिर बाएँ हाथ की, और एक बार फिर दाएँ हाथ की उँगलियाँ।

वह एक बार फिर समीर को देखकर मुस्कुराने लगा, इस बार ख़ुशी के मारे उसके दाँत दिखाई दे रहे थे। 'आप मेरी हेल्प करोगे न?' उसने फिर पूछा।

'बिलकुल करूँगा ब्रो!' समीर ने जवाब दिया, और राहुल की तरफ़ हाथ बढ़ाकर हाई फ़ाइव कर दिया। उसके सामने उसकी माँ का चेहरा ऐसे आ रहा था

मानो वह उससे मिलने के लिए आई हो। इसका कुछ तो मतलब था। ब्रह्मांड ने उसको कुछ सन्देश भेजा था।

'मुझे अपना असाइनमेंट मेल कर दो,' वह बोला, 'और हम दोनों मिलकर असाइनमेंट बना लेंगे!'

~

राहुल धीरे-धीरे सीढ़ियों की तरफ़ बढ़ा जो दूसरी मंज़िल को जाती थीं। वह घर वापस जाना नहीं चाह रहा था, और उसका पूरा मन था कि वह ऊपर की मंज़िल पर दादी के पास जाए और उनको इसके लिए मनाए कि वह उसको खाने के लिए चॉकलेट दें।

लेकिन उसकी माँ को पता चल जाएगा। वह उसकी साँसों में चॉकलेट की गंध को सूँघ लेगी, उसके चेहरे के भावों को पढ़ लेगी। इन दिनों वह या तो अक्सर ग़ुस्से में रहती थी या परेशान। रसोई जो वैसे हमेशा साफ़-सुथरी रहती थी अब उसमें बर्तनों का ढेर लगा रहता था। मम्मी आम तौर पर अच्छा खाना पकाती थी, लेकिन वायरस के कारण आजकल दिन में काम करने वाली बाई नहीं आ रही थी, और यह सब उसके लिए लगता है बहुत भारी होता जा रहा था।

क्वारंटीन। वह इस शब्द को दुहराता रहता था। अंग्रेज़ी भाषा का क्यू अक्षर उसको बहुत आकर्षित करता था। पूँछ के साथ वह बिल्ली जैसा दिखता था। वह क्यू अक्षर से शुरू होने वाले कुछ और शब्दों को याद करने लगा लेकिन कुछ याद नहीं आया, क्वीर? वह उसका मतलब जानता था। क्वीन। क्विज़। क्विल्ट।

उसकी माँ। वह हमेशा से सख़्त ही थी, लेकिन बहुत दयालु भी थी, और दिलासा देने वाली। वह बदल गई थी, क्रुएला द विल की तरह हो गई थी, या वेस्ट की विकेड विच की तरह। राहुल और उसके पापा घर में भूत की तरह टहलते रहते थे और एक-दूसरे की आँखों में देखने से बचते थे। वे ऐसे जताते जैसे सब कुछ सामान्य हो। लेकिन वे जानते थे।

डाइनिंग टेबल पर बौर्नविटा वाला दूध का गिलास उसका इन्तज़ार कर रहा था। वह एक घूँट में पी गया; उसके बाद बाथरूम में जाकर उसने सब उगल दिया।

~

राहुल के अनुरोध से समीर बहुत उत्साहित था। उसको ऐसा महसूस हो रहा था जैसे उसका भाग्य किसी तरह उसको अपनी माँ से मिलाना चाह रहा है, उसके दूसरे परिवार से। हाँ, वह स्कूल का असाइनमेंट बनाने में राहुल की मदद करेगा। और वह अपने निजी प्रोजेक्ट के ऊपर भी काम करता रहेगा, अपनी जाँच-पड़ताल के काम पर, जो उसकी अपनी जड़ों को लेकर था, जिनके बारे में उसको हाल में ही पता चला था।

उसके अन्दर एक उथल-पुथल मची हुई थी, ज्वार की तरंग की तरह। वह बाहर निकलकर चिल्लाना चाहता था। उसका मन समुद्र का विस्तार देखने को हो रहा था, और उसके पार के क्षितिज को देखने का, या यह कि वह भीड़ में अकेला महसूस करे, फ़्लाईओवर के नीचे खड़े होकर ट्रैफ़िक जैम में डीज़ल की गंध को महसूस करे। घर के अन्दर रहते हुए उसको लगभग एक साल हो गया था, एक बार पार्क में झाड़ू लगाने के लिए निकलने के सिवाय वह घर के बाहर बिलकुल नहीं निकला था। उसको फ़्लैट में ऐसे लगता था मानो वह जेल में हो। उसको बाहर निकलना था। डॉलर ने उसका मिज़ाज भाँप लिया और उसकी गोद में आकर बैठ गया, उसके प्यार के लिए तड़पता हुआ और लार टपकाता हुआ। समीर ने कुत्ते को परे सरकाया और बेचैनी से कमरे में टहलने लगा।

ड्रम। उसके कमरे में ड्रम का एक जोड़ा था, जो सूर्या ने उसे उसके बारहवें जन्मदिन पर दिया था। या शायद तेरहवें जन्मदिन पर? यह उन दिनों की बात थी जब यह सोचता था कि आगे चलकर वह रॉकस्टार बनेगा। ड्रम बजाने का उसका वह दौर ज़्यादा दिन नहीं चला लेकिन उसने उसको बहुत कुछ सिखाया भी, उसके बाद उसने फ़ोटोग्राफ़ी के लिए ड्रम का त्याग कर दिया। लेकिन ड्रम का वह सेट उसके कमरे में एक ताखे में ही पड़ा हुआ था, जो तौलियों और तरह-तरह की चीज़ों के कारण और ऊँचाई पर रखा लग रहा था।

एक बास ड्रम था और एक जोड़ा मजीरा। ड्रम से जोड़ी जाने वाली तार। धातु की छड़ी। लकड़ी की छड़। समीर ने तौलियों के ज़ख़ीरे को फेंका और आगे बढ़ा। उसने धूल से सनी ड्रम बजाने वाली छड़ को पकड़ा और वह संगीत बजाने लगा जो उसको सबसे अच्छी तरह से आता था, माइकेल जैक्सन का बिली जीन।

ठक ठक ठक ठक। ठक ठक ठक ठक। उसका दायाँ हाथ। एक दो तीन और चार। उसका बायाँ हाथ। एक और दो और तीन और चार। मजीरे और ड्रम उसकी ताल से बज रहे थे। देखते-देखते वह आवाज़ में डूब गया, उसी में खो गया। कुछ

भी और बाक़ी नहीं रह गया था, बस ड्रम की धुन और, और दिल की वह आदिम धड़कन जिसे वह कोख से जानता था।

सूर्या ने वह आवाज़ सुनी। फिर धीरे से अन्दर झाँका और फिर दरवाज़े को वापस सटा दिया। यह समय उस लड़के को अकेला छोड़ देने का था।

ऊपर की मंज़िल पर राहुल ने ड्रम की आवाज़ सुनी और मुस्कुराने लगा। सतीश ईयर पौड लगाए किसी कॉल पर था। रितिका बिस्तर में लेटी थी, उसको माइग्रेन का दर्द हो रहा था। उसने भी नीचे के माले से आती ड्रम की आवाज़ सुनी। वह आवाज़ उसके सिर में घुस गई, अपने शोर और बिला वजह की आक्रामकता के साथ। वह उसके पीछे के दर्द को, उलझन को समझ नहीं पाई। उसने तकिए से अपना सिर ढका और चीख़ पड़ी। बिली जिन की उस धुन को सुनकर वह रो पड़ी। सुबकने लगी और आख़िरकार उसको नींद आ गई।

आठ

मातंगी ने भी ड्रम की आवाज़ सुनी। भला उनको कैसे सुनाई नहीं देती? उन्होंने अन्दर तक उस धुन को महसूस किया, लेकिन उनको तत्काल यह समझ नहीं आया कि धुन आ कहाँ से रही थी। वह कमरे में खुली खिड़की से आ रही थी, और वह बड़े ध्यान से उस पागल कर देने वाली धुन को सुनने लगीं। वह रिकॉर्डेड संगीत जैसा तो नहीं ही लग रहा था। कौन इतने ग़ुस्से में ड्रम बजा रहा था, इतनी हताशा में क्यों?

समीर ने जब बजाना बन्द किया तब भी मातंगी के सिर में वह धुन गूँजती रही, फिर आसपास की रोज़मर्रा की अन्य आवाज़ों में मिल गई। लाली रसोई में मिक्सर में कुछ पीस रही थी, आवाज़ ऐसे आ रही थी मानो हेलिकॉप्टर नीचे उतरने वाला हो। बच्चा बालकनी में व्रूम व्रूम वाला अपना गेम खेल रहा था। बाहर, देर शाम जैसा चिड़ियों का शोर सुनाई दे रहा था, जबकि इस समय तक बाहर अँधेरा हो गया होगा। और उनके सिर में समीर के ड्रम की आवाज़, मजीरे की थाप चढ़ रही थी। लाली ने बाहर बरामदे में अगरबत्ती जला दी थी, जैसाकि वह कई बार करती थी। चन्दन की सुगंध अन्दर आ रही थी, उसके साथ बाज़ार में मिलने वाली अगरबत्ती की लकड़ी की तेज़ गंध भी आ रही थी।

पप्पू पूरे जोश के साथ उसके कमरे में आया। 'माताजी! माताजी!' वह चिल्लाया। 'बाहर बरामदे में बन्दर आ गया है।'

'लाली से कहो, उसको केला दे दे,' उन्होंने बड़ी शान्त आवाज़ में कहा। 'और रसोई का दरवाज़ा बन्द कर दे। या इससे अच्छा यह है कि तुम ही दे दो बच्चे। हनुमान जी को केले दे दो और उनका आशीर्वाद ले लो, पप्पूजी।'

वह एक पल के लिए उनको घूरता रहा, उसके छोटे से चेहरे पर सन्देह की एक लहर सी दौड़ गई। 'मैं मुसलमान हूँ माताजी, और हम हनुमान की पूजा उस तरह से नहीं करते हैं जिस तरह आप हिन्दू लोग करते हैं। मौलाना ने हम लोगों को

यह समझाया था। फिर वह बन्दर बहुत बड़ा भी है, लंगूर है। मैं छोटा बच्चा हूँ! मुझे डर लग रहा है! आप कहती हैं तो मैं जाकर रसोई का दरवाज़ा बन्द कर देता हूँ।'

'आशीर्वाद और दुआओं से किसी को कोई नुक़सान नहीं होता मिस्टर रियाज़,' मातंगी ने जवाब दिया। 'अगर तुमको डर लग रहा है तो लाली से कहो कि बन्दर को एक या दो केले दे दे।'

उस दिन के लिए उतना उत्साह काफ़ी था। मातंगी ने जयपुरी रज़ाई में ख़ुद को लपेट लिया, और अपने अतीत में लौट गईं, अपनी यादों के सुख में। वह एक असहज से सपने में चली गईं। वह एक आश्रम में थीं, बर्तन धो रही थीं। भगवा चोला पहने गुरु ने शाम का खाना समाप्त ही किया था। उनकी थाली में एक अधखाया लड्डू पड़ा था। उसने पीतल की थाली से वह लड्डू उठाया और खा गईं। बाद में गुरु ने उसको अपनी अँधेरी गुफा में बुलाया, जिसमें वह एक बड़े से तख़्त पर बैठे थे।

'मुझे पता है तुमने मेरी प्लेट से खाना खाया है,' वह बोला। 'और मेरे ज्ञान का फल चखा है। अपनी आँखों को खोलो और तुमको वह दिखाई देगा जो दूसरे नहीं देख सकते। या नहीं देख पाएँगे।'

तभी लाली ने टेलिविज़न चला दिया, एकदम तेज़ आवाज़ में। मातंगी जानती थीं कि जब वह ग़लत समय पर सो जाती हैं तो उनको उठाने के लिए लाली जो तरीक़े आज़माती थी यह उनमें से एक था।

'आपने कुछ नहीं खाया है माताजी,' लाली ने उलाहना देते हुए कहा। 'इस तरह ख़ाली पेट नहीं सोना चाहिए!' वह उनके लिए शाम का खाना लेकर आ गई, एक रोटी और कुछ सब्ज़ियाँ।

लड्डू का मीठा, दानेदार स्वाद अभी भी उनके मुँह में था। 'लेकिन मैंने गुरुजी की थाली से लड्डू खाया था,' मातंगी ने जवाब दिया, फिर उनको समझ में आया कि वह सपना था, और वह अभी उसी सपने से जगी थीं।

समाचार। अमेरिका। इटली। लंदन। वे सारी जगहें जहाँ वह कभी नहीं गईं, जहाँ वह कभी नहीं जा पाएँगी।

वायरस। बीमारी। सभी जगह लोग मर रहे हैं। वह वायरस देखने में कैसा होगा, वह सोचने लगीं। लाली ने उनको समझाने की कोशिश की थी कि वह लाल या हरे रंग की गेंद जैसा था जिसमें कीलें लगी हुई थीं, लेकिन वह उसकी तस्वीर नहीं बना पाई थीं। क्या उस वायरस में संवेदना थी? क्या वह दुनिया से नाराज़ था?

वैसे भी लॉकडाउन के कारण उसकी ज़िन्दगी में किसी तरह का कोई बदलाव नहीं आया था। उनको याद भी नहीं था कि आख़िरी बार वह सी-100 की ऊपरी मंज़िल से नीचे कब उतरी थीं। कुछ साल पहले वह सीटी स्कैन करवाने के लिए अस्पताल गई थीं। सूर्या और सतीश ने यह सुझाव दिया था कि वह और सतीश माँ को कुर्सी पर बिठाकर नीचे ले जाएँगे। लेकिन मातंगी ने इस विचार को अपने ज़िद्दी तरीक़े से मानने से इनकार कर दिया था। वह धीरे-धीरे नीचे उतरने लगीं, एक हाथ सीढ़ी की रेलिंग पर जबकि दूसरे हाथ को सूर्या ने थाम रखा था।

मातंगी की ज़िन्दगी में कुछ भी नहीं बदला था, बस इस अजीब और अप्रत्याशित क्वारंटीन के कारण उनके सारे बच्चे वहीं थे, उसी घर में उनको सारा समय रहना पड़ रहा था। उनको यह महसूस हो रहा था कि इसका असर उनके ऊपर अलग-अलग तरह से पड़ रहा होगा। फ़िलहाल सभी उसका सामना कर रहे थे। उनमें से सभी संघर्ष करना जानते थे। उनको सबसे अधिक फ़िक्र छोटे बच्चे राहुल की हो रही थी। वह सबसे कमज़ोर था, सबसे मासूम, क्योंकि जिस दुनिया पर उसको भरोसा था वह उसके सामने बिखर रही थी।

मातंगी को महसूस हो रहा था कि लाली बेचैन हो रही है, और पप्पू भी। अगर हालात कभी सामान्य हुए तो उस बच्चे का कुछ करना होगा। उसको या तो घर भेजना होगा, या अगर उसको यहीं रहना पड़ा तो स्कूल भेजना होगा।

उन्होंने तय किया कि इस बारे में वह अपनी बेटी से पूछेंगी। शान्ता बता सकती थी कि क्या करना है। वह हमेशा बता देती थी।

~

अपने फ़्लैट में, निचली मंज़िल पर शान्ता भी अपनी माँ के बारे में ही सोच रही थी। खाना पकाने का उसका जुनून थम गया था। शोर मचाने वाले बहुत से रेज़िडेंट्स वेलफ़ेयर एसोसिएशंस ने फ़तवा जारी कर दिया था कि बना हुआ खाना नहीं बाँटना है। उसका एनजीओ, विमन फ़ॉर पीस, अब साप्ताहिक राशन पैकेट बाँट रहा था।

तो अब वह मुन्नी और ट्रम्प के साथ यहाँ घर में ही फँसी हुई थी। उसके भाई, उसका पूरा परिवार उसके ऊपर की मंज़िल पर था। उसको अजीब महसूस हो रहा था, लग रहा था जैसे धरती पर आ गई हो, शाश्वत समय में आ गई हो। उसको

शायद कभी घर छोड़ना ही नहीं चाहिए था, उसको अपनी आज़ादी की कोशिशें करनी ही नहीं चाहिए जो उसने बीच में छोड़ दी थीं।

भारतीय संयुक्त परिवार। वह उस तरह से संयुक्त परिवार था भी नहीं, सबकी अपनी-अपनी रसोई थी, अपने-अपने ख़र्चे और अपनी-अपनी निजता। लेकिन यह सोचने की बात थी कि मुर्ग़ी अपने अंडे से निकल जाती है, चिड़िया अपने घोंसले को छोड़ उड़ जाती है, और ईश्वर ने जिन जीवों को बनाया है उनका यह स्वभाव होता है कि वे उड़ जाते हैं, नए चरागाहों की तलाश में, नए सीमान्तों की तलाश में।

शान्ता जब 18 साल की थी तो वह घर छोड़कर निकल गई थी। वह देखने में कभी भी सुन्दर नहीं थी, और उसके पापा जितने क्रूर हो सकते थे उतने क्रूर थे। 'तुम काली हो, और मोटी, और तुम घर का काम भी नहीं जानती हो,' वह अक्सर उसके बारे में कहते थे। 'तुम्हारी शादी एक ही तरह से हो सकती है अगर मैं ख़ूब सारा दहेज दूँ। लेकिन मैं यह करने के लिए तैयार नहीं हूँ, नहीं मैडम, मैं नहीं दूँगा।'

उसकी माँ का चेहरा। जब उसके पिता ऐसा कहते थे तो शान्ता को याद आया कि उस समय उसकी माँ का चेहरा कैसा हो जाता था।

'मेरी बेटी को कोई दहेज नहीं चाहिए,' वह जवाब देतीं। 'अगर देना भी पड़ा तो मेरे पास बैंक में गहने जमा हैं और फ़िक्स्ड डिपॉज़िट हैं जो मेरे चाचा सतीश मेरे लिए छोड़ गए थे।'

'तुम और तुम्हारा फ़िक्स्ड डिपॉज़िट!' उन्होंने मज़ाक़ उड़ाते हुए कहा, 'अगर तुमने उन पैसों को मुझे ठीक से इन्वेस्ट करने दिया होता तो अब तक दोगुना हो गया होता। अपनी इस क़ीमती बेटी के लिए तुम ही ढूँढ़ो पति। मेरे ख़याल से आईएएस दूल्हा तो मिल ही जाएगा।'

'मेरी बेटी आईएएस अफ़सर बनेगी,' उसकी माँ ने बड़े शान्त भाव से घोषणा की। 'आपकी तरह राजस्व सेवा की अधिकारी नहीं, मिस्टर शर्मा, बल्कि पक्की आईएएस अफ़सर।'

नफ़रत, कड़वाहट, जो दोनों के बीच थी, शायद वही एक चीज़ थी जो दोनों को आपस में जोड़ती थी। ख़ैर, उसने कभी शादी नहीं की, न ही आईएएस अफ़सर बनी, उसने सोचा, लेकिन उसको इस बात का कोई अफ़सोस नहीं था। उसके कॉलेज की पढ़ाई का ख़र्च उसकी माँ देती थीं, उनको अपने फ़िक्स्ड डिपॉज़िट से जो ब्याज मिलता था वह सारा वह उसको दे देती थीं। उन्होंने ही उसको मुम्बई में टाटा स्कूल ऑफ़ सोशल साइंसेज़ में जाने के लिए प्रोत्साहित किया, और बाद में

लंदन जाकर एसओएएस से डिग्री लेने के लिए। फ़िक्स्ड डिपॉज़िट अभी भी बैंक में था, चुपचाप हर महीने, हर साल उसमें ब्याज जुड़ता जाता था।

शान्ता इन शब्दों के लिए अपने पिता को कभी माफ़ नहीं कर पाई। जब उनकी मृत्यु हुई तो उसकी आँखों से आँसू नहीं निकले, वह चंदन की चिता सजाने के लिए पंडित की फ़रमाइशें पूरा करने में लगी रही, जबकि उनके बेटे अपने टूटे दिल से माँ को सांत्वना देने में व्यस्त थे।

अपने पति की मृत्यु पर क्या मातंगी माँ रोई थीं? शान्ता को इस बारे में कुछ याद नहीं था। उसको इतना याद था कि उसकी माँ कमरे में एक कोने में बैठी हुई थीं। फ़र्श पर एक पतली दरी बिछाई गई थी, जिसके ऊपर वह बैठी थीं। दरी के ऊपर सफ़ेद चादर बिछाई गई थी जिसमें सिलवटें पड़ गई थीं। उसकी माँ ने सफ़ेद रंग की सूती साड़ी पहन रखी थी। पंडित ने कहा था कि उनको अपनी कलाई से सोने की चूड़ियाँ, लाख की लाल चूड़ियाँ, कानों से झुमके, बिंदी और यहाँ तक कि कलाई घड़ी भी उतार देनी चाहिए। अपना सिर हाथों से थामे वह चिटके मोज़ायक फ़र्श की आकृतियों को सूनी आँखों से निहारे जा रही थीं।

शान्ता के दिमाग़ में अतीत की स्मृतियों का क्रम गड्डमड्ड हो गया था। उसको उनकी दूसरी ज़िन्दगी के बारे में कब पता चला था? जुए के क़र्ज़े के बारे में। चिट्ठियाँ। दफ़्तर से पूछताछ। उनकी दूसरी ज़िन्दगी, इतनी गुप्त थी, इतनी बेतुकी, सच में, सब इतने साल बाद पता चला था।

यह सोचना बहुत अजीब था कि वे सब सी-100 में अभी तक साथ-साथ रह रहे थे, शानदार मातंगी माँ ने हमेशा की तरह सबको जोड़ रखा था।

सब कुछ फिर से खुल जाने वाला था, दुनिया अपने पुराने ढर्रे पर लौट जाएगी, और जैसे कोई लिफ़्ट में फँस जाए उस तरह का दमघोंटू भाव, ऐसी लिफ़्ट में जो शायद कभी नहीं चलेगी, यह भी बीत जाएगा।

~

दरवाज़े की घंटी बजी। अन्ना थीं, वह भयंकर काले मास्क में बिलकुल पहचान में नहीं आ रही थीं, उन्होंने कन्धे पर एक झोला लटका रखा था और उनके हाथों में केक था।

शान्ता ने उनको अन्दर तो आने दिया, लेकिन कुछ सतर्क हो गई।

'मैंने तुम्हारे लिए यह पोलिश केक बनाया है, बबका,' उसने बड़ी ख़ुशी के साथ कहा, मानो उनकी पिछली मुलाक़ात बहुत अच्छी रही हो, मानो उन्होंने शान्ता की बिल्ली चुराने की कोशिश ही नहीं की हो।

'केक के लिए शुक्रिया, लेकिन मुझे केक नहीं चाहिए। यह केक मिस्टर सेन को खिला दीजिए,' शान्ता ने सख़्ती से कहा। 'और मैं यह जानना चाहती हूँ, सच में यह जानना चाहती हूँ कि मेरी बिल्ली ट्रम्प आपके घर में क्यों बन्द थी। यह बर्ताव बहुत अजीब था, बेलिहाज बर्ताव, और'—वह अपने आपको यह कहने से रोक नहीं पाई—'शायद आपराधिक बर्ताव!'

अन्ना सेन के ऊपर इन बातों का कोई प्रभाव पड़ता दिखाई नहीं दिया। 'मिस्टर सेन को डायबिटीज़ है और इस वजह से वे बबका नहीं खा सकते,' उन्होंने जवाब दिया। 'जहाँ तक तुम्हारी बिल्ली की बात है, तुम्हारी इस प्यारी बिल्ली की बात है—तुमने इसका नाम अमेरिकी राष्ट्रपति के नाम पर कैसे रखा?—तुम्हारी बिल्ली ख़ुद ही मेरे पास आई थी। मैंने दरवाज़ा बन्द कर लिया, उसको लौटने नहीं दिया क्योंकि उसके साथ होने से मुझे ख़ुशी महसूस हो रही थी।'

उन्होंने जो बैग अपने हाथ में लटका रखा था उसको उतारा और डाइनिंग टेबल पर तरह-तरह के रंगों के मास्क निकालकर रख दिए, जो उन्होंने घर में बनाए थे। वे मास्क बची-खुची करतनों से बनाए गए थे, जो अन्ना ने बड़ी मेहनत से कई सालों में जुटाई होंगी। प्लास्टिक के दस पैकेट थे, एक पैकेट में पन्द्रह मास्क, जिनको अच्छी तरह से पैक करके उनके ऊपर लेबल चिपकाया गया था।

शान्ता का दिल पिघल गया। 'ओह अन्ना!' वह बोल पड़ी, और आगे बढ़कर उसने अन्ना को गले लगा लिया, जो आजकल के हालात में वह कभी नहीं करती। 'ओह अन्ना!'

'यह ग़रीबों के लिए है, असहायों के लिए, ज़रूरतमन्दों के लिए,' अन्ना ने बड़े गर्व के साथ कहा। 'तुम कितना कुछ करती हो शान्ता, और मैं किसी-न-किसी तरह तुम्हारी मदद करना चाहती हूँ। और पैसे—जो पैसे मैंने तुम्हारे भाई के पास जमा कर रखे हैं—वो हम जल्दी ही ले लेंगे, जब यह सब ख़त्म हो जाएगा, और उसको बैंक में जमा करवा देंगे। लेकिन तुम अपने दान-पुण्य के काम के लिए उसमें से 50000 रुपए ले सकती हो। अगर तुम चाहती हो तो मैं गिनकर तुम्हें दे दूँगी।'

शान्ता का दिल भर आया। उसने अन्ना सेन को ग़लत समझ लिया था। अगर आप किसी इंसान को थोड़ा अधिक गहराई से जानें तो पता चलता है कि हर इंसान

में कुछ न कुछ अच्छाई ज़रूर होती है। लेकिन वह चौकन्नी भी थी। साफ़ था कि अन्ना का दिमाग़ सन्तुलित नहीं है। क्या पता वह फिर से ट्रम्प का अपहरण करने के लिए आई हों जैसे वह पहले कर चुकी थीं?

उसने ट्रम्प को उठाया और अपने बेडरूम में छोड़कर कमरे का दरवाज़ा बन्द कर दिया। अन्ना अभी भी उन लड्डुओं को खाए जा रही थीं जो मातंगी ने अपनी बेटी के लिए भिजवाए थे। शान्ता ने कोशिश की कि वह बुज़ुर्ग महिला चली जाएँ लेकिन अन्ना उसके इशारे को नज़रअन्दाज़ कर रही थीं।

दरवाज़े पर थपथपाने की हल्की सी आवाज़ हुई। उसका भतीजा राहुल आया था, हमेशा की तरह गुमसुम, बहुत अधिक विनम्र। उसने नाइट सूट पहन रखा था, उसके ऊपर गुलाबी और काले रंग में छोटे-छोटे हाथियों के हाथ से बने प्रिंट थे। उसने नीले रंग के सर्जिकल मास्क से अपना चेहरा ढक रखा था और हाथ में एक बड़ी-सी नोटबुक पकड़ रखी थी।

शान्ता ने मौक़े का फ़ायदा उठाया। 'होमवर्क में मुझे अपने भतीजे की मदद करनी है, मिसेज़ सेन,' उसने थोड़ी सख़्ती से कहा। 'आपको अब चलना चाहिए। मास्क के लिए आपका शुक्रिया। हम आपकी शुभकामनाओं के साथ इनको ज़रूरतमन्दों में बाँट देंगे।'

उसने ख़ूब जोशीले अन्दाज़ में उनकी ओर फ़्लाइंग किस फेंका और उन्हें बाहर का रास्ता दिखाया। राहुल ने भी काफ़ी सम्मानजनक तरीक़े से उनको हाथ हिलाया, उसके बाद वह बैठकर बाक़ी लड्डू निपटाने में लग गया।

'तुम्हारे लिए पोलिश केक बबका भी है, लेकिन वह कल खाना,' शान्ता ने कुछ दृढ़ता से कहा। 'अब ज़रा दिखाओ, इस नोटबुक में क्या है।'

'वैसे तो यह कोई होमवर्क नहीं है,' उसने बहुत ईमानदारी से बताया। 'ऑनलाइन असाइनमेंट नहीं है, लेकिन मेरे क्रिएटिव कोर्स के लिए है। एक कविता है। हमारे समय को लेकर एक कविता।'

शान्ता उसको गले लगा लेना चाहती थी, लेकिन सोशल डिस्टेंसिंग का समय चल रहा था। उसका मास्क बड़ा था जिसके कारण वह किसी पुरानी साई-फाई फ़िल्म का किरदार लग रहा था। उसको इस बात पर यक़ीन ही नहीं हो रहा था कि उसके उबाऊ भाई सतीश और उसकी इतनी कटु पत्नी ने ऐसे प्यारे बच्चे को जन्म दिया था।

'तो नन्हे बच्चे, क्या चल रहा है?' उसने पूछा। 'और लड्डू तो नहीं चाहिए?'

‘मैं पहले ही ज़्यादा खा चुका हूँ शान्ता बुआ,’ उसने सच्चाई बयान करते हुए कहा। ‘मुझे जितनी चीनी खाने की इजाज़त है उससे ज़्यादा मैं पहले ही खा चुका हूँ। इसलिए अब नहीं, धन्यवाद। मैं यहाँ एक काम से आया था। इस कविता की पहली दो लाइनें मैंने लिख ली हैं, और अब मुझे यह समझ नहीं आ रहा है कि आगे कैसे लिखूँ। आप इस बारे में कुछ कर सकती हैं?’

‘बिलकुल,’ शान्ता ने ख़ुशी से ताली बजाते हुए कहा। ‘सुनाओ-सुनाओ।’

राहुल ने अपना मास्क हटाया। कविता का शीर्षक है ‘लॉकडाउन’।

लॉकडाउन, लॉकडाउन, लॉक, लॉक, लॉक।
शटडाउन, शटडाउन, शट, शट, शट।

शान्ता आगे सुनने के इन्तज़ार में थी। ‘मैंने अभी इतना ही लिखा है,’ राहुल ने बताया, ‘मुझे पता नहीं आगे कैसे लिखना है, इसलिए सोचा कि आप शायद मदद कर पाएँ।’

‘जैसा तुमने लिखा है यह बहुत अच्छा लग रहा है!’ शान्ता ने बड़े जोश के साथ कहा। ‘अधिक प्रभाव पैदा करने के लिए लाइनों को दोहराया जा सकता है, जैसे हिपहॉप कविता में होता है। और समीर दादा को कहना कि वह ड्रम बजाकर तुम्हारा साथ दें। मैंने देखा कि आजकल वह ख़ूब ज़ोर-शोर से प्रैक्टिस कर रहा है।’

‘मैं समीर दादा के साथ पहले ही किसी और प्रोजेक्ट पर काम कर रहा हूँ,’ राहुल ने ऐसे बताया मानो यह बहुत ज़रूरी बात हो। ‘वह मेरी मदद कर रहे हैं, और आपको भी करनी चाहिए! यह फ़ैमिली ट्री बनाने का प्रोजेक्ट है।’

शान्ता ने भौंहें चढ़ाईं। ‘क्या हम लोग परिवार के बारे में और अधिक पता लगाने वाले हैं?’ उसने झूठ-मूठ की हैरानी जताते हुए कहा। ‘तुमको जो भी चाहिए मैं बता दूँगी मेरे प्यारे राहुल, मेरे बारे में, मुन्नी के बारे में, मिस ट्रम्प के बारे में।’

वे फिर से कविता की पहेली सुलझाने में लग गए, और ज़ोर-ज़ोर से उसको साथ मिलकर गाने लगे।

लॉकडाउन, लॉकडाउन, लॉक, लॉक, लॉक।
शटडाउन, शटडाउन, शट, शट, शट।

शान्ता ने बहुत दिमाग़ लगाया लेकिन उसको कुछ भी नहीं सूझा।

‘डक डाउन, डक डाउन, डक, डक, डक?’ राहुल ने एक लाइन सुझाई।

'बहुत सही है!' शान्ता बोल पड़ी। 'इसमें तीन ही लाइनें रहने दो, जैसे कोई अधूरा हाइकु हो।'

'हाइकु क्या होता है?'

'नेट पर देख लेना,' शान्ता ने जवाब दिया। 'और एक और कविता हो सके तो धरती के बारे में देखना? या परिवारों पर?'

'इस बारे में सोचूँगा,' राहुल ने वादा किया और जाने के लिए उठ खड़ा हुआ। उसकी नाइट शर्ट पर लड्डू के टुकड़े छितराए हुए थे, और एक इलायची उसके बटन के पास चिपकी हुई थी, नीले-गुलाबी रंग के हाथी की सूँड़ के ऊपर।

'शटडाउन, शटडाउन, शट, शट, शट,' शान्ता मन ही मन गुनगुनाने लगी, फिर उसने अपने बेडरूम से ट्रम्प को निकाला और रात नौ बजे के समाचार देखने के लिए सोफ़े पर बैठ गई।

नौ

मातंगी ने बिना सोचे-विचारे यूँ ही कह दिया था। जैसे किसी ने उनके मुँह में शब्द रख दिए हों।

'एक चिड़िया है,' उन्होंने कहा। 'एक हरी चिड़िया। वह घायल हो गई है। वह पेड़ की शाखा से गिर गई है। उसको उड़ना नहीं आता। उसको मेरे पास लेकर आओ, लाली।'

आज बाक़ी दिनों की तरह लाली कुछ करने के मूड में नहीं लग रही थी। इतवार का दिन था, और उसने महीनों से छुट्टी नहीं ली थी। अक्षय तृतीया भी थी। रमजान का महीना चल रहा था, या रमादान का, जैसा कहा जाने लगा है। लाली धार्मिक नहीं थी, वह इन बातों में यक़ीन नहीं करती थी, एक तरह से वह नास्तिक थी, लेकिन जिस तरह का समय है ऐसे में सबसे अच्छा यही है कि आप जितने देवताओं को हो सके उतने देवताओं की पूजा करें।

मातंगी उसको फिर आवाज़ देने लगीं। उसने ऐसे जताया जैसे सुना ही न हो। अधिक उम्र के लोगों के साथ ऐसा हो जाता है। वे कल्पनाओं में डूबे रहते हैं। जो उनके दिमाग़ में आता है बोलते रहते हैं। बहुत स्वाभाविक बात है।

लाली उस सादा खाने को खा-खा कर बोर हो गई थी जो शान्ता टिफ़िन में ऊपर भेजा करती थी। उसने तय किया था कि कुछ ऐसा खाना पकाएगी जिसमें कुछ दम हो—स्वाद और ज़ायक़ा हो, हमेशा की तरह कम तेल-मसाले वाली सब्ज़ी और दाल नहीं। वह मसालेदार अंडा करी बनाना चाह रही थी। उसने प्याज़ छील लिया, और कद्दूकस में उसको अच्छी तरह से बारीक़ कर लिया। आठ अंडों के साथ थोड़ा सा फ़्रोज़ेन मटर भी।

'ज़िन्दगी प्याज़ के इन छिलकों की तरह हो गई है,' उसने अपने आप से कहा। 'एक परत के बाद एक और परत, और अन्त में कुछ भी नहीं बचता। हमारे साथ बस आँसू रह जाते हैं।'

यह कोई मौलिक विचार नहीं था। कई साल पहले एक बार जब वह रेडियो पर कोई नाटक सुन रही थी तो उसका सामना इस लाइन से हुआ था, लेकिन उस पंक्ति का जो भाव था वह उसको याद रह गया। इस बात का मतलब तो था, ख़ासकर आजकल के इस अजीब दौर में, जब हर कोई अपने साथ अकेला है, अपने विचारों के साथ, अपनी यादों के साथ, अपने पछतावों और चिन्ताओं के साथ।

वह बुज़ुर्ग औरत एक बार फिर उसको आवाज़ दे रही थी। उसने फिर ऐसे जताया मानो उसको सुनाई ही नहीं दे रहा, और प्याज़ को मिक्सी में डाल दिया, जिससे कि मातंगी की नरम, अड़ियल और सिर खाने वाली आवाज़ को टाला जा सके।

शान्ता ऊपर आ गई, लाली को उसकी आवाज़ सुनाई दे रही थी और मुन्नी की भी। उसने गैस को सिम पर किया और मातंगी के कमरे में वापस चली गई। वे फिर उसी बारे में बोल रही थीं।

'एक चिड़िया है,' उन्होंने कहा। 'एक हरी चिड़िया। मुझे वह चिड़िया दिखाई दे रही है। वह घायल हो गई है। वह पेड़ के नीचे पड़ी हुई है। वह उड़ नहीं पा रही है।'

शान्ता बड़े सब्र के साथ सुन रही थी। क्या लॉकडाउन ने मातंगी माँ के ऊपर अपना असर दिखाना शुरू कर दिया है? उनकी आवाज़ में जो सुनाई दे रहा था वह उसने पहले कभी नहीं सुना था—बचकाना, झक्की और झगड़ालू।

'मैं ख़ुद जाऊँगी चिड़िया को ढूँढ़ने, मम्मी,' उसने कहा, 'लेकिन आओ पहले साथ बैठकर चाय पीते हैं। मैं लाली से कहती हूँ कि वह चाय में अपने ख़ास मसाले डालकर बनाए।'

'माताजी, बार-बार उस चिड़िया के बारे में बोल रही हैं,' लाली ने उबासी लेते हुए कहा। 'समझ नहीं आता क्या करूँ। कई बार यह बच्चों की तरह बर्ताव करने लगती हैं।'

समीर भी टहलते हुए आ गया। मातंगी माँ ने उसका हाथ सहलाया और अपने बग़ल में बिठा लिया। 'एक चिड़िया है,' वह फिर बोलने लगीं। 'एक घायल चिड़िया। वह उड़ नहीं पा रही। उस चिड़िया को यहाँ लेकर आओ। उसको इलाज की ज़रूरत है।'

समीर बड़ा ख़ुश दिखाई दे रहा था। उसका ड्रम बजाने का काम सही चल रहा था। उसको लग रहा था कि वह सच में सीख रहा है। इंटरनेट पर आनुवंशिकी

और फ़ैमिली ट्री को लेकर उसके शोध का काम भी सही चल रहा था। उसकी बुकसेल्फ़ पर, सामने उसकी माँ की फ़ोटो लगी हुई है। वह सपने में उसको देखकर मुस्कुराती थीं।

'मैं उस रहस्यमय चिड़िया की तलाश में जाऊँगा जो परेशानी में है और आपको टेलीपैथी के माध्यम से सन्देश दे रही है,' उसने कुछ व्यंग्य से कहा। चाहे जो भी बहाना हो, घर से निकलना हमेशा अच्छा होता है और उसने कपड़े वाला वह मास्क लगाया जो शान्ता बुआ ने उसको दिया था। पड़ोस की अन्ना ने जिसको अपने हाथ से बनाया था।

घर के बाहर निकलते ही समीर की चाल तेज़ हो गई। उसको आज़ादी जैसा महसूस हो रहा थ। इस तरह बन्द-बन्द रहने से वह परेशान हो गया था, हालाँकि किसी और स्तर पर उसको इन अजीब दिनों की यह मन्द लय अच्छी भी लगने लगी थी।

सड़क पूरी तरह ख़ाली थी। वह बिला वजह इधर-उधर भटकने लगा। उसने ध्यान दिया कि कोई सड़क पर पड़े पत्तों को साफ़ करता रहा है। पत्तों को सफ़ाई से ढेर बनाकर रखा गया था, जिनको हवा के झोंकों ने थोड़ा-बहुत बिखेर दिया था।

वह सेन दम्पति के घर के सामने से गुज़रा। पर्दे खिंचे हुए थे, बस कोने की खिड़की से हल्की सी रोशनी आ रही थी।

स्ट्रीटलाइट के नीचे कुछ पड़ा हुआ दिख रहा था, सेमल के विशाल लाल पेड़ के पास। एक छोटी-सी चिड़िया, अपने पंख फैलाए ऐसे पड़ी थी मानो वह ऊँचाई से गिर गई हो। वह डरी हुई और कमज़ोर दिखाई दे रही थी, लेकिन ज़िन्दा थी।

समीर का दिल थम गया। यह महज़ संयोग नहीं था। ब्रह्मांड की किसी विलक्षण प्रक्रिया के चलते यह चिड़िया दादी के पास पहुँच गई थी और उनसे दया की भीख माँग रही थी। उसकी पुकार सुन ली गई थी।

एक बड़ी सी काली बिल्ली उनको ध्यान से देख रही थी। समीर को पता नहीं था कि चिड़िया को उठाने का सबसे अच्छा तरीक़ा क्या होता है। उसने अपने पापा को फ़ोन मिलाया, बात करते हुए वह बिल्ली के ऊपर नज़र रखे हुए था।

'मैं सेन दम्पति के घर के बाहर हूँ,' वह बोला। 'नीचे आ जाइए। अपने साथ एक छोटा-सा तौलिया लेते आइएगा। हाथ पोंछने वाले तौलिए से भी काम चल जाएगा।'

उसके रोंगटे खड़े हो गए थे। उसकी हथेलियों में पसीना आ गया था। उस पल में कुछ ऐसा था जिसके ऊपर दूसरे पलों की छायाएँ थीं, किसी और जीवन की। उसको समझ नहीं आ रहा था कि इस बात को किस तरह कहे, लेकिन उसको लग रहा था कि वह इस जगह पर पहले भी आ चुका था, इसी पल में, कभी अतीत में, आ चुका था, या शायद भविष्य में, इस स्ट्रीटलाइट के नीचे, जहाँ उसको इस छोटी हरी चिड़िया को उठाकर घर ले जाने के लिए भेजा गया था, जो पटरी पर पड़ी काँप रही थी।

सूर्या आ गया, नंगे पाँव, काला मास्क लगाए। उसने कोई सवाल नहीं किया, बड़े प्यार से उस चिड़िया को उठाया, अपने हाथ में तौलिए में रखा, और उसकी तरफ़ धीरे-धीरे फूँक मारने लगा। समीर ख़ामोश था। वे सीढ़ियाँ चढ़ रहे थे कि समीर ने बड़ी शान्त आवाज़ में कहा कि उनको चिड़िया को लेकर पहले मातंगी माँ के पास जाना है।

'वह इस बात को जान गई थीं कि यह चिड़िया इस जगह पर लेटी हुई है,' वह बोला। 'उन्होंने मुझसे कहा कि मैं उस चिड़िया को खोज कर उनके पास लेकर आऊँ जिससे कि उसका इलाज कर पाऊँ। यह कितनी अजीब बात है। आजकल सब कुछ अजीब लगने लगा है, इन दिनों, और इसके कारण सब कुछ न जाने कैसा लगने लगा है।'

मातंगी को उनके पैरों की आवाज़ें सुनाई दीं। उन्होंने अपना सिर दरवाज़े की तरफ़ घुमा लिया, वह उनके आने की प्रतीक्षा कर रही थीं।

शान्ता ने देखा कि उसका भाई सूर्या कमरे में आ रहा है, उसके हाथों में एक चिड़िया थी, नीले रंग के तौलिए में लिपटी हुई। उसको जैसे सदमा लगा, और वह समझ भी गई। उसकी माँ ने चिड़िया को सुन लिया था, उसकी मदद की गुहार सुन ली थी। कुल मिलाकर यही बात थी।

लाली ने कुछ नहीं कहा। कई बार वह बुज़ुर्ग औरत उसको डरा देती थी। ऐसा लग रहा था जैसे अल्लाह ने उनकी आँखें ज़रूर ले लीं लेकिन उसकी जगह कुछ और गुण दे दिए थे। लाली की मुसलमान दादी उसको जिन्नों और राक्षसों की कहानियाँ सुनाया करती थी, ऐसे जीवों की कहानियाँ जो अपने रास्ते से भटक गए होते थे। वे वेल्वेट के कम्बल में एक साथ लिपटकर बैठे रहते थे, वह दादी के मुँह से आती पान की ख़ुशबू से बहुत प्रभावित रहती थी। उसको कहानी सुनाने के उन मौक़ों का माहौल बहुत अच्छा लगता था।

कौन जानता था कि वह चिड़िया ही थी? वह भूत भी हो सकता था, या किसी मायावी का जाल। या कोई पंखों वाला जीव, जो अपने घोंसले से नीचे गिर गया हो। कौन जानता था कि इस अजीब वक़्त में कब क्या हो जाए?

लाली रसोई में गई और एक मेडिकल ड्रॉपर लेकर आ गई, जिसको उसने धोकर तैयार कर रखा था, शायद इसी समय के लिए।

'हम इसको थोड़ा पानी पिलाएँ?' उसने पूछा। 'गाँव में मेरे अब्बा यही करते थे।'

'बस एक बूँद, नहीं तो इसका गला फँस जाएगा,' सूर्या ने कहा। चिड़िया ने अपने चारों तरफ़ देखा, कई इंसानों के चेहरे उसको घूर रहे थे। ऐसा लग रहा था कि पानी उसकी सूखी चोंच में जा रहा था।

चिड़िया : छोटी, हरी, जिसकी चोंच कुछ ज़्यादा ही बड़ी थी। यह कुछ दिन पहले अंडे से निकली होगी, और अभी घोंसले ही तक सीमित थी। वह दुनिया को देखकर उलझन में थी। उसके एक पंख में सेमल की सफ़ेद रुई लग गई थी, जो सी-100 के आगे लगा हुआ था।

समीर गूगल पर देखने में लगा हुआ था कि घायल चिड़िया की देखभाल किस तरह करें, लेकिन सूर्या ने पहले ही देख लिया था।

'हम इसको फल का रस दे सकते हैं,' वह बोला। 'आज रात या कल सुबह। चिड़िया का यही भोजन होता है—फल और कीड़े।'

'मैं चिड़िया को हाथ में लेकर देखना चाहती हूँ,' मातंगी ने कहा। सूर्या ने चिड़िया को अपनी माँ के हाथ में दे दिया। वह नीले रंग के तौलिए में लिपटी हुई थी, और उनकी तरफ़ टुकुर-टुकुर देख रही थी। मातंगी ने बड़े प्यार से उसके नन्हे शरीर पर अपना कढ़ाई वाला रूमाल डाल दिया। चिड़िया के हरे चमकदार पंख उधड़े हुए धागों के बीच अलग से दिखाई दे रहे थे।

'हेलो उड़नछू,' वह बुदबुदाईं। 'तुमने मुझे आवाज़ दी, और अब तुम यहाँ हो। क्या मुझे तुम्हारी देखभाल करनी है, या तुम मेरी देखभाल करने के लिए आई हो? हमारे भाग्य आपस में गुँथे-बिंधे हैं, तुम और मैं, साथ-साथ और अकेले।'

'यह नन्ही सी चिड़िया बार्बेट है,' सूर्या ने कहा, 'बार्बेट की चोंच ही इतनी बड़ी होती है।'

लाली जैसे जादू से एक पिंजरा लेकर आ पहुँची। पिंजरा गैरेज के पास स्टोर रूम में पड़ा हुआ था, शायद इसी दिन के इन्तज़ार में। वह पीतल का था, उसमें खाना खिलाने की कटोरी थी, जाली थी और कुंडी लगी हुई थी।

'यह आया कहाँ से?' शान्ता हैरान रह गई। फिर उसको याद आया। कॉलेज के एक दोस्त ने एक महीने के लिए अपना तोता उसके पास छोड़ा था, क्योंकि वह कहीं बाहर गई हुई थी, वापस आने के बाद उसने पिंजरा वापस नहीं लिया क्योंकि उसके पास एक और पिंजरा था। यह बारह साल पहले की बात थी, उसने जोड़कर अन्दाज़ा लगाया, और सोचने लगी कि संयुक्त परिवार के छाते के नीचे किस तरह से चीज़ें और यादें कमज़ोर पड़ जाती हैं और उनमें इज़ाफ़ा होता जाता है।

लाली और मुन्नी ने पिंजरे को साफ़ किया। नीले रंग का तौलिया नीचे था और बार्बेट उसके ऊपर आराम से बैठा हुआ था।

बाद में कमरे में समीर सोच रहा था कि किस तरह से सब कुछ हुआ, किस तरह उसे सेमल के पेड़ के नीचे चिड़िया पड़ी हुई मिली। उसको याद आया कि पास में छाया में एक काली बिल्ली इन्तजार में थी। मातंगी माँ ने किस तरह चिड़िया की तलाश करने के लिए कहा था। वह उसकी माँ के बारे में सोचने लगा, जो ख़ाली घोंसले में बैठी अपने बच्चे के बारे में चिन्ता कर रही होगी। क्या उसने देखा होगा कि समीर नीले रंग के तौलिए में उस चिड़िया को लेकर जा रहा है? क्या उसको लगा होगा कि उसका बच्चा सुरक्षित हाथों में है?

वह अपनी माँ समीरा सुसान के बारे में सोचने लगा, और रोने लगा, उसके गर्म आँसू बहने लगे, मानो नए घाव के होने से पुराना दर्द भी अचानक उभर आया हो।

आँसुओं से उसको राहत महसूस हो रही थी। वह रेफ्रिजरेटर से लगातार कम हो रही बियर की बोतलों में से एक निकालकर ले आया और अपने लैपटॉप के सामने शोध करने के लिए बैठ गया। इस बार वह लम्बे समय तक बैठने वाला था। वह पूरी शिद्दत से समीरा सुसान के बारे में सर्च कर रहा था। बहुत सारे सन्दर्भ मिल तो रहे थे लेकिन उनमें से किसी का भी सम्बन्ध उसकी माँ से नहीं था। एक मिसेज़ समीरा सुसान मैकब्राइड बर्न्स (1855-1935) थी। कुछ और भी थीं, लेकिन उनमें से कोई भी ऐसी नहीं थी जो तस्वीर में मुस्कुराते चेहरे की तरह रही हो।

वह वापस जाकर ड्रम बजाने लगा, 'गुलाबी आँखें' की धुन। लेकिन उसका ध्यान इस क़दर भटक रहा था कि उसको अपने बजाने से ही सरदर्द महसूस होने लगा।

ऊपर की मंज़िल पर जब रितिका को नीचे की मंज़िल से ड्रम की तेज़ आवाज़ सुनाई दी तो वह ग़ुस्से में आ गई। बग़ल के कमरे में राहुल मुस्कुरा उठा। समीर दादा जो भी काम करते थे उसको वह बहुत अच्छा लगता था, वह उनको बहुत पसन्द करता था।

जब समीर ने ड्रम बजाना बन्द किया तो रितिका ने राहत की साँस ली। उसको सच में इस बारे में सूर्यवीर से बात करनी होगी। लेकिन इस परिवार के सभी भाई-बहन अपने-अपने तरीक़े से बड़े कँटीले थे। ठीक मौक़ा मिला तो वह इस बारे में चतुराई से बात करेगी।

रितिका सोच रही थी कि उस परिवार में वह अकेली ही थी जो ख़ून के रिश्ते से जुड़ी हुई नहीं थी। लाली और मुन्नी काम वाली बाई थीं, लेकिन दोनों इतने समय से उस घर में काम कर रही थीं कि वे एक तरह से परिवार का हिस्सा ही हो गई थीं—लगभग, लेकिन पूरी तरह नहीं। और समीर—यह लड़का उसके लिए हमेशा से रहस्य जैसा ही रहा है। उसको हमेशा से यह सन्देह था कि समीर को गोद नहीं लिया गया, बल्कि वह सूर्या का ही बेटा था, किसी गुप्त रिश्ते से।

वह तीनों भाई-बहनों के आपसी रिश्ते को कभी समझ नहीं पाई। रितिका अपने माता-पिता की अकेली सन्तान थी, और अपने अधिकतर दोस्तों की तरह उसके ख़ूब सारे भाई-बहन, चाचा-चाचियाँ नहीं थे। एक रिश्तेदार कनाडा में थी, एक कोयम्बतूर में। वह दोनों के सम्पर्क में नहीं थी।

उसके पापा बीएचईएल लिमिटेड में इंजीनियर थे। वे बीएचईएल के परिसर में ही रहते थे। वहाँ जीवन शान्त और सुरक्षित था। रितिका की शादी के एक साल के बाद उसके पिता का देहान्त हो गया। उसकी माँ कुछ साल अकेली रहीं। वह चीज़ों को भूलने लगीं और पता चला कि उनको डिमेंशिया हो गया था, फिर अल्ज़ाइमर।

वह दुःस्वप्न जैसा था, कोई और शहर, और राज्य, भाई-बहनों, चाचा-चाचियों की सुरक्षा का घेरा भी नहीं कि कोई उनकी मदद करे। सतीश ने बहुत शानदार तरीक़े से सब कुछ किया। उसने अपने एक क्लाइंट के माध्यम से एक नर्स खोजने में मदद की, बैंगलोर की एक कोंकणी महिला। सिस्टर बोकादे ने उसकी माँ की देखभाल बहुत श्रद्धा के साथ की।

रितिका राहुल के साथ साल में एक बार अपनी माँ के पास जाती थी। जब वह जाती थी तो बैंगलोर के बाहरी हिस्से में माँ के छोटे से फ़्लैट में नहीं

ठहरती थी। वे पास के ही एक साफ़-सुथरे होटल में ठहरते थे। राहुल अपनी नानी को आँखें फाड़े किसी चमत्कार की तरह देखता था। उसकी नानी उसकी दादी मातंगी माँ से बहुत अलग थीं। वह कई बार बिना किसी बात के हँसने लगती थीं और बहुत-बहुत देर तक पूरी तरह से ख़ामोश बैठी रहती थीं। उनके चेहरे पर झुर्रियाँ नहीं थीं, और बड़ा प्यारा चेहरा था उनका, और उनकी मुस्कान इतनी प्यारी थी कि वैसी मुस्कान राहुल ने किसी की नहीं देखी थी। वह उसको अपने मुलायम बिस्तर पर अपने बग़ल में लिटा लेती थीं, जिसके ऊपर फूलों वाली चादर बिछी रहती थी। वह कई तरह से अपने आप में एक बच्ची ही लगती थीं।

रितिका छह महीने से उनसे मिलने नहीं गई थी। सिस्टर बोकादे की पिछली गर्मियों में मृत्यु हो गई थी, और उसके पास इसके सिवा और कोई विकल्प नहीं रह गया था कि वह अपनी माँ को अल्ज़ाइमर के मरीज़ों के नर्सिंग होम में भर्ती करवा दे। वह सस्ता तो नहीं था, लेकिन उस नर्सिंग होम को एक रिटायर्ड फ़ौजी डॉक्टर पूरे पेशेवर तरीक़े से और ईमानदारी से चलाता था।

अब वह नर्सिंग होम का ख़र्च कैसे उठाएगी? वह सतीश से पैसे लेना नहीं चाहती थी। उसने जो पैसे बचा रखे थे उससे कुछ दिनों का ख़र्च तो निकल सकता था, लेकिन कितने दिनों तक?

~

ड्रम बजाने और बियर पीने के कारण समीर को सिर में दर्द महसूस होने लगा था। वह कम्प्यूटर पर यह तय कर वापस लौटा कि वह अपनी खोज को जारी रखेगा। वह अब फेसबुक पर अपनी माँ का नाम टाइप करने लगा। उसको बड़ी हैरानी हुई कि समीरा सुसान के नाम का उल्लेख कई स्थानों पर था। लेकिन उसने अपने आपको समझाया कि इस तलाश का कोई मतलब नहीं था। आज अगर उसकी माँ ज़िन्दा रही होती तो जवान ही रही होती, लेकिन वह किसी और समय की, किसी और काल की लग रही थी। जब उनका देहान्त हुआ था तो इंटरनेट ने अपना जाल पसारना शुरू ही किया था। उसको अपनी माँ के बारे में पता करने के लिए कोई और ज़रिया तलाश करने की ज़रूरत थी।

शायद बेहतरी इसी में है कि जो है जैसा है उसको वैसा ही रहने दिया जाए। वह उस फ़ोटो को फ्रेम में मढ़वा ले और उनकी याद में उसके ऊपर रोज़ एक फूल चढ़ाए। सफ़ेद गुलाब, सफ़ेद मोगरा। कमल का फूल। हीरे के क्रॉस वाली सोने की चेन को सँभालकर रखे। उसको न ज़्यादा पकड़े न ज़्यादा छुए ताकि उसके ऊपर उसकी माँ की वह छुअन बरकरार रहे जो तब की थी जब उन्होंने वह मातंगी माँ को दी थी।

दस

समीर फ़ैमिली ट्री बनाने में राहुल की मदद कर रहा था, और इसके लिए उसने कुछ वेबसाइट्स को बुकमार्क कर रखा था। उन लोगों ने कम्पास इंटरनेशनल के कैलेंडर में मार्च महीने के पेज के पीछे एक असली में पेड़ बनाकर फ़ैमिली ट्री बनाने का अभ्यास किया था।

उसकी शुरुआत हुई मातंगी माँ और उनके पति यानी उनके दादा प्रबोध कुमार शर्मा के नाम से। राहुल के पास कम्पास की एक पुरानी डायरी थी जिसके ऊपर उसने सवाल लिख रखे थे। वह कम्प्यूटर से भी यह कर सकता था, लेकिन इस तरह से नोट्स लेकर प्रोजेक्ट बनाना उसको अधिक गम्भीर काम लग रहा था।

मातंगी माँ के माता-पिता के नाम पर सवालिया निशान लगा हुआ था, उसी तरह प्रबोध कुमार शर्मा के माता-पिता को लेकर भी इसी तरह सवालिया निशान लगाया गया था। पहला काम था इन अनजान लोगों के नामों और तस्वीरों की तलाश करना।

उसके बाद इस सूची में उनके बच्चों का नाम आया : सूर्यवीर, शान्ता और सतीश। सूर्यवीर का विकास समीर के रूप में हुआ। इस बात को लेकर दोनों में कुछ बहस हुई कि शान्ता के नीचे ट्रम्प का नाम शामिल करना चाहिए या नहीं। समीर ने ध्यान दिलाया कि उनको डॉलर का नाम भी शामिल करना पड़ेगा, लेकिन ऐसे में उनको अपने पालतू कछुए का नाम भी शामिल करना पड़ता, जो उसने पाल रखा था और जिसको रितिका ने ज़ोर देकर एक दोस्त को दिलवा दिया था जो एक फ़ार्म हाउस में रहता था।

'मेरे ख़याल से डॉलर और ट्रम्प को अलग तरह के वर्ग में रखना पड़ेगा, जैसे रिश्ते के चचेरे भाई-बहन?'

'तुम बहुत स्मार्ट हो राहुल!' समीर ने उसकी तारीफ़ करते हुए कहा।

राहुल की नानी, कावेरी का नाम रितिका के नाम के ऊपर लिखा हुआ था और उसके ऊपर सवालिया निशान लगाया हुआ था।

समीर ने राहुल से हरे रंग का मार्कर लिया और अपने नाम के ऊपर तीर के दो निशान लगा दिए। उसने बड़े ध्यान से अक्षर लिखे, उसकी आँखें ख़ुशी के मारे चमकने लगीं : 'आदित्य शरण झा, समीरा सुसान।'

राहुल समीर को देख रहा था, उसके मिज़ाज को, उसकी एकाग्रता को। उसको उत्सुकता तो बहुत हो रही थी लेकिन वह समझता था कि यह सवाल पूछने का सही समय नहीं था। दोनों प्रोजेक्ट पर साथ-साथ काम कर रहे थे, दोनों साथ मिलकर सवाल और जवाब खोजेंगे।

उस समय सबसे ज़रूरी काम था जन्मतिथि का पता लगाना, जिन लोगों के नाम दोनों ने कैलेंडर के पीछे लिखे थे उनकी मृत्यु की सही तिथि का भी पता लगाना था। उनमें जो नाम नहीं थे—मातंगी माँ के माँ-पापा का, उनके पति के माता-पिता का, रितिका के पापा का नाम। यह पहला काम था।

दूसरा काम था उस सूची में शामिल लोगों की तस्वीरें या उनसे जुड़ी किसी यादगार चीज़ को जुटाना (समीर के शब्दों में संग्रह करना)।

राहुल को मातंगी माँ से बात करने का ज़िम्मा दिया गया था और उसकी माँ रितिका को सूचनाओं को 'जुटाने और संग्रह करने' का ज़िम्मा दिया गया था। वह पूरे आत्मविश्वास और मक़सद के साथ चल पड़ा।

समीर ने अपनी माँ की तस्वीर को देखा। 'इस बार मैंने अपने पापा की तलाश का काम भी शुरू कर दिया है, माँ,' उसने माँ से कहा। 'लॉकडाउन काल में खोजबीन। समीर शर्मा सुसान झा। बोलने में कितना अच्छा लग रहा है!'

राहुल मदद माँगने के लिए मातंगी माँ के पास गया। वह मदद तो कर रही थीं लेकिन कुछ ज़्यादा नहीं बोल रही थीं। 'मेरे पिता का नाम मातंग सिंह काश्यप। उनकी मृत्यु 15 अगस्त, 1950 को हुई। मृत्यु के समय उनकी उम्र 45 साल थी। 1950 में से 45 साल कम कर लो तो तुमको यह पता चल जाएगा कि उनका जन्म कब हुआ था।

'मेरी माँ? उनका नाम ललिता था। ललिता काश्यप। शादी के पहले उनका उपनाम शर्मा था। जिस तरह शादी के बाद मेरे नाम में शर्मा जुड़ गया। शान्ता के पास कुछ तस्वीरें हैं। मैं उससे कहूँगी कि वह तुमको दे दे।'

उसने अपनी माँ से भी इस बारे में पूछताछ करने की कोशिश की। रितिका ने अपने पापा का नाम बता दिया। अरविंद कुमार गौड़। वह उनके जन्म की तिथि का पता कर देगी—उनका निधन रितिका की शादी के एक साल पहले हुआ था, राहुल

के जन्म से तीन साल पहले। और हाँ, वह फ़ोटो खोज देगी, वे उसकी एलबम में कहीं पड़ी होंगी। वह उस समय बहुत ज़्यादा व्यस्त थीं, उसने राहुल से कहा, उसकी आवाज़ में मिन्नत का भाव दिखाई दे रहा था। वह जो जानना चाहता था वह सारी बातें उसको बता देगी, उसको बस कुछ समय चाहिए था।

~

बॉलीवुड की एक त्रासदी से हर किसी को हिलाकर रख दिया था। इरफ़ान ख़ान सिनेमा के अपने कैरियर में बहुत ऊँचाई पर था, उसका देहान्त हो गया। बॉलीवुड के सबसे प्यारे अभिनेता के निधन का प्रभाव अलग-अलग लोगों पर अलग-अलग तरह से पड़ा। रितिका का दिल बहुत दुःखी हुआ कि 'क़रीब क़रीब सिंगल' के इतने प्यारे कवि का निधन हो गया। वह उसके साथ किसी भी समय पानी की बोतल साझा कर सकती थी, लेकिन अब वह जा चुका था। सतीश के लिए वह 'हिन्दी मीडियम' का राज बतरा था। वह अकाउंटेंट थी और इस कारण उसके लिए यह बात भी मायने रखती थी कि वह फ़िल्म दुनिया-भर के बॉक्स ऑफ़िस पर सबसे अधिक कमाई करने वाली फ़िल्मों में एक थी।

सूर्यवीर फ़िल्म या टेलिविज़न नहीं देखता था। समीर अपनी ही दुनिया में खोया रहता था, और इस ख़बर ने उसे शायद ही छुआ हो। सबसे ज़्यादा तकलीफ़ शान्ता को महसूस हुई। उसने सारी फ़िल्में देख रखी थीं, 'मक़बूल' से लेकर 'लंचबॉक्स' और 'हैदर' तक। दो लोग ऐसे थे जिनसे वह लगभग प्यार करती थी, दोनों देखने में इरफ़ान जैसे लगते थे। मज़हर बख़्त की आँखें वैसी ही पनीली थीं, जो बहुत सामान्य से चेहरे पर जड़ी हुई थीं। रवि मेनन भी इरफ़ान जैसा ही दिखता था, वैसा ही दुबला-पतला, घुँघराले बाल, उसी तरह ज़िन्दगी को बहुत ध्यान से देखता हुआ।

शर्मीले इरफ़ान बॉलीवुड और हॉलीवुड दोनों में समान रूप से दख़ल रखते थे, उनकी मृत्यु कैंसर से हुई थी, वायरस से नहीं। उनकी मौत एक तरह से हमारे समय के संत्रास को दिखाने वाली थी। वह एक सपने की मौत थी। इससे यह बात पक्की हो गई कि शान्ता के भाग्य में जीवन-भर अकेला रहना ही बदा था। एक अकेली औरत, जिसके पास एक सुन्दर बिल्ली थी और एक रसोई जहाँ हमेशा कुछ न कुछ पकता रहता था।

इरफ़ान की मौत ने उसको चौकन्ना कर दिया, जैसे कि उनके असंख्य प्रशंसकों को। उनको लगा कि वे ज़िन्दगी की लड़ाई हार रहे हैं। जब सारा भारत घर में दुबका एक तूफ़ान के गुज़र जाने के इन्तज़ार में था तो कोई तमन्ना, उनका कोई प्रतिनिधि उनसे छीन लिया गया था।

लॉकडाउन के पहले, वायरस द्वारा दुनिया को डर के मारे झुकाने के पहले, उससे भी पहले जब वायरस वुहान के लैब से क़हर बरपाने के लिए निकला था, शान्ता व्यस्त थी और ख़ूब ज़ोर-शोर से काम कर रही थी। वह विमन फ़ॉर पीस के लिए सारा दिन काम करती थी। लगातार सफ़र में रहती थी, कभी रवांडा, कभी कोपेनहेगन, कभी बेलारूस, कभी मुम्बई, कभी चेन्नई, कभी उत्तराखंड। वह शहर में ट्रैफ़िक की शिकायत करती थी। शरीर और दिमाग़ से हमेशा थकी रहती थी, और जो कॉफ़ी, जेटलैग और बेपनाह ऊर्जा उसको खाए जा रही थी वही उसको चलाए भी रहती थी।

अब पूर्ण लॉकडाउन में डूबे हुए उसको घबराहट हो रही थी, निराशा हो रही थी। अलग-अलग क्षेत्र थे, अन्तरराज्यीय सीमाएँ थीं, अनिवार्य स्वास्थ्य-ऐप जो उसकी निजता को उससे छीन रहे थे, वह जिन लोगों को जानती थी, और जिनको वह जानती नहीं थी, उनकी भी। और भारत में, अमेरिका में, चीन में, रूस में वे कौन लोग थे जिन्होंने इस मौक़े का फ़ायदा उठाया था? वह कौन था, क्या था जो उनको ऐसा करने दे रहा था?

यह सब पूँजीवाद से परे था, वर्ग से परे, वाम और दक्षिण की दुनिया से परे। यह बचपन में सुनी परियों की कहानियों जैसा अधिक लग रहा था, बर्फ़ की महारानी की तरह, नरपिशाचों और सोई हुई राजकुमारियों की तरह। यह क़ब्ज़ा करने, समर्पण करने और ठहराव आने को लेकर था, अपने आपको लेकर था और अपने आपको खोने को लेकर। किसी ने जैसे जादू कर दिया था, अमीर और गरीब पर, बीमार और स्वस्थ पर। कौन इस टोने को तोड़ेगा, और कैसे?

अधिक से अधिक लोगों के लिए अधिक से अधिक भोजन बनाने से नहीं। मास्क पहनने से और साँस लेने से डरने से भी नहीं। यह ज़बर्दस्ती की क़ैद अपने आप में परीक्षा थी, अनेक स्तरों पर, अनेक चीज़ों की।

जब वह शून्य आँखों से समाचार देख रही थी तो उसने ट्रम्प को अपनी गोद में रखा हुआ था, लेकिन उसका मिज़ाज अपने आप ट्रम्प तक पहुँच गया था। ट्रम्प ने कुछ आवाज़ निकाली और उसकी तरफ़ तिरस्कार-भरी निगाहों से देखा, फिर कूदकर बग़ीचे में चली गई।

हारकर शान्ता ने रसोई की शरण ली, अपने भाई सूर्या और भतीजे समीर के लिए कारामेल कस्टर्ड बनाने लगी। लेकिन दूध जम गया था और अंडे का कार्टन ज़मीन पर गिर गया, जिसके कारण गड़बड़ हो गई और वह असहाय भाव से उस गंदगी की सफ़ाई में तब तक लगी रही जब तक कि मुन्नी उसकी मदद के लिए नहीं आ गई।

संकेत अच्छे नहीं थे। लेकिन इसके अलावा कोई विकल्प भी नहीं था। वह अपनी जगह पर बनी रहेगी और संघर्ष जारी रखेगी। वह अपनी माँ के फ़्लैट में जाएगी, उनकी शान्त, साफ़ मौजूदगी में शरण लेगी।

उसकी माँ, लाली और पप्पू खिड़की के पास छोटी-सी मेज़ के आसपास जमे हुए थे। सूर्या भी था। पीतल के पिंजरे को साफ़ करके, चमकाकर मेज़ पर रख दिया गया था। चिड़िया कुंडे पर बैठी हुई थी, और आसपास के चेहरों को बड़े शान्त भाव से देखे जा रही थी। उसके स्वागत में उसने ज़ोर से आवाज़ लगाई। सूर्या के हाथ में एक नोटबुक थी। उसने शान्ता को भी आने का इशारा किया।

'मैं मातंगी माँ को कविता सुना रहा था,' उसने कहा। उनके लिए चिड़ियों की एक कविता मैंने अपनी कॉपी में लिखी थी। मैंने उनको कीट्स की कविता पढ़कर सुनाई, 'ओड टु ए नाइटिंगल'। और शेली की कविता सुनाई 'टू ए स्काईलार्क'। अब एक कविता हिन्दी में सुनो।

उसने अपना गला साफ़ किया और पढ़ना शुरू कर दिया : 'पक्षी और बादल', रामधारी सिंह दिनकर।

उसने चिड़ियाओं और उनकी उड़ान को लेकर वह विचारोत्तेजक कविता पढ़ी, पिंजरे में बैठी चिड़िया की तरफ़ मुँह करके। 'समझ रही हो प्यारी बार्बेट?' उसने बड़े प्यार से पूछा। 'एक दिन तुम भी आज़ाद होकर आकाश में उड़ोगी, बादलों में। जब तुम्हारा घाव ठीक हो जाएगा।'

उसकी माँ ने सिर हिलाया। शान्ता ने पाया कि उसकी आँखों में आँसू थे। सूर्यवीर और उसकी कविता—वह एकदम नहीं बदला था!

लेकिन उसने अभी ख़त्म नहीं किया था। 'हैमलेट से कुछ पंक्तियाँ,' उसने घोषणा की। 'गौरैया के नीचे गिरने के पीछे कोई शुभ संकेत होता है। अगर कुछ होना होगा तो होगा, नहीं होना होगा, तो वह नहीं होगा, अगर अभी नहीं तो बाद में होगा—सबसे ज़रूरी है तैयार रहना।'

मातंगी ने शेक्सपियर और हैमलेट के ऊपर ध्यान नहीं दिया। शान्ता को उन पंक्तियों का कोई मतलब समझ नहीं आया, और उसने कोशिश छोड़ दी। सूर्यवीर

ने झुककर उनका अभिवादन किया और जाने लगा, बाहर जाते समय उसने चिड़िया की तरह उड़ने का अभिनय भी किया। क्या यह कभी बड़ा नहीं होगा?

~

'इरफ़ान ख़ान की मौत से मैं सच में दुःखी हूँ,' शान्ता ने अपनी माँ को बताया। 'मैं उसको उसकी फ़िल्मों से ही जानती थी, लेकिन मुझे ऐसा लग रहा है मानो मेरे घर के ही किसी सदस्य की मृत्यु हो गई हो। कई सालों में मैंने इतना दुःखी महसूस नहीं किया। इस महामारी में लोग मर रहे हैं, अपने घरों में बन्द हैं, और अब इरफ़ान!'

'अपने ऊपर अफ़सोस जताना बन्द करो,' मातंगी ने अधीर होते हुए कहा। 'तुम सभी जवान लोगों की यही आदत होती है, हमेशा इस या उस बात पर अफ़सोस जताते रहते हो।'

शान्ता इस जवाब को सुनकर हक्का-बक्का रह गई और फिर ख़ामोश हो गई। मातंगी माँ को क्या हो गया था!

'मुझे देखो,' मातंगी का कहना जारी था। उनकी आवाज़ में इल्ज़ाम लगाने जैसा भाव था जो शान्ता ने पहले कभी नहीं सुना था। 'मुझे देखो, मैं एक अच्छी पत्नी रही, अच्छी माँ, लेकिन ज़िन्दगी ने मुझे क्या दिया? इसने मुझे अँधेरा दिया, मुझे अन्धा बना दिया। मैं यहाँ फँसी हुई हूँ, बिलकुल अकेली, अपने अन्त का इन्तज़ार कर रही हूँ। क्या मैं इस लायक़ थी? नहीं! क्या मैं यह सोचूँ कि मैंने कुछ और जिया होता, कुछ और जाना होता, कुछ और अनुभव किया होता? हाँ!'

शान्ता ख़ामोश हो गई। वह रोना चाह रही थी। कितना सारा दर्द, कितनी तकलीफ़, मातंगी माँ के अन्दर भरी हुई होगी। फिर भी सभी, उसके प्यारे बच्चे, जिनमें वह भी शामिल थी, उनसे यही उम्मीद करते थे कि वह पूरी तरह से होशो-हवास में रहें, कृपालु रहें, और सब कुछ माफ़ कर देने वाली रहें, जिन्होंने तमाम उम्र उनको पाला-पोसा और दिशा दिखाने का काम किया।

'मैं इरफ़ान की कोई फ़िल्म देख नहीं पाई!' मातंगी कड़वाहट के साथ कह रही थीं। 'इसलिए जब तुम सब लोग उसके लिए रो रहे हो, मैं देख रही हूँ कि मैं अपने लिए रोए जा रही हूँ! मेरा अन्त क़रीब आ रहा है। मैं देख पा रही हूँ कि वह आ रहा है, और मैं सोचती हूँ कि यह सब क्या था? क्या बस इतना ही था?'

शान्ता दु:खी हो गई। वह अपनी माँ को गले से लगा लेना चाहती थी, चाहती थी कि उनके ऊपर चुंबनों की बौछार कर दे, लेकिन वह जानती थी कि समय ऐसी बातों के लिए नहीं था। मातंगी माँ बाक़ी लोगों की तरह ही तनाव में थीं। उसका असर दिखाई देने लगा था। उसको माँ का ध्यान बँटाने की ज़रूरत थी, प्यार का दिखावा करने की नहीं।

'चलिए इरफ़ान की फ़िल्म साथ-साथ देखते हैं,' उसने चहकते हुए कहा। 'मैं 'लंचबॉक्स' या 'मक़बूल' में से कोई फ़िल्म सर्च करती हूँ। आप डायलॉग सुनिएगा और मैं आपके लिए फिल इन द ब्लैंक्स कर दूँगी।'

इस तरह दोनों कला में डूबकर राहत लेने के लिए तैयार हुए, पीछे बीच-बीच में चिड़िया चहचहाकर अपने होने का अहसास करवा रही थी।

ग्यारह

पश्चिमी विक्षोभ के कारण मौसम खिलवाड़ कर रहा था, जो अक्सर साल के इन महीनों में हो जाता था। कभी धूप निकल जाती थी कभी बारिश होने लगती थी और हवा चलने लगती थी।

सेमल के फूलों से कपास के छोटे-छोटे महीन गुच्छे नीचे गिर रहे थे जो मातंगी के बरामदे में जमा होते जा रहे थे, रितिका की बालकनी में, शान्ता के बग़ीचे में भी। 'देखने में बर्फ़ जैसे लगते हैं!' राहुल ने कहा, जिसने कभी बर्फ़ देखी नहीं थी।

रितिका ने उदासी के साथ हामी भरी। सेमल के उड़ते बीजों के कारण हर साल उसको हे फीवर का दौरा पड़ता था। अब वह बढ़ गया था। वह बड़ी मात्रा में एंटी एलर्जी दवाइयाँ ले रही थी। सतीश मास्क और हाथों में दस्ताने पहनकर उसके लिए दवा ख़रीदने गया था।

राहुल सेमल के फूलों को जमा कर डाइनिंग टेबल पर उनका अम्बार लगा रहा था। ज़िन्दगी में उसने इतना सम्मोहक पहले कुछ नहीं देखा था। जब रितिका अन्दर आई तो वह सेमल के 'बर्फ़' के अंबार को देख रहा था। एंटी एलर्जी खाने के कारण वह अस्त-व्यस्त जैसी हो गई थी। वह पाँच दिनों से बिस्तर पर पड़ी थी लेकिन उसको चैन की नींद नहीं आ रही थी।

राहुल इन्तज़ार कर रहा था कि वह किसी विजेता की तरह अपने माँ पापा को यह दिखाए कि उसने कितना सारा ख़ज़ाना जमा कर लिया है। उसने अपनी हथेली में थोड़ी सी 'बर्फ़' उठाई और उसको खेल-खेल में अपनी माँ की तरफ़ उड़ा दिया। यह उसने प्यार से किया था, लेकिन उसकी माँ ने जिस तरह से प्रतिक्रिया जताई उससे वह हैरान रह गया।

राहुल ने जब सेमल के बीजों को उसकी दिशा में उड़ाया तो रितिका को महसूस हुआ मानो सेमल के बीज उसके चेहरे और बालों पर गिर रहे हों। उसके भीतर जितना ग़ुस्सा, जितनी बेचैनी, पिछले महीने की बेआरामी का जितना अहसास

भरा हुआ था वह अन्दर से किसी ग़ुबार की तरह फट पड़ा। उसका अपने ऊपर काबू नहीं रह गया।

राहुल ने पाया कि उसको बाल पकड़कर उठा लिया गया था। उसकी माँ उसको पूरे ग़ुस्से में हिलाए जा रही थी, ख़ूब हिलाने के बाद उसने राहुल को ज़मीन पर फेंक दिया। वह पड़ा-पड़ा देखता रहा और उसकी माँ डाइनिंग टेबल के पास गई, वहाँ से सेमल के बाक़ी बीजों को उठाया और उन बीजों को अपने सिर पर उड़ेल लिया।

'तुम चाहते हो कि तुम्हारी माँ मर जाए? तुम चाहते हो न कि मैं मर जाऊँ?' रितिका ने चीख़ते हुए कहा। 'ऐसा है तो जाकर कोरोना वायरस इकट्ठा कर लाओ, और उनको मेरे मुँह पर थूक दो? आख़िर मैंने क्या किया है कि मुझे यह सब देखना पड़ रहा है?'

उसका सारा ग़ुबार निकल चुका था। अब वह फ़र्श पर बैठकर पागलों की तरह रोए जा रही थी।

सतीश इस नाटक के बीच में वहाँ आया। उसने आगे बढ़कर अपने बेटे को अपने से चिपका लिया।

'क्या हो गया है रितिका तुमको?' वह कातर भाव से बोला। 'जब तक तुम पूरी तरह से ठीक नहीं हो जाती तब तक मैं इस बच्चे को इस छत के नीचे रहने नहीं दे सकता। तुम अभी इससे माफ़ी माँगोगी और बाद में मुझसे।'

वह उसके लिए एक गिलास पानी लेकर आया। 'यह पी लो,' वह बोला। 'अवसाद दूर करने के लिए तुम जो गोलियाँ खा रही हो अब और मत खाओ। अपने आपको सँभालो। या...'

राहुल बुरी तरह से काँप रहा था। उसकी आँखों में आँसू थे लेकिन वह रो नहीं पा रहा था। वह बैठकर सेमल के बर्फ़ जैसे गुच्छों को जमा कर रहा था और उनको वापस मेज़ पर रखता जा रहा था। वह इन्तज़ार में था कि उसकी माँ उससे माफ़ी माँगे, उसको बाँहों में भरकर गले से लगा ले, उसको समझाए।

लेकिन रितिका ने ऐसा नहीं किया। कमरे में जाकर उसने दरवाज़ा बन्द कर लिया।

'जाओ अपने नाइटक्लॉथ और टूथब्रश पैक कर लो राहुल,' सतीश ने उसको धीरे से कहा। 'आज रात तुम अपनी दादी माँ के फ़्लैट में रहना। मातंगी माँ को तुम्हारे साथ समय बिताकर अच्छा लगेगा।'

राहुल ने वही किया जो उसको कहा गया। उनके बर्फ़ को अपने साथ ले लिया, एक प्लास्टिक बैग में सुरक्षित, और पढ़ने के लिए किताबें। फिर सहमते हुए कुछ चिन्तित भाव से अपनी माँ के कमरे की ओर देखते हुए बाहर चला गया।

~

सतीश उसके साथ-साथ ऊपर के माले पर गया। 'आपसे कोई मिलने आया है मातंगी माँ,' उसने चहकते हुए कहा। 'आपका पोता लॉकडाउन में ऊब गया है। वह आपके साथ समय बिताना चाहता है।'

'टेलिविज़न बन्द कर दो,' मातंगी ने लाली से कहा। 'मैं आज राहुल को एक कहानी सुनाना चाहती हूँ।'

लेकिन लाली टेलिविज़न से चिपकी हुई थी। ऋषि कपूर का देहान्त हो गया था। न्यूज़ चैनल पर उनकी पहली फ़िल्म 'बॉबी' के क्लिप और उसके बाद अश्रुपूरित श्रद्धांजलि और संवेदना सन्देश दिखाए जा रहे थे। मातंगी ने जब अपने एक दोस्त के साथ सिनेमा घर में उस फ़िल्म को देखा था तो उनकी उम्र 30 साल के आसपास थी। वह उन दिनों चश्मा पहना करती थी। उनको उससे प्यार हो गया था और उसकी प्रेमिका बॉबी से भी। उन्हें फ़िल्म में ऋषि कपूर के अमीर माँ-बाप से नफ़रत हो गई थी, और थोड़ी नफ़रत डिम्पल कपाड़िया के मछुआरे पिता से भी।

ऋषि कपूर, राज कपूर के बेटे, पृथ्वीराज कपूर के पोते। वह, बॉलीवुड के शाही परिवार के थे, और वह दिल से उनका सम्मान करती थी। पहले इरफ़ान, और अब ऋषि। ये लड़के इतनी कम उम्र में क्यों मर रहे हैं? यमदूत ने बॉलीवुड के चॉकलेटी नायकों को ही उठा ले जाने का फ़ैसला क्यों किया था?

उसको अपने ऊपर बहुत ग्लानि हो रही थी, अपने ज़िन्दा रहने के भार से। यह थीं वह। अस्सी साल की, चमगादड़ की तरह अन्धी, किसी के किसी ख़ास काम की नहीं। अपने प्यारे बच्चों के ऊपर बोझ की तरह। और जवान लोग मर रहे थे!

'क्या ऋषि कपूर की मृत्यु कोरोना वायरस से हुई मातंगी माँ?' राहुल ने उससे पूछा।

'नहीं बेटा, उसकी मौत वायरस से नहीं हुई। वह...।' उन्होंने अपनी जीभ काट ली। एक नन्हे बच्चे को कैंसर के प्रेत से क्या डराना? 'ऋषि कपूर का निधन कैंसर से नहीं हुआ था। उनका निधन इस वजह से हुआ क्योंकि ईश्वर उनको स्वर्ग में अपने पास बुलाना चाहते थे, वे वहाँ एक बॉलीवुड फ़िल्म बनाना चाहते हैं।'

यह तो पक्का था कि उस बच्चे ने उनके ऊपर भरोसा नहीं किया होगा, लेकिन इस जवाब से उसका ध्यान भटक गया होगा, उनको ऐसा लगा।

लेकिन यह ख़याल राहुल को अच्छा लगा। वह ज़ोर-ज़ोर से सिर हिलाने लगा। 'इसी वजह से इरफ़ान ख़ान को भी बुला लिया गया। मुझे यह समझ नहीं आ रहा है कि भगवान हीरोइन के रोल के लिए किसको बुलाएँगे?'

राहुल अपने साथ वह क़ीमती धरोहर भी लेता आया था, सेमल के गुच्छों का बैग। उसने मातंगी माँ के साथ सेमल के फाहों को साझा किया। वह बड़े उत्साह के साथ उन फाहों को मातंगी माँ के बिस्तर के चारों तरफ़ लगा रहा था और उनको नीचे गिरता हुआ देख रहा था। मातंगी माँ ने उससे कहा कि वह दुनिया का सबसे होशियार लड़का है। उन्होंने राहुल से कहा कि वह सेमल की रुई से उसके लिए एक छोटा सा तकिया बना देंगी जिसके ऊपर सिर रखकर जब वह सोएगा तो उसको सुन्दर सपने आएँगे।

मातंगी ने चुपचाप दुआ की, अपने दिल की गहराइयों से उठने वाली दुआ जो निःशब्द थी। दुआ उनको सम्बोधित थी जो उनको सुन रहे थे—देवता या देवी, यमदूत, ऋषि कपूर के लिए अगर वे यहाँ आसपास मँडरा रहे हों।

'अब मुझे मर जाने दो,' उन्होंने दुआ की। 'मेरी बाक़ी उम्र इस प्यारे बच्चे को लग जाए। यही दुआ है कि यह सौ साल जिए, या उससे अधिक। लेकिन मुझे अब ले चलिए। मैंने काफ़ी ज़िन्दगी जी ली।'

उन लोगों ने साथ-साथ एक सुखद दिन बिताया। लाली, पप्पू, राहुल, मातंगी और चिड़िया। वे अजीब-अजीब तरह के खेल खेल रहे थे, ऐसे खेल जिनका कोई तुक नहीं था, लेकिन जिनसे उनको हँसी आ रही थी। लाली ने आम मिलाकर सभी के लिए मिल्कशेक बनाया, मातंगी के लिए भी।

क्या इस चिड़िया का कोई नाम भी है, राहुल ने पूछा, और उनको यह जानकर बहुत हैरानी हुई कि किसी ने उसका नाम अभी तक नहीं रखा था।

'मिट्ठू,' लाली ने सुझाव दिया। पप्पू ने नाम में थोड़ा संशोधन किया और उसको 'मिट्ठू मियाँ' कर दिया। मातंगी ने 'मिर्ची' नाम सुझाया। राहुल ने काफ़ी सोचकर 'कैप्टन कोविड' नाम सुझाया।

सब 'मिर्ची' नाम पर मान गए क्योंकि मातंगी उन लोगों में सबसे बड़ी थी, और उस चिड़िया की खोज उन्होंने ही की थी, उसको बचाया था, नहीं तो काली बिल्ली उसको खा जाती जो पीछे शेड में इन्तज़ार कर रही थी।

इसके अलावा मातंगी माँ ने समझाया कि 'मिर्ची' नाम नर और मादा, दोनों के लिए सही था, और अभी यह पता नहीं था कि बार्बेट मादा है या नर।

राहुल ने अपनी माँ के बारे में या दिन में जो कुछ भी हुआ था उसके बारे में कुछ नहीं सोचा। उसने लॉकडाउन को लेकर जो कविता लिखी थी उसको पढ़कर अपनी दादी को सुनाया, और वह उस कविता से बहुत प्रभावित हुईं। बाद में उसने अपना नाइट सूट पहन लिया, और नीचे फ़र्श पर बिछे गद्दे पर सो गया, और उसको बहुत मज़ा आया। लाली, पप्पू और चिड़िया हमेशा की तरह बरामदे में सोए।

~

अगली सुबह रितिका ऊपर मातंगी की मंज़िल पर राहुल से बात करने के लिए गई, अपने बर्ताव के लिए उससे माफ़ी माँगने। पिछली रात जो कुछ भी हुआ था वह उससे अभी भी हिली हुई थी। वह अकेली सोई थी, क्योंकि सतीश ने बेडरूम से अपना तकिया निकाल लिया था और बाहर बैठक के दीवान पर सो गया था।

मातंगी अपने बिस्तर पर सोई हुई थीं, उनका चेहरा दीवार की तरफ़ था। राहुल खिड़की के पास एक छोटी सी मेज़ पर बैठकर एक किताब पढ़ रहा था। मेज़ पर पीतल का बड़ा सा पिंजरा रखा हुआ था, जिसमें एक अजीब सी दिखाई देने वाली चिड़िया थी।

राहुल उसको देखकर मुस्कुराया। 'हलो मम्मी!' वह बोला। 'मिर्ची से मिलिए यह मेरा नया दोस्त है। मातंगी माँ में जादुई शक्ति है जिससे उन्होंने मिर्ची की जान बचा ली।'

रितिका इस बिल्डिंग की बतकही से अलग-थलग रहती थी। उसने इस बारे में नहीं सुना था कि किस रहस्यमय ढंग से वह चिड़िया मिली थी और राहुल के शब्दों को उसने बच्चे की गप्प समझकर उसके ऊपर यक़ीन नहीं किया। वैसे भी वह मन ही मन यह अभ्यास कर रही थी कि उसको किस तरह से अपने बेटे से माफ़ी माँगनी थी।

लेकिन उसकी कोई ज़रूरत नहीं पड़ी। राहुल ने अपनी किताब रखी, जिस पन्ने को पढ़ रहा था उस पर निशान लगा लिया और माँ को गले लगाने के लिए भागा। 'कल के बारे में ज़्यादा मत सोचो मम्मी,' वह बोला। 'बड़े लोगों के साथ भी बच्चों की तरह ही मुश्किलें आ जाती हैं। मैं इतना बड़ा हूँ कि इस बात को समझता हूँ।'

वह रो पड़ी। राहुल ने उसको गले से लगा लिया, उसको दिलासा दिया, अपने नन्हे हाथों से उसके बालों को सहलाया।

मातंगी को रोने की धीमी आवाज़ आई। वह सवालिया ढंग से मुड़ी। 'यह कौन रो रहा है राहुल? मुझे किसी के रोने की आवाज़ सुनाई दे रही है।'

रितिका गई और अपनी सास के पास जाकर बैठ गई। 'मैं हूँ मातंगी माँ,' उसने जवाब दिया, लेकिन वह अपने आँसुओं को रोक नहीं पाई।

मातंगी अपने बिस्तर पर बैठ गईं और आगे बढ़कर रितिका का चेहरा सहलाने लगीं। उन्होंने उसके बहते आँसुओं को महसूस किया, लेकिन कुछ नहीं कहा। 'चिन्ता मत करो रिंकू,' वह धीरे से बोली। 'सब ठीक हो जाएगा। 'तुमको ऐसा लग रहा होगा कि तुम्हारी दुनिया बिखर रही है लेकिन ऐसा है नहीं। आज या कल तुमको कोई अच्छा समाचार सुनने को मिलेगा, और जल्दी ही तुम यहीं बैठकर मुस्कुराओगी। अब मत रो रिंकू!'

रितिका अवाक् थी। मातंगी ने उसको रिंकू के नाम से पुकारा था। जब वह बच्ची थी तो उसको इसी नाम से पुकारा जाता था। जब तक वह बारह या तेरह साल की हुई तब तक उसकी माँ उसको रिंकू के नाम से ही बुलाती थीं। अब उसको रिंकू के नाम से कोई नहीं जानता था। उसके पापा अब इस दुनिया में नहीं थे और उसकी माँ अपनी अस्त-व्यस्त दिमाग़ी हालत में जी रही थीं। उसने यह नाम तो सतीश को भी नहीं बताया था। उसकी सासू माँ ने उसको इस भूले हुए नाम से क्यों पुकारा था? उनको इस नाम के बारे में कैसे पता था?

मातंगी माँ एक कविता की कुछ पंक्तियाँ पढ़ने लगीं।

सौभाग्य न सब दिन सोता है...
देखो आगे क्या होता है?

वह अपनी दृष्टिहीन आँखों से रितिका की दिशा में मुड़ीं। 'पांडवों को भी वनवास मिला था, और राम और सीता को भी। मुश्किल दिन तो आते ही हैं, लेकिन मैं तुमको आशीर्वाद देती हूँ मेरी इकलौती बहू, कि तुमको दुनिया में सब सुख मिले। अब अपने आँसुओं को पोंछ डालो।'

'आपने मुझे रिंकू क्यों कहा मातंगी माँ?' रितिका ने उत्सुकता से पूछा।

मातंगी ने अपने कान को छुआ। ऐसा लग रहा था कि उनको कुछ समझ नहीं आ रहा हो। 'क्या मैंने ऐसा कहा?' उन्होंने कुछ न समझ आने वाले भाव से कहा।

रितिका उनके पाँव छूने के लिए झुकी। 'आपके आशीर्वाद के लिए शुक्रिया,' वह बोली। 'आपकी इस बात का मैं जीवन-भर मान रखूँगी।'

राहुल उनको आँखें फाड़े देख रहा था। उसने रितिका का दुपट्टा खींचा। 'अब घर चलते हैं मम्मी,' वह बोला। 'अब घर जाने का समय हो गया है।'

उनके पति सपने में आए थे। उनकी कड़क मूँछें। सिर से आती तेल की वही गंध। सपने में उन्होंने उनका सामना किया। उन्हें याद नहीं कि उन्होंने क्या कहा, लेकिन उन्होंने उसका मज़ाक़ उड़ाया, उसे चुनौती दी।

उसने मातंगी को थप्पड़ मार दिया। उन्होंने जवाब में थप्पड़ नहीं मारा। वे हिंसा के भय से कमरे से निकल आईं। उनके जगने के बाद लम्बे समय तक उस थप्पड़ की याद उनके गाल पर छपी रही।

~

सतीश अपनी स्टडी में ज़ूम कॉल में डूबा हुआ था। राहुल अपने कमरे में लौटकर फ़िल्म देखने लगा। दिन अमन-चैन से गुज़र गया। दोपहर में रितिका की कामवाली ने उसको फ़ोन किया। पास की झुग्गी-बस्ती को कंटेनमेंट ज़ोन बना दिया गया था। इरिना को झारखंड में अपनी माँ को पैसे भेजने थे। क्या रितिका उसको दस हज़ार रुपए अग्रिम दे सकती थी, हो सके तो उसके गाँव में पैसे ट्रांसफ़र कर दे? उसकी माँ का खाता स्टेट बैंक ऑफ़ इंडिया में था। काम पर लौटने के बाद इरिना पैसे चुका देगी।

रितिका ने तय किया था कि वह ख़र्चा बहुत हिसाब-किताब से करेगी, इधर-उधर के ख़र्चों को कम करेगी। इरिना नियमित तौर काम करने वाली बाई नहीं थी, वह उसके यहाँ बहुत दिन से काम कर भी नहीं रही थी। लेकिन जब उसने यह कहा कि उसकी माँ को पैसों की ज़रूरत है तो उसकी आवाज़ में कुछ ऐसा था कि वह ठहरकर सोचने लगी। उसे सब एक जैसी लगने लगीं। उसकी माँ, इरिना की माँ, सतीश की माँ।

'मैं उनको पैसे भेज दूँगी,' वह बोली। 'व्हाट्सऐप पर सब डिटेल भेज दो।'

वह सिगरेट पीने के लिए बालकनी में चली गई। शाम ढल रही थी। मोजायक का फ़र्श हरसिंगार के फूलों से ढका हुआ था। छोटे-छोटे फूल, जो हवा के साथ

उड़कर आ गए थे, भीनी-भीनी ख़ुशबू फैला रहे थे। वह जिस घर में पली-बढ़ी थी उस घर के बग़ीचे में पारिजात का एक पेड़ था। सुबह-सुबह उन फूलों के ज़मीन पर गिरने के कुछ समय बाद ही उसकी माँ उन फूलों को बड़े प्यार से चुनती थीं। उसकी माँ पारिजात के फूलों को सजाती थीं। भीनी गंध में डूबा फूल का सिरा स्वाद में कड़वा लगता था। और उसको खाने का उसका जी कभी नहीं हुआ।

'लेकिन यह किसलिए है?' वह पूछती। उसकी माँ उसको कभी सीधा जवाब नहीं देती थीं। वह कोई कहानी सुनाने लग जातीं, अक्सर भगवान कृष्ण की। वह रितिका को बतातीं कि किस तरह वृंदावन के जंगल में जब राधा और कृष्ण सुबह के समय साथ-साथ जागते थे तो वे पारिजात के फूलों से ढके रहते थे। वह रितिका को कृष्ण की पत्नियों सत्यभामा और रुक्मिणी के बारे में बताती थीं। भगवान इन्द्र ने कृष्ण को पारिजात का एक पेड़ उपहार में दिया था, और सत्यभामा ने गर्व के साथ वह पेड़ अपने आँगन में लगाया था। लेकिन रात के समय पेड़ अपनी डालियों को झुकाकर रुक्मिणी के बग़ीचे में ख़ुशबू फैलाता।

'इसमें एक सबक़ है रितिका,' वह अपनी बेटी से कहतीं। 'ज़िन्दगी महज़ इसलिए आपको तोहफ़े नहीं देती है क्योंकि आप उनकी माँग करते हैं। आपको सब्र के साथ रहना चाहिए, दूसरों को देने योग्य बनना चाहिए, और तब सब चीज़ें इंसान को ख़ूब सारी मिलती हैं।'

सिगरेट के धुएँ से रितिका का दिमाग़ साफ़ हुआ। उसकी अलमारी में अल्ट्र स्लिम सिगरेट का जो कार्टून रखा था उसने उसको अभी खोला भी नहीं था। एक दिन पहले वह जिस तरह से चीख़ी-चिल्लाई थी उसके कारण वह थक गई थी और अपने इस तरह के बर्ताव के कारण स्वयं हैरान थी। अपनी सास के साथ बात करने से उसको राहत महसूस हुई थी, उसके कारण उसको अन्दरूनी तौर पर शान्ति महसूस हुई थी।

राहुल ने उसको चिड़िया की कहानी सुनाई थी, कि किस तरह मातंगी माँ ने अपनी अन्तर्दृष्टि से उसे बचाया था। रितिका को इसमें कोई सन्देह नहीं लग रहा था कि लाली ने वह कहानी नमक-मिर्च लगाकर सुनाई होगी, लेकिन उस बूढ़ी औरत में कुछ तो था। कुछ पारलौकिक। इस बात से वह इनकार नहीं कर सकती थी।

उन्होंने उसको रिंकू के नाम से क्यों पुकारा था? इसके बारे में वह बाद में कुछ समझ नहीं पा रही थीं, शायद किसी ऐसी बातचीत की याद उन्हें रह गई हो

जो उसको याद नहीं आ रही थी। जब उसकी माँ और मातंगी माँ की एक बार मुलाक़ात हुई थी तो शायद उसकी माँ ने इस बारे में उनको बताया हो!

उसकी माँ। वह उसका नाम शिउली रखना चाहती थीं, पवित्र पारिजात के पेड़ के नाम पर। बाद में उसके माँ-पापा ने उसका नाम रितिका रख दिया, क्योंकि उसके पापा को लगा कि ऐसे फूल के नाम पर नाम क्या रखना जो रात के समय ही खिलता है।

उसने ख़ुशबू को फिर से अपने अन्दर भर लिया। पारिजात के पेड़ से उसको कभी किसी तरह की एलर्जी नहीं हुई। शायद वह अब भी अपना नाम बदल सकती है। शिउली शर्मा। ज़िन्दगी अनन्त सम्भावनाओं से भरी हुई है। शिउली रितिका शर्मा, इससे उसको अपने बैंक खाते और पासपोर्ट में नाम बदलने की ज़रूरत भी नहीं पड़ेगी।

उसने लम्बी साँस भरी। अपने बैंक खाते की हालत अब उसे साफ़ दिखने लगी थी। और जहाँ तक पासपोर्ट की बात थी तो इस नई साहसी दुनिया में उसकी कोई ज़रूरत नहीं रह गई थी।

उसके फ़ोन की घंटी बजी। उसके बॉस गिरीश स्याल का फ़ोन था। उसने बड़ी उत्सुकता और आशंका के साथ फ़ोन उठाया।

'तुम्हारे लिए मेरे पास एक अच्छी ख़बर है रितिका,' वह बोला। 'मेरी क़िस्मत ने साथ दिया है, जिसके कारण कम्पास इंटरनेशनल कुछ समय के लिए चल जाएगा। मुझे कोई ऐसा भुगतान मिल गया है, जिसके बारे में मैं भूल ही गया था। दुनिया अपने पैरों पर खड़ी हो जाएगी, और हम भी।'

'हम?' वह एहतियातन सोचने लगी।

'और मेरे साले ने मुझे एक बड़े डिजिटल प्रोजेक्ट में लगा दिया था। अभी शुरुआती दिन ही हैं, लेकिन इसमें बड़ा होने की सम्भावना है। इसलिए मैं चाहता हूँ कि तुम मेरे साथ काम पर लौट आओ। मुझे अच्छा लगा कि जब सब चीज़ें गड़बड़ा रही थीं तो तुमने कहा था कि तुम कम्पास इंटरनेशनल के साथ बनी रहोगी। अगर हमारे भाग्य ने हमारा साथ दिया तो हम लोग पार निकल जाएँगे, सही में निकल जाएँगे। इस काम में तुम्हारे लिए जगह है रितिका, अगर तुम करना चाहो। शुरू में ठीक-ठाक फ़ीस मिलेगी, और काम घर से ही करना है, लेकिन हम इसके सहारे लहरों पर सवारी कर सकते हैं। मुझे पता है कि हम पार उतर सकते हैं।'

'मैं तैयार हूँ,' वह बोली। 'हम साथ-साथ हैं। कब शुरू करना है?'

उसने गहरी साँस भरी और एक सिगरेट सुलगा ली। मातंगी माँ का आशीर्वाद। वह अब अपने बिलों का भुगतान कर सकती थी, अपनी ज़िन्दगी की ज़िम्मेदारी ख़ुद उठा सकती थी।

बड़ी अजीब बात थी, रितिका ने सोचा, किस तरह उसकी आर्थिक असुरक्षा दूर हो गई। वैसे उसको ज़िन्दगी में कभी पैसों की कमी हुई नहीं थी। सतीश उसको सब कुछ दे सकता था और भी बहुत कुछ था। रितिका की माँ उसको बड़े लाड़-प्यार से रखती थी, उसको वह सब देती थीं जो उसकी उम्र की लड़की को चाहिए होता है—नए कपड़े, जूते, परफ़्यूम। लेकिन उसके पापा कंजूस थे।

'मैं पब्लिक सेक्टर कम्पनी के लिए काम करता हूँ,' उन्होंने अपनी बेटी से कहा था। 'मैं प्राइवेट कम्पनी में काम करने वाले लोगों की तरह नहीं हूँ मैं तुमको बस ज़रूरी चीज़ें दे सकता हूँ। शादी के बाद तुम जो चाहे अपने शौक़ पूरे करना।'

सतीश के साथ उसकी अरेंज मैरेज हुई थी, जो 'टाइम्स ऑफ़ इंडिया' के मैट्रिमोनियल पेज से तय हुई थी। 'शिक्षित परिवार का ब्राह्मण लड़का, जिसकी पृष्ठभूमि अकाउंटिंग की है, उसको लम्बी, उदार सोच वाली और अच्छी परवरिश वाली लड़की चाहिए।' जिस परिवार में उसकी शादी हुई वह उसके लिए तैयार नहीं थी। वह शान्ता को नहीं समझ पाती थी, सूर्या को तो और भी कम समझ पाती थी। उसकी अन्धी माँ से उसको डर लगता था।

सतीश विनम्र था। उसका बहुत ध्यान रखता था, लेकिन वह अपने नए परिवार में सहज महसूस नहीं कर पाती थी। वह उनके चुटकुले नहीं समझ पाती थी, उनके अलिखित क़ायदों को नहीं समझ पाती थी। उसका पति पैसों को लेकर हमेशा बहुत सतर्क रहता था, शादी के अगले ही दिन उसने उसको एक बही लाकर दी थी, और कहा था कि वह जो भी ख़र्च करे उसका हिसाब-किताब इसमें लिख लिया करे। जब उसको नौकरी मिल गई तब जाकर वह स्वावलंबी हो पाई। यह ऐसा था मानो उसके अस्तित्व में, उसकी पहचान में कोई छिद्र था, कोई ख़ालीपन जो भर गया हो।

रितिका ने एक बार फिर उस बुज़ुर्ग महिला के बारे में सोचा, उनके उस आशीर्वाद के बारे में जिसमें अस्पष्ट रूप से आने वाले समय का संकेत छिपा हुआ था। कॉलेज के दिनों का एक गीत उसके होंठों पर आ गया। 'ओह नो, नॉट आई, आई विल सरवाइव,' वह गुनगुनाने लगी और आगे की पंक्तियों को याद करने की कोशिश करने लगी।

उसको ऊपर बरामदे में किसी की मौजूदगी का अहसास हुआ। उसकी सास थीं जो शाम की हवा का आनन्द ले रही थीं। वह कुछ गा भी रही थीं, अपनी उखड़ी आवाज़ में। शब्द समझ नहीं आ रहे थे और उसकी धुन उदास लग रही थी—कोई भजन या फ़िल्मी प्रेमगीत था शायद।

रितिका ने ऊपर उनकी तरफ़ देखा और मुस्कुरा उठी। उसने अपनी सिगरेट बुझा दी। 'तुम बच गई रिंकू,' उसने अपने आप से कहा, और ऊपर मातंगी माँ की छाया की तरफ़ एक चुम्बन उछाल दिया।

ऊपर के माले पर मातंगी को अच्छा महसूस नहीं हो रहा था, ऐसा लग रहा था मानो उनमें कोई उत्साह ही न बचा हो। सपने में अपने स्वर्गीय पति को देखकर वह परेशान हो गई थीं। उनको अभी अपने पति के सिर से तेल की गंध आ रही थी, उसके चेहरे का उपहास उड़ाने वाला भाव। उसने एक बार पास के सर्वोदय विद्यालय में नर्सरी क्लास में शिल्पकला पढ़ाने के लिए आवेदन किया था। वह नौकरी अस्थायी क़िस्म की थी, इसलिए उन्होंने बीएड की डिग्री के नहीं होने को नज़रअन्दाज़ कर दिया था। जब मातंगी ने अप्लाई किया तो उस आदमी ने उनका मज़ाक़ उड़ाया, और जब उनको वह नौकरी मिल गई तो बहुत अपमानित किया। 'तुम वहाँ एक ऐसी आया की तरह हो जाओगी जिसकी बस थोड़ी इज़्ज़त की जाती हो। उन्होंने तुमको यह नौकरी इसलिए दी है क्योंकि तुम्हारे पति एक वरिष्ठ सरकारी अफ़सर हैं। उनको यह पता नहीं चल पाया होगा कि तुम्हारी आँखों की रोशनी जा रही है।'

वह एक सप्ताह तक काम पर जाती रहीं, कड़क सूती साड़ी पहनकर। अपने चश्मे के मोटे शीशे से झाँकती। फिर उनके पति ने उनको वहाँ पढ़ाने जाने से मना कर दिया। उन्होंने उनकी बात मानने से मना कर दिया। इस्तीफ़ा देने से, उनकी बात को इतनी आसानी से मानने, इतनी जल्दी समर्पण करने से इनकार कर दिया। फिर वह दुर्घटना हुई।

वे अपनी आर्ट फ़ाइल भूल गई थीं, सो क्लास ख़त्म होने के बाद उसे लेने लौटी थीं। सफ़ाई वाली स्टील की एक बाल्टी में फिनाइल डाल रही थी। मातंगी का पैर उस पर पड़ गया। वे फ़र्श पर गिर पड़ीं और फिनाइल की पूरी बोतल सफ़ाई वाली के हाथ से छिटककर उनके ऊपर बिखर गई। उनका चेहरा, आँखें और मुँह उस द्रव की जलन से भर उठे। उन्हें उसका कड़वा स्वाद याद आया, और आँखों में भरी वह ठंडी आग।

प्रिंसिपल के ऑफ़िस से उनके पति को फ़ोन किया गया और उन्हें उनको लेने आना पड़ा। लोग उनके चारों तरफ़ इकट्‌ठा हो गए। उन्होंने उनकी आँखें धोईं लेकिन उससे और नुक़सान ही हुआ।

'मैंने तुम्हें कहा था कि तुम जॉब करने की स्थिति में नहीं हो' उनके पति ने उनसे कहा जब वे पूरी तरह भीगी हुई अस्त-व्यस्त वहाँ पड़ी थीं। घर पहुँचने तक उनकी दृष्टि पूरी तरह और हमेशा के लिए जा चुकी थी।

उन्होंने आँखों के अस्पताल में डॉक्टरों को दिखाया। उनके पति उनके साथ रहे। डॉक्टरों ने चिन्ता जताई और उनके नए टेस्ट कराए। उनकी आँखों के सामने जब लाइट जलाई-बुझाई गई तो वे इसे पहचान सकीं, लेकिन इससे ज़्यादा कुछ हासिल नहीं हुआ।

'लिक्विड क्लीनर के चलते आप अन्धी नहीं हो सकतीं,' डॉक्टर ने नरमी लेकिन दृढ़ता के साथ कहा, 'मैक्यूलर डिजेनेरेशन का मसला आपके साथ पहले से था जिसके बारे में मैंने आपको चेताया भी था। लेकिन नज़र का पूरी तरह चले जाना पेरिफेरल विज़न तक, ये मेरी समझ से बाहर है। इसका कारण शायद मानसिक, भावनात्मक तक आघात हो सकता है, या...।'

उनके पति को जाने की जल्दी थी। कोई ख़ास मीटिंग थी जहाँ उन्हें बॉस के कहे अनुसार कुछ ज़रूरी काग़ज़ात लेकर पहुँचना था। वे उन्हें डॉक्टरों के पास छोड़कर निकल गए। 'तुम अपने आप घर चली जाना,' उन्होंने कहा था, 'डॉक्टर साहिब, देखिएगा, अगर आपका चपरासी इन्हें टैक्सी करा पाए तो... '

'बहुत हो गया,' उन्होंने अपने वर्तमान में लौटते हुए अपने आप से सख़्ती से कहा। 'जो मर गया है उसको भूल जाना चाहिए। जो ज़िन्दा हैं ध्यान उनके ऊपर देना चाहिए।'

बारह

सूर्यवीर समीर पर नज़र बनाए रहता था लेकिन उसका ज़्यादा समय अपनी किताब पर ख़र्च होता था। उसके मन में अलग-अलग विचारों को लेकर जो संघर्ष चल रहा होता था उसको सुलझाने की निरंतर कोशिश भी दिमाग़ में बराबर चलती रहती थी। जब अपने पुस्तकालय में वह पुरानी किताबों को देख रहा था तो उसके हाथ 'लोकायत' की एक प्रति लगी, देबीप्रसाद चट्टोपाध्याय की क्लासिक किताब। उसकी एक फटी-पुरानी पेपरबैक प्रति उसकी बुकशेल्फ़ में सबसे ऊँचाई पर कोने में रखी थी, उसकी जिल्द फट गई थी जिसकी वजह से किताब दिखाई नहीं देती थी।

उसने उस किताब को बड़े ध्यान से, बड़े प्यार से, शेल्फ़ से उतार लिया। वह एक शुरुआती एडिशन था, जिसका प्रकाशन पीपुल्स पब्लिशिंग हाउस ने किया था। सूर्या ने जब किताब को हाथ में लिया तो उसकी आँखें नम हो आईं। किसी भी दूसरी किताब से ज़्यादा इसने उसको अपनी संस्कृति की पहेलियों और विसंगतियों से रूबरू करवाने का काम किया। उसने इस किताब के साथ बहस की थी, उसके साथ सहमत हुआ था, और फिर इसको भुला भी दिया था।

किताब के कवर पर काले रंग की स्याही से बड़े अक्षरों में उसका नाम लिखा हुआ था, इतने सालों में भी वह लिखावट धुँधली नहीं पड़ी थी : 'सूर्यवीर—फ्रॉम अनिरुद्ध'। उस जानी-पहचानी लिखावट से उसके अन्दर तरह-तरह की भावनाएँ जाग उठी थीं। उसको ऐसे महसूस हो रहा था मानो अनिरुद्ध वहीं उसके सामने खड़ा हो। दोनों हॉस्टल में रूममेट थे। उनके अस्त-व्यस्त कमरे में हर वक़्त किताबों का अंबार लगा रहता था। अनिरुद्ध ने यह किताब उसे अख़बारों, पत्रिकाओं, तथा भूरे काग़ज़ के रहस्यमय लिफ़ाफ़ों के ढेर से निकालकर थमाई थी।

अनिरुद्ध। आदित्य का भाई। समीर का चाचा। अब वह कहाँ होगा? क्या वह ज़िन्दा होगा?

जब वे पिछली बार मिले थे तो उनके बीच बड़ी कड़वाहट पैदा हो गई थी। अनिरुद्ध का कहना था कि सूर्यवीर को उस काग़ज़ को ख़ारिज कर देना चाहिए जो गोद लेने को लेकर था, उसको समीर को छोड़ देना चाहिए और झा परिवार को वापस कर देना चाहिए। मातंगी माँ और सूर्यवीर दोनों के पास बच्चे के लालन-पालन का अधिकार था। अनिरुद्ध ने धमकी दी थी कि वह इस मामले को अदालत में ले जाएगा।

समीरा के माता-पिता की तबीयत ठीक नहीं थी। बेटी की मृत्यु के कारण वे टूट गए थे, लेकिन उन्होंने अपनी बेटी-दामाद के इस फ़ैसले को मान लिया था कि अपने इकलौते बच्चे को सूर्यवीर की देखरेख में छोड़ दिया जाए। उन लोगों ने एक वसीयत छोड़ी थी, जिसमें ट्रस्ट बनाकर एक राशि रखी गई थी, जो समीर को तब मिलती जब वह 22 साल का हो जाता।

सूर्या समीर से इन्हीं सब बातों को साझा करना चाहता था लेकिन लड़का अभी तैयार नहीं था। वह अभी भी उस तकलीफ़, खोने के उस भाव से उबरने की कोशिश में लगा था जो उसके भीतर तब पैदा हुआ था जब उसको अपने असली माँ-पापा के बारे में पता चला था। सूर्या ने उसको इस बारे में बताया था, बाक़ी बातें वह तब बताएगा जब समीर इसके लिए तैयार हो जाएगा।

'बच्चे को कभी आदित्य के परिवार को मत देना,' समीरा ने उसको सावधान करते हुए कहा था। 'उन्होंने अपने बेटे को घर से निकाल दिया, उसके साथ रिश्ते तोड़ लिए, क्यों? क्योंकि उसने मुझसे शादी कर ली थी, क्योंकि मैं ईसाई हूँ। हिन्दू नहीं हूँ, बिहारी नहीं हूँ, ब्राह्मण नहीं हूँ, बल्कि मैंगलोर की ईसाई। वे आदिम, बर्बर क़िस्म के माँ-बाप हैं। मैं नहीं चाहती कि मेरे बेटे पर उनका किसी तरह का हक़ रहे।'

अनिरुद्ध का तर्क इससे एकदम उलट था। 'समीरा ने मेरे भाई को छीन लिया, उसको हमारे परिवार से चुरा लिया। अगर वह क्रान्ति के बेवक़ूफ़ी भरे विचारों में नहीं उलझा होता तो आज ज़िन्दा होता। अब मेरा प्रतिभाशाली भाई मर चुका है। समीरा मर चुकी है। मुझे अपना भतीजा वापस चाहिए, मेरे माता-पिता उसको वापस चाहते हैं। वह हमारा ख़ून है। इस बात से तुम इनकार नहीं कर सकते।'

'मैंने समीरा को वचन दिया था,' सूर्यवीर ने पूरी मज़बूती से जवाब दिया। 'मैंने उस औरत से वादा किया था जो अब इस दुनिया में नहीं है। उस औरत से जिसकी मैं इज़्ज़त करता था।'

वह समीरा की इसलिए इज़्ज़त करता था क्योंकि वह बहुत मज़बूत इरादों वाली थी। वह उससे बहुत प्रभावित था, शायद उसको थोड़ा-बहुत प्यार भी करता था।

समीरा में बहुत जोश था, एक आग थी उसके अन्दर। और ज़ाहिर है सूर्या आदित्य को प्यार करता था, एक भाई की तरह, भाई से भी बढ़कर।

'अपना तो अपना ही होता है,' अनिरुद्ध ने कहा था। 'यह लड़का एक दिन हमारे पास लौट आएगा। मुझे पता है कि तुम उसकी अच्छी तरह से परवरिश करोगे सूर्या। मुझे भरोसा है तुम्हारे ऊपर, लेकिन मैं तुमको माफ़ नहीं करूँगा, कभी नहीं, इस सरचढ़ी ज़िद के लिए।'

'लोकायत : ए स्टडी इन एनशिएंट इंडियन मैटेरियलिज़्म' में देबीप्रसाद चट्टोपाध्याय ने भारत की उन दार्शनिक परम्पराओं के बारे में नए सिरे से लिखा है जो भुला दी गई हैं। इस किताब ने युवा सूर्यवीर की आँखें खोलकर रख दी थीं। सोचने और सन्देह करने के कितने सारे मुद्दे इस किताब से सूर्या को मिले।

ख़ैर। जो बीत गई सो बात गई। सूर्यवीर अपने नोट्स पढ़ने लगा : शिक्षा के अनेक वर्गों में लोकायत (संस्कृति : सांसारिक), जिसको चार्वाक के नाम से भी जाना जाता है, केवल उसी को सच मानता था जो अनुभव का हिस्सा होता था। उसने उन पंक्तियों को देखा तो वे अस्पष्ट लग रही थीं, ऐसी किताब का हिस्सा जिन्हें वह कभी लिखना नहीं चाहता था।

उसने एक बार फिर से उसे देखने की कोशिश की। 'वह अस्पष्ट और धुँधला विचार जिसको हिन्दू धर्म कहा जाता था और जिसको भारतीय दर्शन का केन्द्र माना जाता था वह इसलिए क्योंकि हम लोगों ने जानबूझकर दूसरी विचार-पद्धतियों को भुला दिया, जो इस उपमहाद्वीप के भौतिक जीवन के हर पहलू में आज भी दिखाई देती हैं।'

उसने 'उपमहाद्वीप' को खुरचकर उसके स्थान पर 'दक्षिण एशिया' लिख दिया। अलग-अलग कारणों से उसने दोनों तरह के वर्गीकरणों के ऊपर आपत्ति जताई और उसको फिर से बदलकर लिख दिया : 'भौतिक जीवन से जुड़े लगभग हर पहलू में जिसको भारतीय सभ्यता संस्कृति कहा जाता था।'

लेकिन उसके दिमाग़ में अभी भी अनिरुद्ध चल रहा था। मानो सालों पहले उसने जो किताब सूर्यवीर को तोहफ़े में दी थी उसकी काली स्याही से कूदकर वह बाहर आ गया था। समीर को बताने का समय आ गया था, यह किताब दिखाने का जिसमें उसके चाचा अनिरुद्ध की लिखावट थी, यह बताने का कि किस तरह उसके पापा के भाई ने उसको वापस लेने के लिए सूर्या से लड़ाई की थी।

सूर्या उसी दिन से समीर से बेपनाह मोहब्बत करता था जिस दिन समीरा ने उसको उसे सौंपा था। शायद उसके अन्दर यह स्वार्थ-भरा डर था कि कहीं उसके

पिता का परिवार उसको उससे छीन न ले और इसी वजह से वह उसके असली माँ-बाप को लेकर चुप्पी साधे रहा। वह अक्सर इस बारे में सोचता था कि क्यों यह लड़का अपनी जड़ों और उसको जन्म देने वाले माता-पिता को लेकर कोई ख़ास उत्सुकता नहीं दिखाता था। शायद उसको भी यह डर था कि न जाने क्या सामने आए।

ख़ैर, अब समीर की उम्र हो गई थी। वह अपनी इस पहचान के साथ सुरक्षित महसूस करता था कि वह समीर शर्मा था, सूर्या का बेटा और मातंगी का पोता। सब अच्छा होगा, और ज़रूर अच्छा ही होगा।

~

वैसे तो ड्रम बजाने का समीर का जोश धीरे-धीरे मन्द पड़ गया था, लेकिन उस दिन वह दोपहर के समय ड्रम बजा रहा था। लॉकडाउन में वैसे भी दिन के समय करने के लिए होता ही क्या था? उसने 'पेंडेमिक' फ़िल्म दो बार देखी थी, लगातार। उसने 'पंचायत' वेब सीरीज़ देखी और यहाँ तक कि सूर्या को भी अपने साथ देखने के लिए तैयार कर लिया। दोनों को जितेन्द्र कुमार का अभिनय अच्छा लगा, और सूर्या ने उसको बताया कि न जाने कब से उसे नीना गुप्ता पर क्रश था, जो बात समीर को समझ नहीं आई।

सूर्या यूँ ही चलते-चलते समीर के कमरे में गया, हाथ में उस फटी किताब को थामे। शुरू में तो उसने कुछ नहीं कहा, बाद में डॉलर को सहलाया और उसके कान से एक चिंचड़ निकाला, फिर उसको बाथरूम में जाकर फ़्लश कर दिया।

कुछ देर वह ख़ामोशी से बैठा रहा, ड्रम की धुन पर सिर हिलाता रहा। 'तुम्हारे पापा का एक भाई भी था,' उसने आख़िरकार अचानक कहा। 'एक बड़ा भाई, अनिरुद्ध शरण झा। मुझे लगा कि तुमको इस बारे में बताना चाहिए।'

समीर ने भौंहें चढ़ाईं, और उसी तरह असंगत ढंग से ड्रम बजाता रहा, बीच-बीच में रुककर अपने लम्बे बालों को पीछे कर लेता था जो उसके चेहरे पर गिर रहे थे। जब से लॉकडाउन शुरू हुआ था तब से उसने बाल नहीं कटवाए थे।

'मैंने अपने पापा को माफ़ नहीं किया है,' समीर ने आख़िरकार कहा। 'जिस तरह से उन्होंने मुझे छोड़ा वह ग़ैर-ज़िम्मेदाराना था। मेरी माँ...समीरा...' जब उसने अपनी माँ का नाम लिया तो उसकी आवाज़ मुलायम हो गई। 'वह उस पार से भी मुझ तक पहुँच जाती है। मैं उसके प्यार को महसूस कर सकता हूँ, मुझे लेकर

उनकी चिन्ताओं को। लेकिन वह आदमी, मैं उसको माफ़ नहीं कर पा रहा। हमारे बीच कोई सिरा है जो छूट रहा है। और उनके परिवार ने कभी मेरे ऊपर दावा नहीं किया, किया था क्या? इसलिए मुझे इस बात से क्या फ़र्क़ पड़ता है कि मुझे जनम देने वाले पिता का कोई भाई है, जिसका नाम अनिरुद्ध है?'

इसके बाद वह ज़ोर-ज़ोर से ड्रम बजाने लगा। मुन्नी ने दरवाज़े की घंटी बजाई और आकर डाइनिंग रूम में मिल्क शेक और केले का केक रख गई।

'मुझे भूख लगी है,' समीर बोला, बनाना केक खाने के पहले उसने मैंगो शेक गटागट पी लिया।

'तुमको किसके संरक्षण में रहना चाहिए इसको लेकर तुम्हारे चाचा अनिरुद्ध और मेरे बीच बड़ी तगड़ी लड़ाई हुई थी,' सूर्यवीर ने धीरे से कहा, और डाइनिंग टेबल पर रखे बनाना केक के टुकड़ों से खेलने लगा। 'उसने मुझे कहा था कि तुम एक दिन अपने परिवार में लौट जाओगे, क्योंकि ख़ून का रिश्ता ख़ून का ही होता है। मैं कोई किताब ढूँढ़ रहा था तो मुझे 'लोकायत' की एक पुरानी प्रति मिली, जो मुझे अनिरुद्ध ने उपहार में दी थी,' सूर्या ने आगे कहा।

समीर ऐसे उठा जैसे उसने कुछ फ़ैसला कर लिया हो। वह जिस कुर्सी पर बैठा था वह उलट गई। उसने बड़ी सावधानी से उसे वापस ठीक कर दिया।

'मुझे सिगरेट की तलब हो रही है,' वह बोला और अपने कमरे में वापस चला गया। फिर फेस मास्क लगाकर और जूते पहनकर बाहर निकला। पीछे-पीछे डॉलर था।

पार्क आज साफ़-सुथरा लग रहा था। एक पड़ोसी उसके पीछे-पीछे जॉगिंग कर रहे थे, अपने सर्जिकल मास्क के पीछे हाँफते हुए। दिन लम्बे हो गए थे, लेकिन न जाने क्यों मई का झुलसाने वाला तापमान इस साल नहीं आया था। घास बहुत बड़ी हो गई थी लेकिन अभी भी हरी थी, और कुछ फूल अभी भी खिले हुए थे, मुरझाया हुआ छुई-मुई और होलीहोक का पौधा ज़मीन पर औंधा पड़ा हुआ था।

समीर पार्क के एक सूने कोने में एक बेंच पर बैठ गया और सिगरेट सुलगा ली। उसको सिगरेट की आधी डिब्बी के पास एक ज्वाइंट रखा मिला था। वह सिगरेट पीने का आदी नहीं था, और शराब भी कभी-कभी ही पीता था। लॉकडाउन के पहले ही जब उसका एक दोस्त उसके साथ रहने के लिए आया था तो वह गाँजे की सिगरेट बनाकर छोड़ गया था।

उसको शान्ति महसूस हो रही थी। वह अधिक सुकून महसूस कर रहा था। उसने जानबूझकर अपने दिमाग़ को ख़ाली रखा था। वह उसी तरह ख़ाली था जैसे

उसके आसपास का माहौल। यह ऐसा था मानो वह किसी अदृश्य दरवाज़े से दूसरी तरफ़ चला गया हो, किसी और दुनिया में जहाँ सब कुछ वैसा ही था लेकिन ठीक वही नहीं।

घास में कुछ हरकत हुई मानो घास की हरी पत्तियाँ झूम रही हों। समीर को लगा जैसे उसको मतिभ्रम हो रहा हो।

एक जोड़ी आँखें उसको घूरे जा रही थीं। साँप? उसको किसी तरह का डर महसूस नहीं हुआ। गाँजे की भरी सिगरेट पीकर वह शान्त हो गया था, सब कुछ स्वीकार करने के भाव से भरा हुआ। जिस तरह से साँप उसको देख रहा था वह भी उसको उसी तरह देखने लगा।

समीर को कुछ याद नहीं कि वह कब तक वहाँ बैठा रहा। ढलती दोपहर की धूप शाम की छायाओं में घुल रही थी। साँप सरकता हुआ उस तरफ़ चला गया जिधर बच्चों के खेलने वाली जगह थी, जिस तरफ़ झूले लगे थे। डॉलर आया और उसकी पैंट खींचने लगा, मानो उससे घर वापस चलने के लिए कह रहा हो।

उस रात उसके सिर में बहुत दर्द महसूस हुआ, वह बीमार महसूस कर रहा था। उसके अन्दर कुछ उधेड़बुन चल रही थी। उसको अब और ड्रम बजाने की ज़रूरत नहीं थी। वह अपने पापा से ग़ुस्सा नहीं था, आदित्य शरण झा से। उस दोपहर वह जब लम्बे समय तक पार्क में रहा तो उस दौरान उसका सारा दर्द, सारी तकलीफ़ निकल गई थी, जब उसको पन्ने के पत्थर के रंग का साँप घास के बीच से देख रहा था।

~

सूर्या ने घंटों की गिनती छोड़ दी थी। वह देबीप्रसाद चट्टोपाध्याय की उस क्लासिक किताब को पढ़ रहा था। 'लोकायत' ही वह किताब थी जिसने सबसे पहले उसको परस्पर विरोधी विचारों तथा देखने के नज़रिए को लेकर सावधान किया था।

ऐतिहासिक भौतिकवाद तथा हिन्दू प्रथाओं की उत्पत्ति के बारे में पढ़ने के बाद अपने धर्म को लेकर उसका वह नज़रिया पूरी तरह बदल गया था जो एक तरह से धर्म की सवर्ण समझ थी। कविता और रहस्यवाद उसको हमेशा से आकर्षित करते रहे थे, लेकिन 'लोकायत' पढ़ने से उसकी जो भोली-भाली मान्यताएँ थीं उनमें

काफ़ी बदलाव आया था। अनिरुद्ध और बाद में आदित्य के साथ उसकी दोस्ती उसको वामपंथ की अतिवादी राजनीति की दिशा में ले गई।

वह किताब की भाषा और विचारों की तेज़ रफ़्तार के सम्मोहन में था, अपनी कॉपी में नोट्स लेता जा रहा था। 'डीपी भारतीय दर्शन की यात्रा को विचारों के परस्पर संघर्ष के रूप में देखते हैं,' उसने दर्ज किया, 'भारतीय दार्शनिक परम्परा के विकास में विरोधाभासों की बड़ी भूमिका रही है।'

लेकिन उसके दिमाग़ का एक हिस्सा बार-बार अनिरुद्ध की तरफ़ लौट रहा था। क्या उसको यह बात समीर को बतानी चाहिए थी? क्या थोड़ा इन्तज़ार कर लेना बेहतर न होता?

~

ऊपर के माले पर मातंगी दूरदर्शन पर दिखाए जा रहे महाभारत धारावाहिक के एपिसोड सुन रही थीं। उत्साहवर्धक टाइटल गीत, और खींचकर कहे गए महा-आ-भा-आ-रत-अ ने रंगीन टीवी के आरम्भिक दिनों में इस महागाथा से भारत का पुनः परिचय करवाया था।

उनका ध्यान 1988 में वापस चला गया। सतीश तब शायद पाँच साल का रहा होगा, सूर्या किशोरावस्था की दहलीज़ पर था। सब काका नगर के ड्राइंग-डाइनिंग रूम में टेलिविज़न के आसपास झुंड बनाकर बैठ जाते थे। शान्ता उनके साथ बैठकर महाभारत नहीं देखती थी। 'कितना बोरिंग है और सब कुछ कितना नक़ली,' वह अपनी आँखों को नचाते हुए कहती। 'मुझे माफ़ कर दो परिवार वालो!'

ऐसा नहीं था कि वह शान्ता को आँखें नचाते हुए देख नहीं पा रही थीं। उनकी आँखों की रोशनी कमज़ोर पड़ती जा रही थी, रोज़-रोज़, हर पल। मैक्यूलर डिजेनेरेशन विद रेटिनल कॉम्पलिकेशंस। उसको डॉक्टर की उदासीन आवाज़ अभी भी सुनाई दे रही थी, जब उसने कहा था कि इसको ठीक नहीं किया जा सकता और उसको इसके साथ ही जीना सीखना होगा।

1988। 2020। अन्धापन। अँधेरा। उस मिथकीय धारावाहिक के संवादों को सुनकर जैसे उसके दिल में धक से लगता था। राजा धृतराष्ट्र, अम्बिका और विचित्रवीर्य का पुत्र, जनम से अन्धा था। उसने कंधार की राजकुमारी गांधारी से विवाह किया था, जिसने शादी के बाद अपनी आँखों पर पट्टी बाँधकर देखना छोड़ दिया था।

टीवी के परदे से शब्द ऐसे उड़े आ रहे थे मानो तीर चल रहे हों। नेत्रहीन। अन्धकार। आँखों में रोशनी का न होना। अँधेरे में रहना। वह धीरे-धीरे अन्धी हुई थी और देखने की स्मृति बनी हुई थी। उसके अन्दर कड़वाहट भर गई थी लेकिन फिर भी सब्र के साथ रहती थी। इन सालों में उसने जीवन की सच्चाई को स्वीकार कर लिया था, उसकी ख़ुशियों को जिनसे राहत मिलती थी, कि तभी एक पुराने धारावाहिक का वह संवाद टेलिविज़न से कूदकर गूँजने लगा और उनको तक़लीफ़ पहुँचाने लगा, जो उनको याद था।

लॉकडाउन उनको थका रहा था, जबकि इसकी वजह से उनकी अपनी दिनचर्या में कुछ भी नहीं बदला था। सब कुछ वैसा ही था जैसा पहले था, बोलने वाली घड़ी की आवाज़ हर घंटे वैसे ही आ रही थी, बार्बेट चिड़िया के बोलने की आवाज़ टू-हे-टू-हे, टेलिविज़न की आवाज़, बरामदे में पप्पू के काल्पनिक कार चलाने की आवाज़, व्रूम व्रूम। सब कुछ वैसे ही था जैसा पहले था, लेकिन एक और आवाज़ थी जो सुनाई नहीं देती थी, उम्मीद की एकरसता का भाव, भय, कभी न ख़त्म होने वाला इन्तज़ार। यह उनको अपने बच्चों की आवाज़ों में सुनाई देता था जब वे उनसे पूछते थे कि उनको कैसा महसूस हो रहा है। उनको यह लाली के तनाव में महसूस होता था, जब वह अपने परिवार से फुसफुसाकर बात करती थी। उनको यह समाचारों में सुनाई दे रहा था। प्रवासी मज़दूरों के समाचार जिनके ऊपर से ट्रेन गुज़र रही थी, साधारण लोगों की ख़बरें जो घर जाने की कोशिशों में ट्रकों के नीचे कुचलकर मारे जा रहे थे।

जब समीर उनसे बात करने के लिए आया तो मातंगी को अपने ऊपर बुरी तरह से अफ़सोस महसूस हो रहा था, और दुनिया को लेकर भी। उसकी आवाज़ में कम्पन था, और उनको यह समझ आ गया कि वह किसी बात को लेकर बहुत परेशान था। 'आपको उस चिड़िया की आवाज़ कैसे सुनाई दी मातंगी माँ?' उसने उनसे पूछा।

उसके इस सवाल पर वह काफ़ी देर तक सोचती रहीं। 'हमारे शरीर में बहुत सारी खिड़कियाँ हैं,' अन्त में उन्होंने कहा। 'चेहरे पर कितने सारे सूराख हैं—तुम्हारी दो आँखें, दो नाक, मुँह। और फिर हमारे दो कान होते हैं, और औरतों के तो नीचे भी दो होते हैं।' जितनी नरमी से हो सकता था उन्होंने इस बात की तरफ़ संकेत किया। 'हम लोग अपनी आँखों के ऊपर बहुत अधिक यक़ीन करते हैं। मेरी दोनों आँखों की बस रोशनी गई है, लेकिन मेरे पास बाक़ी कई चीज़ें हैं। मेरी सूँघने की

क्षमता और आवाज़ पहले से कहीं बढ़कर है। मेरी स्वाद की इन्द्रियाँ पहले जैसी ही हैं, मैं शान्ता से उसके खाने में इस या उस बात के लिए अक्सर शिकायत करती रहती हूँ। और कई बार मेरे कान में देवी-देवता फुसफुसाने लगते हैं। इसलिए मुझे इस चिड़िया की आवाज़ वैसी ही साफ़ सुनाई दी जैसी कि अब सुनाई देती है। यह मुझसे बात कर रही थी, मुझे आवाज़ दे रही थी।'

'क्या यह अब भी आपसे बातें करती है,' समीर ने पूछा। उसको ऐसा महसूस हुआ कि उस चिड़िया के बारे में वह काफ़ी सोच रहा था, और उसके दिमाग़ में रह-रहकर वह समय आ जाता था जब उसने उसको पाया था, पटरी पर पंख छितराए हुए वह पड़ी थी, और वहाँ काली बिल्ली उसको बड़े ध्यान से देख रही थी, उसको अपने पंजों में लेने के लिए तैयारी कर रही थी।

'बिलकुल यह मुझसे बात करती है,' मातंगी ने जवाब दिया। 'यह मुझे अपनी माँ के बारे में बताती है, और उस छायादार पेड़ के बारे में जिसके ऊपर इसका घोंसला था। यह आज मुझसे बात कर रही थी और इसने मुझसे कहा कि अब समय आ गया है कि इसको आज़ाद कर दिया जाए।'

समीर का दिल तेज़ी से धड़कने लगा। 'आपके कहने का मतलब यह है कि आप इसको जाने देने के बारे में सोच रही हैं?' उसने समझने के इरादे से पूछा। 'क्या आप इसको उड़ जाने देंगी?'

'पिंजरों में मेरा यक़ीन नहीं है,' मातंगी ने सोचते हुए जवाब दिया। 'एक में मैं रह चुकी हूँ। अब इसको छोड़ देने का समय आ गया है।'

'कब मातंगी माँ? आप इसको कब आज़ाद करेंगी? क्या इसका घाव भर गया है? क्या अब यह उड़ने के लिए तैयार है?'

'इसको अपने पंखों की परीक्षा लेनी होगी,' उन्होंने जवाब दिया। 'तुम कल इसको नीचे लेकर जाना, और जहाँ यह तुमको मिली थी उसी पेड़ की किसी शाखा पर इसको रख देना। प्लास्टिक के दस्ताने पहनकर जाना, कोविड वाले दस्ताने। और तब तक इसके ऊपर नज़र बनाए रखना जब तक कि यह सुरक्षित न हो जाए। लेकिन पहले इसको अपने पंखों की परीक्षा लेनी होगी। इसको अभी छोड़ दो समीर और कमरे में उड़ने दो। अभी!'

उसने वही किया जो उसको करने के लिए कहा गया और उसने पिंजरे का दरवाज़ा खोल दिया। पिंजरे की जालियों के बीच खुली इस जगह से वह चिड़िया झाँकने लगी, बड़े निर्लिप्त भाव से। समीर ने सीटी बजाई, उत्साह बढ़ाने वाली

आवाज़ निकाली, लेकिन वह पिंजरे के अन्दर ही बैठी रही। उसने पंजों मे जाली को कसकर जकड़ रखा था।

'यह पिंजरे को छोड़ना ही नहीं चाहती,' उसने दु:खी भाव से कहा।

'पिंजरे के साथ यही होता है, जो उसके अन्दर बन्द होते हैं उनको वह अक्सर दिखाई नहीं पड़ता,' मातंगी बोलीं, उनके चेहरे पर फीकी मुस्कान फैल गई थी।

पप्पू घुटनों के बल चलता हुआ कमरे में आया, वह कोई खेल खेल रहा था जो समझ नहीं आ रहा था। अचानक पंख फड़फड़ाने की आवाज़ आई, और चिड़िया बाहर निकल गई। वह मेज़ पर बैठकर अपनी छोटी-छोटी आँखों को घुमाते हुए आसपास का मुआयना करने लगी। फिर हवा में उड़ गई, शुरू में वह कुछ उत्सुक सी लग रही थी, कुछ देर तक तो उसके पंख लड़खड़ाए, फिर वे सम पर आ गए

समीर डर गया कि कहीं वह सीलिंग फ़ैन के घूमते ब्लेड्स से न टकरा जाए, वह पंखा बन्द करने के लिए भागा, और उसके बाद जब बार्बेट छत की तरफ़ उड़ी तो वह अवाक् भाव से उसको देखने लगा।

पप्पू भी चकित होकर देख रहा था। वह भी अपने हाथों को हिलाए जा रह था, ऐसे जता रहा था मानो वह कोई चिड़िया हो, मानो वह भी उड़ रहा हो। वह कुर्सी के ऊपर खड़ा हुआ और फिर बैठ गया। लाली ने उसके चेहरे पर एक चपत लगाई और उससे कहा कि चुपचाप एक कोने में बैठ जाए।

बार्बेट उड़ते हुए मातंगी माँ के बिस्तर पर पहुँची। उसने उनके सिर के चारों ओर चक्कर लगाया, दो बार, उसके बाद आकर उनकी गोद में बैठ गई

लाली उत्साह में आकर चीख़ पड़ी। समीर ने पाया कि उसकी आँखों में आँसू थे। यहाँ तक कि पप्पू भी शान्त था। मातंगी एकदम शान्त बैठी थीं, एकदम साँस थामे। उन्होंने उसको छूने या सहलाने की कोशिश नहीं की। चिड़िया भी शान्त बैठी थी, शान्त और सुरक्षित। समीर को ऐसा लग रहा था मानो वह उनसे बात कर रही है, किसी ख़ामोश, गुप्त भाषा में।

'चिड़िया को पिंजरे में वापस डाल दो लाली,' उन्होंने आख़िर में कहा। 'हम लोग इसको कल छोड़ देंगे।'

तेरह

लाली समीर के लिए मातंगी माँ का सन्देश लेकर पहली मंज़िल पर आई। 'चिड़िया को आज़ाद करना होगा,' उसने घोषणा की। 'माताजी ने आपको याद दिलाने के लिए कहा है। उन्होंने कहा है कि उनको पता है कि आप रात में देर तक जागते हैं, लेकिन उनका कहना है कि चिड़िया को या तो दोपहर के पहले या दोपहर में आज़ाद कर दिया जाए।'

'उनसे कह देना कि मैं 3.45 बजे तक ऊपर आ जाऊँगा,' समीर ने उनींदी आवाज़ में कहा। वह देर तक जागता रहा था और अनिरुद्ध शरण झा, अनिरुद्ध सरण झा, अन्निरुद्ध शरण झा, अनिरुद्ध शरण, अनिरुद्ध झा और ए.एस. झा आदि सर्च करता रहा था। एक-दो सूत्र उसको मिले थे जिनको उसे फ़ॉलो करना था।

खोजने के बाद स्क्रीन पर जो ज़्यादातर नाम और चेहरे मिले उनकी उम्र कम लग रही थी और वे उसके न जाने कब से खोए चाचा जैसे नहीं लग रहे थे। मन ही मन उसने उनकी एक तस्वीर बना ली थी—टूथब्रश जैसी मूँछें, और ऐसा व्यक्तित्व जो बहुत सहज नहीं हो। जिसकी त्योरियाँ चढ़ी हुई हों।

उसने उस पुरानी किताब के कवर पर किए गए उनके हस्ताक्षर को एक बार फिर से देखा, वह उनको समझने की कोशिश कर रहा था। बहुत सुन्दर हैंडराइटिंग थी, अक्षरों में साफ़ और दृढ़ घुमाव था। वह कैसे दिखते थे, कैसे लगते थे, वह बूढ़ा आदमी जो उसका ख़ून था?

कोविड का यह समयातीत समय कैसे गुज़र रहा था, पता ही नहीं चल रहा था। खाना, सोना, स्क्रीन। चाहे इसका क्रम जो भी हो। वह दोपहर 3.40 पर वादे के अनुसार अपनी दादी के पास निकल गया, उसने अपने भाई राहुल को मैसेज किया कि वह भी आ जाए। इस काम में कोई चाहिए था जो उसकी सहायता करे, उसने अनुमान लगाया, और वह नहीं चाहता था कि बकबक करने वाली लाली यह काम करे।

मातंगी माँ खिड़की के पास कुर्सी पर बैठीं, उसका इन्तज़ार कर रही थीं। वह पहले से कुछ अधिक कमज़ोर लग रही थीं। पिंजरा उनके सामने मेज़ पर रखा हुआ था। चिड़िया चोंच को अपने पंखों में छुपाए कुछ सोचने की मुद्रा में बैठी हुई थी।

'हम पिंजरा लेकर नीचे जाएँगे, और फिर इसको आज़ादी का स्वाद चखाएँगे!' समीर ने ख़ुश होते हुए कहा।

'नहीं!' मातंगी माँ ने तुरन्त जवाब दिया। 'इस तरह से नहीं! पिंजरा यहीं रहेगा। उसको पिंजरे को भूल जाना होगा।'

'हाँ, मिर्ची को पिंजरा भूल जाना चाहिए, उसको आज़ाद होना सीखने की ज़रूरत है,' राहुल ने हामी भरी। 'आज़ादी सभी के लिए ज़रूरी होती है। रबींद्रनाथ टैगोर ने हम लोगों को यही बताया था।'

पप्पू यह सब देखे जा रहा था। 'तुम भी हम लोगों के साथ क्यों नहीं आ जाते बच्चे?' समीर ने उससे कहा। वे लोग एक बेढब-सा जुलूस बनाकर निकले, तीन लड़के जो मास्क लगाए थे और साथ में चिड़िया। वे घुमावदार सीढ़ियों से नीचे उतरने लगे...चिड़िया को पिंजरे में न ले जाने वाली बात समीर को अजीब लग रही थी, लेकिन उसकी दादी ऐसी कमज़ोर लग रही थीं, इतनी उदास, कि उनसे बहस करने का उसका मन नहीं हुआ।

'मैं भी जल्दी ही उड़ जाऊँगी,' जब बच्चे बाहर निकलने लगे तो मातंगी ने कहा। 'हम सब को उड़ना सीखना पड़ता है। इसको उड़ाने के पहले चिड़िया को अपने पंखों को आज़माने देना। इसकी माँ पेड़ की सबसे ऊँची शाखा पर इन्तज़ार में बैठी है।'

समीर के दिल की धड़कन जैसे रुक गई। वह क्या कह रही थीं? अभी उन्होंने क्या कहा? वह वापस मुड़ना चाहता था, उनके गले लग जाना चाहता था, उनके मिज़ाज को बदलना चाहता था, वह उनको समझाना चाहता था। लेकिन उनकी इस बात पर इतना कुछ करना शायद सही नहीं होता। शायद उनको अच्छा नहीं लगता। शायद!

समीर ने कभी मृत्यु नहीं देखी थी, किसी को मरते नहीं देखा था, सिवाय फ़िल्मों या विडियो गेम के। उसके माता-पिता ऐसे गए जैसे कोई बहुत पुराना सपना हो। उसके अन्दर डर बैठता जा रहा था। वह अपनी प्यारी दादी माँ को खोना नहीं चाहता था। वह नहीं खो सकता था। कभी नहीं। उसने ऐसे जताया जैसे उसने उनकी बात सुनी ही नहीं हो। मिर्ची को लेकर चलने की ज़िम्मेदारी राहुल को सौंपी गई। पप्पू पीछे-पीछे चल रहा था, उसके पीछे समीर, सब एक क़तार में।

सेमल के फाहों का संक्षिप्त मौसम बीत चुका था। सेमल के पेड़ की छाया पटरी पर फैली हुई थी। ऊपर की शाखा से एक बार्बेट ने ख़ास तरह से आवाज़ लगाई।

'वह मिर्ची की माँ है,' राहुल ने गम्भीरता से कहा। 'वह अपने बच्चे के इन्तज़ार में है, वैसे ही जैसे कि मातंगी माँ ने बताया था।'

मिर्ची ने उस चिड़िया की आवाज़ सुनी। जवाब में उसने भी आवाज़ लगाई, और बड़ी बेचैनी से अपने पंख फड़फड़ाने लगा।

'हम लोगों को मिर्ची को बीच की डाली पर रखना है,' राहुल बोला। 'लेकिन कैसे?'

तभी अन्ना सेन प्रकट हुईं, अजीब तरह का बूटेदार मास्क लगाए हुए। 'तुम लोग इस चिड़िया को वापस पेड़ पर रखना चाहते हो?' उन्होंने पूछा, ऐसा लग रहा था मानो उनको किसी तरह की हैरानी नहीं हो रही है। 'रुको, मैं अपना ऊँचा वाला स्टूल लेकर आती हूँ।'

उनके बग़ीचे में तीन सीढ़ियों वाला लकड़ी का स्टूल था, जिसको वह इतनी सहजता से खींच लाईं कि हैरानी हुई। 'अब तुम चढ़ो!' वह बोली। 'समीर और मैं स्टूल को पकड़कर रखते हैं।'

समीर उसको अजीब तरह से देख रहा था। उसको इसका कोई इल्म भी नहीं था कि बूढ़ी मिसेज़ सेन को उसके होने के बारे में पता भी था, नाम तो बहुत दूर की बात थी।

राहुल बड़ी सावधानी से ऊपर चढ़ा, उसके हाथों में अभी भी चिड़िया थी। वह अभी आधी सीढ़ी ही चढ़ा था कि चिड़िया उसके हाथ से फड़फड़ाकर उड़ गई। तीन बार्बेट, हरे रंग की, लम्बे चोंचों वाली, पेड़ के ऊपर से नीचे आईं और उन्होंने उसके आसपास सुरक्षा का घेरा बना लिया। मिर्ची अब अपने घर में था।

'क्या बात है!' मिसेज़ सेन चिल्ला पड़ीं, और ताली बजाने लगीं।

पप्पू भी ताली बजाने लगा, और फिर समीर भी। राहुल शान्त और उदास था।

'तुम लोगों के लिए एक ट्रीट है,' अन्ना सेन ने चहकते हुए कहा। 'अगर तुम लोग अपने क़ीमती समय में से कुछ वक़्त एक बूढ़ी औरत के साथ बिताना चाहते हो तो बस एक मिनट के लिए इसी बग़ीचे में इन्तज़ार करो?'

वह एक बड़ा-सा ट्रे लेकर वापस लौटीं जिसमें एक जग में नीबू पानी था और चॉकलेट केक के टुकड़े। 'सबसे पहले तुम बच्चे,' उन्होंने पप्पू के गाल पर

चपत लगाते हुए कहा। उन्होंने ट्रे को नीचे रख दिया और एक बार फिर से अन्दर ग़ायब हो गईं।

राहुल अभी भी सेमल के पेड़ को देखे जा रहा था, मिर्ची को ढूँढ़ रहा था। लग रहा था जैसे बहुत सी चिड़िया मिलकर उसकी वापसी का जश्न मना रही हों।

अन्ना प्लास्टिक का एक बैग लेकर वापस लौटी जिसमें से उन्होंने तीन चॉकलेट निकालीं। 'ये तीन तिलंगों के लिए हैं!' उन्होंने घोषणा की। 'और अब मैं तुम लोगों को अकेला छोड़ रही हूँ, मुझे कुछ काम करने हैं।'

चॉकलेट को देखकर राहुल ख़ुश हो गया। दो अलग-अलग स्वाद के चॉकलेट थे, प्लम और चेरी। समीर उनको ध्यान से देखे जा रहा था। 'पोलिश चॉकलेट,' वह बोला। 'अच्छा यही है राहुल कि तुम यहीं खा लो इससे पहले कि तुम्हारी माँ की नज़र पड़ जाए। पप्पू तुम भी अगर लाली के साथ इसको साझा नहीं करना चाहते हो तो बेहतर है कि यहीं खा लो! मैं अपनी चॉकलेट सूर्या के साथ मिलकर खाऊँगा, और एक टुकड़ा तुम्हारे लिए छोड़ दूँगा राहुल, जब तुम फ़ैमिली ट्री वाले प्रोजेक्ट पर काम करने के लिए नीचे आओगे तब तुमको दूँगा!'

~

सूर्या किसी तरह अनिरुद्ध को खोजना चाह रहा था। उसने उन दोस्तों को मैसेज भेजे जो दोनों के दोस्त थे, उसके बारे में पूछताछ की। जल्दी ही उसके बारे में पता चल गया। अनिरुद्ध शरण झा अब यूनिवर्सिटी ऑफ़ जॉर्जिया में कल्चरल ऐन्थ्रॉपॉलॉजी का सहायक प्रोफ़ेसर था। एक दोस्त ने उसका नम्बर और ईमेल आईडी भेजा था।

सूर्या ने तत्काल बात करने का फ़ैसला किया। उसने अन्दाज़ा लगाया कि दोनों देशों के समय में क्या अन्तर था, गहरी साँस भरी, और नम्बर मिला दिया। कोई उत्तर नहीं मिला। उसको लगा कि शायद उसने भारत और जॉर्जिया के बीच समय के अन्तराल का ग़लत अन्दाज़ा लगा लिया था, और उसने तय किया कि अभी मैसेज नहीं छोड़ेगा।

कुछ समय के बाद व्हाट्सऐप पर जवाब आया : 'इस नम्बर से मुझे फ़ोन आया था। आप कौन हैं? ए.एस.जे.।'

उसने इस बारे में फिर से सोचा। उसका सब कुछ समीर ही था। उसका परिवार, उसका बेटा, उसका दोस्त। अगर समीर चला गया तो क्या होगा? उसको यह ख़तरा उठाना ही था, उसने फ़ैसला किया और फिर से नंबर घुमा दिया।

'हेलो? क्या मैं अनिरुद्ध शरण झा से बात कर सकता हूँ?' उसने कुछ झिझकते हुए पूछा।

दूसरी तरफ़ से आवाज़ गर्मजोशी से आई। 'अर्रे यार! सूर्यवीर...मेरा दोस्त! मेरे जिगरी दोस्त, मेरे दिल का टुकड़ा!' वह प्यार तो हिन्दी में जता रहा था लेकिन उसके बोलने का लहज़ा अमेरिकी था।

सूर्या इस प्यार से ख़ुश हुआ लेकिन अमेरिकी लहजे से कुछ चिढ़ गया। यह बड़े हैरत की बात थी कि अनिरुद्ध ने उसकी आवाज़ झट से पहचान ली, लेकिन वह इस तरह से बनावटी हिन्दी क्यों बोल रहा था?

लेकिन कहने के लिए कुछ अधिक ज़रूरी बातें थीं। 'कैसे हो मेरे दोस्त?' उसने अंग्रेज़ी में जवाब दिया। 'क्या तुम्हारी शादी हो गई? बच्चे हुए? इस मुश्किल समय में तुम तन्दुरुस्त और सुरक्षित तो हो न?'

'मैं अभी तो ठीक हूँ,' अनिरुद्ध ने जवाब दिया, इस बार अंग्रेज़ी में। 'लेकिन यह साल हर तरह से बड़ा मुश्किल रहा। मेरी पार्टनर को लाइम रोग हो गया, जिसके बारे में इस तरफ़ कोई जानता भी नहीं। इस रोग के बारे में डॉक्टर को काफ़ी समय तक समझ ही नहीं आया, और फिर अमोक्सीसिलीन, इसमें लगता है, काम ही नहीं कर रहा। लेकिन बात महज़ इतनी ही नहीं है, वह तो पहले से बेहतर है। फिर मुझे पता चला कि मुझे ब्रेन ट्यूमर हो गया है। क़िस्मत की बात यह रही कि वह मामूली ही था। लेकिन मैंने सर्जरी करवाई और रेडिएशन करवाया। हम लोगों को काफ़ी झेलना पड़ गया। हम लोग आराम कर रहे हैं और कोविड के दौर को सहजता से काट रहे हैं। मैंने ऑनलाइन पढ़ाने से मना कर दिया, और आजकल किताबें पढ़ने में लगा हुआ हूँ। तुम्हारा क्या हाल है भाई?'

सूर्यवीर ने पाया कि इतने सालों में भी अनिरुद्ध को प्रभावित करने की उसकी पुरानी आदत गई नहीं थी। 'मैं एक किताब लिख रहा हूँ,' वह बोला। 'अगले साल तक आ जानी चाहिए।' दूसरे कथन में उम्मीद अधिक थी यक़ीन कम। 'मैं अपनी बुकशेल्फ़ देख रहा था कि मुझे 'लोकायत' की एक पुरानी कॉपी मिली, वही जो तुमने मुझे दी थी,' वह बोले जा रहा था। 'तब मुझे तुम्हारी याद आई, और मैंने तुमको तलाश करने का फ़ैसला किया।'

'अच्छा, प्यारे बुज़ुर्ग देबीप्रसाद!' अनिरुद्ध ने जिस लहज़े में कहा उससे ऐसा लग रहा था कि वह लेखक को निजी रूप से जानता था, जो कि सच नहीं था। उसके बाद उसकी आवाज़ में तुर्शी आ गई, अधिक एकाग्रता। 'और लड़का कैसा है?' उसने पूछा। 'मेरा भतीजा समीर? इस साल जनवरी में वह अठारह साल का हो गया होगा, नहीं?'

'सही बात,' सूर्यवीर ने जवाब दिया। उसको पसीना आ रहा था। वह कुछ और नहीं बोल पा रहा था। दोनों तरफ़ ख़ामोशी बनी रही। सूर्या को लगा कि दूसरी तरफ़ से फ़ोन कट गया है। उसके बाद अनिरुद्ध फिर बोला। 'मैं समीर से बात करना चाहता हूँ, उसको फ़ोन दो। हम सब लोगों के लिए अब समय बहुत कम रह गया है। अब समय आ गया है कि वह अपने वास्तविक परिवार के बारे में जान ले, उनको अपना ले।'

'हाँ। मैं भी यही सोच रहा था,' सूर्या ने ठंडी आवाज़ में कहा। 'मैं अपने बेटे से बात करूँगा और उससे इस बारे में चर्चा करूँगा। शायद हम ज़ूम या स्काइपे पर आभासी रूप से मिल सकें। मुझे थोड़ा समय दो अनिरुद्ध। मैंने उसकी माँ से वादा किया था। अब समय आ गया है कि वह अपनी समझ से चुनाव करे।'

कहने के लिए और कुछ ख़ास नहीं था। दोनों के पास कहने को अल्फ़ाज़ नहीं रह गए थे। दोनों में से किसी को यह समझ नहीं आ रहा था कि फ़ोन को रखा कैसे जाए। 'मैं तुम्हारे फ़ोन का इन्तज़ार करूँगा सूर्या,' आख़िरकार अनिरुद्ध ने कहा। 'और मुझे अपना मेल आईडी मैसेज कर देना। आज रात तुमको लिखूँगा।'

सूर्या अपनी किताब के पास लौट आया। अपने नोट्स देखने लगा, अपने पेपर्स को तरतीब देने लगा, लेकिन उसका मन लग नहीं रहा था। 'द्राविड़ आदिम साम्यवाद का सामना आर्य पितृसत्तात्मक पशुचारण संस्कृति से हुआ,' उसने पीले रंग के एक पैड में लिख रखा था। उसके बाद चित्र बनाकर यह उदाहरण लिख गया था कि किस तरह कृषि-मातृसत्तात्मक रीति-रिवाजों का सामना पशुचारण-पितृसत्तात्मक परम्पराओं से हुआ जो पुरुष प्रधान थीं। एक तीर बनाकर नीचे एक मुहावरा रेखांकित किया गया था जिसको दोहरे कोष्ठक में लिखा गया था [आजीविका के भौतिक साधन]।

कुछ समझ नहीं आ रहा था। उसकी किताब किस बारे में थी? वह दिन-ब-दिन कठिन होती जा रही थी। वह कोई डी.पी. चट्टोपाध्याय की तरह 'विचार सुधारक' तो था नहीं। वह बस एक जिज्ञासु था जो अपनी उलझनों को दर्ज कर रहा था और उसके आसपास के विरोधाभासों का परीक्षण कर रहा था। एक पतित कम्युनिस्ट,

एक संशयवादी रहस्यवादी, जो न वाम का था न दक्षिण का, जो अभी भी अपने केन्द्र की तलाश कर रहा था।

सूर्या ने 'लोकायत' की वह फटी-पुरानी कॉपी उठाई जिसके ऊपर पहले पन्ने पर काली स्याही में अनिरुद्ध की लिखावट थी और बुकशेल्फ़ में ऊपर की तरफ़ उसी स्थान पर रख दिया जहाँ से उठाया था। समीर ने उसे लौटाने से पहले किताब के कुछ पृष्ठों पर गुलाबी पर्चियों से झंडियाँ लगा दी थीं। समीर अब बड़ा हो चुका था, और उसका दिल और दिमाग़ इतना बड़ा हो गया था कि वह अपने अपनाए हुए परिवार को भूले बिना अपने पिता के परिवार को प्यार कर सके। इतना तो उसको पक्का लग रहा था।

ऊपर सीढ़ी पर मातंगी सपनों में खोई थीं। वह अपनी यादों को खँगाल रही थीं और उनको आकार-प्रकार के हिसाब से तरतीब देने में लगी थीं। उनकी छाती पर किसी आदमी के हाथ का स्पर्श आया। वह आदमी उनका पति नहीं था। वह दुबला था, और उसके बाल घने और घुँघराले थे। केवल एक बार, बस उसी बार। उसके शरीर से साबुन की गंध आ रही थी, और सिगरेट की गंध। उनको किसी तरह की शर्म महसूस नहीं हो रही थी, अपने शरीर को लेकर, अपनी सहमति को लेकर। वह अक्सर इस स्मृति में लौट जाती थीं, उन्हें इसको याद करना अच्छा लगता था, जब तक कि सचमुच की वह दोपहर, सहवास का वह पल इतनी बार दोहराया नहीं गया कि वह अपने आप में एक चीज़ हो गया।

उसका नाम क्या था? वह एक बार फिर से उसका नाम भूल गई थीं, वह यादों की लहर में उठता-गिरता रहता था, कभी उसको मानने से इनकार कर देतीं तो कभी फिर से याद करतीं।

'रवि,' वह फुसफुसाईं। 'रवि'।

उनकी बेटी शान्ता उनके बिस्तर के पास बैठी हुई थी। उसने सुना कि उसकी माँ ने ज़ोर से एक नाम लिया, और फिर उसको दोहराया भी।

मातंगी माँ को नींद आ गई। 'रवि' उन्होंने नाम लिया था। 'रवि'। उनकी आवाज़ में तड़प थी। शान्ता उस रहस्य के बारे में सोचने लगी, फिर सोचा कि जाने दिया जाए। कुछ बातों को छोड़ देना ही सही होता है।

उसकी दोस्त बबली मोइत्रा ने मैसेज भेजा था। शान्ता ने उसको फ़ोन करने की कोशिश की; फ़ोन की घंटी बजती रही, बजते-बजते कट गई। कोई जवाब

नहीं। तब उसको समझ आया कि वह एसीपी बबली मोहन को फ़ोन मिला रही थी न कि बबली मोइत्रा को।

उसके फ़ोन की घंटी बजी। बबली मोहन ने उसको फ़ोन मिलाया था। लेकिन फ़ोन पर वह नहीं थी। दूसरी तरफ़ से एक पुरुष की आवाज़ आ रही थी। 'मैडम, आपने मेरी बहन बबली मोहन को फ़ोन किया था?' उस आदमी ने पूछा। 'क्या कोई ज़रूरी बात है? मैं उनका भाई बोल रहा हूँ। बबली मोहन अस्पताल में हैं, वह कोविड पॉज़िटिव हो गई हैं।'

शान्ता सदमे के मारे सुन्न रह गई। 'सीरियस हैं?' उसने पूछा। 'वह किस अस्पताल में हैं?' उसने पाया कि उसकी आवाज़ काँप रही थी, और वह अपने आपके ऊपर काबू रखने की कोशिश में लगी थी। 'मैं शान्ता शर्मा हूँ,' उसने बताया। 'आपकी बहन की एक दोस्त। मैंने ग़लती से फ़ोन कर दिया था, लेकिन अगर आप लोगों को कुछ चाहिए तो मुझे भी याद कीजिएगा।'

'मैं लोकनायक अस्पताल में मेडिकल इंटर्न हूँ,' उसने बड़े शान्त भाव से कहा। 'मेरे दोस्त और सहकर्मी इस कोशिश में लगे हैं कि उनको अच्छे से अच्छा इलाज मिले। आपकी दुआ से वह ठीक हो जाएँगी शान्ता जी।'

'मैं उनके लिए खाना भिजवाना चाहती हूँ,' शान्ता ने रौ में आकर कहा, 'और आपके लिए भी! क्या मैं अस्पताल में खाना भिजवाऊँ?'

'नहीं, अस्पताल में तो नहीं,' उसने जवाब दिया। 'लेकिन जब बबली घर आएगी तो आप उसको फ़ोन कर सकती हैं। तब मैं आपके लिए लड्डू भिजवाऊँगा बहन। चिन्ता मत कीजिए। हमारे सरकारी अस्पतालों में इलाज और देखभाल का काम अच्छा होता है, और वह जवान है, मज़बूत है। अपना ध्यान रखिए बहन, और आपको किसी तरह की ज़रूरत पड़े तो मुझे याद कीजिएगा। जैसे आपने अभी कॉल किया है उसी तरह से बबली के नम्बर पर फ़ोन कर लीजिएगा। मेरा नाम सुरेश है। सुरेश मोहन। नमस्ते। जय हिन्द।'

'जय हिन्द।' सुरेश के फ़ोन रखने के बाद वह बहुत देर तक उस वाक्य के बारे में सोचती रही। वह अपने देश को बड़ी शिद्दत से प्यार करती थी, शायद इसी वजह से वह हर ग़लत क़दम और ग़लत फ़ैसले पर भावुक हो जाती थी।

चौदह

कॉल के लिए अगला दिन तय किया गया। समीर ने ज़ूम पर टाइम सेट कर दिया था। एक बार उसने सोचा कि क्या उसे बाल कटा लेने चाहिए। इस पहली मुलाक़ात में वह थोड़ा ठीक-ठाक दिखना चाह रहा था।

वह दोनों परिवारों के बारे में समझ गया था—एक जो उसका था और एक जो उसका हो सकता था। एक स्वाभाविक, एक पोसने वाला। वह सी-100 में पूरी तरह से सुरक्षित था, वह अपने पिता सूर्यवीर से बेपनाह मोहब्बत करता था, अपनी दादी मातंगी को भी। लेकिन वह अपने स्वर्गीय दादा-दादी के बारे में सोचता रहता था, उन भाई-बहनों के बारे में जिनको अभी तक वह खोज नहीं पाया था। उसने अपने नाम को उस दूसरे उपनाम के साथ बोलकर देखा—समीर आदित्य झा—फिर जाने दिया। वह उसको अपना नाम नहीं लग रहा था, वह कभी उसका नाम हो भी नहीं सकता था।

इसी मनोदशा में समीर को ट्विटर पर एक ख़बर मिली। वह शायद ही कभी अख़बार पढ़ता था, और 'हिन्दुस्तान टाइम्स' तथा 'द इंडियन एक्सप्रेस' के पतले होते जाते पन्नों में सिवाय आँकड़ों, मरने वालों के लिए दुआओं और महामारी के ख़ौफ़ के अलावा कुछ भी नहीं होता था।

अंटार्कटिका में काम कर रहे एनएएसए के वैज्ञानिक दल को कुछ आँकड़े मिले थे जो इस तरफ़ इशारा कर रहे थे कि एक दुनिया इस दुनिया के समान्तर भी है। ब्रह्मांडीय किरणों का पता लगाने के लिए परीक्षण किया गया, जिससे पता चला कि धरती के नीचे उच्च ऊर्जा वाले कण थे, जिसके कारण यह अनुमान लगाया जा रहा था कि वे कण वास्तव में समय में वापसी की यात्रा पर थे।

वह उस सघन गद्य को समझ नहीं पा रहा था। 'इसकी सबसे आसान व्याख्या है कि 13.8 बिलियन साल पहले जब बिग बैंग हुआ था तब दो ब्रह्मांड

बने—एक हमारा ब्रह्मांड और हमारे हिसाब से दूसरा वह जो समय में पीछे की तरफ़ चल रहा है।'

सुनने में अच्छा लग रहा था। शायद यह बहुत बड़ा झूठ हो, लेकिन यह बात उसको याद रह गई। पिछले तीन महीने में यह समझ आ गया था कि कुछ भी हो सकता है। कुछ भी। एक वायरस ने दुनिया को अपने शिकंजे में ले लिया था। चुम्बकीय ध्रुव इधर से उधर हो रहे थे। छोटे-छोटे ग्रहों ने जब देखा कि पृथ्वी ग्रह के लोग किस तरह घिरे हैं तो वे किनारे हो गए।

काश समय पीछे की दिशा में जा पाता। काश। समीर अपनी माँ की कोख में लौट जा सकता था, उसको सिखा सकता था कि इतनी जल्दबाज़ी ठीक नहीं होती। हो सकता है कि उसको मुम्बई की विज्ञापन एजेंसी में काम मिल जाता। वह उसको गर्मी की छुट्टियों में दादा-दादी के पास मैंगलोर ले जा सकती थीं। वह अपनी माँ को अपनी माँ से ही बचा ले जा सकता था। काश समय पीछे जा पाता, काश!

उसके चाचा का मैसेज आया था और उन्होंने पूछा था कि क्या ज़ूम कॉल को थोड़ा पहले किया जा सकता है, क्योंकि उनके डॉक्टर ने उनको पहले जो समय दिया था उसमें बदलाव करके उनको उसी समय का टाइम दे दिया था। तो, अब वह वहाँ था, स्क्रीन के सामने बैठा हुआ, सिग्नल का इन्तज़ार कर रहा था। और, ये उसके चाचा थे, बूढ़े आदमी जिनका चेहरा ख़ुशमिज़ाज था। उन्होंने कान में शायद हीरे का नग पहना हुआ था। ऑपरेशन के कारण उनके बाल भी साफ़ कर दिए गए थे, जिनकी जगह छोटे-छोटे बाल उगे दिखाई दे रहे थे।

उनकी पार्टनर ने भी कैमरे में झाँककर हेलो कहा। पार्टनर का आना हैरान करने वाली बात थी। उनका रंग गहरा था, बाल कन्धों तक थे, सुघड़ नैन-नक़्श, और आवाज़ ऐसी थी कि लगता था रोबोट बोल रहा हो। 'हाय,' पार्टनर ने कहा 'हाय समीर! अनिरुद्ध सान के परिवार के सदस्य से मिलकर मुझे बहुत अच्छा लग रहा है। नमस्ते!' अभिवादन में उसके हाथ जुड़े हुए थे। 'उम्मीद है कि तुम अच्छे होगे।' कोई नाम नहीं। उसके चाचा की पार्टनर लगता है लिंग को लेकर भेदभाव करने वाली नहीं थीं।

अनिरुद्ध स्क्रीन पर वापस लौट आया, कुछ तस्वीरें दिखाने लगा। 'मैं तुमको तुम्हारे परिवार से मिलवाता हूँ। मेरी माँ—तुम्हारी दादी। तुम्हारे दादा—मेरे पिताजी। दिग्विजय नारायण झा और तारकेश्वरी झा।' दो घूरते हुए चेहरों की ब्लैक एंड व्हाइट तस्वीर।

'क्या मेरे दादा-दादी अभी ज़िन्दा हैं?' समीर ने यूँ ही पूछ लिया।

उसके चाचा ने सिर हिलाते हुए आँसू पोंछे। 'उनका देहान्त कई साल पहले हो गया। 2008 में। दोनों छह महीने के अन्दर चल बसे।'

'आपके बच्चे हैं अनिरुद्ध चाचा?'

'मेरी पार्टनर योशी मुराकाशी, जिनसे तुम अभी मिले, जापान की रहने वाली हैं। हम लोग दस साल से साथ हैं। हम लोगों ने तय किया है कि हम बच्चे नहीं करेंगे।'

'अच्छा,' योशी ने स्क्रीन के सामने एक बार फिर से आते हुए कहा। 'अब तुम हमारे बेटे हो समीर सान!'

समीर को समझ नहीं आ रहा था कि वह क्या कहे। वह चुपचाप उन चीज़ों के बारे में सोचने लगा जो उसकी वर्तमान ज़िन्दगी ने उसको दी थीं। उसके चाचा ने कुछ और तस्वीरें दिखाईं, पुराने घर की कुछ रंगीन तस्वीरें, हवेली की, जिसके बग़ीचे में गुलाब के फूल लगे हुए थे। एक और फ़ोटो में वही घर था जिसमें आम के पेड़ थे जिनसे फल लटके हुए थे, सामने की तरफ़ के पेड़ से लीची के फल लटके हुए थे।

'यह तुम्हारा घर है समीर,' उसके चाचा ने गर्व से कहा। 'मैंने तुम्हारे पापा का हिस्सा तुम्हारे नाम से रखा है, जब चाहो उसके ऊपर दावा कर सकते हो। जब सूर्या चाहे तुम बिहार शरीफ़ जा सकते हो।'

बातचीत के दौरान सूर्या पीछे से झाँक रहा था। 'हेलो अनिरुद्ध,' वह बोला। उसके बाद वह ख़ामोश हो गया। कहने के लिए क्या रह गया था, इतनी दूरी से, इतने समय के बाद!

'सुनो सूर्या, तुमने समीर को बहुत अच्छे ढंग से पाला है।' अनिरुद्ध उससे बोला। 'यह तुम्हारा बेटा है—यह हमेशा तुम्हारा बेटा बना रहेगा—लेकिन थोड़ा हक़ इसके ऊपर हमारा भी रहेगा।'

समीर अचानक बातचीत को ख़त्म करने के लिए बेचैन हो उठा। 'अनिरुद्ध चाचा, मुझे अब जाना है,' उसने बड़ी सहजता से कहा। 'मेरी ऑनलाइन क्लास होने वाली है, और मुझे उसके लिए तैयारी करनी है। जल्दी ही फिर बात करते हैं! आपसे बात करके मुझे बहुत अच्छा लगा। योशी को नमस्ते।'

वह ज़ूम कॉल से हटा और रोने लगा। उसको समझ नहीं आ रहा था कि इस सबसे कैसे निपटे। ड्रम बजाने से इसका कोई हल नहीं मिलने वाला था। गाँजे

वाली सिगरेट पीने से भी नहीं। ज़िन्दगी कहानी से भी अजीब हो गई है, यह वह पक्का समझ रहा था।

~

सूर्या राहत की साँस ले रहा था कि झा परिवार के साथ सूर्या की पहली मुलाक़ात निबट गई। उसको राहत महसूस हो रही थी कि समीर अपने एक ज़माने के करिश्माई दोस्त के प्रभाव में नहीं आया। हो सकता है कि अनिरुद्ध शरण झा अपने विषय का विशेषज्ञ हो, लेकिन उसका क़द छोटा लग रहा था।

सूर्या ने तय किया कि अपने और समीर के जीवन की इस उल्लेखनीय घटना के बारे में शान्ता से बात करेगा। वह जिन लोगों को जानता था उनमें वही सबसे होशियार, सबसे प्यारी, सबसे दयालु इंसान थी, और उसकी सलाह उसको हर संकट से उबारने में मदद करती थी।

लेकिन शान्ता घर में नहीं थी। लॉकडाउन के क़ायदों में कुछ हद तक ढील दी गई थी, इसलिए वह बाहर निकली थी, विमन फ़ॉर पीस के दफ़्तर में हालात का जायज़ा लेने के लिए गई थी।

मुन्नी सोफ़े पर बैठी, बिल्ली को सहला रही थी और बहुत उदास दिखाई दे रही थी। सूर्या उसके पीछे की तरफ़ बैठ गया।

'तो लॉकडाउन में तुम्हारा और शान्ता का कैसा चल रहा है?' उसने पूछा। मुन्नी के साथ उसकी छनती थी, और मुन्नी भी उसके साथ सहज महसूस करती थी। जब सूर्या को चिकनगुनिया हुआ था तो मुन्नी ने उसकी बहुत सेवा की थी। उनकी दोस्ती आपसी समझ-बूझ के ऊपर आधारित थी। सूर्या के इस सवाल ने चिन्ताओं का जैसे फ़व्वारा फूट पड़ा।

'जब से उस पुलिस वाली को कोविड हो गया है शान्ता दीदी बहुत चिन्तित हैं। उनको ऐसा लगने लगा है कि वह घर में बैठी रहती हैं और लोगों की मदद के लिए कुछ नहीं कर पा रही हैं। इसलिए आज वह अपने दफ़्तर गई हैं। लेकिन सच बताऊँ सूर्या भैया तो मुझे भी बड़ी चिन्ता हो रही है। यही मेरा घर है और शान्ता दीदी और यह बिल्ली मेरा परिवार। लेकिन मेरा एक बेटा भी है, और एक बहू, और पोते-पोती। मुझे उनकी सुरक्षा की चिन्ता हो रही है। रात-दिन मुझे उनकी सुरक्षा की चिन्ता होती रहती है।'

सूर्या ने सहानुभूति में सिर हिला दिया। वह क्या कह सकता था! हर कोई स्थगित जीवन जी रहा था। वह समझता था कि वह किसी से बात करना चाह रही है, और वह सुनने के लिए मौजूद था।

मुन्नी के भीतर से कुछ उठा। बोली, 'मैं आपको एक कहानी सुनाती हूँ साहेब। मीनू की कहानी। उसका बाप शराबी था, और वह उसके साथ दुर्व्यवहार करता था। उसने उसकी माँ को गाँव के कुएँ में धकेलकर मार दिया था। पंचायत ने उसको गाँव से निकाल दिया, अपनी पत्नी की हत्या करने के कारण नहीं, बल्कि कुएँ को प्रदूषित कर देने के कारण, क्योंकि वह कुआँ उसकी जाति वालों के लिए नहीं था।

'वह तुरन्त गाँव से भाग निकली। वह मीनू मैं हूँ। मैं बेगूसराय पहुँची और मीनू से मुन्नी हो गई। बाई का काम करने लगी और फिर मेरी शादी हो गई।

'मेरा पति भी शराबी था। वह मुझे रोज़ मारता था। इसी पिटाई के कारण तीन बार मैंने अपना गर्भ गिरा लिया।' अपनी दुःख की कथा सुनाते-सुनाते वह रुक गई और अपने दुपट्टे के कोर से आँसू पोंछने लगी कि तभी शान्ता भागती हुई अन्दर आई। वह हैरान-परेशान लग रही थी।

'शुक्र की बात है कि तुम यहाँ हो सूर्या!' शान्ता ने कहा। 'हम लोगों को जल्दी से ऊपर जाना होगा। मातंगी माँ की शायद तबीयत ख़राब हो गई है। लाली ने अभी फ़ोन किया था।'

मातंगी दीवार की तरफ़ सिर किए बिस्तर पर लेटी हुई थीं। वह बिल्ली के किसी छोटे बच्चे की तरह हाथ-पैर मोड़े पड़ी थीं, और कुछ-कुछ बोले जा रही थीं। उन्होंने राजस्थानी रज़ाई को लात मारकर हटा दिया था। वह रज़ाई ज़मीन पर पड़ी हुई थी। शान्ता ने झुककर अपनी माँ का माथा छुआ। वह बुख़ार से तप रहा था! उसने बुख़ार मापा—102 डिग्री बुख़ार था।

लाली ने फ़र्श से रज़ाई उठाई और उसको मोड़ने लगी। 'जब से वह चिड़िया गई है तभी से ये ऐसे ही कर रही हैं,' वह बोली, 'बिस्तर में पड़ी हैं, ठीक से खा-पी भी नहीं रही हैं।'

'लाली, माताजी के साथ रहते हुए तुमको मास्क लगाकर रहना चाहिए,' शान्ता ने सख़्ती से कहा। 'हम सभी लोगों को—हर वक़्त।'

सूर्या ने एक सूती मास्क लगा रखा था जो उन्हीं में से एक था जो अन्ना ने शान्ता को दिए थे। लाली रसोई से अपना मास्क लेकर आई और उसको अपने नाक और मुँह पर चढ़ा लिया।

'पप्पू को भी,' शान्ता बोली।

'पप्पू चला गया,' लाली ने जवाब दिया। 'सरकार ने आना-जाना खोल दिया है और उसके पापा की बहन आकर उसको वापस ले गई। वे नेपालगंज बस से या पैदल ही जाएँगे। वह यहाँ हमेशा तो नहीं रह सकता था न?'

शान्ता उसको अविश्वास से देखने लगी। 'तुमने बिना हम लोगों को बताए बच्चे को जाने दिया?' उसने चिल्लाते हुए कहा। उसकी आवाज़ से लग रहा था कि वह बहुत गुस्से में थी। 'इस तरह से उसको जाने देना सेफ़ नहीं था। जब सब कुछ सेफ़ हो जाता या पहले से हालात कुछ बेहतर हो जाते तो हम लोग—मैं उसको भिजवा देती।'

'शान्त हो जाओ शान्ता,' सूर्या ने सख़्ती से कहा। 'पहले जो ज़रूरी काम है उसको करते हैं। मैंने डॉक्टर नाम्बियार को मैसेज कर दिया है।

'वे गैस्ट्रोएंटेरोलॉजिस्ट हैं, लेकिन कम से कम डॉक्टर तो हैं। वह जल्दी ही यहाँ आ जाएँगे। मैं नीचे उनके लिए दरवाज़ा खोलने जा रहा हूँ। तुम तब तक इनको ठंडी पट्टियाँ दो। पहले अपने हाथ धो लो। दस्ताने पहन लो।'

मातंगी अपने अन्दर बहुत गहरे चली गई थीं। वह आवाज़ों को सुन पा रहीं थीं, लेकिन ऐसा लग रहा था जैसे आवाज़ें बहुत दूर से आ रही हों। बुख़ार के मारे वह जल रही थीं। उनके शरीर के अन्दर की गर्मी उनको उत्तेजित किए दे रही थी और उनको इस बात की याद दिला रही थीं कि वह ज़िन्दा हैं। उनको लग रहा था जैसे उनकी नसों में आग की नदी बह रही हो। जाने कहाँ से कुछ शब्द और वाक्यांश उस तक आ रहे थे और अन्दर आकर उलझ जा रहे थे। पप्पू। डॉक्टर। दस्ताने।

हालाँकि उनको शान्ता की आवाज़ सुनाई दे रही थी, और उस आवाज़ को वह पकड़ नहीं पा रही थीं। 'मम्मी? मम्मी? चिन्ता मत करो मम्मी,' शान्ता कह रही थी। वह अपने चेहरे पर ठंडा तौलिया महसूस कर रही थीं। उनके गले में कफ़ अटका हुआ था। उनका गला फँस रहा था और वह थूकने की कोशिश कर रही थीं।

आज या पिछले दिन? शायद वह पहले ही मर चुकी थीं। क्या वे उनकी चिता तैयार कर रहे हैं, अन्तिम स्नान करवा रहे हैं? उन्हें उन लोगों को यह बताने की सख़्त ज़रूरत कि वह अभी ज़िन्दा हैं। शब्द उनके मुँह से ऐसे निकल रहे थे जैसे किसी खाई से आ रहे हों। 'मैं अभी ज़िन्दा हूँ,' वह बोलीं। 'अभी ज़िन्दा हूँ।'

'बिलकुल मम्मी,' शान्ता ने प्यार से जवाब दिया। 'आपको कोई मरने नहीं देगा।'

डॉक्टर नाम्बियार आ चुके थे। वह उन लोगों के पड़ोस में रहते थे। वह दरवाज़े पर मास्क और दस्ताने लगाए खड़े थे। उन्होंने अपने जूते के ऊपर सर्जिकल फ़ुटपैड पहन लिया। 'कैसी हैं मातंगी माँ?' डॉक्टर ने बड़ी इज़्ज़त से पूछा। मातंगी के बारे में यह अफ़वाह थी कि वह सौ साल की हैं, आस-पड़ोस में सब यही कहते थे।

मातंगी एक बार फिर पीछे चली गईं, अपने अन्दर की उस अनन्त जगह में जिसे वह मापने की कोशिश कर रही थीं। उन्होंने डॉक्टर की आवाज़ सुनी और उसको यह बताने की कोशिश की कि वह अच्छी हैं, लेकिन शब्द उनके मुँह से निकल नहीं रहे थे।

उसने डिजिटल थर्मामीटर से तापमान लिया। ऑक्सीमीटर से ऑक्सीजन का स्तर और पल्स रेट मापा। 'कई तरह के बुख़ार और संक्रमण हो रहे हैं,' डॉक्टर ने कहा। 'सभी को कोविड वायरस से नहीं जोड़ा जा सकता है। इनको दो दिन तक देखते हैं, और फिर देखते हैं कि क्या करना है। तब तक पैरासिटामोल खिलाते रहिए। एक दिन में दो से तीन गोलियाँ। बस। और इनके अन्दर पानी की कमी मत होने दीजिए।'

लेकिन इतना ही नहीं था—'कमरे में उनकी देखभाल करने वाले को छोड़कर कोई नहीं जा सकता। और वे बाहर भी नहीं निकल सकते थे। क्वारंटीन का सख़्ती से पालन किया जाना है। मैं अस्पताल जाने की सलाह नहीं दूँगा। अगर इनको नहीं भी होगा तो वहाँ संक्रमण हो जाएगा। पड़ोसियों को बताने की कोई ज़रूरत नहीं है। इसके कारण रेज़िडेंट्स वेलफ़ेयर एसोसिएशन वाले बिला वजह परेशान हो जाएँगे। इनको ठीक हो जाने दीजिए। हो सकता है महज़ बुख़ार हो।'

शान्ता सदमे में थी। सूर्या शान्त था। लाली घबराई हुई थी। मातंगी लग रहा था कि सो गई थीं, वह साँस सामान्य तरीक़े से ही ले रही थीं।

'मुझे सतीश को बता देना चाहिए था,' सूर्या ने कहा। 'कई बार उसको लगने लगता है कि परिवार के फ़ैसलों में वह अलग-थलग पड़ जाता है। और तुम अपना छोटा सूटकेस तैयार कर लो शान्ता, और मास्क वग़ैरह लेकर ऊपर आ जाओ।'

शान्ता कमरे में बनी रही, टूटे दिल से अपनी माँ को देख रही थी। क्या इनके इलाज को लेकर और किसी की सलाह भी लेनी चाहिए? इनका टेस्ट करवाना चाहिए? अस्पताल में भर्ती करवाना चाहिए? इस सब मसले को सँभालने का सबसे अच्छा तरीक़ा क्या है?

लाली उसके बग़ल में आकर बैठ गई। उसके शरीर से पसीने और लहसुन की गंध आ रही थी। अपनी साफ़-सफ़ाई को लेकर उसका कोई हिसाब-किताब नहीं रहता था, सब उसके मूड पर निर्भर करता था।

'मेरे ख़याल से तुमको नहा लेना चाहिए लाली,' शान्ता ने सख़्ती से कहा। 'और जब तक माताजी की तबीयत ख़राब है तुमको अन्दर भी मास्क लगाकर रहने की ज़रूरत है। लेकिन उसके पहले हम लोगों को पप्पू के बारे में बात करने की ज़रूरत है। उसको भेजकर तुमने अच्छा नहीं किया। तुम जानती हो कि तुमने ग़लत किया है। क्या उसका पता लगाकर उसको वापस लेकर आ सकती हो?'

लेकिन वह जानती थी कि अब ऐसा सम्भव नहीं था, और मातंगी माँ भी बहुत बीमार थीं।

'पप्पू और उसके रिश्तेदार ट्रेन से जाने की कोशिश कर रहे हैं। रमज़ान चल रहा है और वे रोज़े पर हैं, लेकिन उनको उम्मीद है कि वे ईद से पहले पहुँच जाएँगे। वे किसी और रास्ते से घर जाएँगे जिससे वे गाँव में क्वारंटीन से बच जाएँगे। अगर उनकी क़िस्मत ने साथ दिया तो।'

शान्ता को कमरे में पप्पू की कमी महसूस हो रही थी। उसकी उत्सुकता, चुपचाप से उसका हर बात को मान लेना, उसका व्रूम व्रूम। वह पप्पू, बबली मोहन, मातंगी माँ, सबके लिए रोने लगी।

लाली ने उसको दिलासा दिलाने की कोशिश की। 'पप्पू के बारे में चिन्ता मत करो शान्ता दीदी। वह तो बस एक मेहमान था। हम ग़रीब लोग ज़्यादा सखत जान होते हैं जिसको आप साहब, मेमसाहब लोग कभी नहीं समझ सकते। सच बात तो ये है कि मुझे उस चिड़िया की अधिक याद आ रही है। माताजी की रूह उस चिड़िया से जुड़ गई है। आत्माएँ होती हैं, अच्छी भी और बुरी भी, लेकिन होती हैं।

'मेरे चचेरे दादाजी बहुत बड़े पीर थे,' वह बोले जा रही थी। 'लोग दूर-दूर से उनकी जादुई शफ़ा के लिए आते थे। वे कोई नक़्श बनाते और उसको चाँदी की तावीज़ में रख देते थे। उनके तावीज़ से किसी का किसी भी चीज़ से बचाव हो सकता था!'

लाली अपने परिवार के बारे में कुछ नहीं बोलती थी, अपने हिन्दू और मुसलमान पूर्वजों के बारे में, लेकिन कभी-कभार उसके मुँह से इस बारे में कुछ निकल जाता था। आज वह अलग तरह के मूड में थी।

'मेरे दादा किसी को भी किसी भी बुरी चीज़ से बचा सकते थे,' वह आगे बोली। 'गुरुवार और शनिवार के दिन उनके घर के बाहर लोगों का हुजूम लगा रहता था। वह उनको पास के बाज़ार से पिंजरे में रखी चिड़िया लाने के लिए कहते थे—काले मुर्ग़े या कबूतर का जोड़ा—और उनको आज़ाद कर देते थे। यह उनके सबसे कारगर इलाजों में एक था।' फिर अचानक वह हँसने लगी। 'मैं आपको एक राज़ की बात बताऊँ शान्ता दीदी, जिस बारे में बस हमारे परिवार के लोग ही जानते थे। मेरे पीर चाचा लोगों को जिन चिड़ियों को आज़ाद करने के लिए कहते थे—उनको ट्रेनिंग दी गई थी और वे अपने मालिक के पास वापस लौट जाती थीं।

'जब उनको पिंजरे से छोड़ा जाता तो वे उड़कर वापस घर पहुँच जातीं। काले मुर्ग़े के बारे में वहाँ आए भक्तों से एक ख़ास पहाड़ी पर छोड़ आने के लिए कहा जाता था, पीर चाचा का भतीजा रात में जाकर पहाड़ी से मुर्ग़ा पकड़कर वापस ले आता और अगले दिन फिर से बेच आता।'

'लग रहा है कि सबके लिए एक न एक समाधान था,' शान्ता सोचते हुए बोली, 'सबका भला! मुझे समझ में आ रहा है कि तुम्हारे पीर चाचा होशियार इंसान थे।'

पन्द्रह

सूर्या ने डॉक्टर को विदा किया, फिर सतीश की मंज़िल पर जाकर उसके मातंगी माँ की तबीयत के बारे में बताया। 'पूरी सख़्ती से क्वारंटीन लागू है,' उसने बताया। 'तुम जाकर उनसे मिल नहीं सकते, लेकिन मुझे लगता है कि तुम दरवाज़े से झाँक कर देख सकते हो। और इस बारे में किसी को कुछ बताने की ज़रूरत नहीं है हम यह नहीं चाहते हैं कि उनको उठाकर कोविड अस्पताल ले जाया जाए और इस इलाक़े को कंटेनमेंट ज़ोन बना दिया जाए। डॉक्टर नाम्बियार ने कुछ भी करने से पहले दो दिन इन्तज़ार करने के लिए कहा है।'

रितिका ने मोर्चा सँभाल लिया। 'आप सही कह रहे हैं सूर्या दादा,' वह बोली। 'माताजी को अलग-थलग रखे जाने की ज़रूरत है, और शान्ता से अच्छा उनका ध्यान और कोई नहीं रख सकता। हम लोग बीच-बीच में जाकर झाँक आया करेंगे, बस, और सतीश और राहुल बाहर के दरवाज़े से चुपचाप उनके लिए जाकर प्रार्थना कर सकते हैं।'

राहुल गम्भीर लग रहा था। 'मातंगी माँ जल्दी ही ठीक हो जाएँगी,' वह बोला। 'मुझे यह अन्दर से महसूस हो रहा है। उनके अन्दर जादुई शक्ति है और वह अभी जाने के लिए तैयार नहीं हैं।'

वे दरवाज़े के बाहर एक साथ खड़े अन्दर झाँक रहे थे। किसी ने एक शब्द भी नहीं कहा। मातंगी बिस्तर में हाथ-पैर मोड़े सोई हुई थीं, ऊपर से जयपुरी रज़ाई पड़ी थी।

वह हिलीं। 'शान्ता,' उन्होंने कहा। 'शान्ता, वह लड़का दरवाज़े पर खड़ा है। मेरा राहुल वहाँ खड़ा है, इन्तजार कर रहा है। मुझे वह दिखाई दे रहा है। उसको वह फ़ोटो दे दो—उसको जो फ़ोटो चाहिए—मेरी स्टील वाली अलमारी में है।' उनकी आवाज़ कमज़ोर लग रही थी और लड़खड़ा रही थी। उन्होंने डेंचर नहीं लगाया हुआ था, लेकिन फिर भी उनकी आवाज़ बहुत साफ़ निकल रही थी।

किसी को समझ नहीं आ रहा था कि क्या कहे, कैसे कहे। सब अपने-अपने तरीक़े से सदमे में थे, कोई हैरान था और किसी के चेहरे पर राहत का भाव था। लेकिन राहुल के चेहरे पर शान्ति थी। 'शुक्रिया मातंगी माँ,' उसने धीरे से जवाब दिया। 'हम लोग घर जा रहे हैं, पापा और मामा और मैं, आप आराम कीजिए और जल्दी से ठीक हो जाइए।'

मातंगी ने अपना सिर फिर से दीवार की तरफ़ कर लिया। सतीश और रितिका बाहर चहलक़दमी कर रहे थे। लाली बरामदे में थी, रोज़ाना शाम को वह इसी तरह से फ़ोन करने के लिए वहाँ चली जाती थी। शान्ता माँ की हरकतों पर नज़र बनाए हुए थी, लेकिन दूसरे स्तर पर वह सोच में डूबी हुई थी, हालात के अनुरूप ढलने की कोशिश कर रही थी। माताजी बूढ़ी ज़रूर थीं, लेकिन मज़बूत और सतर्क थीं। उनकी छठी इन्द्रिय ने भाँप लिया था कि राहुल आया है। यह तो पक्का था कि वह यहीं रहने वाली थीं।

मातंगी को महसूस हो रहा था जैसे वह उड़ी जा रही हों। उनकी बाँहों में दर्द हो रहा था, घुटनों में दर्द हो रहा था, उस तरह से उनको कभी दर्द नहीं हुआ था। उन्होंने अपनी जीभ से तालू के ऊपर के हिस्से पर चोट की, ताकि अपने आपको सन्तुलित रख सकें, उनके अन्दर जो भी चल रहा था उसको समझ सकें। यह एक संघर्ष था। उनको अपने पिता की आवाज़ सुनाई दे रही थी। उनके पति उनके बिस्तर के पास बैठे थे, उनके चेहरे पर दुःखी भाव था। 'आने में इतना समय क्यों लगा रही हो?' उसने पूछा। उसके बाद उनको दरवाज़े पर राहुल दिखाई दिया, उसके लिए उनका प्यार उमड़ पड़ा। उन्होंने राहुल से कुछ कहा, भूल गईं कि क्या कहा।

वह दर्द को दूर करने की कोशिश कर रही थीं, ध्यान रखने की कोशिश कर रही थीं, उसमें बहने से बचने की कोशिश कर रही थीं। उसने शान्ता के समर्थ हाथ को पहचान लिया था, उन्होंने महसूस किया कि वह उनके मुँह में दवाई डाल रही है और कोशिश कर रही है कि दवाई उनके गले में न फँस जाए। वह जाने के लिए तैयार थीं, अपने शरीर को छोड़ने के लिए, दूर निकल जाने के लिए।

शान्ता पैरासिटामोल का पाउडर बनाकर उसको पानी में मिला रही थी। उसको चम्मच से माँ के मुँह में डालना बड़ा मुश्किल काम था। वह दवा पीने में आनाकानी नहीं करती थीं लेकिन रिएक्शन जिस तरह का होता था उसके लिए सब्र चाहिए था और उनको बहुत मनाना पड़ता था। मातंगी ने बिस्तर पर ही पेशाब कर दिया। लाली और शान्ता ने उनको साफ़ किया और बिस्तर बदला।

'इनको काफ़्तान पहना दो' शान्ता ने कहा, 'और बड़ों वाला डायपर।'

सूर्या को दवाई लाने के लिए भेजा गया, और शान्ता उनकी अलमारी के पास गई ताकि उनके लिए एक मुलायम सूती काफ़्तान निकालकर ले आए। अलमारी में बड़े रहस्यमय तरीक़े से सारे कपड़ों को सजाकर रखा गया था। शान्ता की आँखें कपड़ों को देख रही थीं। उनके अंडरवियर, उनकी साड़ी, ब्लाउज़ और पेटीकोट। चार काफ़्तान। मातंगी की कढ़ाई वाले रूमाल अलमारी के एक कोने में तह करके रखे हुए थे। कपड़े की एक गुड़िया जो उनकी माँ ने उनके लिए तब सिली थी जब वह बच्ची थी। दवाइयाँ। अलग-अलग आकार-प्रकार के पाउच थे। एक पैकेट में बिस्किट था। स्टील की अलमारी के नीचे के खाने में कुछ फ़ोल्डर पड़े हुए थे।

वह उन फ़ोल्डरों को ध्यान दे देखने लगी, किसी जिज्ञासा के चलते नहीं बल्कि एक कर्तव्य की तरह। पहले फ़ोल्डर पर लिखा था—'अन्तिम वसीयत।' शान्ता को हैरानी हुई, सदमा लगा और ग़ुस्सा भी आया। उसकी माँ ने उसको अँधेरे में रखकर, बिना उसको बताए अपनी वसीयत कैसे बनवा ली? उनके किस बेटे ने उनको ऐसा करने के लिए कहा होगा? सूर्यवीर ने तो नहीं ही? सतीश?

फ़ोल्डर ख़ाली था। उसके अन्दर कुछ नहीं था, बस चौंकाने वाला शीर्षक था, जो प्लास्टिक के फ़ोल्डर पर चिपकाया गया था। उसके पास ही एक और बड़ी सी फ़ाइल थी, नीले रंग की प्लास्टिक की बॉक्स फ़ाइल, चादरों के नीचे छिपी हुई। उसमें बहुत सी तस्वीरें थीं, अलग-अलग आकार की, अलग-अलग समय की।

शान्ता को अभी अन्तिम वसीयत वाली बात हज़म नहीं हो पा रही थी, लेकिन उसको यह बात समझ में आ गई थी कि अभी इस बात को लेकर अधिक उत्तेजित होने की कोई ज़रूरत नहीं है। उसने गहरी साँस ली और अपने आपको शान्त किया। इसके पीछे कोई न कोई तर्क तो ज़रूर होगा। वह अपनी माँ को जानती थी, उनके ऊपर भरोसा करती थी। उसने तस्वीरें निकालीं और उनको खिड़की के पास की मेज़ पर रख दिया। वह उनमें से खोजकर राहुल के फ़ैमिली ट्री प्रोजेक्ट के लिए तस्वीरें छाँट देगी।

पैरासिटामोल की लगातार खुराक से मातंगी माँ का बुख़ार उतर गया था। तापमान सौ के आसपास था और उनको आराम महसूस हो रहा था। डॉक्टर नाम्बियार का फ़ोन आया। 'यह कोविड हो सकता है, नहीं भी हो सकता है। मैं तो यही कह

सकता हूँ कि आप जिस तरह से बता रही हैं उससे यही लगता है कि उनकी तबीयत बेहतर हो रही है। आगे कैसा क्या होता है मुझे बताते रहिएगा।'

शान्ता बार-बार अपने हाथ धो रही थी, कमरे के कोने-कोने को सैनिटाइज़ कर रही थी। वह दो मास्क पहन रही थी, एक के ऊपर एक। इन बातों का उसके ऊपर असर हो रहा था—मातंगी माँ का ख़ामोश संघर्ष, फ़ोन पर लाली का फुसफुसाकर बात करना, टेलिविज़न और सोशल मीडिया पर एक के बाद एक बुरी ख़बर। चीन और नेपाल के बीच सैनिक तनाव। टिड्डों ने पहले राजस्थान में हमला बोला, फिर मध्य प्रदेश में। प्रवासी मज़दूरों को उनके घर लेकर जा रहीं चालीस ट्रेनें ग़लत ठिकानों पर पहुँच गईं, रास्तों से भटक गईं।

यह महज़ बुरा समय नहीं था। क़यामत आ गई थी। कलियुग।

उसको अपने फ़्लैट की याद आ रही थी, अपने कमरे के आराम की। उसको ट्रम्प की याद आ रही थी। मुन्नी की याद आ रही थी। लगातार लाली के साथ रहना उसके लिए असहनीय होता जा रहा था। दुःस्वप्न की तरह। शान्ता को हमेशा यह लगता था कि स्वाभाविक रूप से उसमें देखभाल करने का गुण है। वह धीरज वाली थी, दयालु थी, और आसानी से उद्विग्न नहीं होती थी। लेकिन अपनी माँ के साथ इस तरह अलग-थलग रहते हुए अपना बेहतरीन रूप नहीं दिखा पा रही थी। उसको घुटन महसूस हो रही थी, उसको ग़ुस्सा आ रहा था, चिड़चिड़ापन महसूस हो रहा था।

अपना ध्यान बँटाने के लिए वह मातंगी माँ की अलमारी से तस्वीरें छाँटने में लग गई और उनमें से कुछ अपने भतीजे राहुल के लिए चुनने लगी। उसको एक फ़ोटो अपने पापा प्रबोध कुमार शर्मा की मिली, एक मातंगी माँ के पापा, यानी उसके नाना मातंग सिंह काश्यप की। उसके माँ-पापा की साथ की तस्वीर भी थी, जिसमें उनकी शान्त मुस्कान उस तनाव को छिपा रही थी जो उनके वैवाहिक जीवन के दौरान बना रहा।

एक और पुरानी फ़ोटो थी, जिसे देखकर वह हैरान रह गई। उस चेहरे को वह पहचानती थी, उस चेहरे को उसने पहले भी किसी फ़ोटो में देखा था। एक विदेशी, एक गोरी महिला, बीच के पास खड़ी थी। उसका हेयर स्टाइल खुला-खुला था और उसकी मुस्कुराहट में एक तरह की सावधानी दिखाई दे रही थी।

उसने फ़ोटो को पलटकर देखा। सावधानी से लिखी गई लिखावट में एक मैसेज था कोबाल्ट नीली स्याही में लिखा हुआ। 'फ्रॉम गलीना, विद लव। याल्टा 1985'।

गलीना उसके पापा की प्रेमिका थी। शान्ता को एक तस्वीर उनके काग़ज़ात में मिली थी, जब उनके मरने के बाद वह उनके सामान की छँटाई कर रही थी। अपने समय में रक्षा मंत्रालय के बाक़ी अधिकारियों की तरह वह भी अक्सर सरकारी दौरे पर सोवियत संघ जाते रहते थे। सैन्य ख़रीद में हनी ट्रैप बहुत आम बात थी, लेकिन फ़ोटो में जो लड़की थी, वह उस तरह की बहलाने-फुसलाने वाली नहीं लग रही थी। उस तस्वीर में एक तरह की मासूमियत थी, वह मासूमियत तब अजीब लगती जब वह उसको अपने पापा से जोड़कर देखती। शायद गलीना उसके पापा को प्यार करती होगी, शायद उसके पापा गलीना को प्यार करते रहे होंगे। हो सकता है कि वे महज़ अच्छे दोस्त रहे हों। अब यह दास्तान-भर थी, एक पुरानी प्रेम कहानी।

बाद में स्कैंडल हुआ था, और जाँच भी बैठी थी। उसके पापा कहते रहे कि उनको बलि का बकरा बनाया जा रहा है, वोस्ट्रो फंड में जो घोटाला हुआ उससे उनका कोई लेना-देना नहीं था, उसमें किसी बड़े नेता का हाथ था। शान्ता तनाव भरी बातचीत बाहर से सुनती रहती थी, जब वह छोटी थी, और जैसा कि सभी बच्चे करते हैं, बातचीत के उन टुकड़ों को जोड़कर देखती रहती थी।

उसकी माँ को कितना कुछ पता था, वह सोचती। उसके पास यह फ़ोटो कैसे आई? क्या उन्होंने उस लड़की को कभी देखा था, अपनी आँखों की लगातार कम होती रोशनी से?

एक बार, जब वह युवती थी तो शान्ता ने मातंगी माँ से अपने पापा को लेकर सवाल पूछे थे। उसकी माँ वैसे तो अंग्रेज़ी के शब्दों का प्रयोग नहीं करती थीं, लेकिन उस बार उन्होंने किया था। 'तुम्हारे पापा औरतख़ोर हैं,' उसकी माँ ने अंग्रेज़ी में कहा। 'और मैंने धीरे-धीरे इसको नज़रअन्दाज़ करना सीख लिया है।'

मातंगी माँ के शब्दों की याद, उनकी आँखों के भाव उस छोटे से ड्रेसिंग रूम में गूँज रहे थे। उसकी प्यारी माँ को उस राक्षस के हाथों कितना कुछ भुगतना पड़ा था। जब वह आँखें बन्द करती थीं उसके अँधेरे से लेकर उस अँधेरे में जब वह अपनी आँखों को खोलती थीं। कैसा लगता रहा होगा? आवेश में आकर उसने दरवाज़ा बन्द किया और बत्ती बुझा दी। आँसुओं की हल्की धार के कारण उसको कुछ दिखाई नहीं दे रहा था, वह कमरे में दीवार के सहारे रास्ता बनाती हुई चली जा रही थी। उसको हुक से लटका हुआ टेरीक्लॉथ का तौलिया महसूस हुआ, लकड़ी की टूटी हुई मेज़ महसूस हुई, जिसके ऊपर तेल की शीशियाँ और कोल्ड क्रीम रखा हुआ था, दवाई का डिब्बा रखा हुआ था।

इस कमरे को उसकी माँ अच्छी तरह से महसूस करती थीं और जानती भी थीं। अँधेरा उनके पास आ गया था। वह इस बदलाव के भार और उसकी रंगत को महसूस कर सकती थीं। क्या यह महज़ रोशनी का न होना ही था? वह उस जगह पर देर तक खड़ी रही, छायाओं में खोई हुई। उसके बाद उसने आँखें खोलीं, बत्ती जलाई और दरवाज़ा खोला।

उसकी माँ अँधेरे से अधिक मज़बूत थीं, वह रोशनी का सार थीं। और अतीत, यह सब अतीत की बातें थीं।

उसने अपने माता-पिता की फ़ोटो उठाई, और अपने नाना की फ़ोटो, मातंगी माँ के पिताजी की, उनको राहुल के प्रोजेक्ट के लिए अलग रख दिया। बाक़ी तस्वीरों को उसने वापस स्टील की अलमारी में रख दिया, कपड़ों के नीचे।

मातंगी माँ हरकत में आ गई थीं। उनको चाय चाहिए, उन्होंने कहा। लाली चाय बनाने के लिए गई। शान्ता तरोताज़ा होने के लिए बरामदे में गई, बाहर बहुत गर्मी थी। तापमान 40 डिग्री के पार चला गया था। 44 डिग्री। 45 डिग्री। उसने गर्मी को अपनी साँसों में भर लिया, उसको ख़ारिज करते हुए, उसको चुनौती देते हुए।

उसको एक अजीब नज़ारा दिखाई दिया। बालकनी की दीवार पर पाँच कौवे बैठे हुए थे। वे कुछ कर नहीं रहे थे, बस बैठे थे, और जब उसने उनको देखा तो वे उड़े नहीं। सहज भाव से वह रसोई में गई और प्लास्टिक के कटोरे में पानी लेकर आई और उन कौवों के लिए बालकनी के एक कोने में रख दिया।

~

मातंगी बैठ गई, और पीने के पहले उन्होंने फूँक मारकर चाय को ठंडा किया। उनको ख़ाली महसूस हो रहा था, शुष्क, पूरी तरह से साफ़। मानो वह शरीर खोल भर रह गया हो—ख़ाली, एकाकी कमरे जैसा, जिसमें पहले वे रहती थीं।

लाली उनको ध्यान से देख रही थी। 'आप जल्दी ठीक हो जाएँगी माताजी,' वह बोली। 'सी-100 में रहने वाले सभी लोगों से आप अधिक मज़बूत हैं, उन सबको मिला दें तब भी उन सबसे मज़बूत। आप अच्छी हो जाएँगी।'

मातंगी ने उसकी बातों पर ध्यान नहीं दिया। उनको कुछ भी समझ नहीं आ रहा था। हिमस्खलन की तरह दर्द उनके कमज़ोर ढाँचे में घूम गया था। वह दर्द

बन गई थीं। वे अभी भी अपने शरीर में चल रहे इस युद्ध को महसूस कर पा रही थीं, और जितनी अच्छी तरह से हो सकता था उसका सामना कर रही थीं।

~

रितिका अपने योगा मैट पर पद्मासन में बैठी थी, अपने आपको एकाग्र करने की कोशिश कर रही थी। मातंगी माँ की बीमारी से वह उससे कहीं अधिक परेशान हो गई थी जितना कि उसने सोचा था। अनकहा डर, पिछले कुछ महीनों से वह जिन चिन्ताओं को ढोए जा रही थी, सब एक साथ मिलकर एक डर में बदल गई थीं।

एकल परिवार की इकलौती सन्तान होने के कारण संयुक्त परिवार में शादी होने का मतलब उसके लिए विदेश में रहने का वीज़ा मिल जाने जैसा रहा था। इसका मतलब था एक नई भाषा, जिसके मोड़ों को वह कभी नहीं सीख सकी, अलिखित क़ायदे, अलिखित आपत्तियाँ। इससे कोई फ़र्क़ नहीं पड़ा कि सतीश लाड़-प्यार में पला सबसे छोटा लड़का था, और यह कि यह शादी अरेंज हुई थी। ऐसा लगता था जैसे हर वक़्त उसको परखा जा रहा हो, जाँचा जा रहा हो, और तिस पर ऊपर से शान्त बने रहना, इस सबकी उसको बड़ी क़ीमत चुकानी पड़ी थी।

रितिका को हमेशा खोने का डर लगा रहता था। वंचित होने का भाव, खो देने का भाव उसके अन्दर कहाँ से आया था वह इसके बारे में सोचती रहती थी। बचपन की किस त्रासदी के कारण यह हुआ? क्या यह वह बात थी कि उसके ज्यॉमेट्री बॉक्स खो देने के कारण उसकी पॉकेट मनी वापस ले ली गई थी? उसके माँ-पापा ने उसके लिए कलाई घड़ी ख़रीदी थी लेकिन उसको कभी दी नहीं, क्योंकि...उसको कारण याद नहीं आ रहा था, वह पूरी घटना को भूल गई थी, लेकिन उसको यह याद था कि जो चीज़ उसकी हो सकती थी वह जब उससे अनुचित रूप से वापस ले ली जाती थी तो उसको किस तरह से महसूस होता था।

उसने कुछ देर एक्सरसाइज़ की। दुनिया जिस तरह के अजीब दौर से गुज़र रही थी उसके कारण रितिका की चिन्ताएँ बढ़ भी गई थीं और शिथिल भी पड़ गई थीं। जब कम्पास इंटरनेशनल ढहने के कगार पर आ गया था और उसके कारण जिस तरह की घबराहट फैल गई थी, गिरीश स्याल ने चमत्कारी तरीक़े से उसका मुक़ाबला किया था।

'हम सब इसमें साथ हैं रितिका,' उसने उससे कहा। और सच में, सभी इसमें साथ-साथ लग रहे थे, संकट के दौर में, त्रासदी में, वे जिस दुनिया को जानते थे, जिसमें यक़ीन रखते थे उसमें अप्रत्याशित रूप से आन्तरिक तौर पर विस्फोट हो गया था।

जब कम्पास से उसको बहुत दिनों की देरी के बाद पुराना बकाया मिला और उसकी बचत में जैसे ही बढ़ोतरी हुई उसने अपनी माँ की देखभाल के लिए एक साल का अग्रिम जमा करवा दिया। पहले वह मासिक रूप से भुगतान करती थी। यही उसको सबसे व्यावहारिक तरीक़ा लगता था। अगर उसकी माँ गुज़र गई, अचानक उनका देहान्त हो गया तो पैसे वापस लेने के लिए कहना मुश्किल तो होगा ही अशिष्ट भी होगा। 'बेहतर यही है कि मासिक रूप से भुगतान किया जाए, जब जैसा हो उसका उसी तरह से सामना किया जाए।' उसने अपने आपसे कहा। एक साल का भुगतान कर देने के बाद उसको मानसिक रूप से बड़ी राहत महसूस हो रही थी। अब उसका काम बस सप्ताह में एक बार फ़ोन करना रह गया था, क्योंकि आने वाले साल-भर में तो जाना असम्भव ही लग रहा था। जब तक कि...।

उसने गहरी साँस ली। लेकिन उसका दिमाग़ घूम रहा था। सभी कुछ 'जब तक कि...' पर ही टिका हुआ था। उसके फ़ोन की घंटी बजी। उसकी हेयर ड्रेसर थी—उसका बच्चा बीमार था, और उसका इलाज नहीं हो पा रहा था।

रितिका आम तौर पर दूसरे लोगों की समस्याओं में नहीं उलझती थी, उसने अपने एक पूर्व सहकर्मी को फ़ोन किया, जिसकी पत्नी डॉक्टर थी, और जिस अस्पताल में वह काम करती थी उसमें बच्चों के डॉक्टर के लिए ओपीडी का समय लिया।

'हम सब एक ही नाव में सवार हैं,' उसने हेयर ड्रेसर से तब कहा जब वह उसका शुक्रिया अदा करने की कोशिश कर रही थी।

~

सेन परिवार अपनी शादी की सालगिरह मना रहा था, और दोनों बग़ीचे में एक निजी डेट पर थे। तापमान चालीस के आसपास बना हुआ था, सूरज डूबने के बाद भी, लेकिन वे हार मानने वालों में नहीं थे। अन्ना ने मसालेदार रोस्ट चिकेन बनाया और साथ में बटर वाला नूडल्स था, और बंगाली शैली में चोचोरी बनाई थी। मीठे में चेरी का टार्ट था—दो चेरी टार्ट, जिसमें से एक शान्ता और उसके परिवार के लिए अलग से रख दिया गया था।

सामने के पोर्च से खींचकर वे बेंत की कुर्सियाँ ले आए थे और उन्हीं के ऊपर बैठे थे। अन्ना का मन कैंडिललाइट डिनर करने का था, इसलिए वह एक टॉर्च लेकर आई और उसको जलाकर ऊपर की तरफ़ रख दिया जिससे कि उसकी रोशनी फैले। उनके आसपास मच्छर भिनभिना रहे थे। उसने अपने हाथों पर, अपने चेहरे पर कीड़े दूर भगाने वाला हर्बल मलहम लगा लिया। उसके पति मेज़ की दूसरी तरफ़ से उसको प्यार से देख रहे थे। अन्ना उनके जीवन की सबसे बड़ी घटना थी, हालाँकि वह कब क्या कर दे, इस बात को समझ पाना मुश्किल होता था।

एक प्रेम कहानी याद की गई। वह अपने कैरियर के शुरुआती दौर में थे, एक जूनियर राजनयिक। उनको साथ काम करने के लिए एक अनुवादिका दी गई, अन्ना कवाल्स्की। वह पोलिश भाषा जानती थी, थोड़ी सी हिन्दी, थोड़ी अंग्रेज़ी। जबकि उनको अंग्रेज़ी, संस्कृत, बांग्ला, थोड़ी हिन्दी, और पोलिश भाषा के कुछ शब्द आते थे। वह बहुत सुन्दर थी। उनको प्यार हो गया, और उन्होंने शादी कर ली।

अन्ना विदेश सेवा अधिकारी की पत्नी के रूप में दुनिया-भर में घूमीं, समोसा और पिरोगी बनाती, बड़ी मेहनत से सिल्क साड़ी को खोंसती हुईं, और मिस्टर सेन के जब-तब उठनेवाले ग़ुस्से को नज़रअन्दाज़ करती हुई।

अगस्त्य सेन को उनके साथ काम करने वाले अक्सर 'अजीब' कहते थे। वे शौक़िया तौर पर संस्कृत पढ़ते थे। बहुत कम बोलते थे। उनका ग़ुस्सा बहुत प्रसिद्ध था। शादी के बाद वे कुछ नरम पड़ गए क्योंकि अन्ना उनको सँभालना जानती थी। वे पालतू जानवरों को छोड़कर हर बात पर राज़ी हो गए। मिस्टर सेन को कुत्तों से नफ़रत थी, और बिल्लियों के बालों से उनको एलर्जी थी। अन्ना शादी के पहले हमेशा बिल्ली रखती थी, और उसको बिल्ली पालने का बड़ा मन रहता था। लेकिन शादी के बाद घर में शान्ति बनाए रखने के लिए वह कुत्ते-बिल्ली नहीं पालने को लेकर राज़ी हो गई।

'तो हम 84 साल के हो गए,' मिस्टर सेन ने शेनैन ब्लांक का गिलास थामे कुछ सोचते हुए अपनी पत्नी से कहा। वह बियर पी रही थीं, और जवाब में ख़ुशी-ख़ुशी उन्होंने किंगफ़िशर का गिलास ऊपर उठा लिया।

अगस्त्य सेन का जन्म पटना में हुआ था जब जॉर्ज पंचम अभी भी सम्राट थे वे 24 जून को 84 साल के हो जाएँगे। उनके जन्म के कुछ सप्ताह पहले ही उनके पिता का क्वेटा के भूकम्प में निधन हो गया। उसके बाद उनकी माँ अपने माता-पित के पास आसनसोल लौट गईं, और अपने बेटे की पढ़ाई के लिए सब कुछ त्याग

दिया। जब वे अन्तिम बार राजदूत के रूप में वार्सा गए थे तो उनकी माँ भी साथ गई थीं, और इसके लिए वह उनका आभारी था।

अन्ना कवाल्स्की का जन्म जुलाई 1935 में क्राकोव में हुआ था। देश के सदर जोसेफ पिल्सदस्की का तभी निधन हुआ जो देश को एक तानाशाहविहीन तानाशाही शासन के दौर में छोड़कर गया। वह जर्मन क़ब्ज़े वाले पोलैंड में बड़ी हुईं, और उसके बाद सोवियत संघ के कम्युनिस्ट शासन काल में।

दोनों ने एक बार फिर से गिलास उठाया। 'हम लोगों ने काफ़ी कुछ भुगता है डार्लिंग,' वह बोले। 'अपहरण और अपराधी और रोज़-ब-रोज़ की आज़माइशें, पर हम लोगों ने हर तूफ़ान को झेल लिया।'

अन्ना शरमा रही थीं। मिस्टर सेन ने उनको पहले बस एक बार डार्लिंग कहा था, जब उन्होंने उनको प्रोपोज़ किया था। 'हम सब कुछ झेल गए,' उन्होंने भी कहा, '...और हम झेल जाएँगे—कोविड, बुढ़ापा, सब कुछ—और सौ साल जिएँगे। कम से कम।'

सोलह

दो समान्तर संसारों को लेकर नासा की ख़बर से समीर सोच में पड़ गया था। वह इस विषय में नेट पर अधिक से अधिक देखने लगा। 'क्वांटम मैकेनिक्स के अनेक संसार सिद्धान्त में कहा गया था कि एक ही देश और काल में कई और संसार मौजूद हैं।'

यह बात पूरी तरह तार्किक लगती थी।

'ख़ासकर, जब भी अलग-अलग सम्भव नतीजों के साथ क्वांटम प्रयोग किए गए, तो सभी नतीजे हासिल हुए, सब अलग-अलग संसार में, जबकि हम बस उसी संसार को जानते हैं जिसको हमने देखा है।'

इस बात का भी मतलब समझ आ रहा था।

'हाँ, हाँ!' उसने अपने आप से कहा, 'समीर शर्मा क्वांटम फ़िज़िक्स समझ सकता है।'

ज़िन्दगी मानो टेरी प्रिचेट के उपन्यास जैसी हो गई थी, उसने तय किया—जैसे गहरे अँधेरे कमरे में पोकर का खेल। किसी भी समय, किसी भी जगह कुछ भी हो सकता था। पिछले कुछ सप्ताहों में उसको हर वह सम्भव जीवन समझ में आया था जो वह जी सकता था। समानान्तर ब्रह्मांड में शायद इसी समय और भी विकल्प मौजूद हों। ऐसा महसूस हो रहा था जैसे यह कोई आपसी संवादों वाला उपन्यास हो, जिसका अन्त खुला हो—और शुरुआत भी।

समीर के चाचा अनिरुद्ध शरण झा ने ईमेल और मैसेज की बमबारी कर दी थी। यह सब बहुत थकाने वाला था, लेकिन जिस ज़िद के साथ उसके नए-नए चाचा उसको अपना ख़ून बताने में लगे थे वह उससे प्रभावित था। उनका ईमेल 'प्यारे समीर' से शुरू होता था और अन्त होता था 'सदा सदा तुम्हारा चाचा अनिरुद्ध।'

हर मेल में कई-कई अटैचमेंट होते थे, जिनमें स्कैन की हुई तस्वीरें होती थीं, लिंक होते थे। समीर उनको पढ़ने या उनके जवाब देने की ज़हमत नहीं उठाता था, लेकिन वह ईमोजी का जवाब और प्यारी ईमोजीज और स्माइलीज से देता।

राहुल अपने फ़ैमिली ट्री प्रोजेक्ट पर काम करने के लिए नीचे वाली मंज़िल पर आया। उसके पापा भी उसके साथ आए थे। समीर उनको देखकर हैरान हो गया, क्योंकि चाचा सतीश परिवार के बाक़ी सदस्यों के साथ बातचीत करने के मामले में शर्मीले थे, बल्कि कहना चाहिए कि मितभाषी थे। लॉकडाउन के क़ायदों में धीरे-धीरे ढील दी जा रही थी और दुकानें खुलने लगी थीं। सतीश अपने बेटे के साथ स्टेशनरी का सामान लेकर आए थे, ग्लू स्टिक, ब्लू टैक, मास्किंग टेप, रंगीन मार्कर, तथा सफ़ेद कार्डबोर्ड के पन्ने।

उन लोगों ने स्टेशनरी का सारा ढेर डाइनिंग टेबल पर रख दिया। राहुल अपने साथ ख़ूब सारे फ़ोटो लेकर आया था, सब अलग-अलग साइज़ के थे, यह सारा का सारा काम बहुत भारी लग रहा था।

सतीश को एक आइडिया आया। 'इसको वर्चुअल कर लें,' वह बोला। 'मैं तुम्हारी मदद करूँगा। हम लोग इसको पावर प्वाइंट प्रेज़ेंटेशन की तरह से कर सकते हैं।'

उन लोगों ने पहले उन तस्वीरों को कार्डबोर्ड के पन्नों पर पसार दिया, मोटे तौर पर उन तस्वीरों के काल के अनुसार। शुरुआत हुई मातंगी माँ के पिता मातंग सिंह काश्यप की तस्वीर से। जन्म 1905, मृत्यु 15 अगस्त, 1950।

'मेरे नाना का जन्म 1908 में हुआ था,' सतीश ने आगे बढ़कर कहा।

'आपको कैसे पता पापा?' राहुल ने अपने पिता को तारीफ़ भरी नज़रों से देखते हुए पूछा।

'जितना मैं बताता हूँ उससे कहीं अधिक जानता हूँ,' सतीश बोला। 'मेरी खोपड़ी में हर तरह की जानकारी भरी हुई है।'

मातंगी माँ की तस्वीर उसके बाद लगाई गई। उन्होंने उनकी एक पुरानी तस्वीर चुनी, जिसमें वह शाही अन्दाज़ में एक नक़्क़ाशीदार कुर्सी पर बैठी हुई थीं, कानों में चमकदार ईयरिंग पहने। फिर प्रबोध कुमार शर्मा की तस्वीर आई, उनके चेहरे पर सख़्ती और नाराज़गी का भाव था। रितिका के माता-पिता श्रीराम और कावेरी तिवारी की तस्वीरें उनकी तस्वीरों के नीचे लगाई गईं। तस्वीरों के चारों तरफ़ काले और नीले रंग की लकीरें खींची गई थीं, नीले रंग के टैक के साथ उनको सुरक्षित बनाया गया था।

अगली स्लाइड में सूर्या, शान्ता, सतीश और रितिका की तस्वीरें डाली गई थीं। 'रुक जाओ,' समीर बोला और कमरे में जाकर अपनी माँ समीरा की तस्वीर

निकाल लाया। 'मेरे चाचा अनिरुद्ध ने मेरे पिता आदित्य शरण झा की फ़ोटो भेजी है। मैं डाउनलोड करके प्रिंट कर लूँगा।'

'मेरे पिता। आदित्य शरण झा।' समीर ने अपने होंठों पर इन शब्दों का स्वाद लिया और मुस्कुराने लगा।

उसके बाद समीर और राहुल की फ़ोटो लगाई गई। राहुल ने अपनी जो फ़ोटो चुनी थी उसमें वह स्कूल ड्रेस में था, जिसमें वह स्कॉलर बैज ले रहा था। समीर ने जो फ़ोटो चुनी उसमें वह पैदल चल रहा था, पीछे से पहाड़ झाँक रहा था।

तभी वहाँ मुन्नी आई, वह एक केसरोल में भरकर ख़ुशबूदार बिरयानी लाई थी। उसके पास करने को कोई काम नहीं था और वह इससे ऊब गई थी, और इसलिए उसने सूर्या के लिए खाना पकाने का फ़ैसला किया था। राहुल ने अपने प्रोजेक्ट के लिए उसकी भी फ़ोटो खींची। लाली मातंगी माँ के साथ क्वारंटीन में थी, लेकिन समीर उसकी भी एक फ़ोटो ले आया था।

'और पप्पू!' राहुल बोला, 'हम लोगों को फ़ैमिली ट्री में पप्पू को भी रखना चाहिए।'

'जब मातंगी माँ ठीक हो जाएँगी तो मैं लाली से उसकी फ़ोटो भी ले लूँगा,' समीर ने कहा। वे एक पल को ख़ामोश हो गए। सभी मातंगी माँ की बीमारी के बारे में बात करने से बच रहे थे जबकि सबके दिमाग़ में वही बात सबसे ऊपर थी।

'सब लेकर मेरी स्टडी में चलो,' सतीश बोला। 'हम लोग फ़ोटो स्कैन कर लेंगे, जहाँ तारीख़ नहीं दी गई है वहाँ डाल देंगे और फिर सबकी लिस्ट बना लेंगे। मैं राहुल, समीर और अपने लिए ग्लोसी पेपर पर तीन प्रिंट आउट निकाल दूँगा। हम परिवार हैं और इसमें हम सब साथ-साथ हैं।'

लेकिन पहले उन लोगों ने बिरयानी खाई। सूर्या और सतीश, समीर और राहुल। उन लोगों ने सूर्या की स्टडी में भोजन किया, जहाँ काग़ज़ों और नोट्स का अंबार लगा हुआ था जो उसने अपनी किताब के लिए ले रखे थे, क्योंकि डाइनिंग टेबल पर बहुत सामान बिखरा पड़ा था, तरह-तरह के काग़ज़ और ग्लू और साथ में छितराई हुई तस्वीरें। खाने के बाद वे लोग सब सामान लेकर ऊपर की मंज़िल पर गए, और सूर्या अपने नोट्स लेने के काम में जुट गया।

उसको अभी भी कोई थीम नहीं मिल पा रही थी जिससे कि वह अपने लिखे को एक साथ जोड़ पाता। वह किताबों के ढेर में से कुछ खोजने लगा कि उसको ए.के. रामानुजन की किताब मिल गई। सूर्या ने उस किताब के जिस पन्ने पर

निशान लगा रखा था, उसे खोला और धीरे-धीरे ज़रूरी स्थानों पर आरोह-अवरोह के साथ पढ़ने लगा।

क्या सोचने का कोई भारतीय ढंग है?

क्या सोचने का *कोई* भारतीय ढंग है?

क्या सोचने का कोई *भारतीय* ढंग है?

क्या *सोचने का* कोई भारतीय ढंग है?

उस किताब में हाशिए पर उसका लिखा नोट्स। '...जिसमें ए.के. रामानुजन को 'प्रगतिशील तटस्थ' लिखा गया था। वह अभी भी उस मुहावरे के बारे में सोच रहा था कि मुन्नी अन्दर आ गई।

'मैं आपसे कुछ कहने आई थी, सूर्या दादा,' वह बोली, 'एक ऐसी बात जो मैंने पहले किसी से नहीं कही।'

सूर्या उसके इस तरह आने से कुछ चिढ़ गया लेकिन उसने जताया नहीं। उसने अपने नोट्स एक तरफ़ रखे और उसको बैठ जाने का इशारा किया।

'उस दिन जब मैं आपसे बातचीत कर रही थी तो मैं आपको कुछ बताने वाली थी कि मातंगी माँ बीमार पड़ गईं। शान्ता दीदी उनके साथ ऊपर के माले पर हैं, और मैं घर में अकेली, करने को कोई काम नहीं है। पिछली बातें मुझे बार-बार याद आ रही हैं, सूर्या दादा, जैसे किसी फलिम का फ़्लैशबैक हो।'

उसने फ़िल्म को हमेशा की तरह फलिम बोला। उसका दिमाग़ अभी भी रामानुजन में अटका था। वह क्या कहने वाली है?

'मैंने एक अपराध किया है,' वह बोली, 'कोई इंसान जो सबसे बड़ा अपराध कर सकता है वह अपराध। जिस रात मेरे पिता ने मेरी माँ को मारा था और गाँव वाले उसे खदेड़ रहे थे तो वह मुझसे मिलने के लिए आया था। मैंने उसको अपने घर में घुसने नहीं दिया, बशर्ते कि आप उस झोंपड़ी को घर कहें।' उसने अपनी आँख से आँसू पोंछे। 'मैंने अपने पिता से कहा कि मैं उससे कुएँ के पास मिलूँगी, उसी कुएँ के पास जिसमें मेरी माँ डूब गई थी। वह नशे में था, डरा हुआ था। उसने कहा कि अगर मैं कहूँगी तो वह ख़ुद को पुलिस को सौंप देगा। मैंने कहा कि मैं पुलिस के चक्कर में पड़ना नहीं चाहती, गाँव में कोई भी पुलिस के चक्कर में पड़ना नहीं चाहता, इसी कारण तो गाँव वाले उसको बाहर भगा रहे थे।'

सूर्या सुन रहा था। उसने जिस तरह विस्तार से बताया था वह पूरी घटना की तस्वीर बना सकता था।

'मेरा बाप कुएँ के ऊपर झुका हुआ था, और वह माँ को आवाज़ देने लगा, उससे वापस आने की मिन्नतें करने लगा। मैंने उससे कहा कि माँ अब इस दुनिया में नहीं है, लेकिन वह था कि उसको आवाज़ लगाए जा रहा था। तब मैंने...' अब उसकी आवाज़ काँपने लगी। 'फिर मैंने उसको कुएँ में धकेल दिया। अब आप माँ से मिल पाओगे! मैंने कुएँ में झाँक कर आवाज़ लगाई, और फिर मैं भागने लगी, भागने लगी, भाग खड़ी हुई। मैंने बस पकड़ी, ट्रेन पकड़ी, मैंने ख़ुद को बेगूसराय में पाया।'

सूर्या यह कहानी सुनकर डर गया था, लेकिन उसको कोई हैरानी नहीं हो रही थी। वह बिहार में रह चुका था, ऐसी क्रूरता की कहानियाँ सुन चुका था। उसको समझ नहीं आ रहा था कि वह क्या कहे, किस तरह से उसको सांत्वना दे। 'बेगूसराय' उसने सोचते हुए जवाब दिया। 'मैं बेगूसराय जा चुका हूँ।'

'मेरी माँ की रूह मेरी देखभाल करती है, स्वर्ग से। मुझे एक नौकरी मिली, मैं झाड़ू-पोंछा करने लगी, बाद में खाना बनाना भी सीख लिया। मैं ईमानदार थी, मेहनती थी। मैंने जिनके साथ भी काम किया वे सब अच्छे थे। लेकिन मैंने जो किया उसकी याद मुझे खाए जाती है।'

सूर्या ने झुककर उसका हाथ थाम लिया।

'मैं सो नहीं पाती हूँ। रातों को रोती रहती हूँ। उनका भूत रात में मेरे पास आता है, पानी से भीगा हुआ। मैं मन्दिर में बाबाजी के पास गई। उन्होंने मुझे कहा कि गंगाजी जाऊँ, और सप्ताह में एक बार गंगा अस्नान करूँ। मैं सप्ताह में एक दिन जाती थी। मैं जितने दिन बेगूसराय में रही यही करती रही। आज भी मैं अपने पास गंगाजल रखती हूँ और सप्ताह में एक दिन गंगाजल अपने ऊपर छिड़क लेती हूँ।'

'तब तुम बच्ची थी,' सूर्या ने प्यार से कहा। 'यहीं रुको मैं तुम्हारे लिए चाय लेकर आता हूँ।'

'मुझे चाय नहीं पीनी है,' मुन्नी ने कहा। 'और आप जानते हैं? उस समय मैं ज़रूर बच्ची थी लेकिन मैं फिर से ऐसा कर सकती हूँ। अगर मुझे करना पड़ा तो मैं उसको एक बार फिर से कुएँ में धकेल दूँगी। इतने सालों में मैंने किसी को यह नहीं बताया, मैं डरती थी। मुझे पुलिस का डर लगता था। जिनके यहाँ काम करती रही उनसे डर लगता रहा। अपने पति से डर लगता रहा। अपने बेटे से डर लगता रहा। लेकिन आज मैंने आपको अपना राज बता दिया है।'

वह सूर्या का पैर छूने के लिए नीचे झुकी। वह पीछे हट गया, हिचकिचाते हुए, उसने उसकी आँखों से आँसू पोंछ दिये। उसके बाद वह कमरे से चली

गई। वह क्या कह सकता था? उसकी तकलीफ़ को कम करने के लिए वह क्या कर सकता था?

वह एक बार पन्द्रह दिनों के लिए बेगूसराय में रहा था—उन दिनों वह पार्टी के लिए काम करता था। 'भारत का लेनिनग्राद'—बेगूसराय को तब यही कहा जाता था। बेगूसराय से एक और याद जुड़ी हुई थी। 'जनता के कवि' रामधारी सिंह 'दिनकर', 'रश्मिरथी' के रचयिता कवि, का जन्म बेगूसराय में हुआ था। मुन्नी की कहानी उसको गहरे तक छू गई, कविता और दर्द की उस धरती की मिली-जुली यादें उभर आईं। 'कोई मुझे बता दे, आज क्या हो रहा है।'

उसने फिर से अपने नोट्स देखने की कोशिश की। 'ऊपर से दिखाई देने वाली विविधता के बावजूद भारतीय विचार में एक तरह की एकता है, जिसकी विशेषता विरोधाभास, असातत्य, और सन्दर्भित संवेदना है।' लेकिन अब उसका ध्यान रामानुजन में नहीं था। वह फ़र्श पर पालथी मारे बैठा था, दक्षिण की दिशा में घूमकर उसने महामृत्युंजय मंत्र का तीन बार जाप किया। वह जीवित और मृत लोगों के लिए की जाने वाली प्रार्थना थी। वह प्रार्थना मातंगी माँ और मुन्नी के लिए थी, और उसके मृत पिता के लिए भी। उसके बाद अपने नोट्स को परे रख वह पार्क में टहलने के लिए चला गया।

~

मातंगी को ऐसा महसूस हो रहा था कि वह दर्द के सागर में बही जा रही हैं। उनके अन्दर जो चल रहा था उन्होंने उसका जायज़ा लेने की कोशिश की। पहले उन्होंने अपने पैरों की उँगलियों को मोड़ने की कोशिश की। लेकिन वे मन्द पड़ गई थीं और किसी तरह की प्रतिक्रिया नहीं दिखा रही थीं। उनके पुट्ठे, घुटने, सब में दर्द हो रहा था, कलाई और कुहनी में भी। उनकी छाती में कुछ फँसता हुआ लग रहा था, और नाक में भी। नाक से या मुँह से साँस लेना मुश्किल होता जा रहा था, लेकिन फिर भी उनका दम घुट नहीं रहा था। उन्होंने जीभ से अपने तालू को छूने की कोशिश की, लेकिन वह छू नहीं पाईं। लग रहा था जैसे उनके शरीर में विप्लव हो रहा हो, वह युद्ध के मैदान जैसा हो गया था जिसमें कहीं भी शान्ति नहीं थी।

फिर उनके दु:स्वप्न में शब्दों की नदी आ गई, शब्दों की धारा और धागे, जिनका कोई मतलब नहीं था। अंग्रेज़ी के वे शब्द जिन्हें वह समझ नहीं पाईं। हिन्दी

के ऐसे शब्द जो उन्होंने कभी सीखे ही नहीं थे। कड़वे शब्द, गाली-गलौज वाले शब्द, वैसे शब्द जो कई बार उनके पति इस्तेमाल करते थे।

लाली मातंगी की बेचैनी को देख रही थी। वह बिना किसी मतलब के बुदबुदाए जा रही थीं, अंग्रेज़ी और हिन्दी में और कुछ गाली-गलौज वाले शब्द जिनको सुनकर लाली शरमा रही थी। अच्छा, उसने मन ही मन कहा, मालिक, मालकिन, नौकर अन्त में हम सब इंसान ही तो हैं, मृत्यु और यह वायरस अमीर-ग़रीब में अन्तर नहीं करता है, हिन्दू या मुसलमान में। लेकिन हमेशा की तरह सबसे अधिक भुगतना ग़रीबों को ही पड़ता है।

पप्पू ने उसको एक व्हाट्सऐप फ़ोटो भेजा था। वह रेलवे स्टेशन पर था, उसने लाल रंग की क़मीज़ डाल रखी थी और बेसबॉल कैप को उलटा करके पहन रखा था। वह ख़ुश लग रहा था।

मातंगी के मर जाने के बाद लाली का क्या होगा? उसको उस बूढ़ी औरत से प्यार हो गया था, लेकिन वह उनकी अन्तिम यात्रा के लिए तैयार थी, आज या जब भी। सूर्या उसको काम पर रख लेगा, लेकिन वहाँ करने के लिए कोई काम नहीं होगा, वह पुरुष का घर है और जब समीर वापस कॉलेज चला जाएगा तो एक अकेले पुरुष का घर रह जाएगा।

और रितिका, लाली रितिका के साथ काम करने के बारे में सोच भी नहीं सकती थी। वह अलग ही तरह की मालकिन थी—लाली जानती थी—वह मालिक और नौकर के बीच एक लक्ष्मण रेखा खींचकर रखती थी। वह करुणा दिखाने की कोशिश करती थी, लाली इस बात से इनकार नहीं कर सकती, लेकिन...

और ऊपर वाले फ़्लैट का क्या होगा तब, वह सोचने लगी। ये लोग किराए पर तो नहीं लगाएँगे, इतना तो पक्का है। 'मैं तुम्हारे लिए कुछ तोहफ़ा छोड़ जाऊँगी, अपने जाने के बाद, कुछ पैसे,' एक बार माताजी ने उससे कहा था। लेकिन यह बात शायद आई-गई हो जाने वाली थी। माताजी बूढ़ी ज़रूर थीं, लेकिन भुलक्कड़ नहीं थीं। अब उनको याद दिलाने के लिहाज से बहुत देर हो चुकी थी।

माताजी फिर कराह रही थीं। लाली ने उनका माथा दबाया और फिर उनकी झुर्रीदार बाँहों को दबाने लगी।

शान्ता लाली के पास ज़मीन पर बैठ गई। वह मातंगी का तापमान माप रही थी, उनको चम्मच से पैरासिटामोल पिला रही थी, हर वह काम कर रही थी जो वह कर सकती थी। वह अन्दर से ख़ाली महसूस कर रही थी, पूरी तरह से टूटी हुई। अपनी माँ के बिना वह ज़िन्दगी की कल्पना भी नहीं कर सकती थी।

लेकिन उसकी माँ लग रहा था तूफ़ान का सामना कर रही थीं। उनका तापमान 100 डिग्री से 102 डिग्री के बीच बना हुआ था, और वह बहुत कम खा पा रही थीं। शान्ता ने पड़ोसी डॉक्टर नाम्बियार को फ़ोन किया और फ़ैमिली डॉक्टर संगीता गुप्ता को। वह चाहती थीं कि मातंगी माँ को अस्पताल में ले जाया जाए, आईसीयू में, लेकिन सूर्या ने उसको शान्त किया।

'अस्पतालों से संक्रमण फैल रहा है,' उसने चेतावनी देते हुए कहा। 'डॉक्टर नाम्बियार भी तो यही कहना चाह रहे थे। एक-दो दिन और देख लेते हैं शान्ता। उनके ठीक होने के लिए घर ही सबसे सुरक्षित जगह है।'

सूर्या देवताओं से मोलभाव करने में लगा हुआ था। उसने संकल्प लिया कि वह शराब छोड़ देगा और पूरी तरह से शाकाहारी हो जाएगा। मुन्नी जो चिकेन बिरयानी लेकर आई थी वह उसको लेकर दुविधा में था, लेकिन वह अपने नए- नए शाकाहारीपन के बारे में चर्चा नहीं करना चाहता था। उसने एक छोटा चम्मच अपनी प्लेट में डाल लिया, और रसोई की तरफ़ गया ताकि वहाँ जाकर उसे कूड़े में डाल सके।

उसका अन्तर्मन कह रहा था कि उसकी माँ ठीक हो जाएँगी, कि उनका शरीर, जो कई चुनौतियों को पार कर चुका है, इस बीमारी से भी निपट लेगा। लेकिन वह शाकाहारी होने से कोई समझौता नहीं करने वाला था, और शराब से भी दूरी बनाए रखने वाला था। वह अपने इन संकल्पों को जीवन-भर निभाएगा।

मुन्नी एक बार फिर अन्दर आई, इस बार उसके हाथ में एक और ट्रे थी, जिसमें चेरी टार्ट का आधा हिस्सा था। अन्ना सेन शान्ता और उसके परिवार के लिए रखकर गई थीं, उसने सूर्या को बताया। शेष आधा हिस्सा वह राहुल और उसके माँ-पापा को दे आई थी। उसके हाव-भाव से लग रहा था कि वह सामान्य हो गई थी, और उनके बीच जो बातचीत हुई थी उसको लेकर दोनों ने किसी तरह की बात नहीं की।

सूर्या ने ख़ुशबूदार बिरयानी नहीं खाई थी, अब उसको भूख लगने लगी थी। उसने टार्ट का एक बड़ा हिस्सा खा लिया और क़िस्मत का शुक्रिया अदा किया कि अन्ना ने इतना स्वादिष्ट शाकाहारी भोजन भेजा था।

समीर आया और बाक़ी का टार्ट भी खा गया। 'मैं सोच रहा हूँ,' उसने अपने मुँह से चेरी टार्ट को साफ़ किया। 'मैं ज़िन्दगी के बारे में सोच रहा हूँ।'

सूर्या ने अपनी भौंहें चढ़ाईं। 'यह अच्छी शुरुआत है,' वह बोला, 'लेकिन सोचने के लिए यह विषय कुछ बड़ा है।'

'मुझे लगता है कि हम सब ऐसा सोचते हैं कि सभी के जीवन की सच्चाई एक जैसी होती है, लेकिन वह असल में ऐसी होती नहीं है! कुछ लोग ऐसे होते हैं जो जिस दिन पैदा होते हैं उसी दिन से उनके भाग्य में बदा होता है कि उनकी ज़िन्दगी अलग तरह की होगी। उनका भाग्य अलग तरह के तन्तु से बना होता है, अलग तरह से उनकी रूपरेखा बनी होती है। उनके साथ बहुत सी चीज़ें घटित होती हैं—ख़ुशी भरी चीज़ें, तकलीफ़ देने वाली चीज़ें। जबकि कुछ लोग होते हैं जिनकी ज़िन्दगी सहज भाव से चलती रहती है, हमेशा-हमेशा। इतने सहज भाव से कि आपको लगेगा कि वे बोरियत से मर न जाएँ। मैं यह सोच रहा हूँ कि दोनों में से कौन क़िस्मत वाला है, या किसकी क़िस्मत ख़राब है?'

सूर्या मुस्कुराने लगा, लेकिन एक दुःखी करने वाला सवाल उसकी आँखों के पीछे हिल रहा था। 'अच्छी परिकल्पना है बेटे,' वह बोला। 'जब किसी नतीजे पर पहुँचना तो मुझे भी बताना।'

~

ऊपर, सबसे ऊपर वाली मंज़िल पर शान्ता बरामदे में खड़ी थी और एक मग से कड़क मसाला चाय पी रही थी। कौवे फिर से आ गए थे। पाँच कौवे बालकनी की दीवार पर शान्तिपूर्वक बैठे हुए उसको अपनी चतुर, उत्सुक आँखों से देख रहे थे। फिर वे काँव-काँव करते हुए बातें करने लगे। शान्ता को लगा मानो अपनी बातचीत में उन्होंने उसको भी शामिल कर लिया है। वह रसोई से ब्रेड लेकर आई लेकिन उन्होंने उसके ऊपर ध्यान नहीं दिया। दो कौवे चक्कर लगाकर उड़ गए। बाक़ी कौवे अपनी-अपनी जगह पर बने रहे।

शान्ता ने प्लास्टिक की कटोरी में थोड़ा पानी डाला जो उसने उनके लिए रखी हुई थी, और फिर कुछ शान्त भाव से अपनी माँ के कमरे में लौट आई।

सत्रह

राहुल अपने पापा के साथ पहेलियाँ बुझा रहा था।

'वह आपका है, लेकिन आपके दोस्त इसका इस्तेमाल ज़्यादा करते हैं। वह क्या है?' उसने पूछा।

सतीश को कुछ समझ नहीं आ रहा था। 'मुझे सोचने दो...' वह बोला। फिर, 'मैं हार मानता हूँ।'

'आपका नाम!' राहुल ने उत्साह में आते हुए बताया। 'आपका नाम होता तो आपका है, लेकिन आपके दोस्त उसका उपयोग अधिक करते हैं। समझे?'

'समझ गया!' सतीश ने जवाब दिया।

'अगर तुम मुझे नहीं रखोगे, तो मैं टूट जाऊँगा। कौन हूँ मैं?'

सतीश लगातार अपनी माँ के बारे में सोच रहा था और चिन्तित था। शान्ता ने पूरी तरह से आइसोलेशन बना रखा था। समीर ने परिवार वालों के लिए एक व्हाट्सऐप ग्रुप बना दिया था, जिसमें वह दिन में कई बार अपडेट करती थी, ताकि परिवार वालों को मातंगी माँ की तबीयत का हाल-समाचार पता चलता रहे। वह राहुल को किसी न किसी चीज़ में उलझाए रखने की कोशिश कर रहा था, लेकिन उसको ऐसा लग रहा था कि राहुल ही उसको उलझाए रखने की कोशिश कर रहा है।

'अगर तुम मुझे रखोगे नहीं तो मैं टूट जाऊँगा। यह क्या हो सकता है?' सतीश ज़ोर से बोला।

'वादा!' राहुल ने जोश में आते हुए बताया। 'इसीलिए आपको अपना वादा हमेशा निभाना चाहिए पापा! अब बस एक और,' राहुल ने आगे कहा। 'डिक्शनरी में एक ऐसा शब्द जिसका उच्चारण हमेशा 'रॉन्ग' किया जाता है। वह क्या है?'

सतीश मुस्कुराने लगा। इसका जवाब उसको पता था। यह शब्द है अंग्रेज़ी का 'रॉन्ग'। अंग्रेज़ी में जिसकी सही स्पेलिंग डब्ल्यू से शुरू होती है। अब मुझे कुछ

लोगों को फ़ोन करने हैं, इसलिए फ़िलहाल और पहेलियाँ मत बुझाओ। लेकिन मेरा दिल बहलाने और मुझे ज्ञान देने के लिए शुक्रिया।'

राहुल के चेहरे का भाव गम्भीर हो गया। 'मैं आपसे एक बात कहना चाह रहा था पापा,' वह बोला। 'लॉकडाउन के दौरान साथ रहने से मैंने एक बात सीखी है। यह गम्भीर बात है—बड़ों वाली बात।'

उसने सतीश को एक बड़ा सफ़ेद लिफ़ाफ़ा दिया। 'यह आपके लिए है पापा, आप मम्मी को भी दिखा सकते हैं।' वह बड़े आग्रह के साथ बोला। लिफ़ाफ़े में हाथ से लिखा एक नोट था जिसको एक सख़्त कार्डबोर्ड के ऊपर चिपकाया गया था और चारों तरफ़ से आड़ा-तिरछा काटकर डिज़ाइन बनाया गया था। उसका शीर्षक था : 'मैंने जो सीखा : जिसे आपकी पीढ़ी हो सकता है भूल गई होगी या जिसके बारे में उसको पता नहीं होगा। ज़िन्दगी में कुछ चीज़ें ऐसी होती हैं जिनके लिए आप पहले से तैयार नहीं हो सकते। आख़िर में हम जैसे-जैसे बड़े होते जाते हैं हम लोगों को सीखते रहना पड़ता है।'

क्या इसको यह इंटरनेट पर मिला? चाहे जहाँ से भी मिला हो, उसके बेटे में उससे कहीं अधिक बुद्धि थी जो उसमें और रितिका में मिलाकर भी नहीं थी। सतीश ने उसके माथे को प्यार से चूमा। 'मैं इसको मम्मी को भी दिखाऊँगा,' उसने वादा किया। 'हम लोगों को इतना ज़रूरी सबक़ याद दिलाने का शुक्रिया।'

~

मातंगी अभी भी दर्द से जूझ रही थीं। अब तक वह उसकी रफ़्तार को समझ चुकी थीं, उसकी रफ़्तार को समझना एक तरह से उनका खेल बन चुका था। वह उदासीन लग रही थीं, जैसे किसी खाई में हो, कि अचानक वह अपने अन्दर की शान्त ख़ामोशी में चली गईं। वह अचानक ही उसमें आ गई थीं, एक ऐसी जगह पर जहाँ उनको कुछ भी महसूस नहीं हो रहा था, जहाँ सब कुछ शान्त और प्रतीक्षारत था।

उनको कौवों के बोलने की आवाज़ सुनाई दे रही थी। उनको लगा जैसे उन्होंने कोई रोशनी देखी है, और फिर वह उन्हें गोलाकार चाँद के रूप में महसूस हुई।

'यानी आज पूर्णिमा का दिन है,' उन्होंने सोचते हुए अपने आप से कहा। अँधेरे में उनको शान्ति महसूस हो रही थी, अच्छा लग रहा था, जिसको चाँद मिटा

नहीं सकता था, और ख़ामोशी, उसको दूर से आती कौवों की आवाज़ बीच-बीच में तोड़ रही थी।

शान्ता ने उनको सुना और उसकी आँखों में आँसू आ गए। उसकी माँ लग रहा था कि भूलभुलैया में भटक रही थीं। 'बाहर सूरज अभी भी चमक रहा है, मम्मी,' वह बोली, और बड़े प्यार से मातंगी माँ के बालों को सहलाने लगी। लेकिन उस बूढ़ी औरत को कुछ सुनाई नहीं दिया, उनको कुछ समझ नहीं आया।

शान्ता पागल-सी हो रही थी। उसकी माँ बीमार थीं। यह साफ़ था कि उनको अस्पताल ले जाने की ज़रूरत थी, डॉक्टर की निगरानी में रखे जाने की ज़रूरत थी। अगर कुछ ऐसा-वैसा हो गया तो वह अपने आपको कभी माफ़ नहीं कर पाएगी। उसने अपने फ़ैमिली डॉक्टर से बात की, जिसने डॉक्टर नाम्बियार के देखने के बाद उसको सलाह दी थी।

डॉक्टर संगीता का व्यक्तित्व बहुत शान्त और सुकून पहुँचाने वाला था, लेकिन उनकी आवाज़ से लग रहा था कि वह दबाव के कारण अन्दर से टूट रही हैं। 'मैं असहाय महसूस कर रही हूँ,' उन्होंने इस बात को माना। 'अस्पतालों से कोरोना होने की सम्भावना सबसे अधिक है। ऐसे अविश्वसनीय समय में आप लोगों को घर में रहकर ही देखते रहना चाहिए। और दुआ करनी चाहिए। हो सकता है कि वह आप लोगों को चकित कर दें!'

कुल मिलाकर बात यह थी। शान्ता इतनी ख़ाली और इतनी थकी हुई महसूस कर रही थी कि वह प्रार्थना भी नहीं कर पा रही थी। वह फिर से बाहर बरामदे में गई, खुली हवा में साँस लेने के लिए। उसने काफ़ी पहले सिगरेट पीना छोड़ दिया था, लेकिन उस समय उसका मन सिगरेट पीने के लिए तड़प रहा था। या एक प्याला शराब।

वह कौवों को घूरने लगी। इन लोगों ने गर्मी में रहने के लिए मातंगी माँ के बरामदे को ही अपना ठिकाना क्यों बनाया? उसने पैर थपथपाकर और हाथ के इशारे से उनको भगाने की कोशिश की, लेकिन उन कौवों ने उसके ऊपर कोई ध्यान नहीं दिया। और फिर अचानक वे एक साथ उठे और उसके सिर के ऊपर ऐसे पंख फड़फड़ाने लगे जैसे उसको धमका रहे हों—'तुम यहाँ घुसपैठिया हो,' ऐसा लग रहा था कि वे यही कह रहे हैं। उसके बाद वे अलग-अलग दिशाओं में उड़ गए।

'अ मर्डर ऑफ़ क्रोज़,' शान्ता ने अपने आप से व्यंग्यपूर्वक कहा। सच में मातंगी माँ की तरफ़ अजीब-अजीब तरह की चीज़ें खिंची आ रही थीं।

तभी लाली भागती हुई आई। 'माताजी उठ बैठी हैं!' वह बोली। 'वह फिर से अच्छी हो गई हैं। माशाअल्लाह!'

शान्ता दौड़कर कमरे में गई। मातंगी माँ को बैठे देखकर वह अवाक् रह गई। उनका मुचड़ा हुआ काफ़्तान घुटनों तक उठा हुआ था। वह कुछ समझ नहीं पा रही थीं, लेकिन अपने ऊपर उनका काबू पूरी तरह से बना हुआ था।

'मुझे थोड़ी चाय चाहिए,' उन्होंने एकदम सामान्य आवाज़ में कहा।

उसकी माँ। मातंगी माँ को कुछ भी नहीं मिटा सकता था, वह टूट-फूट से परे थीं। वह किसी भी चीज़ से बचकर निकल सकती थीं।

चाय पीने और आधी बिस्किट खाने के बाद वह वापस बिस्तर पर लेट गईं, लेकिन इस बार तकिए पर सीधा सिर रखकर लेटी हुई थीं, हमेशा की तरह दीवार की तरफ़ मुँह करके नहीं लेटी थीं।

शान्ता ने उनका बुख़ार मापा। 98 डिग्री का सामान्य तापमान था। लग रहा था कि वह अब पहले से कुछ बेहतर हुई थीं। 'अब मुझे पहले से कुछ अच्छा महसूस हो रहा है,' वह बोलीं और वापस सो गईं।

शान्ता जल्दी से परिवार के व्हाट्सऐप ग्रुप में यह सूचना डालने लगी। 'इन्तज़ार करो और देखो,' सूर्या ने सलाह दी। वास्तव में इसके अलावा करने को कुछ था भी नहीं।

~

शान्ता को बबली मोहन का मैसेज मिला : 'शुक्रिया मेरा हालचाल पूछने के लिए। अब मैं ठीक हो रही हूँ। तुम्हारी, बबली मोहन।'

उस शाम अचानक आँधी-तूफ़ान आया, और शहर में दोहरा इन्द्रधनुष दिखाई दिया। गर्मी का दौर बीत चुका था। शान्ता को अपने मिज़ाज में बदलाव महसूस हुआ, उसके अन्दर आशंका कौंधी। शायद उसकी माँ बेहतर हो रही थीं। शायद ग्रह शान्त हो रहे थे। शायद।

माताजी सोई पड़ी थीं और सामान्य ढंग से साँस ले रही थीं। लाली बरामदे में बैठी फ़ोन पर फुसफुसा रही थी। अगले सप्ताह लॉकडाउन हटने वाला था, एक जून को। जीवन सामान्य होता जा रहा था, जैसे इलास्टिक को बहुत देर तक खींचने के बाद ढीला छोड़ दिया जाए, इस तरह सब तरफ़ 'देखी जाएगी' का भाव था।

डॉक्टर चेतावनी दे रहे थे कि संक्रमण बढ़ रहा है, मरने वालों की तादाद रोज़-रोज़ बढ़ रही है, लेकिन अधिकतर लोगों के सब्र का बाँध टूट चुका था।

उसने बबली मोहन को फ़ोन मिलाया। उसने फ़ोन उठाया। उसमें जैसे उत्साह था ही नहीं और थकी हुई भी लग रही थी। 'मैं धीरे-धीरे ठीक हो रही हूँ शान्ता जी,' वह बोली। बहुत दर्द होता है, और मुझे किसी भी चीज़ का स्वाद महसूस नहीं हो रहा है। मेरा भाई ज़िद कर रहा था कि मुझे घर में ही रहना चाहिए, लेकिन मेरे जैसी इंसान के लिए यह बहुत मुश्किल काम है।'

'आपको खाने में क्या पसन्द है?' शान्ता ने उससे पूछा। 'अपनी आँखों को मूँदकर सोचिए कि आपका मन क्या खाने को हो रहा है।'

दूसरी तरफ़ बबली की आवाज़ चहकने लगी। 'मुझे कढ़ी-चावल खाना है। या राजमा-चावल।'

सुनकर शान्ता भी मुस्कुराने लगी। 'अपना पता भेजिए बबली,' वह बोली। 'कल मैं आपके लिए स्पेशल खाना भेजूँगी, शहर खुलने की ख़ुशी में! ज़िन्दगी को तो चलना ही है न...'

बबली ने मना करने की कोशिश की, यह कहने की कि वह बिलावजह परेशान न हों। 'चिन्ता मत कीजिए बबली, मुझे इससे आपसे अधिक ख़ुशी महसूस होगी!' शान्ता ने जवाब दिया।

'आप सच्ची अन्नपूर्णा हो,' बबली ने भावुक होते हुए कहा। 'और आपके पागल पड़ोसी कैसे हैं? मुझे उनका नाम याद नहीं आ रहा। उम्मीद करती हूँ अब वे आपको परेशान नहीं कर रहे होंगे?'

'सेन दम्पति ठीक हैं,' शान्ता ने जवाब दिया, लेकिन फ़ोन कट गया था।

बबली ने उसको अन्नपूर्णा कहा था। धन-धान्य की देवी। यह बात सही थी कि उसको यह समझ नहीं आता था कि भोजन देने के अलावा और किस तरह से वह अपना प्यार जता सकती है। उसको खाना पकाकर ख़ुशी महसूस होती थी, लोगों को खाते देखकर। लॉकडाउन और विमन फ़ॉर पीस की रसोई चलाने के कारण वह किसी और ही स्तर पर चली गई थी।

लेकिन कुछ गड़बड़ निश्चित रूप से थी, कुछ कमतर कर देने जैसी बात, बहुत बुरी बात कि सभी तरह की मानवीय भावनाओं को खाने-पीने की चीज़ों के आदान-प्रदान से जोड़ दिया जाए! वे सभी दोस्त कहाँ गए जो उसकी ज़िन्दगी का अभिन्न हिस्सा थे? वे सब कहाँ ग़ायब हो गए?

शान्ता ने अपने अन्दर एक गहरा गोता लगाया। दुनिया-भर के पेशेवर लोगों से उसके रिश्ते बहुत शानदार थे, जिनसे वह काम के सिलसिले में जुड़ी हुई थी। किसी को भी कोई परेशानी होती तो वह खड़ी मिलती थी। जब वह अपने आईने में देखती थी तो ख़ुद को सन्तों की तरह पाती थी। लेकिन वह क्या अपने लिए सबसे अच्छा कर रही थी? छोटी-छोटी ख़ुशियाँ कहाँ गईं, नज़दीकियाँ, हँसी ठहाके? आख़िरी बार उसने कब किसी गॉसिप का मज़ा लिया था? उसके साथ क्या ग़लत हो रहा था?

वह उदास होकर बैठ गई और इस सच का सामना करने में लग गई। वह अकेली थी। उसकी कुल कहानी इतनी सी थी। अंग्रेज़ी के छह अक्षरों की कहानी-लोनली। अलग-थलग। अकेली। जिसका कोई दोस्त नहीं था पूरी तरह से सबसे दूर। हमेशा से ऐसा नहीं था। वह क़दम-दर-क़दम अपने अन्दर जाती गई थी। यह अकेलेपन का सामना था, शायद वह अपने बहुत अन्दर चली गई थी, और इस बात पर उसका ध्यान भी नहीं गया।

वह अपनी दिशा बदलेगी, अपने आप से उसने वादा किया। वह एक बार फिर सबसे मिलेगी-जुलेगी, हँसेगी, गॉसिप करेगी और समाज में लोगों के साथ घुलना-मिलना शुरू करेगी। महामारी ख़त्म होने के बाद वह अपने दोस्तों को डिनर पर बुलाएगी—सोशल डिस्टेंसिंग के साथ डिनर पार्टी जिसमें सब दोस्त एक छत के नीचे होंगे।

~

मातंगी माँ जाग गई थीं। 'मुझे यह काफ़्तान नहीं पहनना है,' उन्होंने साफ़-साफ़ कह दिया, उनकी आवाज़ कमज़ोर लेकिन ठोस थी। 'मेरे लिए कोई नॉर्मल कपड़े लाओ, प्लीज़।'

लाली और शान्ता एक-दूसरे को देखकर मुस्कुराने लगीं। 'हाँ माताजी,' लाली ने कहा, 'और आप खाना क्या चाहती हैं?'

'मुझे आम खाना है!' उनकी आवाज़ में एक तड़प-सी थी, 'और थोड़ी दही भी।' वह ठीक लग रही थीं और बड़ी रहस्यमय बात थी कि उनको इस बात का इल्म भी नहीं था कि वह किस आज़माइश से गुज़री हैं।

बैठी हुईं मातंगी माँ की तस्वीर शान्ता ने डॉक्टर संगीता को भेज दी, जवाब में डॉक्टर ने अँगूठे का ईमोजी भेजा। 'इनको आराम करने दीजिए, शरीर में पानी की

कमी मत होने दीजिए और अलग-थलग रखिए। लगता तो है कि मौसमी बुख़ार था। मैं उनके बारे में कल सुबह फ़ोन पर पूछूँगी।'

उसने मातंगी माँ की फ़ोटो और डॉक्टर का मैसेज परिवार के ग्रुप में भेज दिया, उसके बाद अपने फ़्लैट में जाने का फ़ैसला किया। वह अपने बाथरूम में नहाना-शैम्पू लगाना चाहती थी, उसके बाद थोड़ा आराम करते हुए कुछ ड्रिंक्स लेना चाहती थी।

शान्ता ने गर्म पानी से देर तक स्नान किया और एक महँगे वाला शैम्पू लगाया। वह सिर में तौलिया लपेटे हुए निकली, उसकी योजना थी कि वह सिंगल माल्ट व्हिस्की लेकर बैठेगी या जैक डेनियल्स बर्फ़ के महज दो टुकड़ों के साथ। समाचार देखेगी; पिछले कुछ समय से वह दुनिया से कट सी गई थी।

लेकिन बिल्ली ने ड्राइंग रूम के एक कोने में उल्टी कर दी। मुन्नी साफ़-सफ़ाई में शान्ता की मदद करने लगी। बेचारी मिस ट्रम्प, वह ज़रूर शान्ता को मिस करने लगी होगी, और इसके कारण बहुत तनाव में आ गई होगी। जब फ़र्श की सफ़ाई की गई और दुर्गंध को भगाने के लिए अगरबत्ती जला दी गई तो वह सोफ़े पर मिस ट्रम्प के साथ बैठ गई और उसके पीले रोएँ सहलाने लगी। उसके पेट में कुछ गड़बड़ लग रही थी—पेट फूला हुआ लग रहा था। उसने शान्ता को देखकर म्याऊँ की आवाज़ लगाई, मानो उससे कुछ कह रही हो। उसके पेट में कुछ खलबलाहट हो रही थी, मानो अन्दर कुछ हिल रहा हो।

शान्ता ने उसके पंजे पकड़कर उसकी बिल्लौरी आँखों में झाँका। 'मुझे समझ में आ रहा है,' वह बोली। 'तुम गर्भवती हो, नहीं? मुझे माफ़ करना कि इतने दिनों में मैंने देखा नहीं। सब ठीक हो जाएगा। मुन्नी है, मैं हूँ।'

उसने मुन्नी को रसोई से बाहर बुलाया। 'हम लोग दादी बनने वाले हैं!' उसने बड़े उत्साह के साथ कहा। 'मिस ट्रम्प कभी भी माँ बन सकती है! ये ये!'

'ये तो अच्छी बात है!' मुन्नी का जवाब आया, और वह शान्ता के लिए लड्डू के उस ढेर में से एक लड्डू लेकर आई जो उसने तब बनाए थे जब उसके पास करने को कोई काम नहीं था।

अब दोनों साथ बैठकर टीवी देखने लगीं, शान्ता और ट्रम्प, देखने लगे कि ट्रम्प के हमनाम उस आदमी ने दुनिया में कैसी तबाही मचा रखी थी। ह्यूस्टन के पुलिस प्रमुख टीवी पर थे, क्रिस्टीन अमनपोर से बात कर रहे थे। 'मैं अमेरिका के राष्ट्रपति से यह कहना चाहता हूँ, देश के सभी पुलिस प्रमुखों की तरफ़ से

कि : अगर आपके पास कहने के लिए कुछ रचनात्मक नहीं है तो अपना मुँह बन्द रखिए।'

मुन्नी ने पुलिस वाली को भेजे जाने के लिए राजमा भिगो दिया था और दही भी जमा दिया। शान्ता को घर में पाकर उसको अच्छा लग रहा था।

~

देर रात हो चुकी थी। समीर अपने कमरे में राहुल के साथ बैठा था। उन लोगों ने बत्तियाँ बुझा दी थीं, और कमरे में वनीला की ख़ुशबू वाली बस दो मोमबत्तियाँ जल रही थीं। उनके चारों तरफ़ छायाएँ थीं। वे फ्रैंक सिनात्रा को सुन रहे थे।

'आई डिड इट माई वे।'

लॉकडाउन धीरे-धीरे उठाया जा रहा था, लेकिन सी-100 में मातंगो माँ की सेहत ख़राब होने के बाद सभी सावधान हो गए थे। समीर अगले दिन निकलने की योजना बना रहा था। वह तीन दिन के लिए अपने किसी दोस्त के फ़ार्म हाउस पर रहने जा रहा था। राहुल और समीर पिछले तीन महीने में बहुत क़रीब आ गए थे, दोनों ने शाम को एक साथ बाहर जाने का फ़ैसला किया था। डॉलर दोनों के बीच आराम से छिपा हुआ था, बीच-बीच में कान उठाकर सुन भी लेता था।

'मैं ड्रम बजाना सीखना चाहता हूँ समीर दादा,' राहुल बोला।

'कभी भी यार, मेरे कमरे में आ जाओ, हॉट सीट पर बैठो और बजाने की प्रैक्टिस शुरू कर दो! ऑनलाइन कोचिंग सेशन देख लो, देख लो कि कौन-सा तुम्हारे लिए ठीक रहेगा,' समीर बोला। 'तुम ड्रम अपने कमरे में भी ले जा सकते हो। इससे शायद और आसानी हो जाए।'

राहुल के रोंगटे खड़े हो गए। 'मेरी माँ तो पागल ही हो जाएगी,' वह बोला। 'सूर्या चाचा में तो हमेशा से बहुत सब्र रहा है।'

एक छिपकली दीवार की छायाओं से होकर गुज़री। समीर उसको देखकर चिल्लाने लगा, वह डर के मारे राहुल से चिपक गया। उसको इन जीवों को देखकर डर लगता था, छिपकलियों, मकड़ियों और चमगादड़ों से।

उन्होंने बत्ती जला दी। एक बड़ी सी छिपकली ने दोनों को ध्यान से देखा। उसकी पूँछ नहीं थी। किसी स्वादिष्ट कीड़े की तलाश में उसकी लम्बी जीभ अचानक निकल पड़ी। समीर एक बार फिर चिल्लाने लगा।

'शान्त हो जाइए समीर भैया' राहुल ने बड़े प्यार-भरे अन्दाज़ में कहा। 'यह भी मेरी आपकी तरह से एक जीव है।' वह भी उस छिपकली को उतने ही ध्यान से देखने लगा जिस तरह वह छिपकली उनको देख रही थी, और वह यह देखकर अवाक् रह गया कि पुरानी पूँछ की जगह एक नई पूँछ निकल रही है।

'देखिए, देखिए!' वह बोला। 'पुरानी पूँछ की जगह पर नई पूँछ!'

पीछे से फ्रैंक सिनात्रा की आवाज़ आ रही थी, और उन लोगों ने बत्ती एक बार फिर से बुझा दी।

अठारह

मुन्नी ने राजमा-चावल और कढ़ी ग्यारह बजे सुबह तक तैयार कर दिये थे। विमन फ़ॉर पीस का एक कार्यकर्ता टिफ़िन कैरियर लेकर बबली मोहन के घर गया। बबली ने फ़ोन करके शान्ता का शुक्रिया अदा किया। आज उसकी आवाज़ बहुत शान्त लग रही थी, पिछले दिन के मुक़ाबले वह कम तनाव में थी।

शान्ता उस रात अपने ही फ़्लैट में रही और अगली सुबह ऊपर की मंज़िल पर गई।

सूर्या माँ के पैरों में बैठा उनके नाख़ून काट रहा था। आने वालों को अभी भी उत्साहित नहीं किया जा रहा था, लेकिन रितिका और समीर अन्दर झाँकने लगे, राहुल और समीर भी।

'मैं चाहती हूँ कि मेरे सारे बच्चे यहाँ मेरे पास आ जाएँ,' मातंगी माँ ने अचानक कहा। 'सतीश और रितिका, और बच्चो। तुम लोग यहीं रुक जाओ, शान्ता और सूर्या भी।'

सूर्या ने उनका ध्यान बँटाने की कोशिश की, लेकिन वह अपनी बात पर अड़ गई थीं। जब वे सब आकर उसके आसपास बैठ गए तो वह अपना गला साफ़ करके बोलने लगीं। 'मैं बहुत बीमार रही हूँ,' वह बोलीं। 'मुझे पता है कि तुम लोग इस बात को लेकर चिन्तित थे कि मैं मर जाऊँगी, लेकिन अभी मेरे जाने का समय नहीं आया है—अभी नहीं। मुझे लगा कि मैं अभी ज़िन्दा हूँ और तुम सब लोग यहाँ एक साथ हो तो मैं तुम लोगों को अपनी वसीयत के बारे में बता दूँ। मैंने सतीश की मदद से वसीयत तैयार की है, क्योंकि इन मामलों को वही सबसे अच्छी तरह समझता है।'

वह बोले जा रही थीं। सतीश के चेहरे पर किसी तरह का भाव नहीं था।

'तुम लोगों को पता ही है कि मेरे पास फ़िक्स्ड डिपॉज़िट हैं, जायदाद और शेयर सब मिलाकर क़रीब 13 करोड़ रुपए की सम्पत्ति है। मुझे सालों पहले मेरे

सतीश मामा ने पैसे दिए थे। उसमें मैंने अपने पति के पैसे, उनका प्रॉविडेंट फंड, बीमा आदि को भी मिला दिया। मैंने दिमाग़ लगाकर निवेश किया और पैसे बचाए और मैं उम्मीद करती हूँ कि यह तुम लोगों के काम आएगा। सूर्या, शान्ता और सतीश को बैंक के फ़िक्स्ड डिपॉज़िट में से 3-3 करोड़ रुपए मिलेंगे। सी-100 में तुम लोगों के पास पहले से ही एक-एक फ़्लैट है। मेरा यह फ़्लैट जिसमें मैं रहती हूँ मेरे बाद मेरे छोटे पोते राहुल को जाएगा। मेरे दूसरे पोते समीर को दो करोड़ रुपए अपनी पढ़ाई और आगे की ज़िन्दगी के लिए मिलेंगे। राहुल जब 25 साल का हो जाएगा तो उसको एक करोड़ रुपए और मिलेंगे। हमारे परिवार की विश्वसनीय सदस्यों मुन्नी और लाली को पाँच-पाँच लाख रुपए मिलेंगे। शान्ता की संस्था विमन फ़ॉर पीस इतना अच्छा काम कर रही है उसको बीस लाख रुपए मिलेंगे। बाक़ी राशि ट्रस्ट में रहेगी जिसको शान्ता चलाएगी, वह सूर्या, सतीश और रितिका के सुझावों को ध्यान में रखते हुए उसका उपयोग करेगी।'

उनके सभी बच्चे ध्यान से सुन रहे थे, उनको समझ में नहीं आ रहा था कि क्या जवाब दें। शान्ता ने उत्सुकता से सतीश की तरफ़ तिरछी निगाह डाली।

'मेरे घर में छोटा बच्चा पप्पू रहता था उसको एक लाख रुपए मिलेंगे, जिसको लाली सँभालकर रखेगी। उसकी पढ़ाई आदि के लिए अगर और पैसों की ज़रूरत हुई तो शान्ता उसका ध्यान रखेगी। और अब, सबसे ज़रूरी निर्देश,' उनको खाँसी आने लगी। लाली भागकर उनके लिए पानी लाने गई। वह रुकी, और अपने आपको सँभालते हुए बोलीं। 'सबसे ज़रूरी बात यह है कि मेरे बचाए गए पैसों में से मन्दिर या किसी बाबा आदि को पैसे नहीं दिए जाएँ। बिलकुल नहीं।'

यह सुनकर सब मुस्कुराने लगे। उनका दिमाग़ हमेशा की तरह एकदम साफ़ था।

'मैं तुम लोगों से प्रार्थना करती हूँ मेरे प्यारे बच्चो कि मेरे जाने के बाद तुम लोग परिवार की तरह साथ-साथ रहना। मैंने अपनी ज़िन्दगी तुम लोगों के लिए लगा दी और मरने के बाद चाहे मैं जहाँ रहूँ तुम लोगों को देखती रहूँगी।'

वे क्या कह सकते थे! 'आप अभी बहुत दिन जिएँगी मातंगी माँ,' सूर्या बोला, लेकिन उन्होंने हाथ के इशारे से उसको चुप कर दिया।

'अब जाओ, जाओ, मेरे प्यारे बच्चो,' वह बोलीं, अचानक वह थकी हुई लग रही थीं। राहुल ने आगे बढ़कर उनके कुम्हलाए हुए हाथ को चूम लिया जिसमें मूँगे की अँगूठी थी। लाली उनके बिस्तर के पास बैठकर रोने लगी।

परिवार के रूप में वे कभी रोना-धोना नहीं करते थे। सूर्या, शान्ता, सतीश, सब अपने दु:खों को अपने तक ही रखते थे, और अपनी खुशियों को भी वे खुलकर जाहिर नहीं करते थे। मातंगी माँ ने जिस तरह अचानक यह घोषणा की, उससे वे असहज हो गए, वे इसके लिए तैयार नहीं थे। उनकी बातों में एक तरह के अन्त का आभास था।

~

सूर्या वापस आकर नोट्स बनाने लगा। किताब रोज़-रोज़ और मुश्किल होती जा रही थी। वह इतना कुछ कहना चाहता था, इतना कुछ दर्ज करना चाहता था, इतना कुछ याद रखना चाहता था, लेकिन उसको अभी भी कोई ऐसा विषय नहीं सूझ रहा था जो सभी विचारों को एक सूत्र में बाँध सके।

उसने एक नया अध्याय लिखना शुरू किया था, जिसका फ़िलहाल उसने शीर्षक दिया था 'भारत माता'। रबींद्रनाथ टैगोर की प्रसिद्ध पेंटिंग भारत माता का एक प्रिंट उसकी मेज़ के पास दीवार से टँगा हुआ था। उसको यह विचार भी आया था कि वह इस चित्र का इस्तेमाल अपनी किताब के कवर के लिए करेगा। उस काव्यात्मक चित्र में चार बाँहों वाली देवी को दिखाया गया था। उनके हाथों में प्रार्थना की माला थी, एक सफ़ेद कपड़ा, चावल का गट्ठर और चर्मपत्र पर लिखी एक पांडुलिपि। राष्ट्रवादी विचार की इस शुरुआती छवि की इतनी व्याख्या हुई थी, इसके ऊपर इतना अविश्वास किया गया था कि सूर्या को लगा कि उसका इस्तेमाल करना विवादास्पद हो जाएगा।

सूर्या ने ध्यान से तैयार किए गए अपने नोट्स को एक बार फिर देखा। 'बंकिम चंद्र चट्टोपाध्याय के 1882 में लिखे गए उपन्यास 'आनंद मठ' में राष्ट्र को माता के रूप में देखा गया था। किस बिन्दु पर जाकर प्राचीन मातृसत्तात्मक परम्पराओं का स्थान सवर्ण पुरुष सत्ता ने ले लिया? भारत पितृसत्तात्मक था या मातृसत्तात्मक?'

उसने अपने नोट्स परे कर दिए। इस बहस को उसने किसी और दिन के लिए छोड़ दिया। जबकि सी-100 में मातृसत्ता का ही राज था, जिसमें मातंगी माँ देवी की तरह स्थापित थीं। वह हमेशा से थीं, और हमेशा रहेंगी। नमस्तस्यै नमस्तस्यै नमस्तस्यै नमो नम:।

~

रियाज़ के गाँव के बाहर स्कूल में क्वारंटीन सेंटर बनाया गया था। रियाज़ उसके ख़ाली क्लासरूम में खेल रहा था। वह वहाँ अपने चाचा और चाची के साथ आया था। घर के लिए यात्रा का रोमांच जल्दी ही जाता रहा था। रेलवे स्टेशन पर भूखे पेट ट्रेन का इन्तज़ार करते-करते वे सारी पूड़ियाँ खा गए जो लाली ने पैक करके दी थीं। भीड़, अस्तव्यस्तता, ठंडा पड़ता उत्साह। जब ट्रेन उनके स्टेशन पर रुकी तो रियाज़ छलाँग मारकर बाहर निकला।

हरे-भरे खेतों के बीच से बस का सफ़र और फिर क्वारंटीन सेंटर तक पैदल यात्रा। वे पगडंडी से होते हुए बढ़ रहे थे जिसके चारों तरफ़ गन्ने के खेत थे। हाल में ही बारिश के कारण वहाँ अभी भी कीचड़ था। एक साँप रियाज़ के पैरों के ठीक सामने से सरका, वह डर गया और दौड़कर अपने चाचा के पास पहुँच गया।

स्थानीय पंचायत ने आने वाले यात्रियों के लिए इन्तज़ाम किए थे। ख़ाकी वर्दी में एक आदमी उन लोगों का तापमान ले रहा था, उनके नाम लिख रहा था। पुरुषों को बड़े हॉल में सुलाया गया था जबकि स्त्रियों और बच्चों को दो ख़ाली पड़ी कक्षाओं में। मेज़-कुर्सियों को दीवार से सटाकर लगा दिया गया था। वह एक टूटी-सी मेज़ के पास बैठ गया, और स्कूल-स्कूल खेलने लगा, लेकिन उस सीलन भरे कमरे में कोई मज़ा नहीं था, जिसमें अजनबी लोग नीचे चटाई पर लेटे हुए थे। दरियाँ एक-दूसरे से थोड़ी-थोड़ी दूरी पर बिछाई गई थीं।

गाँव वाले अच्छे थे, और खाना अच्छा था, स्टील की थाली में मसालेदार झोल के साथ चावल और केले दिए जा रहे थे। रियाज़ ने दो केले खाए और बाहर बरामदे में जाकर अपना प्रिय खेल खेलने लगा। वह कार चला रहा था। व्रूम, व्रूम व्रूम। वह बोले जा रहा था व्रूम, व्रूम।

उसकी बहन नाजनीन बरामदे के दूसरे कोने में स्टापू खेल रही थी। उसने चाक के टुकड़े से आड़ी-तिरछी लकीरें खींची थीं, चाक का टुकड़ा उसको ब्लैकबोर्ड के नीचे मिल गया था। वह चाक सुन्दर गुलाबी रंग का था, और वह उससे सीधी लकीरें खींच रही थी। उसने पत्थर का एक छोटा-सा टुकड़ा ज़मीन पर फेंका और कित कित करने लगी। वह दोनों पैरों से कूदकर अगले निशान पर पहुँच गई, कि अचानक हरे रंग का एक साँप सरकता हुआ आया और उसके पैर से लिपट गया।

नाजनीन चिल्लाने लगी। साँप उसके पैर के चारों तरफ़ लिपट गया था। वह एक बार फिर से चिल्लाने लगी। रियाज़ नाजनीन की आँखों को देख रहा था, जो

डर के मारे सफ़ेद पड़ गई थीं। उसकी चाची डर गई और उसने एक घिसी हुई चप्पल उसकी तरफ़ फेंकी। साँप अपनी गुंजलक खोलकर सरकता हुआ पास की झाड़ी में चला गया।

अब उसकी बुआ अपनी बेटी को कलेजे से चिपकाए हुए थीं। उसके चाचा गाँव में किसी को फ़ोन कर रहे थे कि वह आए और उनकी मदद करे। ख़ाकी कपड़े वाले जिस आदमी ने उन लोगों का तापमान जाँचा था वह घर गया हुआ था। सब घबराए हुए थे।

नाजनीन डर के मारे अकड़ गई थी। रियाज़ को उसके टखने पर घाव के दो निशान साफ़ दिखाई दिए। वह पसीने-पसीने हो रही थी और अजीब तरह से हाँफते हुए साँस ले रही थी। एक लम्बा आदमी जिसने अपने मुँह पर लाल गमछा लपेट रखा था, आगे बढ़ा। उसने कानों में सोने का कुंडल पहन रखा था। रियाज़ उसको ध्यान से देख रहा था। वह आदमी नाजनीन के सामने घुटनों के बल बैठ गया और हालात को अपने नियंत्रण में कर लिया।

'हिलना मत,' उस आदमी ने नाजनीन से कहा, 'एकदम शान्त रहो नहीं तो ज़हर फैल जाएगा।' उसने उसकी पिंडलियों पर बैंडेज बाँध दिया, और जहाँ साँप ने काटा था उस जगह से ख़ून चूसना शुरू कर दिया।

रियाज़ तो उस भयानक दृश्य को देख भी नहीं पा रहा था। उसने अपने हाथ आँखों पर रख लिये, लेकिन वह उँगलियों के बीच से देखने से ख़ुद को नहीं रोक पा रहा था। उसकी चाची ज़ोर से रोए जा रही थी। 'साँप ने मुझे क्यों नहीं काट लिया?' वह रोते हुए कह रही थी। 'उससे कहियो कि वापस आए और इसकी जगह मुझे काट जाए!'

उस आदमी ने उनसे शान्त रहने के लिए कहा और कहा कि वह नाजनीन के पैर पकड़कर रखें। 'हिलने मत देना,' वह बोला। 'इसको आराम से पकड़ो लेकिन मज़बूती से थामे रहना। और शोर करना बन्द करो।'

वह बाहर मैदान में गया जहाँ घास उगी हुई थी। क्या वह साँप को ढूँढ़ रहा है? रियाज़ सोचने लगा। लेकिन नहीं, वह आदमी नीचे झुका और उसने ज़मीन से एक पौधा तोड़ लिया। उसके बाद उसने दो बड़े पत्थर उठाए, एक चप्टा था और एक गोल, और वापस बरामदे में लौट आया। सब सहमे हुए से देख रहे थे। वह आदमी पत्तों को दोनों पत्थरों के बीच रगड़ने लगा, जब तक कि उससे लिसलिसा, दूधिया पदार्थ नहीं निकलने लगा।

नाजनीन हल्की सी मुड़ रही थी लेकिन अब वह बिलकुल स्थिर थी। रियाज़ सोच रहा था कि कहीं वह मर तो नहीं गई। वह आदमी एक बार फिर से उसके पैर को चूसने लगा। बहुत अधिक ज़ोर लगाने के कारण उस आदमी का चेहरा बैंगनी हो गया था। फिर उस आदमी की जीभ ने धीरे से हरकत की जिससे कि सहज भाव से ज़हर बाहर आ जाए। वह ख़ूब सारा थूक बाहर थूकने लगता था और फिर दुबारा से चूसने में लग जाता था।

आख़िरकार वह बैठ गया। रियाज़ उस आदमी की मदद के लिए दौड़ा, और उसने अपनी छोटी बाँहों को उस आदमी की पीठ पर रख दिया। वह आदमी पसीने-पसीने हो रहा था। वह रियाज़ को ऐसे थपथपाने लगा मानो वह उसका शुक्रिया अदा कर रहा हो, घाव पर उस आदमी ने हरी पत्तियों का लेप लगा दिया। लेप का बाक़ी बचा हुआ हिस्सा अपने मुँह में रख लिया और थूकने के पहले कुछ देर के लिए वहीं बैठा रहा। उसने पानी माँगा। रियाज़ भागकर उसके लिए पानी लाने गया, प्लास्टिक के लाल रंग की बोतल से जो लाली ने उसको दिल्ली से चलते वक़्त दी थी।

उस आदमी ने रियाज़ की लाल बोतल से अपने मुँह में बड़ी सावधानी से पानी डाला और फिर कुल्ला करके बहुत ज़ोर से नीचे थूक दिया। उसके बाद उसने अपना लाल गमछा अपने चेहरे पर लपेट लिया और रियाज़ से कहा कि वह नाजनीन को अन्दर ले जाकर लिटा दे। 'यह एक दिन सोएगी और फिर कल तक ठीक हो जाएगी,' वह बोला, उसके बाद वह फिर से मैदान में गया, और एक छोटे से पत्थर पर जाकर बैठ गया। वह आँखें मूँदकर प्रार्थना करने में लग गया, और मन ही मन कुछ बुदबुदाने लगा।

~

उसके बाद नाजनीन ने न कुछ खाया न ही कुछ पिया। वह पूरी रात सोई रही, और अगली सुबह एकदम तरोताज़ा होकर जगी। रियाज़ लगभग पूरी रात जागा रहा, वह डरा हुआ था कि साँप कहीं सरकता हुआ आकर उसको न काट जाए। अगली सुबह वह उस आदमी के पास गया जिसने नाजनीन की जान बचाई थी। उसने अपना परिचय दिया और उस आदमी ने बताया कि उसका नाम पांडु था।

'मैं सीखना चाहता हूँ कि साँप के काटे का इलाज कैसे होता है,' रियाज़ पांडु से बोला। 'मुझे साँपों से डर लगता है, रात-भर मैं सोया नहीं कि कहीं साँप आकर मुझे न काट ले।'

पांडु ने झुककर रियाज़ का हाथ थाम लिया। 'अगर तुम यह चाहते हो कि तुम साँप के काटे का इलाज करो तो सबसे पहली बात यह कि तुम्हें साँपों से डरना नहीं है,' वह आदमी बोला, एकदम ऐसी आवाज़ में जैसे अपनी उम्र के किसी आदमी से बात कर रहा हो, ऐसे नहीं जैसे कि वह अपने से तिहाई ऊँचाई के किसी बच्चे से बात कर रहा हो। वे मैदान में साथ-साथ गए। पांडु ने कुछ पौधों की तरफ़ इशारा किया और बताया कि इनसे साँप के काटने का गुप्त रूप से इलाज किया जाता है, और उसने रियाज़ को उन पौधों के नाम भी बताए।

'यह कोलार साग है,' वह बोला। 'जहाँ साँप काटे वहाँ इसको लगाया जा सकता है। वह सुन्दर सा जो पौधा है उसका नाम है शतावरी—यह पौधा भी बहुत उपयोगी होता है। जब मैं कहीं सफ़र पर जाता हूँ तो इस पौधे का रस निकालकर बोतल में रख लेता हूँ और अपने साथ लेकर चलता हूँ। हम लोग यहाँ पर लम्बे समय तक बन्द रहने वाले हैं—मैं तुमको और पौधों के बारे में भी बताऊँगा, केवल साँप से काटने के इलाज के लिए ही नहीं, बल्कि पेट के दर्द के लिए भी, जाँडिस के लिए, और आँखों के संक्रमण के लिए भी, और ऐसे कीड़ों के काटने के इलाज के लिए जिनके काटने के बाद घाव आसानी से नहीं भरते। लेकिन साँप काटने के बारे में सबसे ज़रूरी बात तुमको बताता हूँ। इससे मरने वाले अधिकतर लोग डर के मारे मर जाते हैं, ज़हर के कारण नहीं। डर के मारे उनका हार्ट फेल हो जाता है, और वे मर जाते हैं। मुझे यह नहीं पता कि जिस साँप ने उस बच्ची को काटा था वह ज़हरीला था या नहीं। मैंने तो उस साँप को देखा भी नहीं था, जबकि तुमने देखा था। इसलिए मैंने वह सारी सावधानियाँ बरती थीं जो ज़हरीले साँप के काटने पर बरती जाती हैं।'

'वह साँप हरे रंग का था,' रियाज़ ने आगे बढ़कर कहा। 'उसके ऊपर काले रंग के धब्बे थे।'

'हम्म,' पांडु ने जवाब दिया। वह कुछ देर के लिए शान्त रहा। 'अगर कोई साँप तुम्हारे पास आए तो तुमको 'आस्तीक! आस्तीक!' कहना है। यह नाम साँपों के राजा का है, और वे हर उस इनसान की इज़्ज़त करते हैं जो उनके राजा का नाम लेता है।'

उस रात रियाज़ सोने के पहले मन ही मन 'आस्तीक! आस्तीक!' बुदबुदा रहा था। उसने सपने में मातंगी माँ को देखा, और घर की सबसे ऊपर की मंज़िल का वह कमरा जहाँ वह रहती थीं। वह मुस्कुरा रही थीं, और उसको टॉफ़ी दे रही थीं, और उससे कह रही थीं कि वह बिलकुल न डरे।

~

समीर ने कुछ कपड़े एक छोटे से बैग में पैक किए, चेहरे पर मास्क लगाया, और अपने दोस्त नील के फ़ार्म हाउस पर कुछ दिन बिताने के लिए निकल गया। जब से लॉकडाउन लगा था तभी से वह घर से बाहर नहीं निकला था, और इस वजह से उसकी चाल में फुर्ती थी और चेहरे पर ख़ुशी। सूर्या का ड्राइवर-रसोइया रुद्र सिंह काम पर वापस लौट चुका था, और वह उसको एसयूवी में लेकर नील के घर छोड़ने के लिए जा रहा था।

कार को स्टार्ट होने में कुछ समय लगा था। समीर हैरानी से चारों तरफ़ देखे जा रहा था। दुनिया सम्भावनाओं से भरपूर लगने लगी थी। जून का महीना था लेकिन आकाश में कुछ ज़्यादा ही बादल थे, और पश्चिमी तट से बवंडर आया हुआ था। हवा साफ़-सुथरी थी। शहर का कुख्यात प्रदूषण लग रहा था जैसे पुराने ज़माने की बात हो। सड़कों पर आवागमन बढ़ता जा रहा था, अधिकतर लोग घरों में बैठे थे क्योंकि महामारी से पीड़ितों की तादाद अब भी बढ़ रही थी।

रुद्र सिंह का मास्क उसके गले से ऐसे झूल रहा था मानो बो टाई हो। उसको यह पक्के तौर पर लग रहा था कि यह वायरस चीन का किया-धरा था, और पाकिस्तान ने ख़ास तौर पर टिड्डियों को पाला था ताकि उनको भारत भेजकर फ़सलों को नष्ट किया जा सके और वायरस फैलाया जा सके।

किस तरह से वे सकुशल निकल आए, समीर सोच रहा था। दुनिया जैसे जो थी जहाँ थी वहीं की वहीं थम गई थी, और अब वह शायद सावधानीपूर्वक एक नए यथार्थ की दिशा में मुड़ रही थी। उतनी सावधानी से भी नहीं, सच में, हर तरफ़ इतना ग़ुस्सा बढ़ता जा रहा था, नफ़रत बढ़ती जा रही थी, लोग मर रहे थे और तबाही आई हुई थी, लेकिन सी-100 ने किसी तरह ख़ुद को सँभाले रखा, वह बच गया।

समीर की अपनी योजनाएँ थीं। वह आने वाले महीनों में अपने पापा का पुश्तैनी घर देखने के लिए बिहार जाने वाला था। वह पुराना घर, आम और लीची के पेड़ों

से घिरा, जो उसने चाचा की भेजी तस्वीरों में देखा था, जहाँ जाने पर केयर टेकर और उसकी बेटी उसका ख़याल रखने वाली थी। शायद उसका दोस्त नील भी उसके साथ जाए। चाचा अनिरुद्ध सब कुछ तय करने वाले थे। दुनिया कब अपने पैरों पर वापस लौटेगी। कब!

उसी दिन सुबह समीर को अनिरुद्ध का ईमेल आया। 'उम्मीद है कि तुमसे जल्दी ही भेंट होगी,' उसमें लिखा था, 'और तुम्हारे साथ लिट्टी-चोखा खाने की ख़ुशी साझा करूँगा। लेकिन फ़िलहाल सब कुछ इतना अनिश्चित है! मैंने सोचा कि भौतिकविद् कार्लो रावेली का यह उद्धरण तुमसे साझा करूँ, जो आधुनिक भौतिक सच्चाई को लेकर है : "हम लोगों को अपनी स्वाभाविक प्रवृत्तियों को भूलने की ज़रूरत है, ख़ासकर यथार्थ को स्वीकार करने के सन्दर्भ में।" मुझे यह नहीं समझ आ रहा है कि इसको रोज़मर्रा के जीवन के अमूर्त सबक़ में किस तरह रूपांतरित किया जाए। लेकिन मैं सीखने की कोशिश कर रहा हूँ।'

समीर को अपने चाचा से प्यार होता जा रहा था, वह बिहार जाने की राह देख रहा था। उसने यात्रा की पूरी योजना बना रखी थी। वह बुद्ध-स्थलों पर जाएगा। नालंदा जाएगा, बौद्ध शिक्षा के प्राचीन केन्द्र पर जिसकी स्थापना पाँचवीं शताब्दी में हुई थी, और जो 1202 में ध्वस्त हो गया। क्या पता वह नवस्थापित नालंदा अन्तर्राष्ट्रीय विश्वविद्यालय में दाख़िला ले ले और अपनी जड़ों की तरफ़ लौटे। आजकल के हालात में अमेरिका से ज़्यादा सुरक्षित यही लग रहा था। यूके की भी स्थिति कुछ समझ नहीं आ रही थी।

वह बुद्ध के बारे में पढ़ रहा था। 'आपका मन ही सब कुछ होता है। आप जो सोचते हैं वह हो जाते हैं।' और फिर समीर को उनके उपदेशों में से एक लाइन याद आई : 'गंगा नदी के सभी बालू कणों की कल्पना कीजिए, बालू के हर कण की कल्पना एक अलग दुनिया के रूप में कीजिए। और हर बालू-कण के अन्दर एक और दुनिया होती है।' या इसी तरह की कोई बात। कुछ उसी तरह की समानान्तर दुनिया जैसी कि नासा ने कॉस्मिक किरण खोज के प्रयोग के दौरान पाई थी। अद्‌भुत।

समीर आमतौर पर ज़्यादा दार्शनिक मिज़ाज का आदमी नहीं है, लेकिन फिर उसने अपने आपसे कहा कि जिस तरह के हालात हैं ऐसे में किसी को भी थोड़ा दार्शनिक हो जाना चाहिए।

~

मातंगी बार-बार कह रही थीं कि वह कमरे से निकलना चाहती हैं। वह बिना किसी की मदद के बरामदे की तरफ़ निकलीं, अपने वाकर के सहारे, और अपनी न देखने वाली आँखों से नीचे के नज़ारे को देखने लगीं, गाड़ी का रास्ता, सड़क, सड़क के पार का पार्क।

एक छोटी सी बार्बेट चिड़िया, जिसके पंख हरे-भूरे रंग के चमकदार थे और चोंच कुछ ज़्यादा ही लम्बी, सेन दम्पति के घर के सामने के सेमल के पेड़ से उड़ी। वह चहक रही थी, ऐसे जैसे कोई कविता गुनगुना रही हो। टू-हे, टू-हे, टू-हे। लगभग उसी समय कमरे से बोलने वाली घड़ी ने भी बोलना शुरू कर दिया। ऊपर एक हेलिकॉप्टर जा रहा था। नीचे पेड़ पर कौए बोल रहे थे।

मातंगी महसूस कर पा रही थी कि उनके आसपास चिड़िया उड़ रही है। 'तो तुम मुझसे मिलने के लिए वापस आई हो मिर्ची,' वह फुसफुसाईं। 'मुझे भी उड़ना सीखना होगा। हम लोग जल्दी ही एक दिन साथ-साथ उड़ेंगे।'

उपसंहार

समीर

लॉकडाउन के शुरुआती दिनों के जो तीन महीने मैंने सी-100 में गुज़ारे वे सबसे धीमे दिन थे, सबसे शान्त, और मेरे जीवन से सबसे गहरे जुड़े। मेरे बारे में बहुत सी बातें थीं, मेरे माँ-पापा के बारे में, सूर्या के साथ मेरे रिश्ते को लेकर जिनको जानबूझकर मैंने एक ऐसे ख़ाली बैग में रख दिया था जिसके ऊपर लिखा था 'सुविधाजनक विस्मरण'। मुझे इन सवालों के जवाब तलाश करने में डर लगता था, डर लगता था कि पता नहीं क्या जवाब सामने आए।

ये महीने कैसे बीत गए! ऐसा लग रहा है मानो एक पूरी ज़िन्दगी बीत गई हो। उस घर के चार मालों पर हम सब साथ-साथ रह रहे थे। उन महीनों नें समय ने हम लोगों के साथ छल किया था—वह कई बार फैल जाता था, कई बार सिकुड़ जाता था, कई बार अनुपस्थित हो जाता था। उन शान्त रातों और दिनों पर समयहीनता हावी हो जाती थी।

मुझे याद है, कैसे पहली मंज़िल का सारा काम सूर्या ने सँभाल लिया था। वह तड़के सुबह उठते और झाड़ू-पोंछा करने लगते, और सुबह देर से जब मैं उठता था तब तक उनका यह सारा काम हो चुका होता था। फ्रिज में हर वक़्त ब्रेड-बटर, अंडा, दूध रहता था, फल भी। वह दाल-सब्ज़ी और चावल बनाते थे। चपाती कभी नहीं—उनको चपाती बनाना नहीं आता था, और मुन्नी उनको नीचे से रोटियाँ बनाकर दे जाती थी।

मेरे कपड़े हमेशा धुले और आयरन किए हुए रहते थे। मैं कई बार उनको देखता था, उनका लम्बा क़द आयरन करने वाले बोर्ड के ऊपर झुका रहता था, कभी कुछ गुनगुनाते हुए या कुछ सोचते हुए मेरे शॉर्ट्स और जींस के ऊपर इस्तरी करते रहते। मैंने उनसे कहा भी कि वह मेरे कपड़ों पर आयरन न करें लेकिन वह करते रहे। 'मुझे घर का काम करना पसन्द है' वह कहते, और फिर मैं कुछ न कहता।

यह बड़ी हैरान करने वाली बात है, सदमे में डालने वाली, कि सबसे पहले कोविड ने उन्हीं को डँसा। उन शुरुआती महीनों में, नीले आसमानों और राहत पहुँचाने वाले मौसम के महीनों में हमने उन दिनों को लेकर किसी तरह की तैयारी नहीं की थी कि जब यह राक्षस खुलेगा तो क्या होगा।

मुझे याद है कि हम लोग किस तरह पार्क में पत्तों को बुहारा करते थे, लम्बे-लम्बे झाड़ुओं से—नीम के पीले पड़ चुके पत्तों को, निबौरी की छोटी-छोटी कलियों को जिनकी गंध बड़ी तीखी होती थी। यह सब इतनी जल्दी हुआ कि ग्रीष्म ऋतु का वह सपना टूट गया। यह मेरे दोस्त नील के फ़ार्म हाउस पर हुआ जब वह पहली बार बीमार पड़े। पहली बार वे निगेटिव आए, लेकिन उनका बुख़ार नहीं उतर रहा था। शान्ता बुआ ने बड़े प्यार से उनकी देखभाल की और वह ठीक हो गए, वापस अपनी किताब पर काम करने लगे, कि एक दिन हम लोगों ने पाया कि वह अपनी मेज़ पर गिरे हुए थे।

उसके बाद जो हुआ उसके बारे में मैं सोचना नहीं चाहता। मैंने अपने पड़ोसी डॉक्टर नाम्बियार को फ़ोन किया, जो अपनी सुरक्षा के पूरे इन्तज़ाम के साथ अस्पताल जा रहे थे। जब उन्होंने सूर्या की नाड़ी को छुआ तो वे थके हुए लग रहे थे, कुछ ग्लानि के भाव में, कुछ हताश। 'बहुत देर हो गई,' उन्होंने तेज़ी से कहा, 'अब कुछ नहीं किया जा सकता। इस मामले में हम सब के लिए अब बहुत देर हो चुकी है।'

मैंने उस आदमी को खो दिया जो मेरे लिए माँ-बाप, मेरा सबसे अच्छा दोस्त था। उसके बाद मैं उस घर की पहली मंज़िल पर और नहीं रह सकता था, जहाँ मेरा साथ देने के लिए डॉलर और मेरा टूटा हुआ दिल था। हालाँकि राहुल ने मेरी बड़ी देखभाल की, वह मेरा बड़ा भाई बन गया था।

हम लोगों ने टेस्ट करवाए, सब लोगों ने, और बेताबी के साथ नतीजों का इन्तज़ार करने लगे। हम लोग रोज़ाना ऑक्सीमीटर देखते थे, हम लोग ग़मगीन होते, दुआ करते, हम लोग किसी तरह से उस समय से ऊपर उठने की कोशिश करते। जब सब कुछ साफ़ हो गया तो मैं समझ गया कि मेरे जाने का समय अब आ गया था।

जब मैंने विश्वसनीय ड्राइवर रुद्र सिंह के साथ गाड़ी से बिहार शरीफ़ जाने का फ़ैसला किया, अपने असली दादाजी के घर, तो मैंने डॉलर को राहुल के पास छोड़ दिया। उसकी माँ ने उस तरह से ना-नुकुर नहीं किया जिस तरह की उम्मीद उनसे थी। रितिका आंटी बहुत प्यारी थीं, वह और सतीश काका, और मुझे पहली बार यह महसूस हुआ कि मेरे पापा के भाई मेरे लिए खड़े रहने वाले इंसान थे।

मेरे असली पिता के भाई अनिरुद्ध शरण झा तो जैसे टूट गए। दोनों के बीच इतने दिनों की चुप्पी के बाद के दिनों में वह अपने पुराने दोस्त से अब कभी नहीं मिल सकते थे। उन्होंने अपने पुराने घर को साफ़ करवाया था और मेरे स्वागत के लिए तैयार थे, जबकि सतीश काका ने ई पास, होम क्वारंटीन, काग़ज़ी कार्रवाई आदि का काम करवा दिया।

'ज़िन्दगी उसका नाम है जो आपके साथ तब घटित होती है जब आप दूसरी तरह की योजनाएँ बनाने में लगे होते हैं।' तो मैं अब यहाँ हूँ, लाल कोठी में, जिसकी छतें ऊँची हैं और लाल आक्सायड की फ़र्श। यह एक समानान्तर ब्रह्मांड जैसा कुछ है, जो मेरे दिमाग़ में इतना घुस गया था, जब गर्मी अभी भी मासूम थी।

मेरे दादा की एक बहुत भव्य और सुन्दर तरीक़े से बनाई गई तस्वीर थी, और उनके पिताजी की, सुनहरे रंग के फ्रेम में लगाकर लटकाई गई थीं। मैंने पहली मंज़िल का एक कमरा अपने सोने के लिए चुना, जिसका रुख़ बग़ीचे की तरफ़ था। कल ही चौकीदार चाचा रामनरेश जी ने मुझे यह बताया था कि मेरे पापा भी उसी कमरे में रहते थे, कई साल पहले। आदित्य शरण झा भी वहीं सोए थे, मैं यह कल्पना करना चाहता था कि उनका एक हिस्सा अभी भी वहीं रह रहा है। मैंने अपनी मेज़ पर अपनी माँ समीरा का फ़ोटो लगाया, और मुझे इस बात का सन्तोष हुआ कि आख़िरकार वह भी अपने घर आ गईं, अपने बेटे के साथ।

दीवार पर छिपकलियाँ हैं, घात में बैठी...अपने शिकार की तलाश में व्यस्त या एकदम निश्चेष्ट, जिस तरह का उनका मिज़ाज हो। अब मुझे उनसे वैसा डर नहीं लगता है—वे किसी प्रहरी की तरह लगती हैं, फुर्तीले अभिभावक की तरह—और वैसे तो उनके प्रति मेरे अन्दर किसी तरह का लगाव विकसित नहीं हुआ है, लेकिन अब उनसे मुझे डर नहीं लगता। कल का दिन और दिन होगा, हालाँकि मैं यहाँ जितने भी दिन बिताऊँ सब एक ही पल के हिस्से की तरह लग रहे हैं।

मैं लिट्टी-चोखा खाता हूँ, और रमसालन और निमोना। एक दिन रामनरेश की बेटी ने मेरे लिए बेसन के स्वादिष्ट लड्डू बनाए थे जिससे मुझे मातंगी माँ की याद आ गई थी। मैं बुरी तरह रोने लगा था। उनके रहते-रहते ही मुझे सी-100 लौटना होगा।

मुझे लगता है कि मुझे प्यार हो गया है। रामनरेश की पोती सुखदा कुछ समय से यहीं रह रही है। वह बहुत सुन्दर है, और बहुत प्रतिभाशाली और आत्मविश्वास से भरपूर। उससे लीची, आम और कमल के फूल की ख़ुशबू आती है।

सुखदा फ़िज़िक्स में एम.फ़िल. करने के बारे में सोच रही है। वह अब गाँव की गोरी नहीं रह गई है, वैसे भी बिहार शरीफ़ कोई गाँव नहीं है। वह मुझसे बहुत-बहुत अधिक तेज़ है, काश मैं उसको सूर्या से मिलवा पाता, काश वह उनसे मिल पाती।

हम लोग एक-दूसरे से टकरा गए—सही में—बग़ीचे में। वह किसी अच्छी दिखाई देने वाली चीज़ की सराहना कर रही थी जो आम के पेड़ की डाली से लटकी हुई थी। मैंने अन्दाज़ लगाया कि वह किसी तरह का घोंसला था। 'क्या यह बया का घोंसला है या टेलर बर्ड का?' उसने मुझसे पूछा था। मैंने उससे साफ़ कह दिया कि मुझे इस बारे में पता नहीं है।

'मुझे लग रहा है कि यह टेलर बर्ड है,' उसने कुछ सोचते हुए जवाब दिया। 'वे अपना घोंसला लम्बे पत्तों से बनाती हैं, जबकि बया अपना घोंसला तिनकों और टहनियों से बनाती है।'

वह दूसरी दिशा में जाने लगी। मैं बातचीत को जारी रखने के लिए बेचैन था। तभी मुझे पेड़ की ऊपर की डाली से एक जानी-पहचानी आवाज़ सुनाई दी। टू-हे, टू-हे, टू-हे, टू-हे।

मैंने उसको रोका। 'सुनो सुखदा,' मैंने कहा। 'सुन लो। यह बार्बेट चिड़िया गा रही है। मैंने एक बार एक बार्बेट की जान बचाई थी—और उसकी देखभाल करके उसको वापस उड़ने लायक़ बना दिया था। फिर हम लोगों ने उसको आज़ाद कर दिया था।'

'सच्ची?' वह बोली, अपनी आँखों को फैलाए हुए, और मैं देख रहा था कि वह मेरी बातों पर ध्यान दे रही थी। मैंने उसको मातंगी माँ के बारे में बताया, और यह कि किस तरह उन्होंने मुझे उस बार्बेट चिड़िया की तलाश में भेजा था जो सड़क पर पड़ी हुई थी, और सी-100 के अपने परिवार के बारे में भी बताया।

तभी बार्बेट उतरकर हमारी आँखों के सामने की डाल पर आ गई, और वही गीत गाने लगी। मैं उसकी बड़ी उजबक सी चोंच को देख पा रहा था, वह तेज़ थी, उसकी उत्सुक आँखें, मुझे ऐसा महसूस हो रहा था जैसे अपने किसी बिछड़े दोस्त से मेरा सामना हो गया हो, और वह हमारे लिए गा रही है, मेरे और सुखदा के लिए। उसके बाद से हम लोग दोस्त बन गए—मुझे लगता है कि उसको यह बात समझ में आ गई थी कि मैं कोई बिगड़ैल शहरी बच्चा नहीं हूँ।

यहाँ एक अलग तरह की समयहीनता है। मैं इस बात पर नज़र बनाए हुए था कि बाहर की दुनिया में क्या कुछ हो रहा है। महामारी कम होती थी, फिर बढ़ जाती थी। इससे मैं थोड़ा उलझ सा गया। कभी बहुत मज़बूत, कभी चिन्तित-भयभीत।

मैं हर दूसरे दिन राहुल से बात करता था। वह मुझे सी-100 की गतिविधियों के बारे में बताता रहता था और आस-पड़ोस के बारे में। सेन परिवार अपना घर बेच रहा था, और वे देहरादून के एक महँगे वृद्धाश्रम में जाने की योजना बना रहे थे। मैं सोच रहा था कि वहाँ कौन आएगा, शायद वहाँ कुछ फ़्लैट बन जाएँ। मन्दी के इस दौर में कोई ख़रीद नहीं रहा था, सारे लोग बेच ही रहे हैं।

राहुल की दूसरी दिलचस्प ख़बर शान्ता की बिल्ली के बारे में थी, मिस ट्रम्प के बारे में। जिस समय सूर्या पहली बार बीमार पड़े थे, उसी समय उसको बच्चे हुए थे। वह काला बिल्ला जो पड़ोस के बग़ीचे में रहता था शायद वही उन बच्चों का बाप था, और एक दिन वह घर में घुस आया और एक बच्चे को उसने मार डाला। राहुल ने मुझे बताया कि बाक़ी बच्चे ठीक थे, और यह कि शान्ता ने दो बच्चों को पुलिस वाली बबली मोहन को दे दिया था, जो लग रहा था कि आजकल उनकी सबसे अच्छी दोस्त बन गई थी।

रुद्र सिंह मेरे साथ यहीं है। हमारे साथ हुए हादसे से वह उबर नहीं पाया। सूर्या का नाम आने पर मैंने उसको रोते हुए देखा है। लेकिन उसको यह घर अच्छा लग रहा है, मैदान, नक़्क़ाशीदार दरवाज़े, लम्बा बरामदा। रुद्र सिंह गढ़वाल का रहने वाला है, मैं इस बात को समझ सकता हूँ कि बिहार से उसको कितनी नफ़रत होगी और बिहारियों से मिलने के बाद उसकी धारणा कितनी बदल गई है।

कल शाम उसने मेरे लिए ख़ास चिकेन करी बनाया था जो लहसुन में बना था। मैंने जो खाना हॉस्टल में खाया था या सी-100 में उससे कहीं बेहतर खाना यहाँ खा रहा हूँ। ख़ूब सो रहा हूँ, इस क्षणभंगुर दायरे में जो दुनिया के दुःख-दर्द से बहुत अलग है। दिल्ली में आया भूकम्प। बाढ़। सीमा पर लगातार होती गोलीबारी। लद्दाख में चीन की घुसपैठ। दुःखों की एक अनंत श्रृंखला है, जिसके केन्द्र में यह चालाक वायरस है, जो रूप बदल-बदलकर इस भयावह रास्ते पर बढ़ता जा रहा है। किसी ने मुझे बताया कि अब यह कम घातक हो रहा है।

मैंने लाली को फ़ोन करके उससे पप्पू के बारे में पूछा। उसने एक विडियो फ़ॉरवर्ड कर दिया जिसमें वह माइकेल जैक्सन के मूनवाक की नक़ल कर रहा था, जबकि मुँह से कोई ऐसा गाना गा रहा था जिसका मतलब समझ नहीं आ रहा था। वह बिली जीन की धुन में गा रहा था। वह ख़ुश लग रहा था, और उसके पैरों की ताल ग़ज़ब की थी। मैंने लाली को दो दिल वाला ईमोजी भेजा और उसने मुझे मातंगी माँ की फ़ोटो भेज दी, जो बरामदे में मास्क लगाए खड़ी थीं। हमेशा

की तरह वह तनकर खड़ी थीं। मास्क के अन्दर से उनके चेहरे के भाव समझ नहीं आ रहे थे।

जब मैं वहाँ से आ रहा था तो उन्होंने जो कहा था मुझे उनके वे शब्द याद आ रहे हैं। गाड़ी से निकलने के पहले मैं उनसे आशीर्वाद लेने के लिए ऊपर गया था। न जाने कितनी अनकही बातों के कारण मेरा दिल भारी था और मुझे समझ नहीं आ रहा था कि उनको किस तरह बताऊँ। उन्होंने मास्क पहन रखा था और मैंने भी। अब तक हम सब लोग बहुत सावधान हो गए थे। उन्होंने मुझे अपने बग़ल में बिठाया, पुराने दिनों की तरह ही, मेरे चेहरे को सहलाने लगीं, मानो वह उसको आख़िरी बार पढ़ने की कोशिश कर रही हों।

'अब दुःखी होना छोड़ो,' वह बोलीं। 'इससे उसको तकलीफ़ होगी। उसको अब अपने नए सफ़र में आगे देखना है, हर क़दम पर पीछे मुड़कर तुम्हारे बारे में चिन्ता नहीं करनी है।' यह बात क़ायदे की थी। मैं चाहता था कि सूर्या मुक्त रहें, ख़ुश रहें, चाहे जहाँ हों।

'मरने वाले मर जाते हैं...' वह रह रही थीं। 'ज़िन्दगी जीने के लिए होती है। हमें ज़िन्दगी के घाव भरने चाहिए, वे उनसे ज़्यादा तकलीफ़ पहुँचाते हैं जो जा चुके होते हैं।'

वह कुछ देर के लिए ख़ामोश रहीं। 'मेरा सूर्यवीर अच्छा लड़का था,' उन्होंने आख़िरकार कहा। 'अच्छों में अच्छा। मैं भी जल्दी ही उसके पास चली जाऊँगी, और वह मुझे फिर से कोई कविता पढ़कर सुनाएगा। लेकिन मुझे जाने की कोई जल्दी नहीं है समीर। मुझे यहाँ रहकर तुम लोगों की देखभाल करनी है, नहीं?'

वह मेरे बालों में हाथ फेरने लगीं, उन्हें मेरे चेहरे से हटाने लगीं। 'तुम्हारी शादी जल्दी होगी,' वह बोलीं। 'और फिर तुम बहू को लेकर घर आओगे। मैंने उसके लिए एक ख़ास गहना बचाकर रखा हुआ है—शान्ता को इसके बारे में पता है।'

हँसी के मारे मैं दोहरा हो गया। 'शादी!' हँसते-हँसते मेरी आँखों में आँसू आ गए। 'शादी! अभी तो मेरी कोई गर्लफ्रेंड भी नहीं है।' लेकिन उनके शब्द मेरे भीतर कहीं दर्ज हो गए। चीज़ों को जानने का उनका अपना तरीक़ा है। लगता है वे भविष्य की आहट सुन लेती हैं।

मुझे पता है कि मेरी दादी सबसे बहादुर महिला हैं। उनके अन्दर सैनिक जैसा साहस है, सन्तों जैसा धीरज। उन्होंने उन दिनों में हम सबको एक साथ बनाए रखा जब हम लोगों ने सूर्या को अपनी मेज़ पर औंधे पड़े हुए पाया था।

जब उनको इस बारे में पता चला तो वह रोईं नहीं। उन्होंने अपना चेहरा भावहीन बना लिया। 'मैं नीचे उसके पास जाना चाहती हूँ,' वह बोलीं। राहुल उनके लिए वाइज़र और दस्ताने लेकर आय। सतीश काका और मैं उनको सीढ़ियों से पहली मंज़िल पर ले गए। उन्होंने इस बात से हमें मना कर दिया कि हम उनको उठाकर नीचे ले जाएँ। हम धीरे-धीरे जा रहे थे, लेकिन जब हम नीचे पहुँचे तो वह साफ़ तौर पर थकी हुई लग रही थीं।

हम लोगों ने सूर्या को फ़र्श पर लिटा रखा था। शान्ता ने बग़ीचे से कुछ फूल तोड़ लिए थे, और उनके पैरों के पास फैला दिए थे। उनके लम्बे, पतले पैर, उनका लम्बा क़द, उनकी जानी-पहचानी नीली शॉर्ट्स और सफ़ेद टी शर्ट। यह बात यक़ीन करने के लायक़ नहीं थी, एक कहानी जो किसी और दिशा में भटक गई थी। जब मातंगी माँ फ़र्श पर उनके बग़ल में बैठ गईं तो घर वालों को इस सच्चाई का अहसास हुआ। सूर्या हम लोगों को छोड़कर जा चुके थे। वह जा चुके थे।

उन्होंने हम लोगों को जाने के लिए कहा। सबने वही किया जो उनको करने के लिए कहा गया था, मुझे और मुन्नी को छोड़कर सभी चले गए। मैं उनके बग़ल में बैठ गया। मातंगी माँ को पता था कि मैं वहाँ हूँ लेकिन उन्होंने कुछ नहीं कहा। उन्होंने हाथ में दस्ताने और चेहरे पर वाइज़र लगाया हुआ था, लेकिन शान्ता ने उनसे कहा था कि वह सूर्या को न छुएँ।

वह उनको कैसे नहीं छूतीं? उन्होंने उनका माथा सहलाया, उनके गाल सहलाए, उनका हाथ थाम लिया। उन्होंने मुझे इशारा किया कि वह जाना चाहती हैं। मुन्नी ने मातंगी माँ को खड़े होने में मदद की और वह रोने-सुबकने लगीं। सतीश ने ज़ोर देकर कहा कि वह उनको उठाकर ऊपर ले जाएगा, फिर लाली ने उनको सैनिटाइज़र से साफ़ किया और नहलाने के लिए ले गई।

उसके बाद मैंने उनका बुख़ार देखा, फिर ऑक्सीमीटर से उनके ऑक्सीजन का स्तर देखा। वह ठीक लग रही थीं। उसके बाद एक सप्ताह तक वह नहीं बोलीं, एक शब्द भी नहीं। जब मैं ऊपर उनके पास उनको अलविदा कहने के लिए गया तो वह फिर से पुरानी मातंगी माँ लग रही थीं, उनकी त्वचा अन्दर की रोशनी से चमक रही थी। लॉरेयल के सिलवर शैम्पू के कारण उनके बाल चमक रहे थे, जो मैंने उन दिनों अमेजन से ऑर्डर करके मँगवाया था। उन बहुत दूर के दिनों में।

सूर्या के अन्तिम संस्कार में बस मुझे और सतीश काका को जाने की अनुमति मिली। हम लोगों ने ऊपर से नीचे तक सुरक्षा लबादा पहन रखा था जो अजीब

तरह से दमघोंटू था और जिसके कारण मुझे ऐसा लग रहा था कि हम लोग भी मर चुके हैं और हम लोगों को किसी डिस्टोपियाई मृतक संसार में भेज दिया गया है।

उसी तरह के लबादे में एक पुजारी आया जिसने कुछ मंत्र पढ़े और हम लोगों ने उनको झुककर विद्युत शवदाहगृह की ट्रॉली पर रख दिया। किसी ने बटन दबाया और वह पहिए से सरकते हुए अन्दर भट्टी में चले गए।

'अलविदा सूर्या,' मैंने बुदबुदाते हुए कहा और सतीश काका को थाम लिया। उसके बाद कई दिनों तक मैं सुन्न रहा। रितिका ज़ोर देती रही कि मैं ऊपर उनके फ़्लैट में सो जाऊँ, लेकिन मैं नहीं गया। मैं इस घर का था, इस घर का जिसको मैंने और सूर्या ने साथ मिलकर बनाया था। राहुल मेरे साथ नीचे वाले फ़्लैट में सोता। शान्ता ने ज़ोर दिया कि वह भी सोएँगी, और उन्होंने सूर्या के कमरे में गद्दा बिछा लिया।

कंटेनमेंट की प्रक्रिया और सख़्त हो गई थी। किसी को समझ नहीं आ रहा था कि क्या हो रहा है, लेकिन हमने हिम्मत नहीं हारी, किसी तरह सब सँभाले रहे, जितना बचा सकते थे मातंगी माँ को बचाए रहे, शारीरिक और मानसिक दोनों ही तरह। वह हमारी रूह की लौ थीं। हमारी ज़िन्दगियाँ उनके कमज़ोर हाथों की हथेलियों में थी, हालाँकि सूर्या ने वहाँ से निकलकर अजनबी दुनिया की राह पकड़ ली थी।

~

आज जब मैं कमरे में लौटा तो देखा कि लाल-पीले फूलों का एक गमला कमरे में था, उस मेज़ पर रखा हुआ था जो कभी मेरे पापा की रही होगी। मुझे लगा कि शायद सुखदा ने वह गमला वहाँ रख दिया होगा।

मैं फूलों को देख रहा हूँ। बाहर बग़ीचे में एक बार्बेट गा रही है। उसका गाना परिचित और शान्तिदायी लग रहा है। तभी सुखदा कमरे में आती है। उसके पीछे से भीगे बरामदे से बारिश की ख़ुशबूदार हवा भी।

वह खुली खिड़की के पास एक कुर्सी पर बैठकर अपने भीगे बाल झाड़ने लगती है। बार्बेट भी बेचैनी से गा रही है। 'तुम जानते हो, बार्बेट तुम्हें क्या कह रही है?' वह पूछती है।

उसकी सुन्दरता से स्तब्ध मैं बेवक़ूफ़ों की तरह सिर हिला देता हूँ। 'मुझे नहीं पता।' मैं कहता हूँ, 'मैं नहीं जानता वो चिड़िया क्या कह रही है। टू-हे-टू-हे-टू-हे। तुम बताओ उसका क्या मतलब, क्योंकि तुम ज़रूर चिड़ियाओं की भाषा समझती होगी।'

'वह ये नहीं कह रही है', वह जवाब देती है, 'वह किसी और भाषा में बोल रही है। बता-दे-बता-दे-बता-दे। यह बोल रही है।'

मैंने ध्यान से सुना। शायद वह ठीक कह रही है। शायद वह यही गा रही है।

'बता-दे-बता-दे,' वह कह रही है, 'यहाँ बिहार शरीफ़ में चिड़ियाएँ बिहारी बोली बोलती हैं। अंग्रेज़ी नहीं। वह कह रही है कि अपनी कहानी सुनाओ।'

मैं उसकी तरफ़ देखकर मुस्कुराता हूँ। जवाब में वह भी मुस्कुराती है। 'मैं तुम्हें अपनी कहानी सुनाऊँगा।' मैं कहता हूँ, 'मैं तुम्हें अपनी सब कहानियाँ सुनाऊँगा, अगर तुम सुनोगी।'

कुछ था जो हमारे बीच से होकर गुज़र गया। कुछ शान्त और ताक़तवर। हम दीवार पर खिसकती छिपकलियों की चिट-चिट सुनते रहे। फिर वह कमरे से बाहर निकल गई। अपने पीछे दरवाज़ा खुला छोड़कर।

मुझे सी-100 में वापस जाना चाहिए, काग़ज़ों की छँटाई करनी चाहिए, सूर्या की मेज़ की, उनकी यादों की। मुझे पता है कि मैं यहाँ वापस लौटकर आऊँगा, और यह भी मेरा ही घर है। मैं वापस लौटकर आऊँगा, मैं बरकरार रहूँगा, दोनों संसारों को एक साथ सँभाले रहूँगा।

बता-दे, बता-दे, बार्बेट का गीत जारी था।

समीर

मैंने यह सोचा था कि कहानी बार्बेट और बिहार शरीफ़ के उस पुराने घर के साथ समाप्त हो जाएगी, यादों की ख़ुशबू से भरपूर, लेकिन ज़ाहिर है कि यह वहाँ समाप्त नहीं हुई। लाल कोठी का वह अन्तराल ऐसा लग रहा था जैसे कोई धुँधली फ़िल्म हो, जैसे गोलीबारी शुरू होने के पहले कोई 'बिहारी नॉटूर'।

मैं सी-100 में लौट आया हूँ, जहाँ सब कुछ पहले जैसा ही है, लेकिन नहीं भी है। अब मुझे सब कुछ समाप्त होने जैसा अहसास हो रहा है, वह अभिशप्त और वशीभूत कर देने वाला साल पीछे रह गया है।

सुखदा ने कोटा में कोचिंग क्लास शुरू कर दी है। वह पूरी तरह से निश्चय कर चुकी है कि वह सिविल सेवा की परीक्षा पास करके रहेगी। और वह कर लेगी।

यह मार्च का महीना है। नीम के पत्ते झड़ने लगे हैं। बाहर सड़क पर उन पत्तों का अंबार लगा रहता है, जिसको बुहारने वाला कोई नहीं है। एक दोपहर मैंने झाड़ू उठाई और सफ़ाई करने निकल गया। मैं सूर्यवीर का इन्तज़ार करने लगा कि वे भी मेरे साथ आएँ। पिछले साल जब लॉकडाउन में हम सब साथ थे, तो वह एक तरह से तोहफ़ा था—समय की तरफ़ से? समय का?

मैं बेंच पर बैठकर तब तक रोता रहा जब तक कि अन्दर का ग़ुबार नहीं निकल गया, और फिर उठकर पत्ते बुहारने लगा। लम्बे झाड़ू की आवाज़, नीम के पत्तों की खड़खड़ाहट, सब लग रहा था मानो आवेशित हों, सम्मोहित हों, जैसे उन्होंने नशा कर लिया हो। फिर अगली ऑनलाइन क्लास का टाइम हो गया, और मैं वापस घर लौट आया, जो अब और भी ख़ाली लग रहा था।

रितिका को मुम्बई में नौकरी मिल गई थी और उन्होंने इसे आज़माने का फ़ैसला किया था और तय किया था कि मुम्बई जाया जाए। वह इस तरह की नौकरी थी जो छोड़ी नहीं जा सकती थी, ख़ासकर ऐसे मुश्किल वक़्त में। राहुल का दाख़िला

ग्रीनलौंस स्कूल में हो गया था, जहाँ कभी करण जोहर पढ़ते थे। रितिका ने प्रभा देवी में फ़्लैट लिया था जिसका समुद्र की तरफ़ था।

सतीश काका अब काफ़ी समय मुम्बई में बिताते हैं। वह भी नए मौक़े तलाश कर रहे हैं। राहुल ने मुझे बताया कि उसके मम्मी-पापा उसका दाख़िला पंचगनी के बोर्डिंग स्कूल में करवाना चाह रहे हैं। 'करण जौहर वहाँ भी पढ़ता था,' उसने मुझे यह बात ख़ास तौर पर बताई।

मुझे राहुल की याद आती है, सच में, जब भी मैं दूसरे माले से गुज़रता हूँ तो उसकी याद आती है। उसका घर अक्सर बन्द ही रहता है, और उसके सामने चिट्ठियों का अम्बार लगा रहता है। डाकिया नीचे के माले पर पोस्टबॉक्स में चिट्ठियाँ डाल जाता होगा, लेकिन पता नहीं चिट्ठियाँ वहाँ कैसे पहुँच जाती हैं!

मैं मातंगी माँ के पास अधिक वक़्त बिताता हूँ, और इस तरह से राहुल के न होने की कमी को दूर करता हूँ। रहस्यमय ढंग से वह अधिक चौकस हो गई हैं, पहले से अधिक सतर्क। हम टेलिविज़न पर समाचार देखते हैं, वायरस और वैक्सीन के बारे में। वह कढ़ाई वाला अपना रूमाल थामकर मुझसे सवाल करती रहती हैं। बिहार शरीफ़ कैसा था? क्या मैं अमेरिका जाना चाहता हूँ? अपने जीवन में मैंने क्या करने का सोचा है?

पता नहीं, मैं जीवन में क्या करना चाहता हूँ। अब कुछ भी निश्चित जैसा नहीं रह गया है। मुझे ऐसा लगने लगा है जैसे हम विडियो गेम के स्वाँग में खो गए हैं, उस तरह के स्वाँग में जो राहुल को अच्छा लगता है। मैं इस बात को मातंगी माँ को समझाने की कोशिश करता हूँ, लेकिन मेरे पास शब्द नहीं हैं।

एक दोपहर मैंने एक अजीब काम किया। मैंने अपने फ़्लैट में टँगी एक दीवार घड़ी को उतारा और तोड़ दिया। यह अजीब बात है कि मैं अभी भी उसको हमारा फ़्लैट कहता हूँ—वह अब सिर्फ़ मेरा फ़्लैट है। मैंने घड़ी उठाई और उसकी सुइयों को निकाल लिया—बड़ी सुई और मिनट की सुई और सेकेंड की सुई। मैंने उसके बैट्री वाले हिस्से को खोला और बैट्री को भी निकाल लिया। उसके बाद मैंने उसको दीवार पर टाँग दिया। अब इसका क्या मतलब हुआ!

~

मैं मातंगी माँ को वैक्सीन दिलवाने के लिए ले गया। लाली और मैं उनको उठाकर नीचे ले गए—उनमें एक तरह से कोई वज़न ही नहीं रह गया है, जैसे कोई विशाल पक्षी। हम रुद्र सिंह के साथ गए थे, जो अभी भी ज़रूरत पड़ने पर आ जाता है। शान्ता ने वैक्सीन नहीं लिया; उसको अच्छा महसूस नहीं हो रहा था, उसने कहा कि उसको अच्छा महसूस नहीं हो रहा है, जो बात उसके स्वभाव के विपरीत थी।

मातंगी माँ को गाड़ी से अस्पताल जाना अच्छा लग रहा था। वह लाली और रुद्र सिंह के साथ बातचीत कर रही थीं। मैंने गेट पर व्हीलचेयर का इन्तज़ाम कर रखा था। हम एक बड़े से अहाते में गए जहाँ लोग प्लास्टिक की कुर्सियों पर क़तार में बैठकर सब्र के साथ इन्तज़ार कर रहे थे, अपनी बारी की प्रतीक्षा कर रहे थे। भारत युवा देश है, जिसकी आधी से अधिक आबादी 25 साल से कम आयु की है। मैं भी उनमें से एक हूँ। भारत की औसत आयु 29 साल है। लेकिन वहाँ टीकाकरण केन्द्र में इतने बुज़ुर्ग लोग एक साथ बैठे थे जितने बुज़ुर्गों को एक साथ मैंने पहले कभी नहीं देखा था। वे ख़ूब उत्साह में लग रहे थे, हँस रहे थे, एक-दूसरे से बातें कर रहे थे, एक-दूसरे से बिस्कुट साझा कर रहे थे। व्हीलचेयर वालों के लिए एक अलग ही काउंटर था और पचास मिनट में हम मुक्त हो गए, जिसमें टीका लगवाने के बाद आधे घंटे का इन्तज़ार भी शामिल था।

इस तरह बाहर निकलने से बहुत ख़ुशी महसूस हो रही थी, ऐसे लग रहा था मानो पिकनिक पर गए हों। उन्होंने किसी तरह की नकारात्मक प्रतिक्रिया नहीं दिखाई। मैंने उनको लाली के साथ कमरे में छोड़ दिया। मैं पहले माले के अपने फ़्लैट में इधर से उधर टहल रहा था, ऐसा लग रहा था जैसे मैं घिर गया हूँ। किसी को यह पता नहीं था कि मेरा कॉलेज कब खुलेगा। ऑनलाइन क्लास के सहारे चल रहा था, लेकिन बस चल रहा था। जब तक मैं कॉलेज नहीं जाता तब तक मैं मातंगी माँ और शान्ता के साथ यहीं रहने वाला था। सब कुछ समझने के लिए उसके बाद काफ़ी समय था।

तभी शान्ता ने मेरे सामने बम फोड़ दिया। 'मैं पहाड़ पर रहने के लिए जा रही हूँ,' वह बोलीं। 'मुझे कुमाऊँ में अच्छी जगह मिल गई है। मैं मई में वहाँ रहने के लिए चली जाऊँगी—हम सभी लोगों को अपने सपनों का पीछा करना चाहिए—अपने प्रति यह हमारा कर्तव्य है। मैंने ज़िन्दगी-भर दूसरे लोगों के प्रति अपने कर्तव्य को निभाया है, अब यह मौक़ा मेरे लिए है।'

मुझे अपने कानों पर विश्वास नहीं हो रहा था। वह इस तरह नहीं जा सकती थीं—वह इस तरह से सी-100 को छोड़कर नहीं जा सकती थीं। 'मातंगी माँ का क्या होगा?' मेरी आवाज़ में घबराहट थी। 'उनकी देखभाल कौन करेगा? आप उनको इस तरह से छोड़कर नहीं जा सकतीं! और मुझे भी कॉलेज जाना है!'

'मैं उनको अपने साथ लेकर जाऊँगी,' शान्ता ने शान्त आवाज़ में कहा। 'यह अभी समाप्त नहीं हुआ है, अभी महामारी ख़त्म नहीं हुई है। यह दूसरी बार आएगी, तीसरी बार आएगी, हो सकता है चौथी बार भी आए। राजनेता इसको समझ नहीं पा रहे, और डॉक्टर भी इसके बारे में कुछ नहीं कह रहे। सबसे अच्छा यही है कि हम इस शहर को जितनी जल्दी हो सके छोड़ दें।'

'मैंने मातंगी माँ से इस बारे में बात की है,' उन्होंने बोला, 'और उनको यह बात अच्छी लगी। लाली हमारे साथ ही जाएगी। मुन्नी भी बाद में आ जाएगी। वह अपने पोते-पोतियों के साथ समय बिताना चाहती हैं। वहाँ बहुत अच्छा लगेगा, पहाड़ और फूल और चीड़ के पेड़ और देवदार के पेड़।'

'उनको ये नज़ारे दिखाई नहीं देंगे,' मैंने ध्यान दिलाते हुए कहा। 'उनको दिखाई नहीं देता है। इस बात को समझना चाहिए, वह इतनी बुज़ुर्ग हैं कि कुछ कर नहीं सकतीं। और उनको वहाँ बहुत ठंड भी लगेगी।'

शान्ता बुआ के ऊपर इसका कोई असर नहीं पड़ रहा था। 'हम लोग दो चरणों में सफ़र करेंगे, हम रामनगर या रामपुर में रात के लिए रुक जाएँगे, यह इस बात पर निर्भर करता है कि हम किस रास्ते से जाते हैं। हम लोग नवम्बर के मध्य में यहाँ लौट आएँगे, जबकि सर्दियों में दिन में अच्छी धूप खिली रहती है सिवाय रात को छोड़कर। हम लोग सर्दियों के महीने में लौट आएँगे, शायद तुम भी हमारे साथ रहने के लिए गर्मी के दिनों में आओगे।'

मेरी दुनिया बिखर रही थी। शान्ता मेरी दादी को आलू के बोरे की तरह इधर से उधर ढोकर नहीं ले जा सकती थीं। 'इस बारे में मैंने मातंगी माँ से बात कर ली है,' उन्होंने मेरी बात से प्रभावित हुए बग़ैर कहा। 'मम्मी अपना दूसरा टीका वहीं लगवाएँगी। उनको यह सुनकर बहुत रोमांच महसूस हो रहा है।'

'और ट्रम्प कहाँ रहेगी?' मैंने कुछ बेचैन होते हुए कहा। 'और डॉलर? दोनों का क्या होगा?'

वह एक पल के लिए ख़ामोश हो गईं। 'इस बारे में मैंने अभी कुछ पक्का नहीं किया है,' उन्होंने कहा। 'बिल्लियों को घर बदलना पसन्द नहीं होता है। इससे

वह परेशान हो जाएगी। और डॉलर—मुझे यह देखना है कि वह इससे तालमेल कैसे बिठाता है। मुझे किसी ने बताया था कि वहाँ कई बार चीते निकल आते हैं?'

'यही तो मैं भी कह रहा था,' मैंने ज़ोर से कहा और उनके कन्धे पकड़कर झकझोर दिया। 'आप चाहती हैं कि मेरी दादी को चीते खा जाएँ?'

'कुकरिया बाघ—कई बार वे कुत्ते को खा आते हैं, इंसानों को कभी नहीं खाते,' लग नहीं रहा था कि उनके ऊपर कोई प्रभाव पड़ रहा था, जबकि मैंने कुछ देर पहले उनके शरीर को झकझोर दिया था।

'माफ़ करना शान्ता बुआ,' मैंने कहा। 'मुझे कुछ समझ नहीं आ रहा है। यह मुझे कोई अच्छा आइडिया नहीं लग रहा है।'

'या तो अभी या कभी नहीं,' वह बोलीं। 'एक समय ऐसा आता है जब आदमी को अपने सपनों को पूरा करने की कोशिश करनी चाहिए।' उनकी आवाज़ में एक तरह की गहरी ख़्वाहिश का भाव था।

मुझे उनकी बात समझ तो आ रही थी, लेकिन यह विचार मुझे अव्यावहारिक और असम्भव लग रहा था।

'मैं दोस्तों के साथ बाहर जा रहा हूँ,' मैं बोला, 'ड्रिंक्स के लिए।' लग रहा था कि ऐसे हालात में यही किया जा सकता है। मेरे कुछ दोस्त जो इधर-उधर रहते थे उनमें से कोई भी फ़्री नहीं था, इसलिए मैं स्कूल के अपने एक पुराने दोस्त के साथ, जो सड़क के दूसरी तरफ़ रहता था, फ़्लैट में बियर पीने आ गया। घर में। सी-100 में।

उसी रात मातंगी माँ सीढ़ियों से गिर गईं। मैं रसोई में गिलास रखने के बाद लाइट बुझा रहा था। अपनी उम्र के किसी लड़के एक साथ समय बिताकर अच्छा लग रहा था, इसके बावजूद कि हम लोगों के पास एक-दूसरे से बात करने के लिए कुछ ख़ास था नहीं। मुझे फ्रिज में एक सेब मिला और मैं उसको काटने ही वाला था कि मुझे बाहर कुछ आवाज़ सुनाई दी।

मैंने कुछ सतर्कता से बाहर झाँका। शायद दूसरी मंज़िल पर कोई चोर घुसने की कोशिश कर रहा हो। फिर मुझे कराहने की आवाज़ आई। मैंने सीढ़ियों की बत्ती जलाई और ऊपर की तरफ़ भागा। वह दूसरी मंज़िल के फ़र्श पर गिरी हुई थीं, बिल्ली के बच्चे की तरह गुड़ी-मुड़ी होकर।

मैंने उनको उठाया और सीढ़ियों से ऊपर ले जाने लगा। जब वह गिरी थीं तो उनको पेशाब हो गया था, उनका काफ़्तान गीला था। कमरा खुला हुआ था। कमरे में कोई नहीं था।

'मुझे कोई चोट नहीं लगी है,' वह ऐसी आवाज़ में बोलीं जो अजीब बात थी कि बहुत सामान्य लग रही थी। 'मेरा कुछ टूटा नहीं है।'

मैंने उनको बड़े प्यार से बिस्तर पर लिटाया और लाली को आवाज़ दी। उन्होंने बताया कि वह उसी समय बाथरूम गई थी। मातंगी माँ इससे पहले कभी भी कमरे के बाहर नहीं निकली थीं। आज उनको क्या हो गया था?

'मैं उनको देखने गई थी,' मातंगी माँ ने कहा। 'मैं उनको देखने गई थी।'

मेरा जी रोने को हो रहा था लेकिन मैंने अपने ऊपर काबू कर लिया। लाली ने उनको साफ़ किया और कपड़े बदल दिए। मैं बालकनी में खड़े होकर इन्तज़ार करता रहा। मुझे रात की रानी की ख़ुशबू आ रही थी। जब मैं अन्दर गया तो अगरबत्ती की ख़ुशबू आ रही थी। लाली ने अगरबत्ती जला दी थी।

'आज मैं यहीं सोऊँगा,' मैंने कहा। 'प्लीज़ फ़र्श पर एक गद्दा बिछा दो।'

लाली ने कहा कि मैं वापस चला जाऊँ, उनको कोई दिक़्क़त नहीं होगी, लेकिन मैंने ज़ोर देकर कहा कि मैं वहीं सोऊँगा। 'मैं आज रात अपनी दादी के पास सोना चाहता हूँ,' मैंने कहा। उसने एक गद्दा बिछा दिया। नीचे जाकर मैंने पहले माले के फ़्लैट को बन्द किया और वापस अपने जाने-पहचाने प्यारे कमरे में आ गया।

अगली सुबह जब मैं जागा तो मेरा दिमाग़ बहुत साफ़ था, किसी तरह का हैंगओवर नहीं था। मैंने शान्ता को फ़ोन करके बताया कि क्या कुछ हुआ था। डॉक्टर नाम्बियार घर आए और उन्होंने घोषणा की कि वह पूरी तरह से सलामत थीं। शान्ता एक ऐसे डॉक्टर के सम्पर्क में थी जिसके पास पोर्टेबल एक्स-रे था। मैंने बालकनी में जाने के लिए मातंगी माँ की मदद की। उन्होंने सुबह की हवा में साँस ली और अपनी दृष्टिहीन आँखों से नए दिन की रोशनी को अनुभव किया वह मुस्कुरा रही थीं और बहुत सन्तुष्ट लग रही थीं, इस तरह मानो उनको कुछ पता हो, मानो उनको कुछ बताया गया हो।

अब बातों को भुलाने का समय आ गया था। 'मैं आपके साथ पहाड़ पर आऊँगा,' मैंने शान्ता से कहा। 'मैं आप दोनों को वहाँ रहने में मदद करूँगा। मातंगी माँ को यह बदलाव बहुत अच्छा लगेगा, और पहाड़ की हवा भी उनको ठीक लगेगी।'

वह कुछ अनिश्चित लग रही थीं। 'पता नहीं इस योजना का क्या होगा,' वह बोलीं।

'इतने बड़े ख़ाली घर में तुम दोनों अकेली रह जाओगी,' मैंने कहा। 'अपने सपनों का पीछा करो।'

हम लोगों ने बात को वहीं रहने दिया। सतीश काका भी इस बारे में कुछ कहेंगे। वैक्सीन का दूसरा डोज़ अभी बाक़ी था। सब कुछ अपने समय के अनुसार, अपने हिसाब से होगा।

'समीर,' शान्ता ने मेरे बालों में हाथ फेरते हुए कहा। 'तुम्हारे बिना हम क्या कर सकते हैं समीर, अगर तुमने कल रात उनको नहीं देखा होता तो?'

~

मेरा नाम। समीर। जिसका मतलब होता है ठंडी हवा। उस समय मुझे ऐसा ही महसूस हो रहा था—सुबह की हवा, वासन्ती हवा। वह हवा हवा नहीं होती। उसमें गति होती है। वह कोई जगह नहीं लेता।

मैं अपनी माँ समीरा सुसान के बारे में सोचने लगा। मैं उनको बालों में हाथ फेरते हुए महसूस कर रहा था। मुझे अच्छा महसूस हो रहा था।

शान्ता

हमेशा से मेरा सपना था कि कहीं पहाड़ पर जाकर रहूँ। जब मेरी दोस्त और सहकर्मी अर्चना ने अड़सठ साल की उम्र में यह फ़ैसला किया कि वह अपने लम्बे समय के दोस्त से शादी करेगी तो उसने मुझसे कहा कि मैं रानीखेत वाले उसके घर में रहने चली जाऊँ।

'वह घर बहुत सुन्दर है; मैंने ईंट-ईंट जोड़कर बनाया है, एक-एक लट्ठा जोड़कर,' वह बोली। 'मेरा मंगेतर एंडी—अवधेश पटेल, लेकिन वह अपने आपको एंडी बुलाता है—फ़िजी का रहने वाला है, अब अमरीका में रहता है। इसके कारण हम लोगों को वीज़ा में वैसी मुश्किलें नहीं आएँगी, और उसको ओसीआई कार्ड मिल सकता है।'

अर्चना के शब्दों से मुझे साहस महसूस हुआ। अगर वह साठ साल की उम्र में अपना जीवन फिर से शुरू कर सकती है, तो मैं भी कर सकती हूँ।

मैंने उसका घर देख रखा था, वह सात ताल झील के ऊपर की तरफ़ था, और बहुत ही सुन्दर था। 'तुम वहाँ छुट्टियाँ मनाने के लिए जा सकती हो,' वह बोली। 'विमन फ़ॉर पीस की एक शाखा मुक्तेश्वर में भी है—तुम उनके ऊपर नज़र भी रख सकती हो कि वहाँ के लोग आजीविका और सतत खेती को लेकर किस तरह से काम कर रहे हैं।'

मैंने तत्काल फ़ैसला कर लिया। 'मैं वहाँ रहूँगी,' मैंने उससे कहा। 'मैं वहाँ अपनी माँ के साथ रहूँगी।' मुझे लग रहा था कि ऐसा कुछ होने वाला था। मुझे पता था कि क्या होने वाला था।

महामारी के दूसरे दौर के शुरू होने के पहले हम वहाँ रहने के लिए आ गए, पाइन कॉटिज में। ट्रम्प और डॉलर, लाली और मातंगी माँ के साथ। समीर भी हमारे साथ आया, वहाँ सब ठीक-ठाक करने में हमारी मदद करने के लिए। लाली आसपास के माहौल को देखकर डरी हुई थी और मंत्रमुग्ध भी थी। चौकीदार की

पत्नी ने उसको बुनाई करना सिखाया। मेरी माँ फूलों की गंध को महसूस कर रही थीं, सुहानी हवा की फुसफुसाहट को महसूस कर रही थीं, और मुस्कुरा रही थीं। डॉलर ने कीलों वाला कॉलर पहन लिया था, जिससे शिकार की तलाश में भटकते चीतों से उसकी रक्षा हो सके, और वह हमेशा डाइनिंग टेबल के नीचे बैठकर ऊँघता रहता था। बिल्लियों के बारे में कहा जाता है कि उनको जगह बदलना अच्छा नहीं लगता है, लेकिन ट्रम्प मेरी नई स्टडी में आराम से पड़ी घुरघुराती रहती थी।

हमारे सामने चुनौतियाँ भी थीं। जंगल की आग डरावनी होती थी। कई बार हम लोगों को राख वाली हवा से बचने के लिए खिड़कियों को बन्द कर देना पड़ता था, तब तक बन्द रखना पड़ता था जब तक हवा का रुख़ बदल नहीं जाता था।

कल रात—क्या सिर्फ़ कल की रात?—डॉलर चिढ़ा हुआ था। मेरे बेडरूम के दरवाज़े के बाहर उसके खरोंचने की आवाज़ आई और मैंने उसको अन्दर ले लिया। मैंने गलियारे का दरवाज़ा खुला रखा था। बाहर से गंध आ रही थी, बदबूदार गंध, और अजीब तरह की आवाज़ आ रही थी, जैसे आरी से लकड़ी काटी जा रही हो। कोई बाघ, कोई चीता बाहर शिकार की तलाश में था।

मैंने डॉलर को अन्दर आने दिया। वह मेरे बिस्तर के नीचे घुस गया। उसके बाद मैं मातंगी माँ को देखने के लिए गई। नाइट लैम्प से मद्धिम नारंगी रोशनी आ रही थी। वह बिस्तर के एक कोने में हाथ-पैर मोड़े सो रही थीं। बाहर उल्लू बोल रहा था।

मैंने हाथ बढ़ाकर उनका हाथ थामा, देखने के लिए। उनकी आँखें खुली हुई थीं, सब दिखाई दे रहा था। वह अपने शरीर को छोड़कर जा चुकी थीं।

मैं उनके पास काफ़ी देर तक बैठी रही। जैसे सपना आता है वैसे ही मातंगी माँ के पुराने दिनों की याद कौंधी, उससे पहले की जब उनकी आँखों की रोशनी गई थी, वह स्मृति उनके बैडमिंटन खेलने की थी। वह ख़ाली पैर थीं; उन्होंने अपने सैंडल उतार दिए थे। उनके चेहरे पर उत्साह झलक रहा था। अपनी साड़ी के पल्लू को उन्होंने कसकर कमर में खोंस रखा था।

लाली उठी तो उसने मुझे वहाँ पाया। चीड़ के पेड़ों वाली पहाड़ी पर सुबह हो रही थी। मुझे उसको कुछ कहना नहीं पड़ा। वह समझ गई। उसने मातंगी माँ की आँखों को धीरे से बन्द कर दिया। उसने उनके माथे को सहलाया। वह घुटनों के बल बैठकर दुआ करने लगी और रोने लगी।

उसने खिड़की खोली और सुबह की हवा कमरे में आ गई। मैंने सतीश और रितिका को फ़ोन मिलाया। मैंने राहुल से बात की। समीर से बात की।

वे अन्तिम संस्कार के लिए नहीं आ सकते थे। देश की हालत चरमराई हुई थी। दिल्ली और मुम्बई में लॉकडाउन था। समीर ने कॉल सेट कर दिया जिसमें हम लोग अलविदा कह सकते थे।

वह मई की पहली तारीख़ थी। मुक्तेश्वर में विमन फ़ॉर पीस के स्थानीय प्रोजेक्ट हेड, जो एक स्थानीय पहाड़ी थे, ने अन्तिम संस्कार की सारी व्यवस्था की। हमारे चौकीदार मान सिंह और गाँव के तीन नौजवानों ने उनको कन्धा दिया और नल दमयंती झील के पास श्मशान घाट में उनको लेकर गए। मुखाग्नि मैंने दी। लपटें छोटी थीं, कुछ खिलंदड़ लग रही थीं, फिर वे तेज़ होती गईं। चीड़ की लकड़ियों की सुगंध मीठी थी, और धुएँ की परछाईं में पहाड़ काँपते हुए दिखाई दे रहे थे।

नीचे मैदानों में हज़ारों चिताएँ जल रही थीं। कई शरीर लकड़ी के इन्तज़ार में, आग के इन्तज़ार में, ज़मीन के किसी ख़ाली टुकड़े के इन्तज़ार में। जवान लोग मर रहे थे, बूढ़े और औरतें मर रही थीं, बच्चे मर रहे थे।

मातंगी माँ जा चुकी थीं। अब वह हमारी रक्षा के लिए नहीं थीं। अब हमें अपने आप ही रहना था।

कभी हम एक परिवार थे। भारत एक देश था। वह केवल वायरस ही नहीं था जो हमें तबाह कर रहा था, यह राक्षसी बीज था जो हमने बोया था। 2021 की गर्मियाँ। विक्रम संवत् 2078—हिन्दू पंचांग ने इस साल को राक्षस का साल नाम दिया था।

मैंने मिट्टी का एक दिया जलाया और उसको मातंगी माँ के बिस्तर के पास नीचे रख दिया। उनका कमरा जैसे का तैसा पड़ा हुआ था। बिस्तर ठीक नहीं किया गया था। मैंने उनका कम्बल मोड़ा और तकिया ठीक कर दिया। उनका नक़्क़ाशीदार रूमाल अभी भी पड़ा था, उसी तरह मुड़ा-तुड़ा जैसे उन्होंने उसको अभी इस्तेमाल किया हो।

विक्रम संवत् 2078। एक काल का अन्त था। एक युग का अन्त।

राहुल

मुझे इन दिनों मौत के सपने बहुत आते हैं। मैं उनको दिन के वक़्त भी देखता हूँ—हमेशा पुरुष के रूप में, स्त्री के रूप में कभी नहीं। वह बहुत दूर से मातंगी माँ को लेने के लिए आया था, ऊँचे पहाड़ पर से, जबकि उनका निधन कोविड से नहीं हुआ था। वह पिछले सप्ताह फ़िज़िकल ट्रेनिंग टीचर खोसला सर को भी ले गया। हम लोगों की ऑनलाइन शोकसभा हुई थी जिसमें प्रिंसिपल सर और कुछ दूसरे सर ने भी श्रद्धांजलि दी। मैं खोसला सर से ठीक से मिल नहीं पाया था, क्योंकि जब से मैं स्कूल में पढ़ने आया हूँ तब से पढ़ाई अधिकतर ऑनलाइन ही चल रही है, और दूसरे लॉकडाउन के पहले जब फ़िज़िकल लेसन का टाइम था तो फ़िज़िकल एजुकेशन की क्लास ही नहीं हो रही थी। अन्तिम प्रणाम खोसला सर!

मृत्यु 'अमर चित्रकथा' के यम और 'एवेंजर्स : एंड गेम' के धरती आकाश को एक करने वाले योद्धा थानोस के मिले-जुले रूप जैसा लगता है। उससे मुझे डर नहीं लगता। लेकिन मुझे इस बात का ग़ुस्सा है कि वह मेरी मातंगी माँ को ले गया।

मेरे पापा आईसीयू में हैं। जिस दिन मातंगी माँ वहाँ चली गईं जिसको मम्मी अनंत आवास कहती हैं उसी दिन पापा कोरोना पॉज़िटिव हुए थे। उनके ऑक्सीजन का स्तर ख़तरनाक रूप से नीचे जा रहा है, लेकिन अब सब कुछ बेहतर लग रहा है। कम-से-कम उनके पास अस्पताल में बिस्तर है और लगातार ऑक्सीजन की सप्लाई मिल रही है। यहाँ हालात दिल्ली जैसे नहीं हैं। मैंने पढ़ा कि वहाँ ऑक्सीजन की सप्लाई कम हो जाने के कारण बच्चे भी मर गए, और इस बारे में सरकार कुछ नहीं कर रही है।

अपने फेफड़ों की क्षमता को बेहतर बनाने के लिए मैं गहरी-गहरी साँस लेने लगा हूँ, लेकिन कई बार अचानक साँस उखड़ने लगती है। जैसे कल ही हो गया था। मेरी माँ ने बताया कि यह पैनिक अटैक के कारण हो रहा था इसलिए मुझे धीरे-धीरे साँस लेनी और छोड़नी चाहिए।

मैंने सी-100 के बारे में सोचा और वहाँ जो मस्ती करता था उसको याद किया—डॉलर, ट्रम्प और समीर दादा को। और मातंगी माँ को। मैंने व्हाट्सऐप पर समीर दादा को फ़ोन किया और उनको बताया कि मुझे पैनिक अटैक आ गया था।

'यह सामान्य बात है,' उन्होंने जवाब दिया। 'कल मुझे भी हुआ था। मुझे समझ नहीं आ रहा था कि इससे कैसे निपटा जाए, इसलिए मैं सी-100 में गया और एक घंटे तक ड्रम बजाता रहा।

'क्या आप सी-100 में नहीं रह रहे?' मैंने पूछा।

'मेरे लिए अकेले यहाँ रहना सम्भव नहीं,' उन्होंने जवाब दिया, 'तुम सब लोग चले गए हो, मेरा कॉलेज फिर बन्द हो गया है, और मैं अपने दोस्त ध्रुव के पास रुका हुआ हूँ।'

वह कुछ देर तक चुप रहे। 'वहाँ अकेलापन लगता है, बहुत धूल भर गई है और चारों तरफ़ मकड़ी के जाले लगे हुए हैं,' वह बोले। 'शान्ता बुआ का बग़ीचा जंगल हो गया है, लेकिन झाड़-झंखाड़ के बीच फूल भी आ रहे हैं। सेमल के पेड़ पर बार्बेट गा रही रही है। सेन परिवार का घर गिरा दिया गया है लेकिन उसकी जगह कुछ बना नहीं है।'

'क्या आपको वहाँ मातंगी माँ का भूत दिखाई दिया था?'

समीर दादा हँसने लगे। 'भूतों में मेरा कोई यक़ीन नहीं है और मातंगी माँ को भी नहीं था। लेकिन मैंने झाड़ियों से कुछ फूल तोड़े और उनके कमरे में गया था। वह काफ़ी साफ़ और अच्छी तरह से सँवरा हुआ लग रहा था, मानो किसी ने घर को साफ़ कर दिया हो—वह कमरा घर के बाक़ी हिस्से से बहुत अलग लग रहा था। मुझे ऐसा महसूस हुआ जैसे वह वहाँ बैठी हों और मुझे प्यार कर रही हों।'

'उम्मीद करता हूँ कि मेरे पापा मरकर भूत न बनें,' मैंने कहा, और बच्चों की तरह ज़ोर-ज़ोर से रोने लगा।

'आओ साथ-साथ एक गाना गाते हैं,' समीर दादा बोले, 'वह गाना जो हम पहले गाया करते थे। एक मिनट रुको, होल्ड करो...' वह कुछ गुनगुनाने लगे, जिसको मैं समझ नहीं पा रहा था, और फिर शायद लैपटॉप से उन्होंने म्यूज़िक चला दिया।

वह फ़्रैंक सिनात्रा का गाना था, जो हम सी-100 में लॉकडाउन के दौरान साथ-साथ गाते थे—'आई डिड इट माई वे।'

फिर मुझे माँ की आवाज़ सुनाई दी, जो मुझे डिनर के लिए बुला रही थीं और मुझे भागकर जाना पड़ा। काम वाली को कोविड था और मम्मी उतनी अच्छी तरह

से खाना पकाना नहीं जानती थीं। फिर से दाल और ब्रेड था खाने में, लेकिन मैंने कोई शिकायत नहीं की।

उस रात मैंने फिर से मृत्यु का सपना देखा। वह एक तेज़ रफ़्तार मोटर साइकिल पर सवार होकर मेरे लिए आया था, वह एक ख़ाली ऑक्सीजन सिलेंडर लिये हुए था। मेरी आँख खुल गई और मैं पसीने-पसीने हो गया लेकिन मैंने अपने आपको समझाया कि मुझे घबराना नहीं चाहिए।

उसके बाद मैंने एक गिलास पानी पिया और माँ के कमरे में चला गया। मैं उनके बिस्तर पर चला गया और उन्होंने मुझे ज़ोर से भींच लिया।

मेरी माँ ने मुझे बताया था कि मातंगी माँ चिरनिद्रा में चली गई हैं। इस बात पर मेरा यक़ीन नहीं है। मेरी दादी हम लोगों से कभी दूर नहीं जाना चाहती थीं। वह किसी दिन, किसी भी तरह वापस आ जाएँगी और फिर से हम लोगों के साथ रहेंगी।

अगस्त्य सेन

सेन दम्पती का निधन हो गया, दोनों अलग-अलग अस्पतालों में मरे, लगभग एक ही समय पर। अगस्त्य सेन तेरह दिन तक अस्पताल में रहे। उनको संक्रमण हो गया था और ब्लैक फ़ंगस ने उनके दिमाग़ को तबाह कर दिया था। भारतीय विदेश सेवा का एक जूनियर उनको आकर देख जाता था। वह आईसीयू के डॉक्टर से हालचाल लेता रहता था और दवाओं का इन्तज़ाम करता था, क्योंकि अस्पतालों में दवाओं की कमी होती जा रही थी। यह अच्छी बात थी कि उनके ऑक्सीजन का स्तर बरकरार था, नहीं तो दिल्ली में ऑक्सीजन की सप्लाई का संकट खड़ा हो गया था। उसने एक सेवा अधिकारी की मदद से श्मशान घाट में दफ़नाने के लिए जगह और समय का इन्तज़ाम किया।

वह भी संस्कृत को समर्पित विद्वान था, जिसकी वजह से उसकी निष्ठा और प्यार अपने पुराने बॉस के प्रति बना रहा था। जब अगस्त्य सेन को पार्किंग के क्षेत्र में बने अस्थायी श्मशान घाट में दफ़नाकर वह थका-हारा घर लौटा तो उसको भगवत गीता की एक पंक्ति याद आ गई। वह पंक्ति जिसको ओपेनहाइमर ने तब उद्धृत किया था जब पहला परमाणु बम सफलतापूर्वक छोड़ा गया था, 16 जुलाई, 1945 को।

कालोऽस्मि लोकक्षयकृत्प्रवृद्धो

'अब मैं मृत्यु बन चुका हूँ, सृष्टि का विनाशकर्ता।'

अन्ना सेन

अन्ना सेन का निधन भी उसी दोपहर हुआ, किसी और अस्पताल की पार्किंग में। उनकी एक पड़ोसी जो स्वयंसेवी समूह का हिस्सा थी उनको इमरजेंसी वार्ड में ले जाने की कोशिश कर रही थी। उनके शरीर में पानी की कमी हो गई थी और वह कुछ-कुछ बोले जा रही थीं।

यह मई महीने की बात थी। तापमान 41 डिग्री हो गया था। उनको आते ही मृत घोषित कर दिया गया, और एक एम्बुलेंस में डाल दिया गया जिसका इस्तेमाल शववाहन के रूप में किया जा रहा था। अन्ना सेन को ईसाई तरीक़े से नहीं दफ़नाया गया था। न कोई जानता था न किसी को परवाह थी कि वह कौन थी। कुछ अजनबियों के साथ उनको सामूहिक रूप से दफ़ना दिया गया था।

'अब मैं मृत्यु बन चुका हूँ, सृष्टि का विनाशकर्ता।'

शान्ता

भारत में पिछले तीन दिनों में चार लाख मामले दर्ज किए गए हैं। मुझे लग रहा है जैसे मैं किसी गह्वर से लिख रही हूँ, फिर भी मुम्बई, दिल्ली और उत्तर प्रदेश के मुक़ाबले कुमाऊँ अभी भी सुरक्षित था। 40 लाशें यमुना नदी के कीचड़ वाले पानी में तैरती हुई मिली थीं। पहले भी हमीरपुर में इसी तरह का भ्यानक नज़ारा दिखाई दिया था जब यमुना नदी में सड़ी हुई लाशें दिखाई दी थीं। सौ के क़रीब सड़ी हुई लाशें बिहार के बक्सर में गंगा नदी में तैरती हुई दिखाई दी थीं। स्थानीय प्रशासन ने अपने आपको इन घटनाओं से अलग कर लिया था, उनका कहना था कि ये लाशें पड़ोसी राज्य उत्तर प्रदेश से बहकर आई थीं। पवित्र गंगा अब मृतकों की नदी बन चुकी है। प्रशासन ने उन लाशों को पकड़ने के लिए नदी के घाट पर जाल बिछाया है।

मुझे आज एक अनजान आदमी ने फ़ोन करके बताया कि अन्ना सेन नहीं रहीं। उनके पड़ोसियों ने उनको अस्पताल ले जाने की कोशिश की थी लेकिन तब तक बहुत देर हो चुकी थी—अस्पताल में वैसे भी कोई जगह नहीं बची थी। अन्ना के साथ एक बैग था जिसमें पाँच-पाँच सौ रुपए के नोट थे और एक काग़ज़ था जिसके ऊपर लिखा हुआ था कि किसी तरह की आपात स्थिति में शान्ता से सम्पर्क किया जाए, और उसके ऊपर मेरा मोबाइल नम्बर लिखा हुआ था।

मैंने अन्ना और हम सब लोगों के लिए प्रार्थना की। मेरी प्रार्थनाएँ सूख गई थीं, चीख़ों में बदल गई थीं, रुलाई में, या दुःस्वप्न की धुन में। मैंने ट्रम्प को सीने से लगा लिया और उसकी आवाज़ से राहत महसूस करने लगी। मैंने लाली के देखने के लिए 'मिस्टर इंडिया' फ़िल्म लगा दी। अपने लिए मैंने एक कप चाय बनाई। फिर डॉलर को टहलाने के लिए ले गई।

चीड़ के पत्ते मेरे पैरों के नीचे आवाज़ें कर रहे थे। पीले रंग की एक तितली डॉलर के ऊपर बैठ गई, फिर उड़ गई। अचानक चारों तरफ़ तितलियाँ दिखाई देने लगीं—ख़ूब सारी।

डॉलर मुझे आगे चलने के लिए खींच रहा था लेकिन अब हम लोगों के घर वापस लौटने का समय हो गया था। सूर्यवीर की एसयूवी घर के बाहर खड़ी थी। समीर ने हम लोगों को चौंका दिया। वह मातंगी माँ के कमरे में बैठकर लाली से बात कर रहा था। उसने धारीदार मास्क पहन रखा था। हम लोगों ने क़ायदे तोड़े और एक दूसरे को गले से लगा लिया। हम रोने लगे।

'मुझे आना ही पड़ा,' उसने मुझसे कहा। 'अब मेरा कोई नहीं है, सच में। कल मैंने ज़ूम पर सगाई कर ली है। सुखदा से। ज़िन्दगी इतनी अनिश्चित हो गई है और इन्तज़ार करने का कोई मतलब नहीं लग रहा था। हम लोग शादी बाद में करेंगे, लाल कोठी में, जहाँ मेरे दादा-दादी ऊपर से देखेंगे। आप हमारी शादी का सब कुछ करेंगी, शान्ता बुआ। सुखदा वही गहने पहनेगी जो मातंगी माँ छोड़कर गई हैं। हम लोग हनीमून मनाने पाइन कॉटेज में आएँगे, और जब हम बिहार की जनसंख्या बढ़ाने में अपना योगदान करेंगे तो आप हमारे बच्चों की प्यारी दादी माँ बनेंगी।'

मुझे अजीब तरह से महसूस हुआ, जैसे सिहरन होती है। मैं मुस्कुरा रही थी, मैं रो रही थी। समीर—शादी? उसकी उम्र अभी बहुत कम थी। लेकिन फिर, समय बहुत अजीब था...जब समय हो हमें अपने चुनाव कर लेने चाहिए। मुझे अपने भाई सूर्यवीर की याद आई। कुछ देर के लिए मैं सूर्यवीर हो गई। समीर हमारी ज़िन्दगी की कहानी आगे लेकर जाएगा, राहुल भी—वह कहानी जिसमें राक्षस साल ने बाधा डाली थी, राक्षस संवत् ने।

हम लोगों ने रात के खाने में अंडा करी खाई और समीर अपने साथ अलफांसो आम का जो क्रेट लेकर आया था उससे आम खाए। फिर हम बाहर बैठकर आसमान में तारों को देखने लगे। जुगनुओं का एक झुंड बग़ीचे के एक सिरे पर चमक रहा था। आकाश में उस गर्म मौसम में बिजली कड़कने लगी, उसके बाद दूर से बादलों के गरजने की आवाज़।

'मैं यहाँ बस आज रात के लिए हूँ शान्ता बुआ,' समीर ने कहा। 'मेरे दोस्त ध्रुव का भाई कल सुबह मुझे लेने के लिए आ रहा है, हम ऊँचे पहाड़ों पर ट्रेक करने जा रहे हैं।'

'ट्रेक? अभी?' मैंने चिन्तित होते हुए कहा। लेकिन मैं जानती थी कि वह किस बात से प्रेरित था।

'कुछ चीज़ें ऐसी हैं जो शादी के पहले पुरुषों को ज़रूर कर लेनी चाहिए,' समीर ने जवाब दिया। 'मैं जितनी दूर हो सके उतनी दूर जाना चाहता

हूँ, ताकि दुनिया को दूर से देख सकूँ—इस देश को, इस ग्रह को, रात के आकाश को...'

'यह देश...' मैंने कुछ सोचते हुए कहा। 'भारत माता।' मेरा गला भर्रा आया था—दु:ख के कारण नहीं, ख़ुशी के कारण नहीं, बस थकान, चिन्ता और उदासी के कारण।

समीर ने मेरे आँसुओं की तरफ़ ध्यान नहीं दिया। उसने झुककर मेरे हाथ चूम लिए।

'भारत माता' वह बोला। 'भारत माता। आपको वह कविता याद है जो सूर्या को इतनी पसन्द थी? वाल्ट व्हिटमैन की कविता?'

वह उस कविता की पंक्तियों को धीरे-धीरे दुहराने लगा, मानो अपने आपसे कह रहा हो।

'द पास्ट एंड प्रेजेंट विल्ट, आई हैव फ़िल्ड देम, इम्पटिड देम,
एंड प्रोसीड टु फ़िल माई नेक्स्ट फ़ोल्ड ऑफ़ द फ़्यूचर।'

मुझे भी उन पंक्तियों की याद आई, और सूर्या की गम्भीर आवाज़ की भी। 'आई कंटेन मल्टीट्यूड्स,' मैंने फुसफुसाते हुए कहा, 'आई एम लार्ज—आई कंटेन मल्टीट्यूड्स'।

❂❂❂

आभार

उस बार्बेट चिड़िया का जो हफ़्ता भर हमारे घर में मेहमान रही।

भारतीय संयुक्त परिवार और उन पर बनाई गई फ़िल्मों, धारावाहिकों और वेब-सीरीज़ का।

अम्बरीश सात्विक का जिन्होंने कुछ असंगतियों और अलसाये नज़रिए की ओर ध्यान दिलाया। प्रज्ञा तिवारी का जिन्होंने बड़े फ़लक पर ध्यान बनाए रखने में मेरी मदद की। प्रतिष्ठा सिंह, अनु सिंह, नीता गुप्ता, जूलिएट फ़्रुस्टी और उन सब लोगों का जिन्होंने इस किताब पर भरोसा जताया। सुखमन खेरा का जिन्होंने निरन्तर समर्थन और सुझाव दिए। पेंगुइन रैंडम हाउस टीम का जिन्होंने लगातार सहयोग किया और धैर्य बनाए रखा।

इस पुस्तक को हिन्दी में प्रकाशित करने के लिए राजकमल प्रकाशन समूह के अशोक महेश्वरी और अलिन्द महेश्वरी का। राजकमल प्रकाशन की सम्पादकीय टीम के आर. चेतनक्रान्ति और शिप्रा किरण का जिनके सहयोग के बिना यह पुस्तक सम्भव नहीं हो पाती। प्रभात रंजन का जिन्होंने मूल अंग्रेज़ी का इस हिन्दी संस्करण के लिए अनुवाद किया और अनामिका का जिन्होंने परिचय लिखा। मैं इन सबके प्रति कृतज्ञ हूँ।